RHYS FORD

MEURTRE ET COMPLICATIONS

R H Y S   F O R D

MEURTRE ET COMPLICATIONS

Publié par
DREAMSPINNER PRESS

5032 Capital Circle SW, Suite 2, PMB# 279, Tallahassee, FL 32305-7886 USA
http://www.dreamspinnerpress.com/

Meurtre et complications
Copyright de l'édition française © 2015 Dreamspinner Press.
Titre original: Murder and Mayhem
© 2015 Rhys Ford.
Traduit de l'anglais par Anne Solo.

Illustration de la couverture :
© 2015 Reece Notley.
Les éléments de la couverture ne sont utilisés qu'à des fins d'illustration et toute personne qui y est représentée est un modèle

Édition e-book en français : 978-1-63477-106-1
Édition imprimée en français : 978-1-63477-105-4
Première édition française : décembre 2015
Première édition : juin 2015

Édité aux Etats-Unis d'Amérique.

Ce livre n'aurait pas été écrit sans la douce et diligente patience de Karla Yenelie Muñoz, Armandina Muñoz, Felix Duarte et le superbe Jacob Flores. Merci à tous, je vous aime.

Quant à mes lecteurs qui ont de la difficulté à choisir entre les médecins, qui regrettent encore Wash et Ianto, qui ont le réflexe pavlovien, en entendant le mot loup-garou, de répondre immédiatement : 'Là, le loup. Là, le château', qui savent qu'il vaut mieux ne pas manger le dernier carré de menthe… ce livre est pour vous.

REMERCIEMENTS

Comme toujours, un livre où s'affiche mon nom est dédié aux Cinq ; Jenn, Penn, Lea, et Tamm – ainsi qu'à mes bien-aimées sœurs cadettes, Ree, Ren, et Lisa. Jamais je ne serais arrivée jusque-là sans vous.

À Elizabeth Nord et au personnel de Dreamspinner, un grand merci. J'en ai tant à nommer… Grace et ma pauvre équipe d'édition que je torture régulièrement, Hayley et chacun de ceux que je tourmente tous les jours. Merci.

Merci à la San Diego Crewe qui m'écoute radoter. Et, une fois encore, en toute sincérité, un grand merci à mes bêta-lecteurs et aux Dirty Ford Guinea Pigs.

J'ai écrit ce livre en écoutant essentiellement AC/DC, VAST, Black Rebel MC et Tools, avec quelques ajouts sporadiques de musique celtique et les aboiements de mon terrier chaque fois que passait une ambulance, toutes sirènes hurlantes.

GLOSSAIRE DES MOTS ESPAGNOLS DU TEXTE

Abuelita : mémé, mamie (de abuela, grand-mère)
Asere : mon pote (littéralement 'je te salue', mais passé différemment dans le langage courant)
Canicas : billes – mais aussi grossier juron
Carne guisada : ragoût de viande
Chicharrón : couenne de porc grillé, plat d'origine espagnole et d'Amérique du Sud.
Chingado (vulgaire) : littéralement 'foutre', juron courant
Cuervo : corbeau – *rappel 'Rook' en anglais signifie aussi 'corbeau'*
Culero (mexicain, vulgaire) : couillon, couille molle
Dios : Dieu
Dios en el cielo : Dieu du ciel
Disipado : dissipé, exalté
Dispuesto : prêt, excité
¿Estás listo? : Tu es prêt ?
Familia : famille
Jalapeño : petit piment
Lascivo : lascif, sensuel
Lotería : loterie
Mama : maman
Mano (contraction de hermano) : frère – ou mec, dans le contexte
Maricón : pédé
Mi cielo : littéralement, 'mon ciel', mais c'est utilisé comme un terme affectueux, mon chou, mon cœur
Mierda : merde
Mijo (contraction de mi hijo) : mon fils, terme d'affection
Mocoso : morveux
Puto : putain
Quesadilla : plat mexicain, tortillas (crêpes) fourrées de fromage fondant
Telenovelas : feuilletons télévisés
Tío : oncle

I

Du sang.

Rook ne sentait que ça. Une odeur brûlante. Métallique. Écœurante. Du sang.

Elle agressait ses sens comme un essaim de frelons enragés auquel il ne pouvait échapper – même alors qu'il détalait dans les ruelles étroites de Hollywood. Derrière lui, des cris retentissaient, bruyant tintamarre dont les échos se perdaient dans ce labyrinthe de briques, de verre et de ciment.

Une canette d'aluminium, ternie par le soleil, couina sous son pied. Elle se replia et s'accrocha à son sneaker, s'y cramponnant le temps d'une foulée avant d'être délogée par la gravité. Surpris, Rook trébucha et faillit tomber, se rattrapant de justesse à un énorme container noir qu'il renversa. Les ordures se répandirent sur le sol et un immonde liquide gluant suinta des abîmes du mastodonte métallique. Rook l'évita d'un bond, conscient que les pas de ses poursuivants se rapprochaient.

Bon sang, pas question de se laisser attraper !

Il pouvait se distancer de la puanteur des ordures. Mais pas de celle du sang. Il en avait plein les mains. En voulant les essuyer, il s'en mit plein le pantalon. La semelle de ses chaussures en était probablement engluée, car il avait pataugé dedans au magasin. Le liquide visqueux avait dû s'incruster dans les profondes rainures de ses Chuck noir délavé.

Un gémissement l'avait alors attiré au fond de sa boutique. Il ignorait d'où ce bruit était venu, mais il l'avait entendu, il aurait pu le jurer sur toutes les Bibles dédicacées par le Seigneur en personne. Ce soupir geignard l'avait poussé à s'arrêter, à regarder. Sa curiosité finirait par le tuer, lui avait dit Hawkins un jour.

C'était absolument et ridiculement vrai, car en tournant à l'angle d'une vitrine remplie d'objets-souvenirs de films d'horreur, il avait marché sur la main d'un cadavre.

Et là, sa curiosité avait explosé de rire, avant de le pousser dans de nouvelles difficultés.

Rook savait que la femme était morte, même à la faible lueur des lampes de secours incrustées au plafond. C'était aussi facile à voir que la statue grandeur nature de Chewbacca[1] dressée à quelques mètres de l'endroit où le corps était étalé. Personne ne pouvait survivre à ce que Rook avait vu. Il ne restait rien du ventre et de la poitrine. La lumière bleue des LED donnait des reflets d'argent aux morceaux éparpillés autour du cadavre, horrible mélange d'os et de chair meurtrie, et les entrailles se déroulaient en longs rubans humides baignant dans le sang et les autres fluides.

Dans la petite partie du cerveau de Rook qui fonctionnait encore, une lueur de reconnaissance s'alluma, overdose sensorielle assez vive pour faire crépiter ses nerfs à vif. Il *connaissait* cette femme… il s'était disputé avec elle, furieux qu'elle l'ait baisé. Pire encore, il l'avait maudite en découvrant qu'elle avait filé avec l'un de ses plus importants butins.

Dani Anderson.

Son visage de poupée était tailladé et abîmé, ses immenses prunelles bleu myosotis, qu'elle savait si bien utiliser pour séduire, étaient désormais ternes et vides, fixant sans le voir le haut plafond du magasin. Elle gisait sur le côté, les bras tendus devant elle à un angle bizarre. Les jambes étaient écartées et les genoux pliés, ce qui faisait remonter jusqu'aux hanches la jupe étroite. Machinalement, sans réfléchir, Rook avait tiré sur l'ourlet de la jupe, pour donner au cadavre une certaine dignité. Il avait vivement ôté sa main en sentant sa paume s'humidifier. Il avait dû y avoir une sorte d'effondrement intérieur du corps déchiqueté, car il avait basculé. D'instinct, Rook avait agi pour le retenir, comme si son geste pouvait éviter à Dani de nouvelles souffrances.

Et il fut découvert ainsi : couvert d'un sang encore chaud, avec le cadavre d'une femme dans les bras.

Une vive lumière avait illuminé la boutique. Surpris, Rook s'était écarté et avait laissé retomber Dani – dont le corps avait heurté le sol avec un bruit humide. Il n'avait pas eu le temps de reprendre son souffle que la vitrine avait explosé. Des silhouettes anonymes s'étaient précipitées vers lui, trop nombreuses pour qu'il puisse les compter dans son état de panique.

Par contre, il avait remarqué les armes braquées. Et il avait senti le sifflement de la balle qui lui avait effleuré la joue.

---

1 Personnage de *Star Wars*, légendaire guerrier wookie et copilote du Faucon Millenium.

Potter's Field[2], sa boutique d'objets de collection, était composée d'un dédale de vitrines d'exposition et d'arrière-salles. Et Rook la connaissait comme sa poche, aussi habitué à la disposition des lieux qu'aux grincements de serrure des vieux coffres-forts qui cédaient sous ses doigts habiles. Il faisait bien trop sombre dans les arrière-salles. Il aurait dû y avoir de la lumière, les LED clignotantes de R2-D2[3] ou les ampoules du vieux tableau de signalisation qu'il avait acquis à la vente aux enchères d'une maison de production. Au pire, il aurait dû pouvoir se diriger au doux rayonnement des vitrines réfrigérées de ses collections les plus délicates. Au lieu d'être accueilli par le costume rose fané de Charlie Chan dans un de ses premiers films ou la robe à paillettes multicolores d'une vitrine scellée, Rook avait affronté une obscurité totale. Seul un rai de lueur orangé lui avait permis d'y voir.

Il n'avait pas eu besoin de plus pour retrouver la porte métallique coulissante qui ouvrait sur le côté de l'immeuble. Charlène, son écervelée d'assistante, avait oublié de refermer le gros cadenas du loquet lors de sa dernière pause cigarette. Il comptait bien avoir une sérieuse conversation avec elle à ce sujet !

S'il ne se faisait pas tirer dessus avant.

Bon sang, s'il réussissait à survivre – un fuyard couvert de sang, à Los Angeles, avec une meute d'hommes armés à ses trousses – ce serait grâce à l'inattention de Char et elle recevrait probablement une augmentation. Il avait poussé la barre automatique de la porte et s'était retrouvé dehors avant qu'une autre balle tente de lui exploser la tête.

Ses jambes le brûlaient. Après des années passées à se faufiler dans des espaces exigus, il était resté agile. Il avait veillé à conserver sa souplesse. Malheureusement, il manquait d'endurance, comme il le découvrit très vite, plié en deux par une crampe au niveau des côtes. Il s'était montré négligent – vraiment. Quelle idée d'avoir cru que, maintenant qu'il avait décidé de rester dans le droit chemin, il pouvait abandonner ses vieilles habitudes de prudence : connaître parfaitement son environnement et s'y adapter.

Il le payait cher à l'heure actuelle.

---

2 'Le champ du potier', ou 'tombe commune', car c'était autrefois l'endroit où étaient enterrés les indigents. Aux USA, l'expression vient de la Bible, se référant à un champ d'argile qui devint lieu de sépulture.

3 Personnage emblématique de la saga cinématographique *Star Wars*

À Hollywood, les immeubles étaient bâtis les uns sur les autres, dans des espaces exigus derrière de larges parvis sur la rue, conception de masse, construction à grande échelle. Quelques espaces réservés, de-ci de-là, pour des parkings asphaltés, auraient pu donner à Rook, s'il avait voulu, la possibilité de sprinter pour les traverser.

Il s'en gardait bien. Se trouver à découvert était la meilleure façon de se faire prendre. Ses seules chances, dans la nuit jamais vraiment noire d'Hollywood, étaient la ruse et la pénombre. Le ciel brillait d'une aura de lumière jaune coincée sous la masse nuageuse de ce début d'automne. Les ruelles étaient dangereuses, à la fois sinueuses et parsemées de déchets de tous ordres, ordures et SDF recroquevillés dans les encoignures de porte, en espérant que leur abri fragile les protégerait de la bruine nocturne.

Humant dans l'air un relent d'épices chinoises, Rook devina où il était – à quelques rues de l'endroit où il avait pénétré dans le dédale. Dans les entrailles urbaines, la couche de crasse était épaisse, la poussière et les gaz d'échappement laissaient derrière eux de longues stries noires que les pluies de Los Angeles n'arrivaient jamais à effacer. Dans certains cas, les bâtiments étaient tellement serrés qu'ils ne laissaient même pas passer la brise. Dans une rue latérale, Rook s'étrangla en tombant sur une poche d'air stagnant derrière un miteux salon de coiffure, rance mélange de patchouli et de fumée de marijuana.

Derrière les rues d'Hollywood fleurissait une ville différente, loin du glamour et des paillettes. Ce n'était pas celle qu'on vendait à la télévision et au cinéma comme une beauté scintillante à la peau dorée et au souffle parfumé. La petite cité nichée sous l'aisselle de Beverly Hills n'avait absolument rien en commun avec *ce* Hollywood-là. Au mieux, la créature dorée représentait la ville sous un maquillage trop épais, buriné par le temps, fendillé par la chaleur. Et, en y regardant de plus près, la has-been vieillissante apparaissait sous la tartine de fond de teint et les faux cils pailletés.

Rook avait grandi avec les forains, de ville en ville, et il aimait toujours retrouver les rues de Hollywood, ses collines envahies d'appartements coûteux avec leurs immenses baies vitrées. Il s'amusait de la richesse frivole qu'exhibait la moindre prétendue star dont le visage apparaissait brièvement sur un écran, avant de retomber dans l'anonymat et de disparaître dans le flot continuel qui charriait les ordures.

Rook s'était battu pour quitter le ruisseau. S'il ne devait pas courir pour rester en vie, il en aurait ri, car tout perdre était vraiment facile. Il suffisait d'une fraction de seconde – surtout couvert du sang d'une femme dont on souhaitait la mort depuis des années.

En prenant un virage à gauche, il faillit tomber sur un noir grisonnant qui sortait d'un vieux caddy déglingué des morceaux de mannequin. Ébranlé par l'impact, Rook évita les doigts noueux tendus vers lui. Sous l'effet de la colère, le visage de l'homme se marbra.

— Regarde où tu vas, mon gars ! cracha-t-il.

Rook reçut en plein visage son haleine fétide, assez forte pour momentanément atténuer la puanteur du sang et des tripes qu'il avait encore dans les sinus.

— Désolé, murmura-t-il en le dépassant.

Il ne fit qu'un pas avant que le vieillard le retienne, les doigts crispés dans ses cheveux ébouriffés. La douleur fut soudaine, violente et surprenante, et Rook tituba en arrière, surpris par la poigne d'un homme aussi maigre.

— Lâchez-moi… Je dois…

— C'est du sang que je sens ? tonna l'homme.

Une explosion de cris leur parvint à travers les ruelles entrecroisées.

— T'as tué quelqu'un ? Merde ! Police !

Rook pivota et se jeta sur le côté. Les appels du vieux devenaient plus virulents, sons indistincts qui dirigeaient les traqueurs vers leur proie. Le ventre serré, saisi de panique, Rook attaqua, frappant d'un coup de genou l'entrejambe du vieillard. Une seconde plus tard, libéré, il reprenait sa course, déterminé à se débarrasser de ses poursuivants anonymes. Il quitta le labyrinthe, inspira l'air frais et courut se mettre à l'abri.

Ce fut alors qu'une ombre, jaillissant de l'obscurité d'un trottoir encombré, se jeta sur lui.

La silhouette immense arriva trop vite pour que Rook puisse l'éviter. Il aperçut brièvement un jean, une chemise blanche et une veste, simples éclairs de couleur avant qu'une masse de muscles et de tendons le heurte avec assez de force pour que tous deux basculent sur le trottoir défoncé. Rook se recroquevilla, roulant sur lui-même pour protéger sa poitrine et son ventre. Des années de combat de rue ayant aiguisé ses instincts, il réagit sans même se relever, pressant ses doigts raidis dans la gorge de son agresseur. Celui-ci s'étrangla. Rook espéra alors pouvoir s'en tirer, mais le trottoir contraria ses plans.

Il se coinça l'épaule dans une faille du béton, s'immobilisant brutalement, ce qui dévia son attention. Ses sneakers grincèrent contre un mur de plâtre couvert de pancartes et de graffitis, mais il ne réussit pas à se relever. Coincé le dos tourné à son assaillant, Rook s'appuya sur le trottoir pour dégager ses jambes, mais déjà, l'homme était sur lui. Rook se retrouva maintenu au sol d'une main féroce. Sa tête partit en avant et heurta violemment l'asphalte et il en vit des étoiles. Pendant qu'il clignait des yeux sous l'effet de la douleur, son estomac sombra profondément dans ses entrailles frémissantes.

Ce ne fut pas à cause de l'arme de son agresseur ni du badge doré qu'il portait à sa ceinture. Rook aperçut les deux quand le géant aux cheveux de jais souleva un pan de sa veste pour récupérer des liens zip dans un étui en cuir près de sa poche arrière.

— Putain, un flic ! jura Rook malgré les étincelles qui scintillaient toujours devant ses yeux. Oh, merde !

Et il connaissait le policier hispanique à califourchon sur lui. Il avait déjà senti l'étreinte de ces bras forts autour de lui. Alors même qu'il entendait le déclic de l'attache plastique se refermant sur son poignet, il se souvint de la dernière fois où il avait vu ce beau visage de pierre. Et il se mit à bander. Les yeux dorés, d'un brun liquide qui prenait des reflets chatoyants à la lumière, sous leurs cils ridiculement longs, étudièrent ses traits. Rook devina le moment où le flic le reconnut, quelques secondes seulement après que lui-même eût compris qui le maintenait plaqué au sol, bras et jambes écartés.

Un flic, mais pas n'importe lequel.

Le seul flic de Los Angeles à vouloir sa mort !

Et le seul et unique flic à qui Rook ait jamais permis de le toucher.

— Ce foutu Rook Stevens ! grogna l'inspecteur Dante Montoya.

Il était planté devant le côté vitré d'un miroir sans tain, à l'extérieur d'une petite salle d'interrogatoire du poste de police central. Il frotta les égratignures à vif qu'il s'était faites sur le trottoir après avoir taclé Stevens. Il avait encore la gorge douloureuse à l'endroit où l'escroc soi-disant réformé avait pressé sa pomme d'Adam, mais à ses yeux, c'était sans importance. Il avait enfin mis la main sur ce foutu Rook Stevens. D'après les premières constatations, Stevens ne réussirait pas – cette fois ! – à s'en tirer aussi facilement.

Le suspect, étalé dans un des sièges inconfortables en métal et vinyle de la salle aseptisée, paraissait d'une totale nonchalance avec ses longues jambes étendues devant lui et son bras posé sur le dossier. À son attitude décontractée, il était difficile de croire qu'il était suspecté de meurtre. Pourtant, de petits détails le trahissaient. Toutes les quelques secondes, ses yeux vairons se détournaient vers la porte avant de revenir se fixer sur le miroir, et sa bouche renflée se durcissait légèrement chaque fois qu'une ombre passait sous la porte.

Malheureusement, cet enfoiré de Rook Stevens était toujours aussi beau – et Dante aurait bien aimé lui flanquer son poing dans la figure pour effacer cet air suffisant.

Franchement, l'uniforme gris que la police lui avait remis aurait dû priver le suspect d'une partie de son charme, non ? Au contraire, le terne du tissu ne faisait que souligner la peau pâle et les yeux surprenants, l'un bleu et l'autre vert noisette. Le vif néon du plafond mettait en relief les hautes pommettes, la mâchoire obstinée, les traits espiègles – Stevens évoquait un elfe – qui dissimulaient une intelligence machiavélique. Dante savait ce que cachait ce regard écarquillé à l'innocence trompeuse. Les cheveux caramel étaient plus longs que dans ses souvenirs, bien plus longs en tout cas que sur les photos du dossier prises au cours de l'enquête désastreuse ayant mis fin à la carrière du précédent partenaire de Dante. Et lui-même n'en était pas sorti indemne !

Pour rétablir sa réputation, il lui avait fallu près de cinq ans. Cinq longues années s'étaient écoulées depuis ce jour où Dante avait été contraint de refermer le dossier constitué sur Stevens et ses complices, un gang qu'il soupçonnait d'organiser des cambriolages tout le long de la côte Ouest. Son partenaire de l'époque, Vince, avait pris le cas encore plus à cœur, encore plus personnellement aussi, ce qui avait fini par provoquer sa perte. En voyant deux années d'enquête partir en fumée, Vince en avait eu assez d'être un flic et de poursuivre les criminels. Et surtout, il était écœuré de se cogner en permanence la tête contre le mur des mensonges et faux-semblants que Rook Stevens et les autres forains avaient bâti.

— Je suis trop vieux pour des conneries pareilles, avait-il marmonné en apprenant que Stevens avait quitté le tribunal, libre et innocenté de toutes les accusations portées contre lui par les deux inspecteurs. Je passe ma vie à tenter d'arrêter un foutu illettré qui prétend gagner sa vie dans une foire. Ce connard *savait* très bien que nous l'avions coincé et qu'il ne nous restait plus qu'à découvrir chez quel receleur il avait fourgué le butin de sa dernière opération.

Malheureusement, ils n'avaient pas trouvé le receleur, ni même un intermédiaire quelconque admettant avoir aidé Stevens à écouler les objets de luxe volés dans les demeures qu'il visitait, pendant que la foire où il travaillait hivernait à Los Angeles. Aucun des forains n'avait parlé, tous restant bouche cousue chaque fois que Vince et Dante étaient venu les interroger. Pire encore, même les victimes avaient insisté pour abandonner l'affaire lorsque les inspecteurs avaient commencé à fouiller leur passé.

Ensuite, Vince avait commis l'impensable, franchissant la ligne entre le bien et le mal, pour falsifier des preuves incriminantes. Il s'y était si mal pris qu'il avait été découvert avant même que ses accusations contre Stevens aient le temps de prendre racine. Il avait bien failli faire couler son jeune partenaire avec lui.

Dante aimait bien Vince. Plus âgé, plus expérimenté, le vieil inspecteur avait pris sous son aile un jeune cubain, gay, colérique, pour lui apprendre tout ce qu'il savait sur la chasse aux criminels. Et Dante, avide d'apprendre, avait tout absorbé. Au final, Vince avait vu sombrer sa carrière dans un amer gâchis. Quant à Dante, il avait bien failli être limogé sous l'accusation d'avoir été payé pour permettre au gang d'échapper à la justice. Vince lui avait fortement conseillé de ne pas rapporter à leur capitaine cette rencontre de hasard dans un bar gay d'Hollywood, particulièrement sombre. À dire vrai, Dante s'était contenté d'un rapport écourté, reconnaissant seulement avoir failli baiser Stevens avant que, par accident, quelqu'un rallume les projecteurs, jetant sur les lieux une lumière blanche impitoyable.

Dante n'était jamais retourné dans ce bar pour y satisfaire ses besoins sexuels. Il n'avait cependant pas oublié sa première vision du sourire sensuel de Stevens, s'excusant presque de la méprise.

Ce salopard réussissait encore à lui provoquer des papillons dans le ventre, putain ! Dante aurait bien aimé le prendre par les cheveux, lui arracher ses vêtements et le baiser à lui en faire perdre le souffle.

— Alors, tu as fini par retrouver ta baleine blanche, hein, Moby ?

Hank Camden, son partenaire depuis trois ans, venait d'entrer dans la pièce adjacente à la salle d'interrogatoire, un grand dégingandé, blafard et maladroit, couronné d'une tignasse rousse assez flamboyante pour déclencher une alerte incendie.

— Moby Dick, c'est le nom de la baleine, *puto*, répondit Dante.

Il récupéra son gobelet rempli d'infâme café – une tradition du poste de police – avant de reprendre :

8

— Et nous ne l'avons pas encore harponné. Qu'en dit le labo ? Tu as des nouvelles ?

— Non, pas encore. Mais merde, il était couvert de sang de la tête aux pieds. S'il n'a pas de résidu de poudre sur les mains, c'est simplement parce que ça a disparu dans ce maudit carnage.

En guise de salut, Hank leva son gobelet, d'où pendait l'étiquette d'un sachet de thé. Il s'approcha de la vitre et déclara :

— Euh, il ne paraît pas assez âgé pour être ta Némésis.

— Il l'est bien assez, gronda Dante. Ça me gonfle de ne pas continuer. J'ai attendu sacrément longtemps pour chopper Stevens. Qui va s'occuper de cette affaire ? O'Byrne ? À mon avis, c'est la seule capable de s'opposer à lui.

— C'est toi qui l'as arrêté, d'accord, mais ce n'est pas pour autant que nous obtiendrons l'enquête. Et le capitaine sait que tu as un contentieux personnel avec lui. Toi et moi allons être condamnés à faire du porte-à-porte jusqu'à ce qu'il nous dise…

— Montoya. Camden.

Quand on parlait du diable ! Un flic à la poitrine large et au visage de morse passa la tête dans la pièce. Le capitaine Book était un vétéran de Los Angeles, ayant avec la loi une longue et intime relation. D'un signe de tête, il désigna la salle d'interrogatoire et le dernier suspect arrivé à la LAPD[4].

— Tout le monde a du boulot par-dessus la tête, reprit-il, et même plus encore. Vous êtes ma seule équipe disponible, donc, allez-y et faites-le parler. Je veux que ce soit propre. Et rapide. Je veux le voir au tapis le plus vite possible.

Réprimant un sourire, Dante jeta son gobelet dans la poubelle.

— Oui, monsieur. Merci, capitaine.

— Ne foirez pas, Montoya. Entrez là-dedans. Obtenez ce qu'il nous faut et restez professionnel.

Book, les sourcils menaçants, agitait son doigt épais comme pour poignarder Dante en pleine poitrine. Il se tourna ensuite vers son autre inspecteur :

---

4 *Los Angeles Police Department*

— Et vous, Camden, attention où vous marchez. Ne laissez pas au DA[5] la moindre foutue possibilité de permettre à ce salaud de s'en tirer. Ce putain d'avocat est une vraie girouette, toujours à osciller de gauche à droite. Arrangez-vous pour avoir un dossier béton.

Dante attendit que le capitaine ait quitté la pièce pour exprimer son sourire victorieux. En désignant le miroir de la tête, il tapota Hank sur l'épaule et annonça gaiement :

— Viens, mec, allons voir ce que Stevens va nous raconter concernant tout ce sang.

---

5 *District attorney*, procureur et plus haut titulaire de sa juridiction, qui représente le gouvernement américain au cours d'un procès.

II

Les deux inspecteurs entrèrent dans la pièce comme le rancor[6] dans sa fosse, deux prédateurs décidés à se nourrir d'un Rook impuissant à se défendre. Il ne jeta qu'un coup d'œil au flamboyant rouquin, l'homme-allumette étant caché par l'imposante silhouette de son partenaire. Rook concentra toute son attention sur Montoya, surtout après avoir surpris un éclat brûlant dans le regard sombre braqué sur lui.

Il n'avait pas revu l'inspecteur hispanique depuis un bail, et avait même oublié dans quel poste le flic était alors affecté. Bon sang, cette foutue pièce d'interrogation ressemblait à celle dans laquelle tous deux s'étaient retrouvés jadis lorsque l'inspecteur avait déjà tenté de lui faire avouer ce qu'on lui reprochait alors. À l'époque, le langage corporel de Montoya exprimait la colère, mais ses larges épaules voûtées indiquaient la défaite. Et son partenaire d'autrefois, un homme plus âgé, avait les yeux gonflés par l'accumulation des années et l'abus d'alcool. Cet après-midi-là, Rook s'était même demandé si le vieil inspecteur vivrait suffisamment longtemps pour quitter le poste de police. Il avait vu Montoya glisser une main sous le bras de son partenaire qui trébuchait en quittant la zone. Il se souvenait aussi de la rage brûlant dans ses yeux vitreux, une rage qui lui promettait un sort très désagréable si le mec y pouvait quelque chose.

Pour être franc, il était un peu surpris que les flics aient mis plus de quatre ans à tenter de le coincer à nouveau – pour un crime qu'il n'avait même pas commis. Il n'aurait jamais accordé au vieux une telle patience. Bon sang, en repensant au teint grisâtre et à la toux rauque du senior, il était peu probable qu'il soit encore en vie.

Si Rook affichait la moindre panique, les flics se jetteraient sur lui comme des requins sur de la bidoche, aussi fit-il un effort pour afficher un calme qu'il ne ressentait pas. Les deux porteurs de badges approchaient de lui, l'agressivité suintant de leurs attitudes décidées, son ventre se noua et ses nerfs se tendirent, car ils avaient désormais tous les atouts. Depuis

---

6 Créature vivant sur des planètes isolées comme Dathomir, ou dans le système otthetien – monde de *Star Wars*

son arrestation, tous ceux qu'il avait croisés étaient restés sourds à ses protestations d'innocence, surtout quand il avait affirmé que pas un flic ne s'était identifié comme tel en forçant la vitrine de Potter's Field.

Sans l'écouter, ils l'avaient déshabillé et inspecté sous toutes les coutures, avant de le laisser aux mains d'une équipe de rats de laboratoire – des agents de la police scientifique – au visage sinistre. Ils l'avaient lavé au jet sur une bâche en plastique pour récolter les preuves s'écoulant de son corps. Ensuite, un homme au profil acéré avait enfilé des gants en latex en lui disant de se pencher en avant et d'écarter les jambes. Rook avait compris être dans une merde bien plus profonde que jamais.

Franchement ? Comme s'il avait eu le temps de se fourrer quoi que ce soit dans le cul entre la fusillade au magasin et le taclage de Montoya, qui l'avait jeté, tête en avant, sur un des trottoirs crasseux d'Hollywood ! Il ignorait ce que les flics s'attendaient à trouver, mais après quelques intrusions douloureuses, le prétendu Dick Tracy fut bien obligé de se convaincre que Rook n'avait rien de caché entre les fesses.

Il avait l'anus meurtri, mais ne comptait pas donner aux deux inspecteurs la satisfaction de le voir mal à l'aise. Il chercha plutôt à déchiffrer l'attitude des deux hommes qui semblaient décidés à lui extirper des informations, par tous les moyens.

Dans le domaine de la manipulation, Rook était un professionnel et personne ne pouvait rien lui apprendre. Il avait l'habitude de détecter les points faibles d'autrui et de les utiliser, c'était son outil de travail, une technique qu'il avait apprise et maîtrisée avant de pénétrer illégalement dans les demeures pour y trouver les trésors cachés dans des congélateurs et les coffres encastrés derrière d'horribles paysages. Par la suite, il s'était perfectionné en convainquant les gens de lui vendre leurs objets rares, transactions sur lesquelles il faisait un énorme profit.

D'après ce qu'il en savait, les flics n'avaient aucune preuve contre lui concernant son passé. Et il était certain que rien ne pouvait l'impliquer dans le meurtre de Dani. Ce qui ne les empêcherait pas d'essayer de le lui coller sur le dos.

— Bonjour, M. Stevens.

L'homme-allumette fut le premier à parler, d'une voix rocailleuse, un peu chantante. Rook le voyait bien l'utiliser pour endormir des bébés capricieux.

— Je suis l'inspecteur Camden, enchaîna le rouquin. Voici l'inspecteur Montoya.

Montoya était en sacrée bonne forme, décida Rook. Un peu amaigri de visage, mais plus musclé partout ailleurs. Il avait récemment changé de veste et de chemise, sans doute parce qu'il s'était barbouillé de saleté et de sang séché en se frottant à Rook sur le macadam. Son blouson en daim et velours, couleur chamois, coupé sur mesure, mettait en valeur les larges épaules et la taille mince. Quant au tee-shirt gris fané que le flic portait en dessous, l'usage l'avait rendu presque transparent et le doux coton soulignait la poitrine et le ventre plat. Par contre, Montoya portait le même jean délavé, remarqua Rook, éclaboussé d'une poussière qu'il ne s'était pas donné la peine de brosser. Sous le Levi 501, les cuisses épaisses étaient musclées et un renflement pendait le long de la jambe gauche.

Un corps délectable, c'était incontestable, mais Rook appréciait encore plus le visage. Les pommettes fortes et la bouche pleine adoucissaient les traits presque ascétiques. Les yeux d'un brun lumineux étaient immenses – un regard de biche, pensa Rook, avec un sourire intérieur. L'inspecteur avait beau le fixer d'un air impassible, froid et professionnel, ces chaudes prunelles d'ambre liquide suffisaient à apaiser un peu la méfiance de Rook.

Pas suffisamment pour qu'il baisse sa garde, d'accord, mais assez pour qu'il en ressente d'agréables fourmillements tout le long de la colonne vertébrale.

Il leva la main et taquina l'inspecteur :

— Hé, Montoya. Ça fait un bail. Et aucune arrestation. Regardez, j'ai tous mes doigts. Je n'ai pas tué votre père[7]. Je n'ai pas tué Dani non plus.

— Qu'est-ce que vous racontez, Stevens ? grogna l'homme.

Sa voix profonde était marquée d'un léger accent cubain, un peu chantant, bien différent de celui auquel Rook était habitué depuis son enfance – le mexicain de Californie du Sud, plus dur, plus guttural.

— Vous voulez un médecin ? reprit le flic. Ou bien est-ce juste un nouveau jeu ?

Camden, la tête penchée, considérait Rook avec dégoût, comme un insecte bizarre qu'il venait de trouver dans son assiette.

— Tu crois que Stevens se moque de nous, Montoya ? Quel intérêt aurait-il ? Pourquoi éviter de répondre à nos questions ? Après tout, il n'a rien à cacher, pas vrai ?

---

7 'Je m'appelle Inigo Montoya tu as tué mon père, prépare-toi à mourir' citation de la comédie fantastico-romantique américaine, *Princesse Bride*, sortie en 1987 et adapté d'un roman éponyme.

— Aucun de vous deux n'a jamais entendu parler d'Inigo Montoya[8] ? demanda Rook.

Son regard passa d'un policier à l'autre. Croisant des yeux vides, il soupira lourdement avant d'enchaîner :

— Merde, mais où va le monde ? Et non, je n'ai rien à cacher, inspecteur.

— On vous a déjà lu vos droits. Voulez-vous les entendre à nouveau ?

Là, le rouquin jeta un regard bizarre à son partenaire, qui marmonnait en espagnol entre ses dents, mais trop bas pour que Rook entende ses paroles.

— Avez-vous compris les droits qui vous ont été lus ? insista Camden.

Rook s'adossa dans sa chaise raide, malgré les barres métalliques du dossier qui s'enfonçaient dans ses épaules. Les pieds lourds et carrés n'étaient pas des plus pratiques pour se balancer, mais il le tenta quand même. Les rondelles d'acier grincèrent sur le linoléum de la salle et il sentit quelque chose lâcher sous lui. Il sourit, assez satisfait d'avoir laissé sa marque sur le sol des flics.

— Ouais, j'ai compris mes droits. Allez-y, Weasley. Balancez vos questions.

Il ajouta d'un ton ronronnant, les yeux fixés sur le visage de Montoya :

— Comme je l'ai déjà dit, je n'ai rien à cacher. Enfin, *presque* rien. Je préfère ne pas trop ressasser le passé, précisa-t-il avec un clin d'œil narquois.

D'après son air surpris, Montoya comprit que Rook le draguait sans vergogne. En réponse, ses yeux d'ambre flambèrent brièvement. L'éclat s'éteignit aussi vite qu'il était venu, mais Rook l'avait cependant remarqué.

Montoya prit l'une des deux chaises qui restaient autour de la table, s'assit et commença à feuilleter le dossier qu'il avait apporté avec lui. L'homme-allumette, Camden, arpenta la pièce sur toute sa longueur avant de revenir vers la table. Il appuya sa hanche à un des coins et se pencha vers Rook.

Des deux inspecteurs, Rook aurait pensé que Montoya, plutôt que ce flambant épouvantail, tenterait de l'intimider en envahissant son espace

---

8 Maître d'escrime, du film *Princesse Bride*, qui recherche l'homme à six doigts ayant tué son père.

personnel. Le rouquin était si maigre qu'il projetait à peine une ombre sur son bras. Il n'avait aucune chance de le forcer à parler !

Rook lui octroya un petit sourire, tout en gardant Montoya à l'œil.

Camden continuait son baratin de flic, parlant d'enregistrer l'interrogatoire. Pour commencer, il lui demanda d'indiquer son nom et autres informations personnelles.

Rook haussa les épaules et répondit :

— Martin Stevens Rook. Mon anniversaire tombe le premier avril… Je dois avoir vingt-six… ou peut-être vingt-sept ans.

— Vous prétendez ne pas connaître votre année de naissance ?

— Maman était le plus souvent droguée, riposta Rook. Une chance pour moi qu'elle ne se soit pas trompée de sexe en me déclarant.

Le flic roula des yeux avant de continuer :

— Lieu de naissance, inconnu. Père, inconnu. Mère, Béatrice Martin, domicile actuel, inconnu.

— Et où travaillez-vous, Stevens ? intervint Montoya. Quelle est votre adresse ?

Aux deux questions, Rook répondit la même chose : son magasin. Quand les flics voulurent des précisions, il afficha une expression affable.

— Je vis au-dessus de ma boutique, Potter's Field. C'était autrefois un studio de danse, alors il y avait une douche. J'ai fait quelques travaux de rénovation. Sur le coup, j'ai trouvé que c'était une bonne idée. Maintenant, je n'en suis plus aussi sûr.

Camden agita une feuille de papier.

— Parlons un peu de votre passé. Nous aimerions revoir certains détails. Vous avez été arrêté plusieurs fois, Stevens. Vous étiez même un délinquant juvénile. Quinze accusations pour effraction, cambriolage et escroquerie, pour ne nommer que l'essentiel. Vous êtes déjà un récidiviste, aussi le meurtre n'est-il pour vous qu'une étape de plus.

Les néons du plafond étaient assez forts pour rendre la page transparente, ce qui permit à Rook d'y lire une partie du menu d'un restaurant indien de la Sixième rue. Il apprit ainsi qu'ils proposaient un buffet à volonté pour cinq dollars. Par contre, concernant ses précédentes arrestations, les renseignements étaient faibles. Il inclina légèrement la tête et fit semblant d'entrer dans le jeu du flic :

— Je n'ai jamais été condamné. Qu'est-ce que ça vous indique ?

— Que vous êtes rusé, grommela sombrement Montoya, d'une voix d'autant plus éraillée que celle de Camden était flutée. Mais pas très malin.

— Ou que les flics ne sont pas foutus de faire leur travail.

Voilà qui toucha un nerf sensible. Montoya était fier d'être flic. Ses yeux durcirent tandis qu'il examinait Rook, le dossier rouge posé devant lui.

Poussant le bouchon un peu plus loin, Rook ajouta :

— Ou peut-être n'envoie-t-on après moi que des nullités ?

Ayant grandi pieds nus, parmi les forains, il n'avait pas oublié l'une de ses premières leçons de survie : une fois acculé, mieux valait titiller la bête. Les gens – et en particulier les flics – avaient l'habitude d'avoir l'ego très chatouilleux. Quelques piques judicieusement appliquées suffisaient à leur faire perdre tout contrôle. Bien entendu, cette technique pouvait s'avérer dangereuse dans la rue, mais elle était parfaite dans une salle d'interrogatoire. Un flic qui perdait la tête donnait un avantage fantastique à un homme en situation délicate.

Ce fut Camden qui se hérissa, rouge de colère. Montoya, au contraire, devint encore plus froid. Rook glissa un regard rapide au rouquin à ses côtés avant de sourire.

— Parlons plutôt de Dani Anderson, d'accord ? dit Montoya.

Avec ces paroles, il avait empêché Camden de s'en prendre à Rook. Intéressant. Il y avait davantage d'équité entre ces deux-là qu'il n'en existait autrefois entre Montoya et le vieillard.

— Pourquoi l'avoir tuée ? insista l'inspecteur.

— Comme je l'ai déjà dit aux cinq derniers flics qui m'ont accusé...

Rook tentait de parler avec fermeté, mais il commençait à ressentir le stress de son arrestation et n'arrivait pas à débarrasser ses narines de l'odeur de la mort de Dani, malgré la douche désinfectante qu'il avait subie au labo de la police.

— ... Dani était... déjà dans cet état quand je l'ai trouvée.

— Un des agents affirme que vous teniez quelque chose à la main quand vous vous êtes enfui, déclara Montoya en lisant un rapport.

Rook était pratiquement certain que, contrairement à Camden, il n'inventait pas cette accusation.

— Où avez-vous caché cet objet ? susurra Montoya.

Rook se pencha en avant.

— Je n'avais rien dans les mains... sauf Dani. Et seulement parce qu'elle est tombée et que j'ai voulu la retenir. Et je vous l'ai déjà dit.

— Ouais, c'est comme ça que vous vous êtes retrouvé couvert de sang, répliqua Camden avec scepticisme, la lèvre supérieure légèrement soulevée. Pourriez-vous nous expliquer, si vous vous êtes contenté de la rattraper, comment vous en étiez tellement imbibé ? En supposant d'ailleurs qu'un cadavre puisse tomber. Qu'en penses-tu, Montoya ? Ça te paraît vraisemblable ?

Rook répondit sans laisser à Montoya le temps de le faire.

— Bien sûr, c'est une question de gravité. Elle était sur le côté. J'étais accroupi au-dessus d'elle et elle a basculé…

— Pourquoi avoir fait ça ? Pourquoi vous être accroupi ? C'est vous qui venez de le dire, insista le rouquin d'un air suffisant. Pourquoi ne pas avoir appelé la police en trouvant un cadavre dans votre boutique ? Et ne me dites pas que vous ignoriez qu'elle était morte. Votre coup de feu lui a fait exploser l'abdomen.

— Avec quoi aurais-je tiré pour faire tant de dégâts ? Un fusil à éléphant ? Une sarbacane ? Le disrupteur[9] Klingon[10] de ma vitrine ? Avez-vous trouvé une arme ? Parce que je suis sacrément certain que je n'en avais pas.

Rook pivota dans son siège pour regarder Montoya, qui avait les épaules carrées et fermes, le visage impassible. Rook détesta entendre dans sa voix une légère supplication, mais il commençait à perdre espoir.

— Enfin, Montoya, vous me *connaissez*. Vous savez que je ne suis pas un meurtrier.

— Et comment le saurais-je ?

L'accent chantant joua sur ses nerfs.

— Parce que vous avez passé des années sur mon dos !

Il retint une grimace au double sens involontaire de ses paroles. Il reprit très vite :

— J'ai peut-être quelques bricoles à me reprocher – et je n'ai pas l'intention de m'en excuser – mais je ne suis pas un meurtrier. Surtout pas alors que je…

Il se reprit de justesse, avant d'avouer avoir renoncé à ses vols et escroqueries que les flics n'avaient jamais réussi à prouver. Il réalisa alors ne pas être le seul à tenter de briser le self-control de son adversaire.

Il était bien plus secoué par Montoya qu'il aurait voulu l'admettre. Cette fichue affaire le prenait aux tripes et, pour la première fois depuis son

---

9 Arme extraterrestre des séries *Stargate*, *Star Wars* et *Star Trek*.

10 Planète extraterrestre de l'univers *Star Trek*.

arrestation, Rook eut peur – peur d'être tombé dans le seul piège dont il ne puisse se sortir, alors qu'il était innocent.

— … je n'ai pas tué Dani.

Camden changea de position, la table remua sous son poids.

— D'après vos dires ! Le problème, Stevens, c'est que nous ne vous croyons pas.

Rook inspira profondément, pour retrouver son calme avant de s'exprimer d'une voix lente :

— Dans ce cas, je vais devoir me répéter. Je n'ai pas tué Dani Anderson. J'ignore même pourquoi elle se trouvait dans ma boutique. Merde, je ne l'avais pas revue depuis… Je ne me souviens même plus de notre dernière rencontre. Elle m'a baisé, alors je l'ai larguée.

— Ainsi, insista Camden, vous la connaissiez intimement. Et vous avez eu des problèmes avec elle. Et si nous discutions du motif qui a pu la pousser à passer vous voir ?

— Je n'en ai aucune idée, répondit posément Rook, son attention fixée sur le rouquin. Je ne sais même pas comment elle a pu entrer. Charlène, mon assistante, est chargée de la fermeture le dimanche à 17 heures. La connaissant, il est probable qu'il était plutôt 15 heures. Ou même midi, bon sang ! Dani a dû entrer par la suite. Char a beau être une écervelée, je pense qu'elle aurait remarqué un cadavre au milieu de la boutique.

L'inspecteur roux posa le menu indien sur la table, face cachée.

— Nous cherchons encore à localiser votre assistante pour déterminer l'heure exacte de la fermeture. Auriez-vous une idée de l'endroit où *elle* se trouve ?

— Sans doute au coin d'une rue. Il lui arrive souvent de distribuer des brochures et des préservatifs aux prostituées, ricana Rook. Char est ce que vous appelleriez un électron libre. Je considère que ma journée commence bien quand elle se présente au travail.

— Et c'est votre seule employée ? intervint Montoya.

— Non. Enfin, oui. Pour le moment. J'avais aussi deux temps partiel, mais ils sont partis ensemble pour l'Oregon. Je ne leur ai pas encore cherché de remplaçants.

Montoya demanda d'un ton sec :

— D'après l'agent qui a enregistré votre déclaration, vous n'avez pas d'alibi pour l'après-midi. La dernière personne susceptible de confirmer votre présence est Mme Viola Cranson. Elle liquide la succession de son mari et nous a dit que vous lui avez déjà acheté quelques articles, mais que vous étiez revenu pour négocier un anneau décodeur. Est-ce exact ?

— Ouais. Je connaissais son mari. Il est mort, aussi vend-elle une partie de ses collections, admit Rook d'un ton prudent. Et alors ?

Il avait payé bien trop cher cet anneau, mais Viola était une vraie tête de mule de la vieille école. S'il lui avait remis un chèque, elle le lui aurait jeté au visage.

Montoya se pencha pour rencontrer son regard.

— Cinq mille dollars. Pour un bout de plastique dans un sac ? Est-ce le prix habituel ?

— Non, grinça-t-il. Mais la dame n'a plus un sou et elle vient de perdre son mari. Il travaillait pour moi autrefois, il étudiait le marché et m'a apporté pas mal d'affaires. J'ai voulu rendre service à sa veuve. Cet anneau ne vaut pas plus de vingt-cinq dollars.

Camden sifflota.

— Et vous l'avez payé cinq mille ? C'est un paquet ! Certains diraient que vous vous achetiez un alibi.

Rook haussa les épaules.

— Comme je viens de vous le dire, son mari m'a rendu service, surtout quand je me suis installé. Je ne suis pas le seul à avoir donné de argent à Viola. Deux des collectionneurs qui se trouvaient là ont fait pareil. Son mari, Mark, était un brave homme. Il était très apprécié.

— En voiture, il faut moins d'une heure pour revenir de chez Mme Cranson jusqu'à votre boutique. Vous avez quitté la dame à 16 heures. Où étiez-vous entre 16 et 20 heures ? demanda Montoya.

Les questions venaient des deux côtés, les deux inspecteurs se renvoyant la balle comme au ping-pong. C'était censé le déstabiliser, Rook le savait. Il utilisait la même tactique quand il avait une information à soutirer. Bon sang, entre lui et Dani, tout s'était bien passé avant qu'elle le baise. Elle avait été la goutte de trop, l'ultime trahison.

— Qu'avez-vous fait durant ces quatre heures ?

— J'ai roulé, la plupart du temps, répondit-il négligemment. Il est rare que j'aie du temps libre. J'avais besoin de réfléchir, alors je suis allé à l'entrepôt de Potter's Field, à West Hollywood, où j'ai vérifié quelques détails. Ensuite, je suis allé jusqu'à la côte.

Il pencha soudain la tête et poursuivit :

— J'ai déjà indiqué que la caméra de surveillance du magasin devrait avoir enregistré mon arrivée, mais le flic prétend que le courant a été coupé.

— Une caméra qui ne marche pas, c'est bien pratique pour éviter qu'un meurtre soit filmé en direct, souligna Camden. Le courant a été coupé depuis le compteur extérieur. Vous en avez les clés, non ? Sans courant, vous auriez pu être bien tranquille dans ce magasin sans que personne ne sache que vous vous y trouviez.

Rook écarta les mains sur la table et protesta posément :

— Tous les résidents du quartier ont la clé de ce foutu compteur. Merde, ce n'est pas Fort Knox, quand même ! D'ailleurs, tous les compteurs de Los Angeles doivent avoir la même clé. Ces mêmes caméras – judicieusement arrêtées – auraient pu enregistrer que les flics sont entrés sans s'identifier, alors ouais, je dirais que cette coupure de courant n'arrange pas du tout mes affaires, mais je n'en suis pas responsable non plus. Ça coûte une fortune de faire venir un électricien pour réparer ce genre de choses.

— Et alors ? s'exclama l'inspecteur hispanique. Vous avez donné cinq mille dollars à une vieille dame pour un bout de plastique.

— Parce que Viola le valait bien ! rétorqua Rook. Tuer Dani Anderson ne le vaut pas.

— Non, mais le diamant de cinquante carats que nous avons trouvé dans sa poche vaut infiniment plus que les cinq mille billets que vous avez donnés à Mme Cranson pour votre alibi.

Montoya tira du dossier la photo d'une pierre éblouissante, en forme de poire, placée contre une règle en forme de L qui indiquait sa largeur et sa hauteur.

— Très étrange, susurra le policier, mais cette pierre correspond au diamant que vous étiez soupçonné d'avoir volé il y a six ans. Un diamant qui n'a jamais été retrouvé… jusqu'à aujourd'hui.

Camden s'approcha, quelque chose dans sa poche raclant la table avec un grincement strident.

— Et devinez quoi, Stevens ? Ce diamant est *couvert* de vos empreintes digitales. À mon avis, une pierre pareille est un excellent motif pour avoir tué Dani Anderson.

Rook baissa les yeux, surpris et inquiet. Il avait fourgué ce diamant bien des années plus tôt, quelques heures à peine après l'avoir volé dans une riche demeure de Beverly Hills. Et Dani n'avait rien eu à voir avec cette opération. Bon sang, il n'avait parlé à *personne* de ce coup-là, même pas à Char, qui avait plusieurs fois fait le guet pour lui.

— Qu'avez-vous à répondre, Stevens ? ronronna Montoya.

Rook s'agita nerveusement dans son siège. Il leva les yeux et se maudit intérieurement, parce qu'il proféra un mot qu'il aurait préféré éviter – mais il n'en avait plus l'option.

— Avocat, grogna-t-il aux deux flics assis en face de lui. Je veux mon avocat.

III

IL Y avait chez Dante un essaim – si un tel mot pouvait s'appliquer à ça – de drag-queens.

Et toutes, plus ivres les unes que les autres, jacassaient à tue-tête, assez fort pour réveiller un mort.

Il s'efforça de garder son calme : après tout, l'une d'entre elles vivait sous son toit, mais nul homme ne mérite de rentrer chez lui pour trouver un individu aussi gros et hirsute qu'un bison vautré sur son canapé en cuir… en string doré !

Dante esquiva un petit Asiatique – pas plus d'un mètre vingt – qui cherchait à lui pincer les fesses tout en déposant des margaritas sur la table de la salle à manger, et préféra aller chercher deux canettes dans une glacière posée près de la porte de la cuisine. Puis d'un pas de côté et d'un bond preste, il s'échappa pour rejoindre son partenaire sur le perron, refermant derrière lui l'écran grillagé de la porte.

Il tendit à Hank une bière et fit la grimace, car le groupe douteux des envahisseurs éclata soudain en glapissements, gloussements et bordées d'insanités colorées.

Sous le porche, Dante chassa d'un fauteuil en rotin l'un des chats du voisinage, s'installa à sa place et ouvrit la canette.

— Merci pour le soda, dit Hank.

Quand retentit une nouvelle agression auditive, le rouquin regarda par-dessus son épaule.

— Dis, Montoya, ai-je vraiment envie de savoir ce qui se passe là-dedans ? Tu crois qu'ils appellent au secours ?

— Nan, marmonna Dante, c'est une séance d'épilation. Crois-moi, mieux vaut ne pas les approcher.

Ils étaient énervés, épuisés et assoiffés. Sur la route de Wiltshire, un bref arrêt dans un débit de tacos leur avait permis d'assouvir leur faim, mais à proximité du parc, une fête de quartier avait créé un embouteillage monstre. Bloqués dans la voiture, les deux inspecteurs avaient longuement mijoté dans l'air humide de Los Angeles, en ce début de soirée. Lorsque Dante s'était enfin garé devant le bungalow à deux niveaux qu'il partageait avec son oncle, Manuel, il était aussi trempé de sueur que Hank et ne supportait plus le confinement de la voiture.

West Hollywood était calme – sauf la burlesque séance de soins corporels en cours derrière eux. De la musique mexicaine à l'ancienne émanait en sourdine d'un minuscule cottage rose, en face de la rue, et quelques maisons plus bas, une jeune femme en peignoir de bain jaune tenait en laisse un chien minuscule qu'elle cherchait à convaincre de faire ses besoins. Manifestement, le rat surdimensionné refusait de pisser et de laisser sa maîtresse rentrer chez elle. De chaque côté, la rue était bordée de trottoirs défoncés par endroits, soit par les vieux troncs dont les racines faisaient gondoler le ciment, soit suite à un ancien tremblement de terre. Les jardins étaient petits, parfois même réduits à de minuscules carrés de graviers ou de béton peint en vert ou en terra-cotta, et presque toutes les maisons étaient entourées d'une petite chaîne ou d'une clôture blanche, essentiellement pour éviter que les chiens et les enfants s'aventurent dans la rue.

Peu à peu, le quartier s'embourgeoisait. En général, les maisons se léguaient d'une génération à l'autre. Dante considérait avoir eu une sacrée chance d'obtenir sa maison lors d'une vente aux enchères après saisie-arrêt, trois mois à peine après son arrivée à Los Angeles. Abandonné depuis longtemps, le bungalow était alors presque inhabitable. Dante avait installé son oncle dans la 'maison de la belle-mère', à l'arrière de la propriété, et passé l'essentiel de son temps libre à faire tomber les cloisons et arracher les moquettes couvertes de taches d'urine.

À l'heure actuelle, la maison annexe était devenue salon de beauté pour y recevoir les clients occasionnels de Manny, et Dante concentrait son énergie sur les petits projets de rénovation qu'il avait jugés moins urgents, comme arracher l'affreuse fontaine en béton qui occupait son jardin de devant, au centre d'un carré de pelouse brûlée par le soleil.

— Tu veux que je te ramène chez toi ? demanda Dante, en sirotant sa bière.

Hank refusa d'un signe de tête

— Nan, le tram me déposera juste devant ma porte. Ne te vexe pas, mais je n'ai vraiment aucune envie de remonter dans ton minuscule tacot.

— Il n'est pas à moi, je te le rappelle. Mon 4 x 4 est au garage. Tu pourrais remercier Manny de nous avoir prêté sa voiture. Nous avions le choix entre sa Z/28[11] ou le monospace de ta femme.

— Pitié, pas la Cheerio-mobile ! La semaine passée, le chien a vomi dans la climatisation. Si tu veux mon avis, il va nous falloir faire exorciser cette bagnole. Je ne peux plus entrer là-dedans sans avoir la nausée.

Hank prit une grande gorgée de sa canette, puis en frotta l'aluminium glacé sur son visage.

— Au fait, et Manny ? demanda-t-il ensuite. Comment s'en sort-il ?

— Ça va mieux. *Tío* a reçu le feu vert de son oncologue la semaine dernière. Après cinq ans, il est enfin libéré de son cancer. Il prétend être surtout content que ses cheveux repoussent, mais je sais qu'il a eu très peur.

Dante se rendit compte qu'il dessinait un signe de croix sur sa poitrine.

— Je ne sais pas ce qui est pire, continua-t-il, l'air penaud, ne pas être fichu d'oublier une vieille habitude ou d'être trop idiot pour en acquérir de nouvelles.

Tout à coup, leurs deux téléphones se mirent à bourdonner et à sonner en même temps. Surpris, Dante fronça les sourcils et tira son appareil de sa poche arrière tandis que Hank cherchait le sien. En faisant défiler le long texto qu'il venait de recevoir, Dante dut résister à son désir de jeter son portable à travers la cour et d'arracher par la même occasion un morceau de la foutue fontaine.

Stevens était sorti de prison et en cavale, très probablement.

Hank serrait les dents.

— Putain, comment a-t-il pu sortir ? s'exclama-t-il. Bordel de merde ! Il est suspecté de meurtre ! Et ils le relâchent tout tranquillement ?

— Il a été libéré sur parole, marmonna Dante. Tu as vu arriver ses avocats, hein ? À ton avis, ce n'était pas l'argent de la caution qu'ils apportaient ? Leurs foutus costumes coûtent sans doute plus cher que le remboursement mensuel du prêt de ma maison.

Il relisait le message de leur capitaine. Son partenaire se redressa et se mit à arpenter nerveusement le porche.

— Ça m'étonne qu'il leur ait fallu tout ce temps pour le faire sortir, déclara Dante. Stevens ne peut pas retourner chez lui. C'est mieux bouclé

---

11 Chevrolet Camaro

encore que les perles du chapelet que Manny a obtenu du Pape. Où peut-il se cacher ? Si nous perdons sa trace, nous sommes baisés.

— Son plus proche parent est indiqué dans son dossier, souligna Hank. Archibald Martin. Il habite à Beverley Hills. C'est peut-être son oncle ? Ah, non, son grand-père. Stevens a un papy !

— Et il vit dans les Hills ? s'étonna Dante. À ton avis, combien gagne cet escroc de Stevens en refilant aux gens des anneaux en plastique et des monstres en peluche ? Et son grand-père habite dans le quartier le plus cher de Los Angeles ?

— C'est peut-être juste un jardinier ou un parasite. Les gens des Hills sont tellement riches qu'ils payent des lèche-culs pour vivre chez eux et les encenser. Stevens est le genre d'homme qui, s'il le voulait, se tirerait très bien du rôle. Merde, cet oncle-cousin est sans doute un escroc qui s'est faufilé dans le lit d'une vieille et attend sa mort pour passer le reste de sa vie à veiller sur ses caniches.

Hank grimaça quand Dante lui jeta un regard de reproche.

— Quoi ? protesta-t-il. Je suis sûr que tu pensais la même chose.

— Non. Je n'ai pas l'esprit aussi tordu. Écoute, Stevens ne peut pas retourner chez lui. Sa boutique et son appartement sont toujours bouclés par la police, il va donc devoir aller ailleurs. Et dans ce cas…

Après un haussement d'épaules, Dante se pencha sur son portable et chercha l'adresse d'Archibald Martin à Beverly Hills. Il cligna des yeux en voyant ce qui apparaissait à l'écran.

— Ben merde alors !

— Voyons si nous pouvons trouver quelque chose sur lui…

Hank s'interrompit quand Dante lui tendit son téléphone, lui permettant ainsi de voir le résultat de sa recherche.

— C'est quoi ce bordel ? Stevens est plein aux as ?

— Sa famille l'est. Il y a un truc qui cloche, parce que je t'assure que Vince et moi ne savions rien de ce prétendu parent quand nous étions sur les traces de Stevens. Et voilà qu'il apparaît de nulle part, avec une belle adresse ? C'est louche. Si Stevens est encore à Los Angeles, il est soit chez ce gars, soit chez cette assistante introuvable.

— Comment s'appelle-t-elle déjà ? Charlotte ? Non, Charlène. Il n'y a aucun autre nom indiqué sur son dossier. Merde, soupira Hank, je ne sais même pas si nous pouvons considérer ces vagues renseignements comme un 'dossier'. Tu as déjà travaillé pour Harry Jette-tout, non ? D'après ce que j'ai entendu dire, ce connard balançait les dossiers comme s'il s'agissait de vieux restes moisis.

— Ouais, c'est vrai. Il nous a ordonné de jeter tout ce que nous avions sur Stevens dès qu'il a appris que son cas n'intéresserait pas le DA – ni maintenant, ni jamais. Je pense que pour Vince, ça a été la goutte qui a fait déborder le vase.

Le rouquin écrasa entre ses doigts sa canette vide.

— Avec des idées pareilles, ça m'étonne que nous n'ayons pas davantage de procès sur le dos. Il va falloir que nous allions fouiller dans les microfiches en espérant que les gars des renseignements aient bien tout scanné.

Dante évoqua les cartons qu'il avait planqués des années plus tôt, le jour où Vince avait jeté son badge sur le bureau de leur capitaine avant de s'en aller définitivement, laissant Dante éponger les dégâts qu'il avait créés.

Il se racla la gorge et marmonna :

— Tu sais… Vince et moi avions fait des copies de sauvegarde. *Mierda*, j'ai conservé des tonnes de papiers. Tout est à l'étage… dans un placard.

Surpris, Hank cligna des yeux.

— Tu te fous de moi ?

— Nan. En principe, j'ai tout ce que Vince et moi avions déniché sur Stevens, ce qui n'était pas beaucoup d'ailleurs, mais c'est toujours ça. En particulier, j'ai tous les noms de ceux que nous soupçonnions d'être ses complices ou ses intermédiaires. Et ce depuis son adolescence. En ce temps-là, Stevens gardait un profil bas. Ce n'était qu'un gosse, mais Vince et moi étions tombés d'accord pour penser qu'il opérait pour un receleur. Nous n'avons pas trouvé grand-chose de personnel sur lui, mais qui sait, ça peut toujours nous aider.

— Mec, c'est… c'est contre le règlement de la LAPD ! Même si ce connard de Vince est tombé dans l'illégalité en falsifiant les preuves, tu n'étais pas censé emporter un dossier chez toi.

Puis Hank sifflota doucement.

— Waouh ! Le capitaine va franchement apprécier un truc pareil !

— Je sais. J'aurais dû… tout rapporter après le renvoi de Vince, mais je n'en ai pas vu l'utilité. Le DA refusait toujours de regarder ce que nous avions. Et ça m'aurait… gonflé de tout jeter parce qu'on ne sait jamais… tu vois ? Parfois, la roue tourne, alors…

Hank l'interrompit d'une violente claque sur l'épaule.

— Non, non ! Montoya, tu m'as mal compris ! Je n'ai jamais été plus fier de toi ! Merde, tu m'empêches de traverser la rue hors des clous et voilà que tu piques un dossier confidentiel ? J'ai presque l'impression que tu deviens… humain.

— J'ai dans mon salon une tripotée d'hommes qui apprécieraient beaucoup que je te livre à eux, lui rappela Dante. J'ai aussi un Taser. Il y a longtemps que Manny rêve de s'occuper de tes cheveux. Tu serais coiffé à la Pompadour avant même d'avoir fini de tressauter sur mon plancher, *asere*.

Hank passa la main dans ses cheveux de feu.

— Ne le prends pas comme ça, Montoya. C'était un compliment. Et si tu veux mon avis, nous aurons bientôt besoin pour cette affaire de tous les atouts possibles. À mes yeux, Stevens reste notre meilleur suspect pour ce meurtre, parce que ce foutu caillou avec ses empreintes digitales dessus est une preuve sacrément solide. Nous pourrons certainement démontrer qu'Anderson a forcé la porte du magasin pour voler le diamant que Stevens cachait là. Il l'aura surprise en flagrant délit.

— Le labo n'a pas encore examiné la pierre, grommela Dante. Nous ignorons si elle est authentique et si les empreintes sont celles de Stevens. Nous n'avons pas l'arme du crime et la police scientifique n'a pas trouvé sur lui de résidus de poudre. En fuyant, il a contaminé tout ce qu'il avait sur lui.

— Et que tu le balances sur le trottoir en le roulant dans la crasse n'a pas arrangé les choses, ajouta Hank.

Il ricana devant l'air renfrogné de son partenaire.

— Voilà ce que nous méritons pour avoir répondu à un appel, enchaîna-t-il. Nous aurions dû continuer notre route et aller manger du *ramen*[12] sur la Seconde rue.

— Je préfère épingler Stevens contre un mur.

En entendant le double sens de ses paroles, Dante eut les joues brûlantes. Il ajouta rapidement :

— … pour meurtre.

— Trouver une connexion entre lui et ce diamant a été sacrément génial ! déclara Hank. Merde, ça devrait marcher. Tu sais, si nous pouvions aussi lui coller sur le dos toutes ses conneries d'autrefois, quand Vince et

---

12 Mets japonais constitué de pâtes dans un bouillon, souvent assaisonné au *miso* ou à la sauce soja

toi lui courriez derrière, ce n'est pas simplement contre un mur qu'il se retrouverait, mais en taule pour de bon. Alors, ça te dit que nous rendions visite demain à Archibald Martin ?

— Ouais, reconnut Dante. Autant que s'il s'appelait Daffy Duck et que la chasse aux canards venait d'ouvrir. Plus vite nous remettrons la main sur Stevens, mieux ce sera. Je pense que nous l'avons secoué pendant son interrogatoire, mais il n'a pas menti sur un point : le meurtre n'est pas son truc. Pourtant, il s'est passé quelque chose. Peut-être a-t-il tué Dani accidentellement ? Je ne sais pas, mais s'il est coupable, je veux être celui qui lui claquera au nez la porte de sa cellule.

— Si ses cambriolages d'autrefois ne sont pas couverts par la prescription, ce serait la cerise sur le gâteau.

Hank arborait un sourire si grand qu'il lui ouvrait le visage en deux, ses taches de rousseur ressortant sur ses joues gonflées, deux boules roses et dodues de chaque côté du long nez.

— Un peu comme une victoire posthume pour Vince, hein ? reprit-il. Même si le vieux a tourné au vinaigre à la fin, il s'est toujours montré décent avec toi. Bien mieux que Dawson ne l'a jamais été avec moi.

— Ça, c'est sûr, convint Dante. Ouais, nous collerons tout ce que nous pourrons sur le dos de ce salopard, à condition que notre dossier soit solide. C'est impératif, Hank, je ne veux pas qu'il s'en tire une fois de plus. C'est terminé, les conneries.

ALORS QUE Hank descendait les marches du porche, les amis de Manny sortirent de la maison. Après un brouhaha d'adieux, mêlés de protestations et de rires, Dante agita la main pour saluer son partenaire que le barman asiatique rencontré précédemment – désigné 'capitaine de soirée' – raccompagnait. Hank monta dans le SUV et s'éloigna dans la rue pour quitter West Hollywood.

Dante récupéra les canettes vides, éteignit la lampe du porche, puis retourna à l'intérieur en verrouillant la porte d'entrée derrière lui.

Il trouva Manuel Ortega dans la cuisine. Son oncle portait un pyjama à fleurs jaunes sur fond rose vif et des pantoufles éculées. Il arrivait à peine au biceps de son neveu – sa petite taille ressortant d'autant plus près du mètre quatre-vingt-dix de ce dernier. Monté sur un rehausseur, Manny faisait la vaisselle qui traînait dans l'évier, les manches retroussées jusqu'aux coudes pour ne pas les mouiller dans l'eau savonneuse. Il avait un visage agréable, débonnaire et marqué de rides souriantes et de pattes d'oie. Ses épais cheveux noirs grisonnaient, surtout depuis son cancer du sein. Pendant sa chimiothérapie, quand Manny avait commencé à perdre ses longs cheveux, un de ses amis lui avait rasé la tête, au milieu des rires. Le groupe avait organisé des funérailles capillaires, puis jeté les boucles dans les toilettes comme pour un poisson rouge décédé. Ayant survécu aux rigueurs de son traitement, Manny avait retrouvé la forme et son corps trapu s'était remplumé. Avec son visage souriant et sa petitesse, il était quasiment le sosie de son aînée, la mère de Dante.

Et comme autrefois, quand le frère et la sœur dormaient à même le sol du salon de leur maison natale, ils avaient les mêmes goûts vestimentaires.

— *Tío*, ce pyjama finira par me brûler les rétines, plaisanta Dante en espagnol. Je vais devoir porter des lunettes noires dans la maison.

Il récupéra un torchon pour essuyer un des plats que Manny avait placés dans l'égouttoir.

— Ah, tu es bien placé pour critiquer ! rétorqua son oncle. C'est toi qui me l'as offert, au dernier Noël.

Dante surveilla la tenue de son oncle d'un œil sceptique.

— J'aurais encore les mains brûlées si j'avais touché un truc pareil dans un magasin. Je t'ai donné une Vespa et des bons d'achat à dépenser au centre commercial.

— Justement, c'est avec eux que j'ai acheté ce pyjama.

Manny voulut atteindre un verre à quelques centimètres de lui. Dante remarqua que sa main tremblait légèrement avant que les doigts perclus ne se referment dessus. Manny surprit son regard inquiet et fronça les sourcils.

— Ne me regarde pas comme ça. Je peux donner dans le stéréotype si je veux. D'accord, j'aime les couleurs criardes. Et alors ?

Dante lui donna un petit coup de coude.

— Tu aimes aussi les gens bruyants, hein ? J'ai encore mal aux oreilles après le boucan de ce soir. Et ton pyjama est très bien. Au moins, je ne risque pas que tu files en pleine nuit sans que je te voie. Maman et toi portez des vêtements si *sonores* que même un aveugle vous sentirait approcher.

— Ah, ta mère !

Manny tenta d'afficher une expression décontractée, mais Dante nota la nostalgie dans ses yeux.

— Comment va-t-elle ? demanda son oncle. T'a-t-elle rappelé depuis la semaine dernière ?

— Non.

Il s'attaqua aux petits Tupperware qu'il utilisait régulièrement pour mettre le beurre au frigo, séchant avec soin les couvercles un par un.

— En ce moment, reprit-il, c'est plus difficile pour elle de trouver le temps de me téléphoner. À mon avis, les affaires de papa ne vont pas bien du tout. Elle n'en parle jamais, mais je le devine.

— Peu importe, elle devrait t'appeler. Tu es son fils. Et ton père est un connard, même s'il préfère se voir comme le stéréotype du macho intraitable. Je suis heureux que, question gènes, tu aies pris davantage de notre côté.

Cette discussion revenait régulièrement entre eux. En tout cas, régulièrement depuis que Dante s'était installé à Los Angeles en insistant (lourdement) pour que son oncle malade vienne vivre avec lui. Jadis renié par sa famille mexicaine pour son homosexualité, Manny était désolé de voir l'histoire se répéter avec Dante. À chaque opportunité, il demandait à son neveu de tenter de renouer sa relation avec ses parents – qui l'avaient pourtant éjecté de chez eux quand il leur avait annoncé être gay.

Maricon était l'épithète la moins brutale qu'il ait entendue cette nuit-là.

Il gardait sur la mâchoire une cicatrice de la volée que son Cubain de père lui avait assénée avant de le jeter à la porte, manu militari. Et Dante n'avait pas cherché à se défendre, car à l'époque, il avait eu plus ou moins l'impression de mériter les coups. Autrefois, son oncle avait vécu la même chose et lui aussi en gardait des cicatrices. Il accueillit Dante à bras ouverts, heureux d'avoir un compagnon d'exil. Les deux hommes avaient passé leur première nuit ensemble à pleurer sur la trahison de leur famille et à s'enivrer glorieusement au whisky tout en engloutissant des chocolats à la liqueur. Pourtant, Manny regrettait par-dessus tout sa sœur, la mère de Dante, une femme qui était restée sans rien dire pendant que son mari battait presque à mort leur fils aîné.

Aujourd'hui encore, Dante ne pouvait boire un whisky sans retrouver dans sa bouche le goût des larmes et du sang.

Manny lui tendit le dernier objet à essuyer, une tasse qui venait d'un club coréen pour gentlemen de Garden Grove, dans la banlieue de Los Angeles.

— Ta nouvelle enquête, c'est un mauvais cas ? demanda Manny.

— Ils le sont tous, *tío*. Celui-ci est… compliqué.

Il soutint un moment le regard attentif de son oncle avant d'enchaîner :

— Nous venons d'arrêter un homme que j'ai poursuivi il y a quelques années. Avec Vince. C'était notre dernière affaire. Je ne sais pas si tu t'en souviens… Tu avais d'autres occupations à l'époque.

Son oncle se retourna et s'adossa au comptoir.

— J'étais malade, *mijo*. Pas idiot ou amnésique. C'est celui pour lequel Vince… a renoncé, non ? *Dios*, à quoi pensait-il pour t'avoir ainsi compromis avec une telle stupidité ?

Manny avait l'habitude d'aller au cœur du sujet – et d'user d'une langue acérée.

— J'ai détesté que ce gars-là s'en tire comme une fleur la dernière fois, reconnut Dante avec un soupir. Actuellement, je ne suis pas sûr de *pouvoir* rester objectif. Il n'est pas question que je déconne, *tío*. J'ai enfin la chance de réparer ce qui a merdé.

Il ne pouvait avouer à son oncle qu'il voulait Rook Stevens dans son lit – presque autant qu'il tenait à le voir derrière les barreaux.

— Tu n'as pas à te reprocher les erreurs de Vince, mon garçon. Tu n'as pas non plus à te reprocher sa mort. C'est *lui* qui a choisi d'agir illégalement et de ne pas se faire soigner.

Manny se mit à réassortir les Tupperware, remettant les couvercles sur leurs boîtes.

— Il était malade, *mijo*, reprit-il. Il aurait pu demander de l'aide, mais il ne l'a pas fait. Ce n'est pas de ta faute.

— Il a renoncé à tout, *tío*. Parce que j'avais fait foirer notre dossier. J'ai laissé Stevens me manipuler. Avec notre rencontre dans ce club. Après ça, tout est allé de mal en pis.

Dante haïssait le fait qu'il n'ait jamais oublié la douceur de la peau de Stevens ou la caresse de la bouche soyeuse pressée contre la sienne. Surtout alors qu'il avait du mal à se remémorer les traits de Vince, en bonne santé. Il gardait surtout de son ancien mentor le souvenir d'un mourant à la peau cireuse et aux os décharnés, qui toussait sur un lit d'hôpital.

— Cela arrive à tout le monde de se tromper, Dante.

— Je suis un flic, *tío*. Je dois rester objectif, parce que le sort des autres gens en dépend. Je veux voir Stevens payer pour ce qu'il a fait, mais il faut que ce soit accompli en toute légalité, en suivant le règlement à la lettre.

Dante se frotta le visage et grimaça quand sa paume passa sur ses mâchoires rugueuses de barbe.

— Je tiens à être juste, tu sais, insista-t-il.

31

Son oncle lui tapota le bras.

— Bien sûr, et tu le seras, Dante. Tu es l'un des hommes les plus honnêtes que je connaisse. Mais le plus important, c'est que tu sois franc envers toi-même. Si c'est le cas, tout le reste se résoudra en temps voulu. Maintenant, je crois qu'une vieille drag-queen va aller rejoindre son lit. Pense à éteindre les lumières après moi. Tu sais que je déteste traverser la maison quand il fait sombre.

Dante se pencha et embrassa son oncle sur la joue.

— Ah, non, pas avec un truc aussi coloré ! dit-il ensuite, en tirant sur la manche du pyjama rose et jaune. Tant que tu le portes, l'obscurité ne peut rien contre toi.

IV

EN AYANT la terreur de sa vie, Rook découvrit un truc des plus drôles :
d'abord, la sensation que ses gencives se rétractaient, déchaussant ses dents ;
ensuite, les vives contractions qui ne cessaient de monter et de descendre
entre ses poumons et sa poitrine. C'était des plus curieux effets.

Pénétrer chez lui ne lui avait pas demandé beaucoup d'efforts. Après
que les avocats de son grand-père eurent obtenu sa libération, Rook était
retourné à Potter's Field où la police scientifique devait passer au crible le
bâtiment. La LAPD avait déjà protégé la vitrine fracassée de sa boutique
de panneaux, maintenus par de l'autocollant où il était écrit 'interdiction
d'entrée'. Pour une raison étrange, les flics semblaient penser qu'un banal
verrou sur la porte de derrière suffisait à empêcher les gens d'entrer. Peut-
être cherchaient-ils juste à ne pas tenter les voleurs et opportunistes de
toute sorte qui hantent Hollywood la nuit. Pour dire la vérité, un enfant de
trois ans était capable de forcer ledit verrou en quelques minutes, avec un
marteau en plastique.

Il ne fallut à Rook qu'une seconde et une torsion du poignet, mais se
vanter n'était pas dans ses habitudes.

Pas quand la peur l'étouffait en tout cas. Il avait la gorge aussi serrée
que par les doigts de Montoya.

— Ce n'est pas autour de ton cou qu'il a serré les doigts, connard ! se
fustigea Rook dans l'escalier qui montait à son appartement. C'est autour
de ta putain de queue. Bon, d'accord, pas vraiment. Tu portais encore ton
jean, mais il te touchait quand même la queue.

Il avait essayé de ne pas regarder dans le magasin, mais il n'avait pu y
résister en passant devant le mur vitré pour aller jusqu'à l'escalier. Il tenait
à tout prix à éviter l'ascenseur, car cette horreur était encastrée derrière la
vitrine centrale et jamais il n'aurait pu l'atteindre sans devoir traverser tout
le rez-de-chaussée.

Les flics avaient foutu partout des bandes jaunes – maudit plastique
qui encombrait le champ de bataille qu'était devenue sa vie – mais pour le
moment, bordel, il ne pouvait rien y faire.

Même pas l'ignorer.

33

L'adrénaline se dissipait enfin, lui laissant des jambes en caoutchouc. Rook vacillait quand il atteignit enfin le plancher lisse de son salon. Pendant les rénovations, il avait préféré ne pas toucher au bois poli de l'ancien studio de danse, ça lui avait paru une bonne idée, une fois ôtés les miroirs et les barres d'entraînement. À l'heure actuelle, il s'inquiétait surtout que le grincement de ses nouveaux sneakers, par les fenêtres ouvertes sur la rue, n'attire l'attention des uniformes montant la garde dans une voiture de flic devant le bâtiment.

Les lieux étaient austères, malgré la teinte chaude des murs en brique adoucie par le temps. Rook les avait peu meublés, essentiellement parce qu'il ne savait trop quoi en faire. Une longue bibliothèque en laque noire, de trois mètres de haut, cloisonnait le tiers arrière du loft, dissimulant le seul *achat* de Rook, un grand lit assez moelleux pour qu'il rêve d'y sombrer et d'oublier cette affreuse journée.

Ce lit lui manquerait beaucoup, mais pas au point de risquer la prison.

D'immenses fenêtres à crémaillère s'alignaient sur trois des parois et donnaient au loft une excellente lumière. Assez en tout cas pour que Rook puisse se préparer un encas dans le coin-cuisine qu'il avait fait installer contre un des murs porteurs. Quand il voulait dormir, il lui suffisait de tirer les rideaux. Ceux-ci, sombres et épais, bloquaient le soleil et les bruits de la vie nocturne. Quand les fenêtres étaient ouvertes, la vie animée du boulevard pénétrait dans le loft. Mais à Hollywood, le climat était lunatique, avec d'importants écarts de température et des rafales inattendues, aussi, après plusieurs batailles perdues d'avance, Rook avait fini par abandonner. Il gardait ses fenêtres closes et branchait l'air conditionné.

C'était ce qu'il avait fait en quittant le loft, quand il prévoyait de s'absenter toute la journée. Il fut donc plutôt alarmé de trouver tous les rideaux ouverts en arrivant chez lui. Avec les fenêtres accessibles de la rue, il se sentit vulnérable.

Il savait ne pas les avoir laissés comme ça. Bon sang, dans son état actuel, il avait du mal à se souvenir de son nom, mais il était à peu près certain d'avoir fermé ses rideaux et descendu ses stores avant d'aller vadrouiller le long de la côte californienne.

Il huma l'air, y trouvant presque les relents que les forces de l'ordre avaient laissés derrière elles.

— Les flics ? Pourquoi auraient-ils touché aux rideaux ? Peut-être cherchaient-ils quelque chose…

Ils avaient laissé leurs traces partout. Une pile de documents gisait sur le comptoir de la cuisine avec, au sommet, un mandat de perquisition dûment tamponné qui leur autorisait libre accès à la vie et aux biens de Rook. Il était même certain que, s'il lisait les plus petits caractères, il y trouverait d'autres précisions, comme quoi la LAPD avait le droit de lui fourrer la main dans le cul ou même de l'utiliser pour apprendre l'alphabet aux enfants retardés.

Le coffre encastré dans son mur était bon pour la ferraille. Forcé, il avait été presque arraché de la brique. Des débris jonchaient le sol. À côté, cassé en deux, se trouvait le crayon que Rook laissait habituellement posé sur le coffre. Bien entendu, celui-ci était vide. Les flics avaient confisqué les quelques milliers de dollars qui s'y trouvaient, avec divers objets de valeur pour faire bonne mesure. Rook s'y attendait, bien entendu. Il ne savait pas trop ce qui le vexait le plus, d'être ainsi dépouillé ou bien que les flics l'aient piégé pour le faire.

— Ben merde alors ! Ils ont bousillé mon coffre ! J'espère au moins qu'ils ont bien noté tout ce qu'ils m'ont piqué. Salopards !

Ils avaient commis pas mal de dégâts. Rook, s'il en avait eu la force, aurait volontiers pris des photos pour les envoyer à ses avocats. Mais il était bien au-delà de ces détails. Il avait l'intention de fuir jusqu'à être certain que la police de Los Angeles ne pourrait ni le retrouver ni l'atteindre. Il jeta un dernier rapide coup d'œil à son coffre et effleura du pied la porte tordue.

— *Bousillé par les flics*, ça ne doit pas être inclus dans la garantie.

Le coffre n'était pas sa seule cachette. Loin de là. Rook l'avait laissé bien en vue pour faire croire qu'il n'avait rien de plus, mais partout dans l'appartement étaient dissimulées d'autres caches plus importantes, plus difficiles d'accès. Il était d'ailleurs passé se renflouer. Il lui fallait prendre tout ce qu'il pouvait emporter avant que la police scientifique et autres spécialistes du cambriolage reviennent étudier les lieux de plus près. À l'aube, son appartement grouillerait de flics, une fois de plus. Rook devait donc en être très loin avant que l'orage n'explose sur sa tête.

Le faible murmure d'une chanson résonna au fond du loft. Rook ralentit le pas et devint une ombre furtive. L'intrus ne pouvait être un flic, car il n'avait allumé aucune lampe. Non, il profitait juste des innombrables néons d'Hollywood pour y voir – ce qui expliquait l'ouverture des rideaux.

Mais qui était-ce ?

Rook le découvrit quand il contourna la bibliothèque et vit une blonde ouvrir la porte de sa penderie, prête à le voler sans vergogne. Elle avait des cheveux teints et un corps plantureux dangereusement perché sur quinze centimètres de talons rouges, ce qui lui donnait près d'un mètre quatre-vingt. Elle était presque de la taille de Rook. Tant mieux d'ailleurs, il lui serait plus facile de la saisir.

Rook se glissa derrière son assistante et plaqua la main sur sa bouche.
— Bonsoir, Charlène.

Elle aurait pu pousser un cri strident. Actrice à l'occasion, elle avait déjà été payée pour hurler de toute la force de ses poumons en agitant ses généreux appas. Son corps voluptueux lui avait valu le rôle principal dans un film d'Amazones sur la lune. Charlène savait manipuler son public ! Personne ne réussissait comme elle à jouer l'innocente aux grands yeux écarquillés, surtout quand des monstres en celluloïd déchiquetaient ses vêtements. Et Char était tout aussi douée dans le domaine de l'escroquerie. Dommage qu'elle ne soit pas assez intelligente et patiente pour savoir prendre son temps.

Comme lui, elle avait passé l'essentiel de sa vie chez les forains, mais alors que Rook travaillait dans la maintenance, comme monteur, Char faisait partie du spectacle, en général en étant attachée à une roue qui tournait avec de lourds poignards lancés dangereusement près de son corps. Elle quittait la foire chaque fois que son minable agent lui trouvait un petit rôle de série B, où son personnage connaissait le plus souvent une triste fin.

Lorsque Rook avait décidé qu'il était temps pour lui de raccrocher – et d'abandonner ses activités illégales – Char l'avait suivi, avec l'espoir que se rapprocher d'Hollywood aiderait à relancer sa carrière. Rook n'avait pas eu le cœur de lui dire que, comme Norma Desmond, ancienne vedette du cinéma muet n'ayant su s'adapter au parlant, Charlène Canada était un peu trop vieille et desséchée pour rivaliser avec les starlettes de l'année, toutes de plastique et de botox.

Char gardait du feu en elle. Rook le découvrit vite quand elle lui planta ses dents dans la main, jusqu'au sang. S'il la lâchait, elle crierait 'au meurtre !' assez fort pour lui percer un tympan et lui donner la migraine. Il avait suffisamment fréquenté Charlène pour avoir appris à la dure *cette* leçon-là.

Et il la connaissait assez pour esquiver à temps un des talons meurtriers qu'elle tentait de lui planter dans les testicules. Elle se débattait, cherchant à lui faire relâcher sa prise.

— Char, c'est moi.

Elle marmonna 'qui ?' contre ses doigts et il soupira. Le corps de Charlène dans ses bras était doux, tendre et chaud, mais Rook n'était pas stupide. Même si son talon l'avait manqué, ses faux ongles acérés étaient capables de le rendre aveugle à la première opportunité.

— Qui ? répéta-t-il, exaspéré. Moi, Rook. Le gars qui paie l'essentiel de tes factures. Je vais te lâcher à présent. Ne. Crie. Pas.

Il ôta prudemment sa main de la bouche pulpeuse, la paume barbouillée du rouge à lèvres écarlate que Charlène aimait à porter.

— Comment j'aurais pu savoir que c'était toi ? souffla-t-elle dans un murmure accusateur. N'importe qui peut prétendre être Rook !

— Char, si tu savais à quel point ma vie est devenue merdique, tu comprendrais que *personne* n'a envie de prendre ma place.

Il s'écarta légèrement d'elle pour tirer sur les fesses rebondies l'ourlet de son tee-shirt bien trop serré.

— Comment diable as-tu pu entrer ? reprit-il. La porte de derrière était encore verrouillée quand je suis arrivé.

Elle lui sourit aimablement.

— Oh, je suis passée par le quai des livraisons, il n'était pas fermé à clé. Je comptais tout refermer en partant, tu sais. Je voulais juste récupérer quelques affaires et j'ai vu les flics devant le magasin, alors j'ai fait le tour et j'ai eu de la chance, c'était ouvert.

Dans le cas contraire, Char aurait probablement agité ses seins devant les flics et, d'une façon ou d'une autre, réussi à les convaincre de la laisser entrer. Elle avait un don pour ça.

Rook sentit un air frais lui caresser le visage, la penderie étant climatisée pour préserver les vêtements cinématographiques stockés à l'intérieur. Il fronça les sourcils et s'apprêta à refermer la porte quand Charlène l'en empêcha, retenant le panneau d'une main.

Il la fixa d'un air interrogateur.

— Qu'est-ce que tu fichais dans ma penderie ? demanda-t-il. Ces costumes ne doivent pas quitter les lieux. Ils font partie de l'inventaire.

— Je… euh… Je comptais juste emprunter une tenue pour la soirée. J'ai justement des chaussures lilas absolument géniales, il me faut quelque chose pour aller avec.

Les mots s'échappaient de ses lèvres en flux régulier, mélange d'excuses et de supplications, de cette voix mièvre de petite fille boudeuse dont elle ne pouvait plus se débarrasser.

— C'est vraiment important pour moi, Rook ! insista-t-elle. Il y aura des producteurs et autres financiers du cinéma. Je dois absolument paraître bien...

Elle s'interrompit lorsqu'il commença à détacher les doigts qu'elle crispait sur la porte.

— Tu es toujours bien. Tu n'as pas besoin de...

Char recula d'un pas, scrutant Rook dans la pâle lumière qui émanait des fenêtres.

— C'est une soirée steampunk ! Je n'ai rien qui correspond à ce thème. Allez, quoi ! J'ai vraiment besoin d'un truc sympa à me mettre. C'est très, très important. Surtout parce que...

— J'ai déjà entendu ça, Char, coupa Rook. C'est *toujours* important.

Il s'apprêtait à refermer quand il changea d'avis. Il allait céder. Quelle importance si Charlène prenait tous les costumes ? Bon sang, pour qui d'autre comptait-il conserver ces conneries ?

Une fois décidé, il s'écarta et lui ouvrit la porte.

— D'accord, dit-il. Prends ce que tu veux. Tu peux même vider tout l'appartement. Et si les flics ne l'ont pas déjà trouvé, il y a un coffret hermétique caché dans les boîtes à chaussures. Dans un des mocassins en soie brodée, tu trouveras deux cartes anonymes créditées de cinq mille dollars chacune. Quitte la ville. Planque-toi un moment, parce que Dieu sait que je vais faire la même chose.

— Tu n'en auras pas... besoin ?

Par-dessus son épaule, Charlène jeta un coup d'œil à la penderie, prise dans un dilemme évident.

— Non, j'en ai d'autres. Je suis juste passé récupérer quelques affaires. Comme ce vieux couteau Bowie que j'ai gagné à Perkins. J'avais promis de le lui rendre.

Il s'éloigna vers la chambre. Derrière lui, Charlène faisait des bruits discrets, mais il ne pensait qu'au couteau qu'il avait dissimulé dans un secrétaire d'apothicaire. Il examina les vingt-cinq tiroirs du meuble et se demanda ce qui lui avait pris de choisir une cachette pareille.

— Seul un parfait crétin planque une arme dans un endroit comme ça !

Rook se concentra sur le secrétaire, ignorant le tintamarre de plus en plus bruyant des talons aiguille sur le plancher.

— Sans doute le cinquième à partir du bas. C'est généralement mon premier choix.

Ce n'était pas le bon tiroir, mais s'il devait en juger à la quantité des préservatifs rangés là, il avait de toute évidence prévu une orgie digne de rivaliser avec celles de Caligula.

Charlène posa doucement les doigts sur son épaule.

— Tu as prévu de t'enfuir ? Ce n'est pas possible. Qu'est-ce que tu veux fuir ?

Rook soupira, refusant de se retourner pour affronter les grands yeux bleus. Ils seraient humides, les larmes délayant le mascara des épais faux cils que Char aimait à porter. De plus, au contraire des autres fois qu'il l'avait vue ouvrir les grandes eaux, elle serait sincère et inquiète pour lui.

À l'heure actuelle, il n'était pas certain de supporter une telle sollicitude. Cette brûlure lui serait plus douloureuse qu'un coup de couteau entre les côtes, mais ne rien dire et risquer de… la *blesser ?* Pas question ! Il ne piétinerait pas le bon cœur de Charlène parce qu'il n'avait pas le courage de la regarder.

Pivotant légèrement, il passa un bras autour de la taille mince.

— Tu as vu le rez-de-chaussée, Char ? Tu as vu le sang répandu sur le sol ?

— Il y a du sang en bas ? s'exclama-t-elle, les yeux écarquillés, la gorge palpitant sous le choc.

Si elle avait porté une rivière de perles, elle s'y serait accrochée pour accentuer l'effet dramatique, incapable de séparer la femme qu'elle était de la caricature cinématographique qu'elle avait créée.

— J'ai cru qu'un voleur avait tenté d'entrer en cassant la vitrine, souffla-t-elle. Il y a du… sang ? C'est vrai ?

— Tu te souviens de Dani Anderson ?

En entendant le nom de celle qui avait failli provoquer la mort de Rook, Charlène perdit son visage de poupée – ou plutôt, elle devint Chucky[13].

— Oui, et alors ?

— Elle a été assassinée. Ici même. Au rez-de-chaussée. Dans ma boutique. Et les flics pensent que je suis son meurtrier.

— Et alors, qui pourrait te le reprocher ? cracha Charlène. Je l'aurais volontiers tuée moi-même.

---

13 Poupée possédée par l'esprit d'un tueur en série et personnage principal d'une série de films d'horreur

— Peut-être, mais je ne l'ai pas fait. Je ne l'ai pas tuée. D'après ce que j'ai vu, elle s'est fait avoir par un vrai Raspoutine. C'était un massacre… au couteau, et tout.

Tout à coup, il pencha la tête en arrière, presque choqué par l'acceptation blasée dont Char faisait montre.

— Tu crois que c'est moi le responsable ? demanda-t-il.

Elle haussa les épaules.

— Comme je viens de le dire, qui pourrait te le reprocher ?

— Eh bien… Non, je ne l'ai pas fait. Je ne l'ai pas tuée.

Il la lâcha pour pouvoir chercher le couteau de Perkins.

— Il y a une valise – et même deux, je crois – dans l'autre penderie, indiqua-t-il. Tu pourras en avoir besoin pour emporter des vêtements…

Charlène s'assit sur son lit, froissant sous son poids la couette rouge sombre.

— Je ne comprends pas pourquoi tu t'enfuis ! déclara-t-elle. Tu n'as pas tué Dani. Tu n'étais même pas là.

— Ouais, mais j'ai fini par revenir et cette garce m'est tombée dessus – au sens littéral. Franchement, même morte, elle s'est arrangée pour me foutre dans la merde. Ces salopards de flics me sont tombés dessus alors que j'étais couvert de sang. Ils m'ont flanqué à poil en gardant ce que je portais.

D'un signe de la main, il désigna sa tenue, le tee-shirt et le jean qu'un des avocats lui avait fournis pour se changer.

— Tu crois vraiment, reprit-il, que j'achèterais un jean à quatre cents dollars ?

— Il te va bien. Tu as un cul d'enfer.

Il lui lança un regard noir. Elle tiqua à peine. Repoussant de la main son air renfrogné, elle esquissa une moue boudeuse et enchaîna :

— Peu importe, tu ne dois pas fuir. Tu dois te battre. Tu ne peux pas les laisser te prendre tout ce que tu as bâti. Ce ne serait pas juste.

— Bâti ? Qu'ai-je donc bâti ?

Il n'arrivait pas à mettre la main sur son couteau, mais il découvrit quelques pièges à doigts chinois[14] vintage qui dataient d'une campagne publicitaire des années cinquante.

---

14 Ou menottes siamoises, tube en paille tressée qu'on enfile au bout des doigts

— Char, insista-t-il, ne devrais-tu pas emballer tes affaires au lieu de chercher à discuter ? Je me demande si les flics n'ont pas trouvé ce fichu couteau… Peut-être l'ont-ils emporté pour vérifier s'il correspond aux blessures de Dani. Ce serait une sacrée malchance !

— Tu vas vraiment les laisser te priver de ta vie ? De ta normalité ?

À ces paroles, Rook sentit un frisson glacé remonter le long de sa colonne vertébrale. Il cessa de fouiller les tiroirs pour dévisager son assistante. Cette fois, les prunelles bleu ciel n'étaient pas larmoyantes, mais emplies de pitié et de tristesse.

— Réfléchis, Rook chéri, insista-t-elle. Ce magasin… cet appartement… c'est le premier endroit qui t'appartient vraiment. C'est ta maison, ton foyer. Et tu ne t'es même pas autorisé à vraiment y croire. Tu sais comment je le sais ? Regarde autour de toi, tu n'es pas installé *pour de vrai*. Tu n'as pas encore planté tes racines, mais tu le pourrais. Si tu essayais. Si tu le voulais.

— Je…

— Vas-tu laisser Dani te voler *ta vie* ? demanda-t-elle d'une voix suave. Ne veux-tu pas avoir un endroit où tu vis au grand jour, où tout le monde te connaît ? Comme le gars du coffee shop qui flirte avec toi chaque fois qu'il prend ta commande ? Ou le livreur du fast-food chinois qui sait que tu préfères les baguettes aux fourchettes en plastique ? Tu n'en as pas marre d'être en cavale, Rook ? De vivre dans une caravane, avec des valises toujours prêtes, parce que tu penses ne pas mériter mieux ? Voilà ce qu'elle risque de te voler, bébé. Une vie normale.

Il aurait voulu protester, trouver une réplique intelligente, ou même dire à Char de lui foutre la paix, mais il avait la gorge tellement serrée qu'aucun mot ne pouvait s'en échapper – ce qui étouffait aussi sa peur et sa colère. Le loft était meublé de façon spartiate, certes, il n'y avait que le lit et quelques chaises de jardin en plastique achetées au drugstore du coin de la rue. Sa vaisselle était constituée d'objets Melmac[15] trouvés dans des lots acquis aux enchères. Bon sang, même sa machine à café venait d'une promotion Internet !

Rien n'avait de valeur.

Et lui non plus.

Il l'avait toujours ressenti.

---

15 Planète fictive de la série télévisée *Alf*.

Devant son secrétaire, Rook avait l'impression d'affronter une centaine de tiroirs ouverts. Les paroles de Charlène l'avaient mis à nu. Il sentit son estomac faire un dernier soubresaut avant de devenir une boule dure au milieu de ses tripes. Il n'avait jamais cru en l'honnêteté. Cette valeur faisait obstacle à trop des choses qu'il devait faire. Si on la laissait s'enraciner dans une vie, l'honnêteté exigeait trop de morale et d'éthique. Étant enfant, Rook Stevens n'avait vraiment pas eu besoin de s'encombrer l'esprit avec d'étouffantes notions de bien et de mal.

Aujourd'hui, c'était différent, alors qu'il *n'avait pas* commis l'impensable – qu'il *n'avait pas* franchi cette ultime frontière à laquelle il s'était conformé durant son passé de délinquant. Il n'avait pas tué.

Pourquoi s'enfuirait-il pour un crime qu'il n'avait pas commis ? Qu'il soit damné !

Il n'allait pas perdre ce qu'il avait acquis après avoir renoncé à son existence antérieure. Il avait dû lutter contre son malaise à l'idée de devenir propriétaire, de se créer une vie qui n'était pas uniquement mirage, illusion. Il avait même eu des crampes d'estomac en remplissant la paperasserie officielle obligatoire pour créer une société légitime et engager du personnel – une actrice de troisième ordre. Il payait à son assistante un salaire décent dont elle vivait, même si elle auditionnait toujours pour des rôles qu'elle n'avait aucune chance d'obtenir.

Charlène avait raison. Il avait acquis une putain de normalité et ni Dani Anderson ni la police de Los Angeles n'allaient l'en priver.

Il referma les tiroirs un par un et remit tout en place, puis il se retourna et s'adossa contre le secrétaire. Il adressa un lent signe de tête à celle qui était assise sur son lit.

— Ouais, tu as raison. Je ne vais pas m'enfuir, bordel !

Le fait de le dire à haute voix électrisa tous ses nerfs, qui semblèrent se recroqueviller sur eux-mêmes.

— Je vais me battre, insista Rook. Je le vaux bien, pas vrai ?

— Et plus encore, bébé ! piailla Charlène, d'une voix aigüe à percer les tympans. Euh… juste un truc… J'espère que ça ne te dérange pas si je prends quand même les cartes bancaires et les vêtements, hein ? Tu sais que je t'adore, Rook, mais je n'ai rien d'une blonde idiote.

LE CHAUFFEUR de taxi s'arrêta devant la résidence Martin – le château. Rook entendit le sifflotement ébahi du chauffeur devant le monstrueux tas de pierres que son arrière-grand-père avait fait importer des îles britanniques. L'ensemble ressemblait à un jeu de mikado, les bâtonnets étant remplacés par des murs et des fenêtres, le tout entrelacé de vigne vierge, posé au centre d'un immense jardin traditionnel, où chaque fontaine avait la taille d'une maison normale, et dûment clôturé par une grille en fer forgé hérissée de piques.

Rook aimait à l'appeler *Barad-dûr*[16], parce que si un endroit méritait cette appellation de 'La Tour Sombre', c'était bien l'imposant manoir de son grand-père.

Il donna son nom au gardien et fut surpris de voir les grilles fortifiées s'ouvrir devant le taxi. Il fut encore plus surpris quand l'homme se pencha pour tendre au chauffeur une carte noire[17], payant ainsi sa course.

Une fois devant le château, Rook, trop fatigué pour discuter du pourboire du chauffeur, lui donna vingt dollars avant de le renvoyer. Il entendit à peine le taxi s'éloigner. Soudainement confronté à l'énormité de ses actes, il se demanda s'il pouvait encore sauter dans l'immense bassin décoré de geysers d'eau et de statues qu'un paysagiste avait judicieusement placé au milieu du rond-point.

Aussi épuisé soit-il, il reçut néanmoins un choc considérable quand son grand-père lui ouvrit la porte d'entrée – une seconde à peine après qu'il ait actionné le heurtoir.

Archibald Martin était tout ce que Rook n'était pas : un patriarche despotique, bien incrusté dans le roc d'une famille riche. En grandissant, l'homme avait bénéficié de tous les privilèges de l'argent et acquis la ferme conviction que le monde entier lui devait obéissance et adoration. Avec son épaisse tignasse blanche et son intimidant nez en bec d'aigle, Archibald avait autrefois dominé Rook de toute sa taille. Mais ses épaules s'étaient voûtées avec l'âge. Actuellement, il s'appuyait sur une canne pour soulager un dos devenu fragile et une hanche bloquée. Pourtant, sous les sourcils broussailleux, les yeux vairons – dont Rook avait hérités – le fixaient, durcis par l'âge et l'entêtement, sans le

---

16 *La tour sombre*, en sindarin, langage fictif de l'œuvre de l'écrivain britannique J. R. R. Tolkien, notamment dans son roman *Le Seigneur des Anneaux*

17 Probablement une Black Amex, carte de crédit de prestige aux États-Unis (NdT)

moindre soupçon de tendresse pour le jeune homme qui se trouvait sur son perron.

Puis Archibald s'écarta légèrement pour le laisser entrer. Le velours sombre de son peignoir virevolta et révéla ses jambes et le pyjama qu'il portait.

— Alors, te voilà revenu à la maison ? tonna-t-il. Tu n'as pas filé rejoindre ta mère chez les sauvages.

— Nan, je me suis dit que pour une fois, j'allais leur cracher dessus, répondit Rook à mi-voix.

Il fit passer sur son épaule le sac qui contenait des habits de rechange et sa trousse de toilette. Il n'était toujours pas entré, retenu par la finalité urgente du moment. Certes, il avait déjà accepté l'aide d'une meute d'avocats pour sortir de prison, mais, à l'idée de se retrouver sous le toit d'Archibald, il sentait une boule douloureuse se coincer dans sa gorge. Du coup, il restait sur le seuil, réfléchissant en silence à ce qu'il allait faire.

— Alors, mon garçon, tu entres ou tu t'en vas ? grommela Archibald. Tu es plus chatouilleux qu'un chat ! Je ne compte pas passer toute la nuit planté là. Je suis vieux. Je dois penser à dormir. Et toi aussi, probablement, puisque ces maudits flics t'ont gardé bien trop longtemps. Je devrais virer ces putains d'avocats qui ont été incapables d'obtenir ta libération avant minuit. Quel est l'intérêt de payer des vautours s'ils ne sont pas fichus de nettoyer un cadavre jusqu'à l'os, hein ? Entre avant que je change d'avis et que je te claque la porte au nez.

Voilà qui tira Rook de son indécision. Il pencha la tête pour dévisager son grand-père. Quelque chose dans son expression dut ranimer la dernière étincelle décente de l'âme du vieil homme, car le dur visage s'adoucit.

Archibald secoua la tête et s'excusa :

— Je n'aurais pas dû dire ça. Tu ne mérites pas ce genre de conneries de ma part. Tu en reçois bien assez de ta mère, et c'est déjà navrant. C'est juste que je suis…

— … un enfoiré de première ? proposa Rook aimablement.

Il déplaça la courroie de son sac qui lui sciait l'épaule.

— J'allais dire vieux, précisa son grand-père, mais enfoiré de première fera l'affaire. Allez, entre. Nous allons te trouver une chambre. Tu vas rester ici et te battre. Je te soutiendrai, mon garçon.

Rook passa enfin le seuil.

— Je m'appelle Rook, vieillard, marmonna-t-il.

Son grand-père referma la porte avec un soupir.

— Ouais, je sais, gamin. Dommage pour toi ! Tu avais déjà tristement reçu mes traits et ma voix. Fallait-il vraiment qu'elle te donne aussi mon nom ?

V

— ET MERDE !

Pour apaiser sa brûlure, Rook passa la main sous l'eau glacée que fournissait le frigo américain. Il venait de tenter d'utiliser une machine à café, au bout du comptoir, dont l'aspect anodin cachait un piège vicieux.

La matinée commençait mal, il avait perdu un duel contre la porte de sa douche, brûlé ses toasts et voilà qu'il échouait lamentablement à se faire une simple tasse de jus ? Il avait seulement pressé un bouton, mais pas le bon apparemment, car le cube métallique démoniaque s'était défendu en projetant un raide tentacule crachant de la vapeur sur lui, comme pour lui repasser la main.

Si Rook se sentait nerveux, cette foutue machine n'en était pas seule responsable. Tout le château lui semblait être une gigantesque prison, prête à se refermer sur lui. Les Martin le considéraient comme 'une maison', mais pas Rook. Trois tours surmontées de toits pointus et d'innombrables cheminées signifiaient un putain de château.

Sa mère avait eu l'habitude d'utiliser sa famille comme une arme, aussi Rook évitait-il les Martin chaque fois que les forains passaient par Hollywood, malgré les tentantes richesses cachées dans les profondeurs du mausolée. Les nombreuses rénovations décidées au cours des années concernaient essentiellement le labyrinthe des chambres réparties de-ci de-là. Dans une tentative ratée de design intérieur, un lunatique quelconque avait choisi de ne peindre que quelques-uns des murs.

En conséquence, Rook avait la sensation de voyager dans le temps en passant d'une pièce à l'autre. Par chance, une de ses tantes devait aimer les lignes épurées et les meubles solides, car il avait pu se trouver une chambre à coucher qui n'arborait ni cape de cerf empaillé ni ornement rococo assez lourd pour le tuer en basculant. C'était une sensation étrange de dormir au milieu de trésors qu'un musée aurait rêvé de posséder. Plus bizarre encore, il n'avait pas bourré des valises d'objets de valeur avant de s'enfuir avec.

Et si Rook avait la sensation d'être une merde de chien dissimulée au milieu de gâteaux au chocolat, il ne comptait pas l'avouer !

Heureusement, la cuisine était moderne, étincelante et triomphale avec des appareils sophistiqués qui faisaient tout et n'importe quoi, sauf ce qu'ils étaient censés faire. Rook était pratiquement certain que le frigo était assez grand pour contenir un mammouth, aussi ne voyait-il pas du tout la nécessité d'avoir en plus deux chambres froides, mais quelqu'un n'était pas du même avis, manifestement. La première fois où il s'était aventuré dans la cuisine pour un encas, il avait mis près de quinze minutes à découvrir où la nourriture était dissimulée.

— L'argenterie ne devrait pas avoir d'armoire attitrée, avait-il grommelé entre ses dents, avant de fustiger ses doigts que démangeait l'envie de forcer le verrou – juste pour regarder ce qui se cachait à l'intérieur.

Une tentation qu'il éprouvait toujours, surtout accusé d'un meurtre dont il n'était même pas coupable.

Oui, bien sûr, il avait voulu la mort de Dani Anderson, mais s'il devait payer pour ça, la moindre des choses aurait été d'avoir son sang sur la conscience, non ? Il aurait bien aimé…

Mais pas autant qu'il voulait du café.

Il étudia pensivement la porte du garde-manger et déclara à haute voix :

— Y aurait-il par hasard du café en poudre dans cette crypte ?

Une voix que l'âge éraillait tonna au seuil de la cuisine :

— Le jour où l'on servira une saloperie pareille dans cette maison sera celui de mes funérailles. Et encore, il faudra que quelqu'un vienne avec.

Se retournant, Rook nota les similitudes entre le vieil homme et lui. Ils avaient surtout des traits communs, mais parfois, en l'entendant parler, Rook aurait pu jurer que le vieux grincheux utilisait sa voix. Les yeux vairons d'Archibald, un bleu, un vert noisette, étaient les mêmes que les siens et tous deux avaient la même taille – du moins avant que les années voûtent le vieillard. Leurs cheveux raides avaient la même implantation et encadraient leurs visages, de la même façon, mais la toison grisonnante du patriarche Martin était impitoyablement peignée en arrière, libérant son front, et maintenue en place avec un gel qui sentait le VO5 – *un produit capillaire d'Alberto Culver*. Ce matin, le vieillard s'appuyait sur une canne en ébène, mais d'après Rook, ses opinions dépassées représentaient sa seule faiblesse.

Archibald Martin détestait l'homosexualité de son petit-fils. Deux gays dans la famille – Rook et son cousin Alex – étaient à ses yeux deux de trop. Et il ne manquait pas d'exprimer quotidiennement son avis sur la question. Rook haïssait cette étroitesse d'esprit avec plus d'ardeur qu'il n'aurait sans doute dû en accorder au vieil homme. Étrange, mais s'il se fichait qu'on le considère comme de la merde, il n'admettait pas d'être jugé en fonction de son orientation sexuelle. Les deux hommes s'étaient disputés souvent et durement et sans résultat, car l'un ou l'autre finissait toujours par jeter l'éponge et quitter le terrain, dégoûté.

D'accord, ils avaient fini par établir une sorte de trêve, mais Rook restait sidéré d'avoir vu toute une armée juridique coûteusement vêtue se pointer au poste de police, dans la salle d'interrogatoire où il était retenu, dès qu'il avait réclamé un avocat. Pour une fois, le fait que son grand-père soit un autocrate manipulateur et exigeant, habitué à tirer les fils de ses marionnettes, lui avait profité.

Il se demandait simplement quel prix il allait payer.

Parce qu'Archibald Rook Martin n'agissait jamais sans arrière-pensée et il obtenait un retour sur investissement, d'une façon ou d'une autre.

Rook salua son arrivée d'un signe de tête, puis désigna la machine à café.

— Hé, Archie. Tu ne saurais pas par hasard comment marche ce truc ridicule ?

— Je dirais que non, vu que c'est la première fois de ma vie que je fiche les pieds dans cette foutue cuisine.

Avec un reniflement dédaigneux, le vieil homme s'approcha de Rook et inspecta l'appareil d'un œil sceptique.

— Où est Rosa ? grommela-t-il. Demande-lui de te faire un café. Elle est payée pour ça.

— Qui est Rosa ? demanda Rook machinalement.

Il ouvrit un petit compartiment qu'il n'avait pas encore remarqué et y trouva un livret blanc.

— Ah, ah ! s'exclama-t-il. Le mode d'emploi. Ou alors, la garantie. Et c'est écrit en français. Ben merde alors. Bon, dis-moi, Archie, qui est Rosa ? Attends… laisse-moi deviner, tu viens de l'engager ? Elle te torche quand tu en as besoin ?

— Ne sois pas idiot, mon garçon. Rosa est notre… cuisinière. Elle devrait pouvoir te faire un café.

Archibald lui arracha le livret des doigts en disant :

— Donne-moi ça, laisse-moi voir. J'ai vraiment envie d'étrangler ta mère chaque fois que je découvre ton ignorance des notions les plus fondamentales. Qui ne connaît pas le français ?

— Probablement cette mystérieuse Rosa.

Rook s'écarta quand son grand-père le poussa loin de la machine. Il croisa les bras sur sa poitrine et enchaîna :

— Ta cuisinière ne s'appelle pas Rosa. D'ailleurs, je ne suis même pas certain qu'il s'agisse d'une femme.

— Quoi ? Non, tu te trompes. D'accord, ce n'est peut-être pas la cuisinière, mais…

Le vieil homme hésita, un de ses épais sourcils blancs se baissa sur son œil vert.

— … peu importe, il y a une Rosa.

Rook haussa les épaules.

— Pas ici. Tu veux vraiment tenter de faire marcher ce truc ou tu me laisses faire un nouvel essai ? Parce que j'ai vraiment besoin d'un café.

— J'ai appelé cette femme – celle qui m'apporte tout – bon sang, quel est son nom, déjà ? Rosa ! cria Archibald en frappant sa canne sur les dalles de travertin[18]. Une femme d'origine espagnole. La trentaine environ. Elle est trop maigre. Elle a besoin de se remplumer. Elle s'appelle Rosa !

— La femme de ménage ? Non, ce n'est pas Rosa non plus. Si tu veux mon avis, elle mérite un titre plus noble que 'femme de ménage'. C'est elle qui gère cette putain de baraque !

D'un geste vif, Rook écarta son grand-père au moment où réapparaissait le tentacule de la machine. La chose cracha un jet de vapeur brûlante, manquant de peu la main tavelée.

— Ouais, ricana Rook, j'ai déjà essayé ça. J'ai trouvé les grains de café et l'eau est chaude, manifestement, mais je n'arrive pas à convaincre ce foutu appareil de combiner les deux.

— M. Martin, il y a deux hommes qui veulent vous parler.

Une femme d'âge moyen, au visage placide, entrait dans la cuisine, la semelle souple de ses chaussures ne faisant aucun bruit. Elle portait un tablier bleu, sur une chemise blanche et un pantalon noir. Un petit pli apparut sur son front quand elle les vit devant la machine à café, mais sinon, elle était aussi sereine que si elle rencontrait tous les jours Archibald Martin dans la cuisine de son château.

---

18 Roche sédimentaire calcaire continentale, de couleur blanche quand elle est pure, mais tirant parfois vers le gris, le jaune, le rouge ou le brun

— Ils se sont présentés comme des inspecteurs de police, continua-t-elle. Hanson a téléphoné au poste pour vérifier leurs numéros de badge et leurs photos. Tout a été confirmé. Souhaitez-vous les rencontrer ?

Archibald poignarda la poitrine de son petit-fils d'un doigt osseux.

— C'est certainement à ton sujet, mon garçon.

— Effectivement, admit Rook. J'attire en général les flics et les emmerdements.

— Mieux vaut aller voir ce qu'ils veulent. Prends un peu de… eh bien, prends ce qu'il te faut et viens nous rejoindre. Je ne leur dirai rien que je ne pourrais dire en ta présence.

Quand Rosa lui prit le bras pour l'aider à quitter la cuisine, le vieil homme grommela.

— Laissez-moi ! Je n'ai pas besoin de vous. Aidez plutôt le garçon avec cet appareil. Et pour l'amour de Dieu, achetez immédiatement un nouvel appareil. Celui-ci a failli m'arracher la main.

Elle inclina la tête avec un sourire.

— Oui, monsieur. Je vais commander un percolateur.

— Pourquoi pas une machine à café ? suggéra Rook. Quelque chose de simple, où l'on met les grains d'un côté, l'eau de l'autre, avant d'appuyer sur un bouton.

— Peu importe ! tonna Archibald. Commandez-la. Quant à toi, mon garçon, dépêche-toi. Je n'ai pas l'intention de passer ma journée à divertir la police de Los Angeles alors que j'ai bien plus intéressant à faire, par exemple me tourner les pouces. Tu ne m'apportes que des ennuis. Je ne sais pas si tu les vaux.

En silence, Rook et la domestique regardèrent Archibald s'éloigner, sa canne martelant son pas. Puis Rosa secoua la tête et se tourna vers Rook, avec un léger sourire.

— Il ne parlait pas sérieusement, monsieur.

— Oh, si, Rosa, rectifia-t-il à mi-voix. Il le pensait vraiment et pourtant, il m'aime bien. Dites-moi, puisque vous êtes là, pourriez-vous me montrer comment me faire une tasse de café ? Je pense que cet appareil veut ma mort.

— Ben merde alors !

Après cette exclamation, Hank baissa la voix et murmura :

— Tu as vu cette baraque !

Dante sifflota discrètement.

— Ce n'est ni une baraque ni une maison. C'est un asile de fous ! *Mierda*, nous étions déjà mal barrés en pensant qu'Archibald Martin était jardinier. Et voilà qu'il vit dans un château ?

Les deux inspecteurs avaient fait une enquête sur Internet avant de monter à Beverly Hills. Loin d'être un subalterne comme ils l'avaient envisagé, le grand-père de Rook avait bâti un empire après avoir hérité sa part de l'argent familial. Dante avait perdu le compte des possessions Martin quelques minutes à peine après avoir commencé sa lecture. Par contre, il se demanda pourquoi Rook Stevens avait sombré dans l'illégalité alors qu'il était né avec une cuillère dorée dans la bouche.

Avançant dans ses recherches, il découvrit que sa mère, une rebelle, était le mouton noir de la famille Martin. Elle avait quitté son nid doré pour suivre un forain et sa troupe, et parcourir le pays. Rook Stevens était le fruit de cette union. Et, d'après ce que Dante commençait à comprendre, les Martin n'avaient découvert son existence que depuis peu.

Ainsi, Archibald avait connu sur le tard son petit-fils... Quelle l'opinion avait-il de lui ? En tout cas, Dante devait reconnaître que le vieil homme avait remué ciel et terre pour lui venir en aide, obtenant ainsi la libération de leur principal suspect pour le meurtre d'Anderson.

Maintenant, Dante ne pouvait qu'espérer ne pas avoir perdu la trace de Rook dans le processus.

À son tour, Hank sifflota lorsque la voiture tourna sur le vaste rond-point devant la demeure.

— Le gars ignore probablement l'existence de ses jardiniers, déclara-t-il. Il pense que tout pousse correctement parce que telle est sa volonté. Nom d'un chien ! Regarde un peu cette maison !

Dante n'avait *aucune envie* de le faire, il aurait préféré regarder n'importe quoi d'autre.

Il y avait un jardinier, un vieil Hispanique âgé qui lui jeta un regard sombre en le voyant descendre de la voiture banalisée. Les deux partenaires avaient obtenu le matin même leur nouveau moyen de locomotion du service véhicules de la LAPD. Dante examina les pelouses parfaitement entretenues et les luxuriants jardins qui l'entouraient, en tentant d'ignorer son malaise. Des picotements lui remontaient le long de la colonne vertébrale. La demeure Martin projetait sur lui une ombre énorme – et pas seulement à cause de sa tourelle de quatre niveaux. Dante avait passé plusieurs étés à travailler chez des gens qui considéraient qu'un garçon au teint hâlé devait utiliser la porte de service pour entrer chez eux – si même il était admis à l'intérieur. Le jardinier lui donnait cette même impression. Dante évoqua l'époque où, ado maigrichon cubano-mexicain de Laredo, il faisait les livraisons du magasin de son oncle.

Avec un sourire narquois, il caressa du doigt le badge accroché à sa ceinture, sentant les crêtes et les creux familiers du métal tiède. Il ne pesait autrefois que quarante-cinq kilos, mais tout en muscles. Aujourd'hui, après des années d'expérience, ce gosse restait tapi en lui, dans l'ombre, examinant d'un air à la fois effrayé et admiratif la monstruosité bâtie à flanc de colline, face au canyon.

Le manoir Martin était un vrai château. Il aurait pu être entouré de douves et cacher un monstre gigantesque, ondoyant sous les eaux opaques à la recherche de son prochain repas – éventuellement des intrus. Dante décida que l'énorme fontaine qui trônait dans son bassin au milieu du rond-point suffisait à la famille Martin pour marquer son statut. Du lierre grimpait et recouvrait les murs de pierre grise du château, encadrant les gigantesques fenêtres cintrées. Quelques vitraux brillaient au milieu de la verdure et de l'ardoise, leurs couleurs chatoyantes renvoyant, sous la caresse du soleil, des reflets arc-en-ciel sur les façades. La bâtisse les dominait, sombre et immense structure dont l'ombre portée rafraîchit l'air alors que Dante traversait le parvis pour approcher de la porte d'entrée.

Hank se pencha pour étudier la structure du panneau.

— Je ne pense pas qu'il y ait une sonnette, déclara-t-il.

Dante posa le pied sur la dalle du seuil.

— Qu'est-ce qu'on fait ? reprit son partenaire. On crie ou on utilise ce truc métallique bizarre ?

— Ça s'appelle un heurtoir, c'est fait pour ça.

Dante souleva le lourd anneau oblong, mais il n'eut pas le temps de le manœuvrer. La porte s'ouvrit et le lui arracha des doigts. Il baissa les yeux sur la petite Hispanique qui le toisait, les sourcils froncés. Il écarta le pan de sa veste pour découvrir son badge.

— Bonjour, je suis l'inspecteur Montoya. Voici l'inspecteur Camden. Nous sommes ici pour parler à M. Archibald…

— Est-ce à propos de son petit-fils ? coupa-t-elle.

Sa voix chantante lui titilla la mémoire : elle parlait anglais avec l'accent espagnol du sud du Texas.

— Oui, acquiesça-t-il.

La femme perdit son air renfrogné.

— Entrez, je vous prie. Je vais vous demander de patienter dans la bibliothèque. Je vais prévenir M. Martin de votre présence.

Ils la suivirent, l'atmosphère fraîche de la maison se refermant autour d'eux au fur et à mesure qu'ils avançaient dans ses profondeurs. Contrairement à la façade classique, l'intérieur du château indiquait différents styles et proportions. Aussi peu familier soit-il avec la décoration d'intérieur, Dante savait que les meubles, tapis – ou les couleurs des murs devant lesquels il passait – étaient excentriques et, dans certains cas, étouffants. Au fond du hall d'entrée, sur une armoire lourdement ouvragée, un vautour empaillé luttait contre un serpent à deux têtes. À côté, le plateau d'une table ancienne présentait une étrange scène champêtre : un singe de pierre entouré de cerfs miniatures en céramique.

La domestique s'arrêta devant une porte ouverte qu'elle leur indiqua par signe de franchir. Elle ne sembla pas remarquer le singe, le cerf, le vautour ou le serpent, mais Dante nota qu'elle examinait la bibliothèque d'un coup d'œil rapide avant de leur demander s'ils voulaient du café.

Dante lui sourit.

— Excellente idée, si ça ne vous dérange pas, répondit-il en exagérant délibérément son accent hispanique. Et si vous pensez que M. Martin est prêt à nous accorder le temps d'en boire une tasse.

— Vous pourrez sans doute le boire pendant qu'il se plaindra de sa famille, répliqua la femme un peu sèchement. Je vous en prie, asseyez-vous. En plus du café, je vous apporterai aussi de la crème et du sucre.

Une fois seuls, les deux hommes s'aventurèrent dans la pièce. Hank poussa un long sifflement d'admiration devant les murs couverts de livres du sol au plafond. La bibliothèque avait pratiquement la taille du bungalow de Dante, elle aurait pu l'engloutir. Au centre du plafond, à six mètres au-dessus de leurs têtes, brillait un dôme dont les vitres crénelées étaient incrustées d'or et de malachite. Un grand escalier de bois sombre montait en colimaçon jusqu'à une mezzanine qui, à mi-hauteur, faisait le tour de la pièce. Son balustre était décoré de fleurs de lis et de girandoles. À l'étage supérieur, il y avait d'autres livres et bibelots, plusieurs vitrines assorties s'alignant contre les murs bleu pâle.

— Jésus Christ ! marmonna Hank. Le gars l'a probablement exposé *lui aussi* quelque part.

Dante regardait autour de lui.

— Sans doute pas, répondit-il, mais je suis sûr qu'il doit avoir une bible manuscrite. Peut-être même une première édition.

— Merde ! Euh, tu crois qu'on peut dire merde dans un endroit pareil ?

Hank se tourna et, d'un hochement de tête, attira l'attention de Dante.

— Regarde ! C'est peut-être lui que nous sommes venus voir, qu'en penses-tu ?

Un portrait à l'huile grandeur nature trônait au-dessus de l'énorme cheminée de pierre, dominant l'espace. L'artiste n'avait pas cherché à flatter son sujet, un homme pâle, avec un nez crochu et des yeux vairons dont les épais cheveux blancs étaient tirés en arrière. L'arrière-plan était flou, un dossier de cuir et des rideaux bordeaux, permettant au personnage central d'occuper toute la toile grâce à la puissance de son regard arrogant et à son air de supériorité écrasante.

Dante étudia le tableau, y cherchant une plaque ou une inscription, mais il ne trouva sur le cadre épais qu'une curieuse tache orange au coin inférieur droit.

— Peut-être, répondit-il enfin, la tête inclinée. Il a les mêmes yeux que Stevens. Je trouve surprenant que le bois soit endommagé. Il paraît plutôt neuf.

Une voix étrangère intervint :

— C'est ce qui arrive quand je reçois du thé alors que j'ai demandé du café.

Un vieil homme renfrogné pénétra d'un pas chancelant dans la bibliothèque, sa main noueuse appuyée à gauche sur une lourde canne d'ébène. Les années écoulées depuis qu'il avait posé pour son portrait ne lui avaient pas été clémentes. Des taches de vieillesse lui marbraient les pommettes et des rides profondes creusaient la peau cireuse de son visage. Dante aurait été prêt à parier que la bouche sévère, aux lèvres palies, n'avait jamais souri au cours de la dernière décennie, sauf aux dépens d'autrui. Et le regard dur et glacé n'annonçait aucun désir de changer d'habitude.

— Archibald Martin ? demanda Hank. Je suis l'inspecteur Henry Camden, et voici…

Il parlait d'une voix autoritaire. Dante le soupçonnait de s'entraîner avec le pékinois de sa femme.

— Je sais qui vous êtes, coupa le vieil homme.

Frappant au rythme de ses pas l'embout de sa canne sur le parquet ciré, il s'approcha d'un fauteuil à oreillettes placées devant la cheminée.

— La vraie question, reprit-il, c'est la raison de votre présence ici. Rosa... enfin, peu importe son nom, elle va nous apporter du café. Vous le boirez pendant que vous m'interrogez. Et asseyez-vous, bon Dieu, parce que je n'ai pas envie d'attraper un torticolis pour vous regarder. En vieillissant, je suis devenu moins grand qu'autrefois.

— Nous sommes venus parler à votre petit-fils, Rook, dit Dante. Si vous savez où il est.

Il prit place dans un autre fauteuil. Son coude heurtant un vase en céramique, il le rattrapa de justesse, avant de le remettre en place. Il s'excusa aussitôt.

— Si vous recommencez, laissez-le tomber, trancha le vieillard. Il y a bien trop de merdier dans cette pièce.

Alors que Hank contournait une table d'appoint, Archibald agita sa canne en direction et aboya :

— Posez votre cul dans un fauteuil pour que nous puissions discuter !

Dante se racla la gorge.

— Nous tenons surtout à retrouver M. Stevens, M. Martin. Comme vous le savez peut-être, il est suspecté de meurtre...

Martin l'interrompit en se penchant en avant, sa canne sabrant l'air devant le visage de Dante.

— Permettez-moi de vous parler de mon petit-fils, inspecteur. En fait, je vais vous parler de tous mes enfants et de leurs maudits rejetons. J'ai treize petits-enfants et les deux seuls à peu près valables du lot sont tous les deux homos. Les autres sont soit des sangsues soit de parfaits abrutis. Je suis surpris qu'ils ne se noient pas à la première goutte de pluie. Je remercie le ciel que le fils de Beatrice ait fini par revenir à la maison, parce que lui au moins est intelligent. Donc, même si vous l'aviez trouvé dansant la farandole dans un cercle de bébés morts, couvert de sang, avec leurs tripes entre les dents, je m'en contrefiche. Je mettrai tout ce que j'ai dans la bataille pour que le garçon en sorte libre. Voilà ce qu'est devenue ma famille : deux pédés et une meute de dégénérés qui me bavent dessus en attendant ma mort. Et je dois compter sur les pédés pour soutenir les Martin.

Au même moment, Rook entrait dans la pièce, les pouces dans les passants de son jean taille basse. Ses yeux étranges brillaient sous leurs longs cils sombres. D'un ton rogue, il répondit à son grand-père.

— Tu sembles oublier un détail, vieillard, même les pédés peuvent avoir des enfants. Par contre, tu auras beau faire, tu ne rendras jamais un con moins con. Alors, que dirais-tu de te montrer un peu respectueux, hein ?

Puis se tournant vers Dante, il l'apostropha aimablement :

— Bonjour, inspecteur. Je n'aurais jamais cru vous rencontrer ici. Auriez-vous trouvé un autre cadavre que vous aimeriez me coller sur le dos ou bien serait-ce mon cul qui vous attire aussi irrésistiblement ?

VI

Voir Rook Stevens fut pour Dante Montoya comme recevoir un coup dans les testicules.

Il en avait déjà reçu. Un flic ne pouvait arpenter les rues de Los Angeles sans se faire attaquer au bas-ventre, de temps à autre. Quand son point le plus vulnérable en prenait pour son grade, une nausée douceâtre tordait l'estomac de Dante.

Lorsque Rook Stevens pénétra dans la bibliothèque, ses entrailles réagirent exactement comme après un coup de canon à l'aine.

Il tenta de lutter contre son malaise, mais en vain. Il eut beau faire, les picotements étaient tenaces. Ses frissons révélateurs, mélange de nervosité, désir et avidité, lui firent regretter de ne pas avoir l'option de se recroqueviller sur lui-même. Il aurait aimé pouvoir déposer ce qu'il ressentait dans un creuset et y jeter une allumette, pour que les flammes féroces s'en donnent à cœur joie sans rien atteindre d'autre. Il aurait aussi voulu trouver une autre raison à son état que son attirance pour cet homme aux yeux étranges qui traversait la grande pièce, mais il n'y parvenait pas.

Alors il carra les épaules et salua Stevens d'un signe de la tête. Sachant le suspect précautionneux, Dante s'était attendu à ce qu'il soit déjà loin à l'heure actuelle, juste un peu de poussière dans le vent, aussi faillit-il s'étrangler en le voyant avancer d'un pas tranquille, comme pour prendre le thé avec son grand-père. Les deux hommes se ressemblaient beaucoup – deux prédateurs dans des domaines différents. Stevens, manipulateur et charmeur, avait choisi l'escroquerie, et le vieil homme était de toute évidence un conquérant qui ne laissait pas de prisonniers derrière lui.

Dante aurait pu supporter d'en affronter un.

Mais deux ? Il allait lui falloir se montrer très prudent.

Il se retint de justesse de se racler la gorge. En général, les charognards se regroupaient pour encercler leur proie avant la mise à mort. Tout signe de faiblesse de sa part, aussi minime soit-il, donnerait un avantage psychologique à Rook et à Archie. Ce que Dante refusait de leur accorder.

— Nous nous demandions où vous étiez, puisqu'il ne suffit pas, apparemment, de vous jeter en prison pour que vous y restiez. Nous sommes heureux de vous retrouver, car l'inspecteur Camden et moi-même avons d'autres questions à vous poser.

— Tu n'es pas obligé de leur répondre, mon garçon. Pas sans ton avocat. S'ils veulent te parler, ils n'ont qu'à prendre rendez-vous.

Dans son énervement, Archibald cracha presque sur les chaussures de Hank durant son discours.

Mais Rook affronta calmement le regard de Dante.

— Je n'ai rien à cacher, Archie. Ils vont juste devoir m'écouter répéter que je n'ai pas tué Dani. Et que j'ignore qui l'a fait.

La dureté qui brillait dans ses yeux vairons était un défi que Dante ressentait à bien des niveaux. Du coup, l'inspecteur ne savait plus trop s'il voulait frapper son interlocuteur ou le retourner sur la table la plus proche pour le baiser. Un désir primitif rugissait dans son cerveau, écartant tout bon sens, toute raison. Il s'apprêtait à traiter Stevens de menteur quand le téléphone de son partenaire sonna.

— Attends une minute, déclara Hank. Il faut que je prenne ça. Ne l'interroge pas avant que je revienne.

Tout en parlant, il lui brandissait son écran sous le nez. Dante fronça les sourcils en reconnaissant le numéro affiché, un de ceux du réseau téléphonique de la LAPD. Hank tourna le dos au groupe et marmonna un 'merde !' étouffé, puis, passant devant son partenaire, il chuchota :

— Je te parie qu'on va nous demander de dégager nos culs de là. Essaie de les retenir.

Quand il quitta la bibliothèque, Dante se retrouva en infériorité numérique, aussi se prépara-t-il à l'attaque imminente qui, il en était certain, n'allait pas tarder. Il ne fut pas surpris de voir Archibald donner le premier coup de dents, confirmant ainsi ce que Dante soupçonnait d'un vieil homme ayant passé sa vie à étriper autrui pour se divertir.

— Alors, mon petit-fils m'a dit que vous vous étiez bien connus autrefois.

Ses sourcils touffus dansaient sur son nez en bec d'aigle. Sidéré, Dante ne put retenir le regard ébahi qu'il jeta à Stevens. À sa grande contrariété, celui-ci lui répondit par un sourire arrogant. Qu'ils se soient connus jadis dans des circonstances douteuses était dangereux – plus encore si Archie était au courant – et Dante n'appréciait pas l'avantage que cela donnait à ses adversaires. Le vieillard n'hésiterait pas à utiliser le moindre atout en sa faveur, quitte à le déformer pour en faire une arme. L'affaire était déjà suffisamment compliquée, l'intervention brutale d'Archibald Martin serait une catastrophe.

— Papy sait que vous êtes l'un des inspecteurs ayant cherché à m'arrêter il y a quelques années. Vous vous souvenez ? C'était à l'époque où la LAPD me prenait pour un voleur.

Rook écarta de son visage sa crinière échevelée et, pendant une seconde, sa ressemblance avec le vieillard qui se trouvait à ses côtés fut presque troublante.

— Nous n'avons pas changé d'avis, répondit calmement Dante.

Il ressentit un frisson de satisfaction quand Rook le fusilla des yeux. Ah, ce petit jeu de sous-entendus et de manipulation pouvait se jouer à deux ! Il devina que son suspect allait désormais mieux surveiller ses cartes, ne se séparant de ses as qu'au dernier moment, quand il en aurait besoin.

— Nous savons aussi que vous êtes un meurtrier, reprit l'inspecteur.

La domestique qui leur avait ouvert la porte du château pénétra alors dans la bibliothèque, poussant devant elle un chariot à thé dans un cliquettement de porcelaine. Dante dut reconnaître au vieillard un certain sens de l'hospitalité. Ça ne plaisait certainement pas à Archibald Martin d'avoir trouvé des flics sur son perron, mais il ne lésinait pas pour autant question courtoisie. Une cafetière d'argent à col de cygne se dressait fièrement au centre de quatre lourdes tasses blanches à la forme étrange. Dans un plat de service, quelques délicates pâtisseries formaient un joli tableau près du sucrier et du pot à crème. Avec l'aisance de l'habitude, la femme remplit une tasse d'un jet de breuvage noir et fumant, aux arômes délicieux, et la tendit à Archibald d'un geste soigneux. Dante remarqua alors que la tasse était marquée d'un écusson de la maison.

— Je vais me servir, Rosa, dit Rook. Merci.

Il enjambait la canne de son grand-père lorsqu'il en reçut un violent coup dans la cuisse.

— Ah ! Je *savais* qu'elle s'appelait Rosa ! s'écria le vieux. Dieu, quel emmerdeur tu fais, gamin !

Puis il se tourna vers Dante en disant :

— Servez-vous, inspecteur. J'ai l'impression que votre partenaire ne va pas revenir d'ici un moment. Autant profiter d'un bon Kona[19] avant que je vous jette dehors.

La main d'Archibald tremblant légèrement, ses doigts glissèrent sur l'anse de la tasse. Elle s'écrasa au sol, éclaboussant du café alentour – essentiellement sur le plancher, mais également sur le pantalon du vieillard, ce qui était fort inquiétant. Les jambes étaient sans doute brûlées.

Rosa et Rook furent les premiers à se précipiter sur lui, battant Dante d'une seconde. La domestique essuya Archibald avec un torchon pendant que Rook récupérait les tessons sur le tapis, qu'il finit par rouler sous les pieds du vieil homme pour être sûr qu'il ne reste aucun éclat de porcelaine.

— Je n'ai rien, grogna Archibald.

Ses protestations devinrent plus grossières quand Rosa marqua son désaccord et bientôt le vieillard proféra une litanie de jurons. Il se leva.

— Je monte me changer, annonça-t-il. Je redescendrai sous peu.

— Je vais appeler l'infirmière pour vérifier que vous n'êtes pas brûlé…

Elle recula vivement quand Archibald brandit sa canne dont il agitait le pommeau d'argent à quelques centimètres de son visage.

— M. Martin, insista-t-elle, vous devriez vous faire examiner.

— Je n'ai pas besoin de ce vautour pour me dire ce que j'ai !

Puis, il s'adressa à Rook et gronda :

— Occupe-toi de divertir les flics pendant mon absence. Ou mieux encore, laisse celui-ci finir son café et bouffer une viennoiserie, puis flanque-les hors de chez moi.

Stevens s'attarda près de lui une seconde de trop et reçut pour sa peine un coup sec sur le tibia. Il s'écarta et leva les mains en signe de reddition.

— Très bien. Va te faire voir. Tu as envie de devenir un *chicharrón* ? C'est comme tu veux. Pense juste à refaire ton testament, je veux que tu me lègues ce putain de renard en peluche.

— Je déteste cette saleté, marmonna Archibald, qui traversait la bibliothèque en clopinant.

Dans le dos de son grand-père, Rook ricana.

---

19 Café en provenance d'Haïti, réputé pour sa saveur unique, délicate et dénuée d'amertume.

— Ouais, justement, je compte le glisser dans ton cercueil juste avant qu'ils te mettent six pieds sous terre. Laisse Rosa prévenir l'infirmière, Archie.

— D'accord… D'accord. Qu'elle appelle cette putain d'infirmière. Qu'est-ce que j'en ai à foutre ?

Le vieil homme arracha son bras à la main de sa domestique et aboya à son petit-fils :

— Ne profite pas de mon absence pour aggraver tes emmerdes, gamin, sinon je ne serai pas le seul qui se retrouvera au trou dans un futur proche.

Dante attendit qu'Archibald ait quitté la pièce avant de se retourner pour affronter Rook.

— Charmant personnage ! Je vois de qui vous tenez votre aimable caractère.

— Adorable ! répondit Stevens.

Il enjamba le tapis roulé et alla jusqu'au chariot, où il remplit deux tasses de café. Après en avoir remis une à Dante, il ajouta à la sienne de la crème et du sucre, puis la porta à ses lèvres. Après en avoir siroté quelques gorgées, il reprit :

— Alors, vous attendez le flamboyant Sasquatch[20] qui vous accompagne, ou vous préférez passer directement à l'attaque ?

Dante avait accepté le café offert par Stevens, mais il s'était contenté de le déposer sur une table voisine.

— Vous et moi devons mettre quelque chose au clair. Concernant cette nuit. Au club.

Rook haussa les épaules avec désinvolture.

— C'est *ça* qui vous inquiète ? Pourquoi ? Nous passions un moment agréable et tout à coup, boum, les lumières se rallument et nous ratons tous les deux l'apothéose. Je ne vois pas ce qu'il y a d'autre à dire. Auriez-vous peur que je révèle votre manque de performance ?

Stevens le dévisageait par-dessus le rebord de sa tasse, avec un regard étrangement méfiant sous le voile de ses cheveux noirs. Il n'ajouta rien, attendant de voir ce que Dante allait répondre. L'inspecteur n'hésita pas à se jeter sur lui, l'absence anormalement longue de son partenaire commençant à l'inquiéter.

Il saisit Stevens par le bras et le rapprocha de lui.

---

20 Ou Bigfoot, créature légendaire humanoïde qui vivrait aux États-Unis dans les grandes chaînes montagneuses.

— J'ai déjà fait mon rapport à ce sujet. J'en ai aussi parlé aux Affaires Internes, alors même si mon capitaine l'ignore encore, il devrait bientôt l'apprendre…

Stevens l'interrompit d'une voix calme, presque douce.

— Écoutez, je ne suis pas du genre à cafarder, malgré tous les emmerdes que je vous dois. Ce n'est pas mon genre de foutre en l'air la vie d'autrui. Et jamais je ne chercherais à vous compromettre de cette façon-là – même si toute votre foutue police est déjà au courant. Ce qui s'est passé entre nous au club était d'ordre privé. Cela n'a rien à voir avec le fait que vous êtes flic et moi… eh bien, je suis moi. Si quelqu'un apprend la vérité, ce ne sera pas par moi. Je peux au moins vous faire cette promesse.

— La LAPD sait que je suis gay.

Dante tenta d'ignorer la musculature du bras de Stevens et le délicieux parfum viril qui émanait de sa peau fraîchement lavée – avec un savon vanillé, non ? C'était déjà une très mauvaise idée d'avoir attiré le suspect contre lui, assez près pour sentir la caresse de son souffle et voir la trace humide d'une langue, sur la lèvre supérieure, après qu'il a léché une goutte de café égarée. Dante aurait voulu poser sa langue à ce même endroit et suivre la piste jusqu'à retrouver sa langue dans sa cachette buccale.

Il tenta de retrouver le fil de ses pensées.

— … mais la plupart de mes collègues ignorent que j'ai failli baiser un suspect. Bien sûr, je préférerais que cela ne s'ébruite pas, mais si c'est le cas, tant pis. Je voulais juste vous en avertir.

— Le passé est le passé. Aujourd'hui est le présent. Vous n'avez plus l'intention de me baiser. Si ça vous reprend, prévenez-moi, afin que je puisse vous éviter.

Stevens aspira de l'air entre ses dents quand Dante resserra sa prise sur son bras.

— Montoya, reprit-il, vous êtes une complication dont je n'ai pas besoin. Une complication sacrément bandante que j'adorerais avoir dans la gorge ou dans le cul, mais quand même, je n'en ai pas besoin. Maintenant, lâchez-moi, sinon je renverse mon café sur votre pantalon.

En toute sincérité, Dante ignorait s'il pouvait croire Stevens. Consciemment en tout cas, car dans un recoin de son cerveau, il savait que le suspect avait bel et bien l'intention de garder leur secret. C'était un menteur et un voleur patenté, d'accord, mais il avait une certaine honnêteté foncière et s'assujettissait délibérément aux règles d'un étrange – mais très strict – code moral qu'il était sans doute le seul à comprendre.

Dante connaissait la force de ce corps musclé, en général dissimulé sous des vêtements amples, il l'avait déjà senti entre ses mains – quelques minutes, un quart d'heure peut-être – mais ce souvenir restait gravé dans sa mémoire, fondu au niveau moléculaire dans la trame même de son être.

Autrefois, une curieuse relation de confiance avait existé entre eux, deux étrangers qui cherchaient le plaisir dans l'anonymat de la nuit. Aujourd'hui, Dante devait à nouveau faire confiance à Stevens. Et cette fois, il ne s'agissait plus seulement d'un assouvissement sexuel passager – mais de sa vie de flic.

Pourtant, il lui fallait parler à son capitaine. Trop de non-dits stagnaient sur les anciennes affaires de Vince, et Dante ne voulait pour rien au monde en faire partie.

Il desserra sa prise, sans lâcher Stevens.

— Dites-moi un truc, déclara-t-il, saviez-vous qui j'étais ? Cette nuit au club, avez-vous sciemment cherché à me piéger ?

Stevens eut un rire bas et un peu rauque, d'une sensualité qui électrisa les testicules déjà douloureux de Dante.

— Vous voulez la vérité, Montoya ? Eh bien, j'ignorais qui vous étiez. Merde, j'ignorais même que vous étiez gay ! Cette nuit-là, j'ai simplement rencontré un homme qui, d'après moi, ressemblait au sexy inspecteur que j'avais au cul, alors je l'ai voulu. Même si j'ignorais qui vous étiez, quelque part, c'était quand même vous que je cherchais.

Tous deux sursautèrent en entendant l'aboiement d'un rire saccadé. Hank ! Rook s'écarta trop vivement, renversant une partie de son café sur le sol. Dante l'empoigna à nouveau pour l'écarter. Hank parut ne pas remarquer le regard presque coupable qu'échangeaient les deux hommes. En se ruant dans la pièce, il ne vit que la main de Dante serrée sur le bras de Rook.

Il afficha un sourire victorieux.

— Parfait, tu le tiens déjà. Tu peux lui passer les menottes. Nous avons un autre meurtre.

ILS LE firent monter en voiture pour le ramener à Potter's Field. Ils trouvèrent à se garer juste devant la boutique, presque un miracle à Hollywood en temps normal, mais pas quand la police occupait les lieux, toutes sirènes hurlantes, lumières clignotantes et matraques brandies. Rook resta assis en silence quand les inspecteurs sortirent de la voiture et firent semblant de tenir un conciliabule avec un des membres de la police scientifique. Par contre, il poussa un soupir de dégoût en voyant, à quelques mètres de lui, un autre flic discuter avec le SDF noir qui avait tenté de l'intercepter la nuit où Dani était morte.

Le coup monté était franchement pitoyable, surtout quand il devint évident que les flics demandaient au clochard d'identifier un suspect menotté, les mains dans le dos, sur le siège arrière d'une voiture banalisée.

Rook se demanda ce qui le rendait plus con : d'être gentiment assis pendant qu'on lui collait un autre meurtre sur le dos, ou bien qu'il n'ait pas encore libéré ses poignets pour se sauver. Il aurait pu aisément le faire en chemin, disons à quelques kilomètres de chez son grand-père.

— Voilà ce qui arrive quand on cherche à jouer franc jeu, Rook.

Il frappa de la tête la vitre qui séparait la voiture en deux sections.

— Tu te retrouves piégé dans une voiture de police pendant qu'un drogué raconte n'importe quoi aux flics à ton sujet…

Il se tut et se pencha en avant, tirant sur ses menottes. Montoya revenait vers la voiture. À son expression, tout n'était pas parfait dans l'univers du grand et sombre Hispanique. Ou peut-être était-il Latino. Rook n'en était pas trop sûr.

Montoya déverrouilla la porte de la voiture et l'ouvrit d'un geste saccadé.

— Sortez !

Rook bloqua son pied contre la paroi métallique de la porte, ce qui obligerait Montoya à un sacré effort pour l'extirper de la voiture.

— Êtes-vous Hispanique ou Latino ? demanda-t-il.

— Quoi ? Bordel !

Montoya se renfrogna encore plus. À dire vrai, c'était plutôt impressionnant, mais Rook ignora cette tentative d'intimidation.

— Vous vous définissez comment ? D'origine hispanique ou latino-américaine ? Je ne veux pas me tromper quand je devrai vous décrire à mes avocats.

— Les deux. Ma mère est mexicaine, mon père, cubain. Les deux me conviennent. Et vous pouvez aussi m'appeler *monsieur*. Maintenant, fermez-la et venez avec moi.

Montoya le prit sous le bras et tira, le délogeant facilement. Rook trébucha sur le trottoir en essayant de garder ses pieds sous lui.

— Attendez ! Laissez-moi vous répéter ce que je vous ai déjà dit la dernière fois. Avocat. A-vo-cat. Peut-être même m'en faudra-t-il plus d'un. Merde, ils nous attendent probablement. Avec un peu de chance, ils auront même de quoi vous foudroyer sur place, bande de connards !

— Taisez-vous. Je veux juste vérifier si vous pouvez identifier les corps. Il y a quelque chose qui cloche. C'est trop bizarre, même pour quelqu'un comme vous.

La prise de Montoya était presque aussi punitive que la rapidité de son pas. Il tira Rook derrière lui sur le trottoir, jusqu'au fond de la ruelle étroite à l'arrière du bâtiment.

— Et ne croyez pas, reprit le fric, que vous avez tiré une carte 'vous sortez des emmerdes'. Je sais très bien que je vais me faire taper sur les doigts, mais quand même, trois cadavres en une semaine, c'est beaucoup, même pour un mec dans votre genre.

— Attendez, quoi ? Trois cadavres ? bredouilla Rook. En tout, ou bien vous comptez également Dani ?

Montoya ne lui répondit pas.

Ils croisèrent bon nombre de flics en remontant vers la source, c'était comme sauter de rocher en rocher au-dessus d'une vague bleue. Les visages étaient flous, pour la plupart. Certains portaient un uniforme, d'autres un costume, mais tous arboraient la même expression qui le condamnait d'ores et déjà. Rook avait l'habitude de ce jugement accablant qu'il recevait depuis aussi longtemps que remontaient ses souvenirs.

Le partenaire roux de Montoya, qui les attendait, s'écarta d'un pas quand le bel Hispanique entraîna Rook dans un espace clos ceint par des murs en parpaings, censés dissimuler les bennes à ordures des immeubles environnants. À côté, une grosse caisse en bois, couverte de graffitis, recueillait les dons caritatifs. Si l'avant du bâtiment grouillait déjà de flics, l'arrière offrait un échantillon de toutes les races de salariés de la fonction publique de Los Angeles.

D'habitude, Rook ne s'attardait pas sur le parking ou dans les ruelles qui encadraient son bâtiment. Il n'en avait guère l'utilité. Il lui arrivait, bien sûr, d'aller jeter ses sacs-poubelle ou de traverser l'asphalte gris sombre chauffé par le soleil pour récupérer son SUV, stationné dans l'un des trois spots réservés à Potter's Field, mais c'était à peu près tout.

Pourtant, il était pratiquement certain qu'il aurait remarqué la caisse éclaboussée de sang qui se trouvait à quelques mètres de la porte de sa boutique. Et plus encore les jambes et des bras qui en débordaient.

Ils n'étaient pas là cette nuit – ou plutôt ce matin, de très bonne heure – quand Rook s'était glissé dans son appartement sous le nez des flics de garde.

L'une des jambes appartenait à une femme – ou peut-être pas, vu la population spéciale d'Hollywood. En tout cas, c'était une belle jambe qui portait un bas de soie et un haut talon pointu et mauve dont le bout était assez acéré pour devenir une arme. Au milieu des morceaux de lampadaire halogène cassé et de vieux stores démantibulés, d'autres membres émergeaient du container, des doigts raidis aux ongles vernis en vert émeraude. Du sang engluait des cheveux blond platine qui pendaient le long de la paroi en bois, mais Rook n'aurait su dire s'il s'agissait ou pas d'une perruque. Une âme charitable avait peut-être voulu égayer la journée d'une drag-queen chauve qui désirait ressembler à Carol Channing.

Tout à coup, son attention se concentra sur la chaussure. Il la fixa et en perdit le souffle. Il avait déjà vu cette chaussure. Il s'était moqué de Charlène quand elle l'avait portée, affirmant qu'elle allait couper toute circulation sanguine dans ses orteils. Et il avait ri quand elle lui avait répondu que la paire était en solde dans sa boutique fétiche, près de Kodak. Rook ne sentait plus ses jambes : voulaient-elles avancer ou bien céder sous lui ? Le sang séché qui suintait des planches mal équarries finit par l'arracher à sa transe. Il libéra son bras de l'emprise de Dante, détacha ses menottes et fit trois pas pour s'écarter de l'inspecteur.

Il y eut un tintamarre autour de lui, beaucoup de bruit bourdonnant, irritant, mais Rook n'y prêta aucune attention, pas plus qu'aux bras qui cherchaient à le retenir. Il lutta contre ces mains intrusives, envoya quelques coups de poing vicieux, des coups de pied, des coups de dents – après tout, il avait appris tout un arsenal de mouvements de défense en grandissant dans un environnement primitif et violent. Sa vision s'était rétrécie, il ne voyait plus que cette chaussure en cuir orange éclaboussée de sang, et le pied pâle et délicat de sa propriétaire qui pointait vers le ciel dans cet horrible magma de morceaux de chair et d'ordures.

En plus des hurlements et insultes, il reçut un coup sur la tête. Il gronda comme un fauve, enragé de ne pouvoir atteindre la boîte. Des bras puissants se verrouillèrent autour de lui et le ciel pivota étrangement. Il fut soulevé du sol, le monde tourna sur son axe, l'écartant du container sanglant. Il se tordit dans l'étreinte et se heurta contre un mur de muscles solides.

— Stevens, calmez-vous. Respirez un grand coup. Je vous en prie. Je ne veux pas que les urgentistes soient obligés de vous shooter aux tranquillisants. J'ai *besoin* de vous. Reprenez-vous.

La voix de Montoya résonna dans son cerveau, ranimant son bon sens, comme un jet d'eau glacé jeté sur l'incendie de rage qui brûlait en lui.

— *Respire, bébé. Respire.*

— Char… Montoya, je pense que c'est… Charlène. Oh, merde. Non !

Il s'étrangla, son estomac se rebella, cherchant à rejeter le café qu'il avait bu dans la cuisine, chez son grand-père, avant de rejoindre les flics dans la bibliothèque. Montoya le berça, tenant le dos de Rook contre son ventre.

Les bras de l'inspecteur appuyaient dangereusement sur son estomac vulnérable.

— Merde, Montoya, lâchez-moi. Je dois aller… voir.

— Écoutez-moi, lui murmura l'inspecteur à l'oreille. Je veux que vous regardiez les photos. Nous avons leurs visages. Il s'agit de deux femmes et je veux savoir si vous pouvez les identifier. Nous pouvons le faire ici ou au poste, mais… j'ai ce gars là-bas qui prétend que vous êtes venu la nuit dernière et maintenant, j'ai deux cadavres. Quelque chose ne va pas, Stevens. Alors, reprenez-vous, merde, et donnez-moi un coup de main.

Rook ravala la bile qu'il avait dans la gorge. Il se refusait à vomir alors qu'un flic le soutenait, mais ça lui était difficile

— Vous croyez que j'ai tué Dani, espèce de connard ! Et maintenant Char ? Allez vous faire foutre !

— Vous pourriez avoir accidentellement tué Dani Anderson, mais je ne vous crois pas capable d'assassiner votre assistante. Ouais, vous êtes un cas, Stevens, mais tuer une femme qui travaille pour vous ? J'ai comme un doute. Maintenant, je vais vous lâcher et Camden va vous montrer leurs photos, d'accord ?

Montoya le posa doucement sur le sol, mais les jambes de Rook lâchèrent sous lui, aussi le flic dut-il l'aider à retrouver son équilibre.

— Hé, je vous tiens. Ne vous inquiétez pas. Ça va ?

— Bon, c'est fini de danser la salsa, Montoya ? protesta Camden, l'air écœuré. On passe aux choses sérieuses ?

Son partenaire le fusilla d'un regard noir.

— Quoi ? reprit le rouquin.

— C'est quoi cette réflexion déplacée ? C'est raciste ou homophobe ? répliqua Montoya à mi-voix. La salsa ? Franchement ?

— Merde, c'était juste une vanne parce que vous tourbillonniez tous les deux dans ce foutu parking comme au bal de fin d'année, cracha Hank.

Il jeta à Rook une liasse de papiers et ajouta :

— Notre photographe les a prises il y a un moment. Il a tenté de rester sur les visages, mais c'était difficile d'avoir le bon angle. Le meurtrier les a fourrées là-dedans sans trop y mettre les formes, alors, c'est plutôt le bordel. Regardez bien, Stevens, et dites-nous si vous les reconnaissez.

Les images étaient mauvaises, sombres et pixélisées, imprimées sur le papier pelure d'une imprimante portable. Ça ressemblait davantage à un ticket de caisse qu'à une vraie photo. Les visages des deux femmes étaient des masques d'horreur parsemés de taches grises et brillantes, pourtant les traits restaient reconnaissables. Rook ressentit un écœurant soulagement en réalisant que ni l'une ni l'autre n'était Charlène.

— Oh, putain, ce n'est pas Char. Aucune des deux n'est Char.

Son estomac refit des siennes et le goût de la bile qui remontait dans sa bouche faillit le faire vomir.

— Oh, putain ! répéta-t-il. Bon Dieu, merci, mais… cette… cette chaussure. Charlène portait la même…

— Quand avez-vous vu votre assistante pour la dernière fois ? insista Montoya.

Rook releva les yeux sur les photos et répondit comme il n'aurait jamais imaginé le faire devant un flic : par la vérité pure et simple.

— Cette nuit. Enfin, disons ce matin, vers trois heures. Je suis entré chez moi par effraction. J'envisageais de jouer les courants d'air. Je comptais veiller sur Char, ne pas la laisser dans la merde, mais… elle était déjà là. Elle fouillait dans ma penderie parce qu'elle voulait une tenue pour une soirée.

— Nom de Dieu ! Et personne n'a rien remarqué ? grommela Camden, dégoûté. Nous avions deux voitures qui faisaient le pied de grue cette nuit !

Rook haussa les épaules.

— Ouais, je sais. Ne prenez pas mal, mais la plupart des flics sont aveugles, sourds et muets quand ils sont coincés dans une voiture de patrouille. Et s'ils ont vu Char, ils étaient sans doute trop occupés à mater ses seins pour remarquer ce qu'elle faisait. Elle est très douée, vous savez, elle réussit même à exciter les autres femmes, aussi hétéros soient-elles.

— Jouer les courants d'air ? intervint Montoya. Dois-je comprendre qu'il s'agit d'une métaphore pour indiquer que vous comptiez abandonner votre caution et vous barrer ? Pourquoi avez-vous changé d'avis ?

— À cause de Char. Elle m'a convaincu que c'était une mauvaise idée. Elle m'a dit d'avoir des couilles et de me battre.

Il y avait un mur derrière Rook, tout collant de la crasse urbaine de Los Angeles, mais quelle importance ? Il s'y adossa, car il avait besoin d'un soutien.

— Char est blonde, reprit-il. Vraiment blonde. J'ai cru qu'il s'agissait d'elle.

— C'est seulement une perruque, le rassura Montoya. Elle devait déjà se trouver dans le container quand les cadavres y ont été jetés. Apparemment, aucune des victimes ne la portait.

Toujours en état de choc, Rook tremblait de tout son corps et ne rien avoir mangé n'arrangeait pas sa nervosité. Pourtant, quelque chose le chiffonnait concernant les photos. Il les parcourut en s'attardant sur un des visages, scrutant son expression inerte, ses yeux vides, ses traits crispés.

Camden se rapprocha de lui et tapota du doigt l'image en question.

— Vous la reconnaissez ?

Rook plissa les yeux, cherchant à voir au-delà des lignes floues, fouillant dans ses souvenirs.

— Oui. Peut-être… répondit-il d'un ton pensif. On dirait une Betty, mais je n'en suis pas certain. Merde, peut-être. Je ne les ai plus revues depuis un bail et ces photos sont vraiment merdiques.

— C'est quoi, une Betty ? demanda Montoya.

Quand Camden ricana, son partenaire le fit taire d'un geste péremptoire avant de préciser :

— Je sais qu'une chouette infirmière[21] porte ce nom, mais à part ça ?

— Vous connaissez *Nurse Betty*, mais pas l'homme à six doigts ? Montoya, vos goûts cinématographiques sont franchement lamentables !

Rook secoua la tête et rendit à Camden les documents. Puis il reprit :

— Les Betty sont des femmes qui travaillent… travaillaient… en duo dans un réseau de prostitution. Des partenaires. Je pense que ça peut être l'une d'elles… Je veux dire, une de leurs équipes. C'est possible ?

Camden lui fit signe de continuer.

---

21 *Nurse Betty*, film américain sorti en 2000

— Expliquez-vous. Et de façon intelligible cette fois.

— Eh bien, une fille ou un mec drague un homme riche et marié. Une fois la cible piégée, elle va payer pour que son secret ne soit pas divulgué. En général, mieux vaut que tout aille très vite. S'attarder risque d'inciter le gars à vaincre sa peur et un jour, il décide qu'il en a marre, alors soit il flingue son maître chanteur soit il appelle les flics. Ce n'est pas mon truc, affirma Rook. Mais franchement, ça pourrait être une Betty. Char a une amie dans le groupe… ou peut-être deux, mais j'aurais vraiment du mal à reconnaître toutes les personnes qu'elle fréquente. Ce serait comme espérer trouver de la littérature parmi les graffitis des pissotières de Griffith Park.

Camden plia en deux la photo concernée.

— Ce que vous dites n'a aucun sens, Stevens, remarqua-t-il. Vous devez nous fournir des éléments plus solides. Cette Betty connaîtrait-elle Dani Anderson ?

— La responsable du réseau détestait Dani, tout comme les quelques Betty que j'ai rencontrées autrefois. Elles avaient l'habitude de se disputer le même territoire, chacune cherchant à emmerder l'autre. Oui, elles se détestaient vraiment. Dani n'avait pas l'habitude de se faire des amis.

Rook se renfrogna en regardant un homme en combinaison protectrice sortir de la boîte caritative un bras féminin.

— Mais je ne vois pas l'intérêt de tuer Dani et les Betty, ajouta-t-il.

— Il y en a pourtant un, marmonna Dante, si c'est vous qui êtes visé. Je pense que vous gardez quelque chose d'intéressant dans votre boutique, Stevens. Quelque chose pour lequel quelqu'un est prêt à tuer… tout en éliminant la compétition.

L'inspecteur lui saisit les poignets et sortit ses menottes. Rook sursauta en sentant le métal se refermer sur lui.

— Mec, vous croyez sincèrement que j'ai assassiné toutes ces femmes ? Merde, j'ai cru un moment qu'il s'agissait de Char. Vous me prenez vraiment pour un taré ou quoi ? Je ne les ai pas tuées. Que dois-je faire, bordel, pour que quelqu'un me croie ?

— Même si nous vous croyons, Stevens, déclara Montoya d'une voix qui ronronnait presque de satisfaction, nous ne vous faisons pas confiance. Et je vous assure que vous ne pouvez rien dire ou faire qui soit susceptible de nous faire changer d'avis à votre sujet.

70

VII

— J'AI FAILLI baiser Stevens.

C'était agréable de le dire enfin. A posteriori, Dante pensa qu'il aurait dû choisir un meilleur moment pour avouer sa faute, car la voiture banalisée dérapa sur une plaque de verglas et glissa en traversant les deux voies d'autoroute, Hank accroché au volant pour contrôler sa trajectoire. C'était lui qui conduisait, les deux inspecteurs venant de quitter le poste de police pour se rendre chez le coroner.

Des coups de klaxon retentirent alors que la voiture faisait de l'aquaplanage, zigzagant sur la pellicule d'huile et de pluie qui maculait la chaussée. Une seconde plus tard, les pneus retrouvèrent leur adhérence et Hank put donner un violent coup de volant, évitant de justesse une énorme Buick antique dont la rouille et du ruban adhésif maintenaient les morceaux en place. Les deux hommes étaient à peu près tirés d'affaire quand un motard, après avoir fait une queue de poisson au mammouth poussif, faillit s'encastrer dans leur capot. Hank pila, laissant derrière lui un épais nuage gris de puanteur pneumatique avant de retrouver la sécurité relative de la voie de droite. Il jura en sentant la voiture vibrer au passage d'un camion semi-remorque lancé à pleine vitesse.

Quittant l'autoroute, le rouquin s'arrêta peu après dans un parking à demi vide, devant une bicoque qui vendait des tacos.

À Los Angeles, la journée continuait : les véhicules défilaient bruyamment et la pluie ajoutait au chaos quotidien. La gare Union Station était à quelques rues de là, les trottoirs étaient encombrés de touristes et de résidents qui couraient pour ne pas rater leur train, tout en cherchant à éviter les giclées d'eau crasseuse que projetait le passage des voitures. La baraque de tacos était de bric et de broc, avec un toit de tôle ondulée que la pluie transformait en tambour. L'eau dégoulinait le long des murs avant de s'écouler sur l'asphalte du parking. Une vieille Mexicaine apparut à la fenêtre latérale pour les examiner, sans que ses mains incroyablement agiles ne cessent d'étirer une boule de pâte pour en faire quatre *tortillas* plates et rondes. Dès que Dante lui sourit, la vieille disparut dans son trou, mais il l'entendit engueuler quelqu'un dans sa cuisine. Dans un espagnol rapide, elle lui conseillait de saler davantage les côtes de porc.

Le moteur de la berline ronronnait doucement. Dante sentit enfin se calmer le battement paniqué de son cœur. Il leva des mains qui tremblaient encore et déclara d'une voix maîtrisée :

— Bien, maintenant nous allons nous arrêter ici et discuter un moment, sauf si tu préfères que je vomisse dans la voiture. J'ai quelques réserves à faire sur ta façon de conduire.

Hank coupa le contact. Il attendit quelques secondes avant de se tourner vers Dante, tellement énervé qu'il en postillonnait presque.

— Qu'est-ce que tu racontes ? C'est quoi ce bordel ?

— Je te parlais de Stevens et de moi. Nous nous sommes rencontrés une nuit, dans un bar.

S'il avait espéré un soulagement de sa confession, c'était un échec. La nausée qui lui tordait l'estomac remontait dans la gorge. Il poursuivit ses explications :

— C'était il y a longtemps. Plusieurs années. À l'époque où Vince et moi cherchions à faire tomber ce foutu gang dont Stevens faisait partie. Une nuit, j'ai voulu baiser, et merde, ça a failli être avec lui. En fait, c'était bien lui. Mais nous n'avons pas… hum… été jusque-là.

— Tu parles de l'enquête où Vince a déconné ? Merde ! C'est à cause de ça que Vince a falsifié les preuves ? Pour impliquer Stevens et te protéger ?

— Non, j'ignore pourquoi Vince a tenté le coup, mais il n'avait pas à me couvrir. Je n'avais *rien* fait. Merde, même les Affaires Internes n'ont pas tiqué en écoutant mon rapport. À dire vrai, je ne sais pas ce qui lui a pris. Peut-être savait-il que nous allions tomber, alors il a pensé qu'en attirant l'attention sur lui, on m'oublierait.

Dante se frotta le visage, éreinté par la journée qu'il venait de passer.

— Et avant que tu me poses la question, reprit-il, oui, le capitaine est au courant. Je le lui ai dit avant que nous quittions le poste…

— Il le savait déjà. C'est pourquoi il n'était pas très chaud pour nous donner cette affaire. Il savait que tu avais failli coucher avec Stevens.

Hank ouvrit et referma la bouche plusieurs fois, les mains serrées sur le volant.

— Bon Dieu, Montoya ! cria-t-il, tout à coup.

Le capitaine n'avait pas été tendre. En entrant dans son bureau pour passer aux aveux, Dante était certain de se faire éjecter de l'enquête. Devant l'air contrarié et les grognements mécontents de Book, il avait eu la sensation de se retrouver face à son père, le jour où il avait reconnu avoir planté la voiture familiale. Les Affaires Internes avaient manifestement fait leur boulot, émaillant son rapport de sous-entendus évoquant un 'comportement inapproprié'. Et bon sang, Dante ne pouvait pas dire le contraire !

C'était bien lui qui avait pénétré dans ce club gay, à la recherche d'un plan Q pour oublier un moment son obsession envers l'homme qu'il pourchassait. Par pure malchance, il avait goûté cette nuit-là à Rook Stevens.

Pire encore, il crevait d'envie de reboire à cette bouche, même s'il savait jusqu'au fond de son être que Stevens ne pouvait lui apporter que des ennuis.

Au bout d'un très long moment, Hank soupira.

— Putain, je ne sais pas quoi te dire, Montoya. C'est…

— J'aurais dû t'en parler dès que je l'ai taclé, Hank. C'est juste…

Hank l'interrompit d'un gémissement.

— Dis-moi au moins qu'il n'y a rien de plus, Dante ! Je préfère ne pas avoir de détails. Au fait, avons-nous toujours cette enquête ? Ou Book l'a-t-il donnée à son toutou favori, O'Byrne ?

— Non, c'est bon, nous l'avons toujours. Le capitaine n'avait personne d'autre à qui la transmettre. O'Byrne a du boulot jusqu'au cou et tous les autres sont dans le même cas.

Dante eut un sourire contrit avant d'ajouter :

— Et non, il n'y a rien d'autre. Mais franchement…

— Que Dieu me vienne en aide ! Qu'est-ce que tu as encore fait, Montoya ?

— Je ne suis pas certain que ce soit Stevens. Je parle des meurtres, précisa-t-il. J'en ai bien envie… Merde, tu n'imagines pas à quel point, mais… Camden, je ne le crois pas coupable.

Quand Stevens avait perdu pied devant lui, derrière la boutique, Dante avait vu son expression. Les yeux étranges exprimaient la terreur, et l'horreur du spectacle macabre qu'il venait d'apercevoir, puis il y avait eu cette étincelle de soulagement en réalisant que son assistante et amie n'était pas l'un des cadavres. Dante avait rencontré bon nombre de menteurs et d'escrocs, de brillants acteurs capables de simuler toute une gamme d'émotions, mais aucun d'eux ne pouvait accélérer le battement d'un cœur paniqué ou modifier le rythme d'une respiration. Stevens avait bel et bien cru que Charlène Canada était morte, ce qui lui avait causé un grand chagrin. Et Dante avait ressenti son deuil en le serrant contre lui. Personne ne pouvait simuler une telle tristesse – à moins d'être un psychopathe sans âme, un être de glace.

Rook était un escroc et un manipulateur, certes, mais il n'avait rien de glacé.

Dante haussa les épaules.

— Je ne le pense pas capable de tuer, insista-t-il. Toute cette affaire me semble… bizarre… anormale. J'ai du mal à l'expliquer, mais je sens jusqu'au fond des tripes que nous regardons le problème du mauvais angle. Même si nous avons retrouvé Stevens couvert du sang d'Anderson, il n'est pas coupable. Voilà ce que je pense.

— Ouais, j'avais plus ou moins compris, grommela Hank. Tu le crois innocent. Je l'avais deviné avant d'apprendre que tu lui avais sauté dessus dans un bar.

Surpris, Dante fronça les sourcils.

— Hein ? Je ne vois pas comment… Je viens juste de le comprendre – juste avant que tu tentes de nous tuer tous les deux.

Son partenaire lui lança un regard noir.

— Tu l'as appelé *bébé*, Montoya ! Je me demandais comment j'allais aborder le sujet, putain. Je pensais que tu t'amollissais peut-être avec l'âge. Je ne savais pas qu'il te faisait bander.

— N'exagérons pas, protesta Dante.

Il chercha à se rappeler ce qu'il avait dit à Stevens en cherchant à le calmer, mais il n'y parvint pas. La seule chose qui restait gravée en lui, c'était la sensation du long corps ferme dans ses bras et l'odeur chaude du savon vanillé sur sa peau.

— Et merde, je n'ai pas… commença-t-il. Bébé ? C'est vrai ? Bon sang !

— Ça reste entre toi et moi, aucun problème.

Hank remit le moteur en route. Le bruit attira l'*abuelita* du taco qui ressortit la tête par la fenêtre. Les deux hommes la saluèrent d'un signe de la main et l'air renfrogné avec lequel elle leur répondit poussa Hank à rire.

— Je ne suis pas convaincu que Stevens ne soit pas plongé dans ce merdier jusqu'au cou, déclara-t-il, mais je sentais bien que tu changeais d'avis à son sujet. Je savais que tu tenais vraiment à l'épingler pour ce qui s'est passé autrefois, mais que tu ne lui collerais pas pour autant un meurtre sur le dos sans être certain de sa culpabilité. Simplement, j'ignorais que tu voulais l'épingler pour d'autres raisons.

— Tu es sûr que ça ne te pose pas de problème ? insista Dante. Parce que moi, j'ai l'impression d'en avoir... un problème. Le mec est... une sacrée complication.

— Non, aucun problème, répondit Hank. Évite simplement de le baiser avant qu'il soit officiellement disculpé. Compris ?

Dante ricana.

— Qu'est-ce qui te fait croire que je tiens à approcher ma queue de ce mec ?

Hank passa une vitesse, puis se pencha pour vérifier dans le rétroviseur que la voie était libre.

— J'ai vu ta tête quand tu l'as appelé *bébé*, Montoya. Tu crèves d'envie de le baiser, si fort que même *moi*, je peux le sentir.

LES BUREAUX du coroner occupaient un immeuble en brique rouge qui dominait le coin de la rue, une bâtisse solide dont l'architecture suivait les critères de la côte Est. Sa couleur chaude ressortait comme le sceau de l'autorité administrative au milieu de la grisaille des bâtiments annexes, regroupés autour de ses fondations. Sa hauteur avalait une bonne partie du ciel de Los Angeles, d'un bleu laiteux au moment où les deux inspecteurs arrivaient dans la rue.

Pour Dante, l'endroit évoquait un cardinal rouge[22] ébouriffé de colère au milieu de tristes moineaux gris, représentés par les constructions qui l'entouraient, un autocrate hautain et prétentieux obligé de siéger parmi de laborieux paysans.

Ils passèrent sur l'arrière du bâtiment, ratant de peu un groupe de touristes décidés à faire du shopping à la boutique-cadeaux. La jeune femme qui escortait la meute esquissa un rictus, puis, au moment où Hank lui passait devant, elle mima : 'Emmenez-moi, par pitié !' Sans s'arrêter, les deux inspecteurs la laissèrent pousser ses ouailles vers les impressionnantes marches du bâtiment principal.

À l'intérieur du mausolée, l'atmosphère macabre n'avait plus rien de drôle et l'odeur de la mort devenait de plus en plus présente. En se dirigeant vers les salles d'examen, Hank toussa et sortit de la poche de sa veste une boîte de pastilles. Il en prit quelques-unes, les mit dans sa bouche, et en

---

22 Passereau d'Amérique du Nord.

proposa à Dante. Il poussa un soupir soulagé quand la forte odeur mentholée envahit ses sinus.

Comme lui, Dante suçait avidement le petit losange au goût piquant. La morgue avait beau transformer ses couloirs en chambre froide, l'odeur subtile envahissait tout le bâtiment, rappelant la présence silencieuse des morts aussi bien aux visiteurs qu'à tous ceux qui travaillaient là. Il y avait dans l'air un relent désagréable et huileux, une pourriture âcre qui déclenchait une peur primale dans tout cerveau reptilien.

Lorsque les partenaires entrèrent dans sa salle de dissection, Rochelle O'Rourke travaillait déjà sur les deux femmes retrouvées le matin même dans la caisse qui collectait les dons. D'origine britannique, la jeune femme qui arpentait la salle en fredonnant avait des cheveux d'une surprenante couleur pourpre, tirés en queue de cheval et cachés sous une casquette pour ne pas risquer de contaminer la scène stérile. Sous la fine combinaison protectrice qu'elle portait, sa blouse médicale était visible, avec de vives impressions lavande et des chats rouges qui se voyaient à travers le tissu blanc. Dans cet environnement spartiate gris et acier, elle représentait un incroyable attire-l'œil multicolore. Elle semblait en vibrer dès qu'elle bougeait.

— Hé, Rochelle, qu'est-ce que vous avez pour nous ? demanda Hank.

En apparaissant trop vite dans le champ de vision du coroner, il la fit sursauter.

— Camden ! Seigneur, non, mais quel crétin ! On n'a pas idée de faire peur aux gens comme ça !

Elle lui flanqua un coup de coude, avant de sourire brièvement à Dante.

— Comment faites-vous pour ne pas le tuer ? s'enquit-elle. Si j'étais à votre place et que je devais partager une voiture avec lui, je m'en serais débarrassée depuis longtemps.

— Je ne peux pas, tout le monde devinerait que c'est moi, répondit Dante, d'un ton taquin.

— Merde, vous ne comptez pas le tuer ici, j'espère ? Si c'est le cas, je vais prendre une pause et vous pourrez opérer sans témoin. Je vous couperai même les caméras de surveillance.

Puis elle s'approcha de la table d'autopsie sur laquelle elle travaillait à leur arrivée.

— Écartez-vous ! ordonna-t-elle. Il y a une ligne que vous n'êtes pas censés dépasser. Merde, qu'est-ce que vous fichez là, d'ailleurs ? Il est trop tôt pour que je puisse vous donner des détails sur ces deux-là. Je n'ai même pas encore terminé leurs puzzles.

Dante la rassura aussitôt :

— Je voulais seulement avoir votre première impression. Nous n'étions même pas sûrs qu'il y en ait deux.

Rochelle souleva avec soin un membre exsangue de couleur grisâtre, qu'elle retourna pour vérifier s'il s'accordait à un des troncs posés à plat sur une de ses tables.

— Jusqu'à présent, répondit-elle, d'après le nombre de jambes, de bras et de têtes que j'ai reçus, je dirais deux, effectivement. S'il me reste un morceau de trop une fois les deux corps reconstitués, je réviserai mon opinion. Il n'y a pas autant de dégâts qu'on pourrait s'y attendre. La peau et la chair ont été massacrées, mais il n'y a pas assez de sang.

Hank sortit un carnet et commença à prendre des notes.

— Ainsi, elles auraient été tuées autre part, commenta Dante à mi-voix Et emmenées ensuite là où elles ont été trouvées.

— Pour quoi faire ? Terroriser quelqu'un ? souffla Hank. La première victime, Dani Anderson, a bien été tuée sur place, pas vrai ?

— Je pense, oui, répondit Rochelle, mais je ne me suis pas occupée d'elle. Elle a très bien pu être tuée et abandonnée sur place. Il y aurait une connexion entre tous ces crimes, alors ?

Elle retourna la jambe qu'elle tenait pour la positionner avec précaution. Le crissement du latex de ses gants sur la peau morte produisait un son inquiétant. Une fois le membre aligné, le coroner étudia le torse, les sourcils froncés. Puis elle soupira.

— Seigneur, celui qui a fait cela est un grand malade ! Ne restez pas dans mes pattes, Camden !

— Je ne le suis pas ! protesta Hank.

— Je vous vois. C'est suffisant pour m'incommoder.

Elle se pencha, les doigts effleurant l'entaille de la jambe sectionnée.

— Les coupures sont grossières, annonça-t-elle. Un amateur ! Je dois attendre le rapport toxicologique pour savoir si les victimes ont été droguées, mais je peux quand même vous dire qu'elles ont été découpées après leur mort.

Hank se balança d'avant en arrière sur ses talons.

— Et certainement pas à l'endroit où nous les avons trouvées, répéta-t-il. Il va nous falloir secouer un peu Stevens, histoire de savoir s'il connaît des ennemis à ces deux-là, des gens susceptibles de les tuer. À présent, la police scientifique a dû en finir avec lui. À moins qu'un connard ne l'ait à nouveau libéré.

Dante s'adressa à Rochelle :

— Pourrions-nous avoir rapidement des photos de ces deux-là ? Nous avons pris leurs empreintes, mais les analyser prendra un moment. La reconnaissance faciale donnera peut-être quelque chose. Et même si Stevens ne sait rien, son assistante a peut-être des infos.

Il dévisagea l'une des têtes coupées, mais de loin, car il ne pouvait approcher davantage sans combinaison stérile. Il plissa les yeux, essayant de mieux voir le visage en question.

— Sont-elles jumelles ? demanda-t-il. Ou alors ont-elles délibérément cherché à se ressembler ? Celle de droite me paraît un peu bizarre. Différente de l'autre…

Rochelle leva les yeux avec un bref éclat de rire.

— *Elles* ? Désolée, Montoya, je ne sais pas comment vous le dire, mais la victime de droite est un homme.

ÉCHAPPER AUX flics lui avait pris bien trop longtemps, pensait Rook. D'innombrables protestations et un appel téléphonique avaient fini par obtenir sa libération avant le retour de Montoya et de Camden, qui tenaient certainement à le torturer. Après son calvaire, il se sentait très mal – et il était encore plus redevable à son grand-père !

En arrivant à Potter's Field, il passa devant une voiture de patrouille garée à son goût bien trop près de sa porte arrière. Il murmura avec désespoir :

— Cet enfoiré d'Archie va me posséder corps et âme si je ne fais pas plus attention.

Satan aussi proposait des contrats qui menaient tout droit à un brasier infernal. Rook aimait bien son grand-père, mais il n'avait pas besoin de se remémorer les récriminations de sa mère pour comprendre les motivations du patriarche. Plus Archibald Martin pouvait engluer quelqu'un dans sa toile d'araignée, plus il était heureux. Et Rook en était arrivé à son point de rupture. Plutôt que devoir un service de plus à Archibald, il préférerait demander aux flics de le mettre en prison en verrouillant bien la porte de sa cellule, par précaution.

— Mieux vaut aller en prison qu'être une marionnette !

En sortant ses clés de sa poche, il vit un mur d'uniformes bleus devant son SUV.

— Putain, ce n'est pas une table ! Ne mettez pas vos fichues tasses sur le capot de ma voiture ! Connards !

La ruelle et le parking derrière le magasin étaient manifestement interdits au public. Rook avait beau avoir reçu l'autorisation de passer à Potter's Field évaluer les dommages causés à sa devanture, il eut des démangeaisons en voyant un groupe de spécialistes passer l'asphalte au peigne fin. D'après ce qu'il pouvait en juger, enquêter consistait essentiellement à déambuler sur la scène du crime et à papoter, vu que seuls un ou deux quidams rampaient à quatre pattes pour chercher des aiguilles dans la proverbiale botte de foin.

Il mit sa clé dans la serrure et poussa un soupir soulagé quand les portes blindées s'ouvrirent devant lui.

— Maintenant, oublions ce merdier pour aller voir les dégâts qu'ils m'ont causés là-dedans.

Potter's Field était silencieux. Trop silencieux au goût de Rook. Même au fond du bâtiment, le calme anormal de la boutique, sur l'avant, traversait les murs, les couloirs et les portes, pour s'infiltrer dans la zone de stockage qui se trouvait près de la porte arrière. La principale arrière-salle paraissait intacte, à part quelques cartons éventrés et ouverts. La plupart des jouets avaient été tripotés et replacés n'importe comment sur les étagères, mais Rook n'aurait pas de difficultés à tout remettre en ordre.

Ce serait très différent dans la boutique, surtout alors que Dani y était morte. Le couloir qui menait au magasin lui parut anormalement long. Ses Converses grinçaient à chacun de ses pas. Rook aurait préféré éviter cette corvée, mais c'était impossible. Il s'arrêta et inspira profondément avant de pénétrer dans la pièce principale. À ses côtés, un robot imitation années 60 montait la garde, ses lampes clignotant au passage des secondes. Rook se prépara mentalement au désastre qu'il allait trouver, puis poussa la porte.

C'était encore pire qu'il l'avait imaginé !

En repassant sur les lieux, après le meurtre, au milieu de la nuit, il n'avait pas eu le temps d'examiner vraiment ce que les flics et leurs acolytes avaient fait de Potter's Field. Rook savait que sa boutique était dévastée – même avant d'allumer les projecteurs de la vitrine.

Voir les dégâts en pleine lumière lui donna envie de pleurer.

Le sang de Dani marquait la vitrine éclatée de stries noirâtres qui s'écaillaient. Par terre, la trace de son corps restait barbouillée, blanc sur fond noir, comme un négatif photographique. Le sol était parsemé des tessons de verre de la devanture qui brillaient comme de petits diamants sous les faisceaux bleu et blanc de l'appareil hydrométrique. Presque toutes les vitrines étaient fendillées ou brisées par les balles, et deux au moins étaient en miettes. Le présentoir pour produits de luxe avec lequel Rook appâtait les collectionneurs occasionnels était fichu, saupoudré du même résidu de poudre dactyloscopique qui recouvrait presque toutes les surfaces de la boutique.

Ils avaient aussi massacré son wookie[23].

Rook avait mal au cœur. Il avait tout déversé de lui dans sa boutique, lui consacrant chaque minute de son temps, travaillant comme un malade pour transformer Potter's Field en succès – son succès. Et il l'avait fait tout seul, légalement. Sans aide ni escroquerie.

Et voilà que tout n'était que ruines à ses pieds. Et que lui, Rook, était soupçonné du meurtre de gens dont il avait effectivement souhaité la mort dans un passé pas si ancien.

Il évita avec soin les taches de sang, ses Converses grinçant de plus belle pendant qu'il faisait un rapide tour de reconnaissance des lieux.

— Pourquoi Dani ? Et pourquoi les Betty ? Dani, d'accord, je comprends. Nous ne nous sommes pas quittés en très bons termes, mais les Betty ? Je ne suis même pas certain que les deux mortes sont celles que je connaissais.

La grande vitrine qu'il avait installée pour séparer le magasin en deux était brisée, elle aussi, mais à première vue, les accessoires de cinéma se trouvant à l'intérieur étaient intacts. Malheureusement, ce n'était pas le cas de l'énorme griffon en papier mâché qu'il avait trouvé lors d'une vente aux enchères pour honorer le travail d'Harryhausen[24]. Truffés de balles, le corps et la tête s'effritaient par des trous béants.

Rook sentit son estomac se révulser en regardant le désastre.

— Merde, ils cherchaient vraiment à me tuer !

Il retourna sur ses pas, cherchant à déterminer le nombre de balles ayant traversé la vitrine pour arroser la boutique pendant que lui était aplati

---

23 Espèce humanoïde de l'univers fictif de *Star Wars*, il s'agit là de Chewbacca, le partenaire de Han Solo.

24 Concepteur d'effets spéciaux pour le cinéma (1920/2013), considéré comme un innovateur en ce domaine.

sur le sol pour ne pas se faire abattre. Il avait du mal à absorber l'étendue de la destruction.

— Allez-y, mais ne touchez à rien, ricana-t-il, en répétant les conseils des avocats de son grand-père. Comment pourrais-je bouger sans toucher quelque chose, hein ? Et comment diable vais-je pouvoir établir la liste des dommages alors que tout est foutu ? Quels cons, ces avocats !

— Vous ont-ils vraiment conseillé de retourner sur la scène du crime pour bousiller les preuves susceptibles de subsister ? S'ils tenaient à ce point à vous voir en prison, ils auraient aussi bien pu vous y laisser. Ce jeu de 'je t'attrape, tu ressors' commence à bien faire.

La voix profonde de Montoya émanait de l'ombre du passage qui menait du magasin à l'ascenseur desservant l'appartement de Rook, à l'étage.

L'inspecteur était… superbe. Comme toujours. Trop superbe. Trop ébouriffé, trop bandant, avec ses larges épaules et ses prunelles miel brûlé bordées de longs cils épais. Une fossette menaça d'apparaître sur sa joue quand il esquissa un sourire involontaire. Rook dut déglutir pour avaler la boule qu'il avait dans la gorge en voyant le flic mettre les mains dans les poches de son jean. Sous l'écartement de ses coudes, sa veste de cuir noir bougea et exposa un harnais.

Même à quelques mètres de distance, le bel Hispanique représentait dans la vie de Rook une complication dangereuse. Étrange, parce qu'il désirait cette complication aussi férocement qu'il tenait à s'en débarrasser. Il se demanda ce qui était le pire : être accusé de meurtre, ou être poursuivi par un homme comme Montoya ? Alors que Rook lui aurait volontiers offert son cul, l'inspecteur ne voulait que lui passer les menottes.

— Qu'est-ce que vous foutez là, Stevens ? Vous ne devriez pas être là. À quoi pensez-vous ?

Sa voix rocailleuse fit naître un chatouillis dans le ventre de Rook, des flammes brûlantes se propageant de son entrejambe à son cul. Il avait sur le bout de la langue une réplique vigoureuse, insolente et sensuelle. De quoi faire rougir l'inspecteur ! Voilà qui aurait été un moment épique. Avec un double résultat positif : équilibrer l'insupportable désir que Montoya provoquait en lui et l'énerver sérieusement tout en le repoussant.

— Pourquoi ne pas vous…

Une douleur atroce lui explosa au visage, une brûlure à vif qui lui découpa la joue droite. Une autre suivit de près, lui transperçant le bras.

Sidéré, Rook recula sous l'impact. Ses nerfs survoltés ne savaient comment réagir à cette onde de choc.

Rook vit vaguement une silhouette d'or et d'ébène bouger, puis un poids lourd le heurta si fort qu'il en vit des étoiles. Il tomba à la renverse et s'écrasa sur le sol. Il cligna des yeux, cherchant à éclaircir le voile rouge qui obscurcissait sa vision, mais le monde autour de lui devenait visqueux, comme un marécage qui l'aspirait sans qu'il puisse y échapper. Pendant une fraction de seconde, il aperçut le beau visage de Montoya pressé contre le sien, puis le canon d'une arme obscurcit partiellement les néons du plafond de la boutique.

Rook chercha ce qu'il s'apprêtait à dire, mais en vain, la douleur était trop vive. Elle lui creusait les entrailles, emportant sur son passage toute pensée cohérente. Il ne lui resta que l'étrange et réconfortante sensation du corps pesant sur lui.

Puis l'agonie l'engloutit et il se laissa sombrer dans le gouffre sombre du néant.

VIII

APRÈS UNE fraction de seconde de stupeur, ce fut le chaos.

Dante, soumis à un raz de marée de peur et d'incompréhension, perdit dix ans de sa vie entre le sourire arrogant de Stevens et le sang jaillissant sur sa joue. Un autre coup de feu retentit, entaillant le bras de Rook. Cette fois, Dante plongea en avant et tacla le long corps qui s'écrasa sur le sol.

Il protégea Stevens en restant couché sur lui et sortit son arme. Quand une autre balle fit exploser les panneaux de la devanture, il posa la main sur son visage pour protéger les beaux yeux vairons des éclats de verre et de bois qui volaient alentour. Stevens gémit et se tordit sous lui, soulevant les hanches dans un involontaire simulacre sexuel.

Les coups de feu étaient sporadiques, parfois un seul, puis deux, coup sur coup. Les échardes de contreplaqué jaillissaient tout autour des deux hommes étendus, épaisses fléchettes acérées dont la piqûre était douloureuse. Dante baissa la tête, cachant ses yeux dans les cheveux épais de Stevens. Contre sa mâchoire, il sentait battre un pouls au rythme frénétique de l'affolement.

Puis ce fut terminé. Le silence retomba brutalement. Il ne dura pas, car les sons de la rue leur parvinrent, mêlés de cris et d'appels. L'odeur métallique du sang – celui de Rook – flottait dans l'air autour d'eux, épicée de l'âcreté de la terreur, odeur familière que Dante ne supportait plus. Il attendit d'être certain que le tireur avait renoncé avant de se soulever pour vérifier l'état de Stevens.

Il n'aima pas du tout ses premières constatations.

Tous deux étaient couverts de sang, mais seul Stevens était touché, des traînées rouge foncé coulant toujours d'une profonde entaille à son bras. D'ailleurs, il semblait en état de choc, ses longs cils s'agitant follement sur ses pupilles dilatées, ce qui modifiait la couleur de ses étranges iris : ils étaient devenus d'un noir quasi absolu, presque démoniaque. Quand Dante le retourna, le blessé marmonna quelques paroles incompréhensibles, puis se débattit, refusant de laisser le policier relever sa manche sanglante pour examiner sa blessure.

Des sirènes résonnaient à proximité, noyant les faibles grognements de Stevens. Il y eut un tambourinement de pas, des chaussures en cuir claquant sur le ciment, puis les vérifications habituelles des flics, analysant la scène et se prévenant l'un l'autre que les lieux étaient sans danger. Derrière Dante, un volet métallique se releva. Il jeta un rapide coup d'œil par-dessus son épaule et vit deux flics se faufiler par le passage qu'il avait également emprunté.

— Tout va bien, inspecteur ? Vous êtes blessé ?

Aussi jeune qu'elle paraisse, cette femme était inspecteur de police et, en la regardant, Dante se sentit vieux. Elle scruta la salle d'un regard suspicieux, l'arme brandie, prête à couvrir un collègue.

— Non, répondit-il enfin, mais ce civil l'est. Il me faut une ambulance. Deux blessures par balles, l'une est probablement assez grave. Prévenez le central. Je m'occupe des premiers constats.

Il donna l'adresse de la boutique, puis souleva la chemise de Stevens et se baissa pour examiner la plaie. Elle s'était remise à saigner, un morceau de tissu émergea du trou sanglant. Dante vérifia également l'entaille de la joue, mais il se rassura vite : seule la blessure au bras était sérieuse. Puis il fronça les sourcils en voyant une énorme bosse se former sur la tempe de Stevens.

Il se figea.

— Génial, marmonna-t-il, j'ai voulu te protéger et je t'ai éclaté la tête.

Il déchira le fin tee-shirt du blessé pour avoir une longue bande de tissu qu'il lui attacha autour du bras pour stopper l'hémorragie. Rook le dévisageait, mais Dante voyait bien qu'il n'était pas vraiment conscient. Au mieux, il ne l'était que par à-coups.

— Tenez bon. J'entends l'ambulance arriver. Je vous accompagnerai quand ils vous emmèneront.

— 'Toya...

La tête de Rook dodelinait, ses cheveux ébouriffés lui recouvraient le visage. Ses longues mèches collaient au sang qui maculait sa peau pâle, créant des marbrures rouges qui ressortaient tragiquement sur la lividité du teint. Stevens avait les mains crispées à ses côtés, pétrissant l'air comme un chat étire ses griffes. Puis, d'une poigne étonnamment ferme, il prit Dante par les pans de sa veste.

— J'ai mal, souffla-t-il.

— Vous n'allez pas mourir, si c'est ce qui vous inquiète. Essayez simplement de rester conscient jusqu'à l'arrivée des urgentistes, ils vont vous examiner.

Sur le front de Rook, la bosse formait désormais un œdème suffisant pour soulever ses cheveux. Son regard vitreux commençait à inquiéter Dante. Le pansement de fortune qu'il lui avait placé au bras était déjà cramoisi, imbibé du sang qui coulait toujours.

— Bordel ! grommela l'inspecteur. Ce serait pas mal qu'ils se magnent.

— Chut, souffla Rook. J'essaie de vous dire un truc. Écoutez-moi, enfoiré !

Dante se pencha vers lui, tout en gardant les yeux sur la porte.

— Quoi ?

— La prochaine fois que vous me sautez dessus, je veux tomber sur un lit, pas par terre.

Sa voix n'était qu'un murmure à peine audible. Son corps s'amollissait, mais Rook s'accrochait à Dante, cherchant à se concentrer sur le visage penché sur lui.

— La première fois que tu me baiseras, souffla-t-il, j'aurai des draps chauds autour de moi et un oreiller moelleux sous le cul. Je te préviens, Montoya. Je te…

HANK S'APPROCHA de son partenaire et lui tendit une lingette de toilette imbibée de lotion antiseptique.

— Tiens, essuie-toi. Tu as le visage couvert de sang. Tu as vu les urgentistes ? Tu n'es pas blessé, dis-moi ?

— Nan, c'est le sang de Stevens. Moi, je n'ai rien.

La serviette était fraîche, un choc pour sa peau échauffée, mais il savoura le contact du tissu humide avec lequel il se frottait la mâchoire.

Oui, il allait bien, physiquement du moins. Il aurait voulu pouvoir affirmer la même chose de ses nerfs. Le nœud de ses entrailles refusait de se détendre, même après qu'il eût reçu l'assurance que Rook n'avait rien de grave. Ses blessures étaient mineures et sa bosse n'était probablement qu'une légère commotion, rien de catastrophique. Entre deux évanouissements, le voleur avait fini par reconnaître, d'une voix geignarde, qu'il ne supportait pas la vue du sang.

Et du sang, il y en avait eu beaucoup.

Tout Hollywood semblait déterminé à se déverser dans la rue. Le trottoir était devenu une vraie foire d'empoigne, mêlant les uniformes et les soi-disant témoins. Chacun d'eux avait une histoire différente à raconter.

D'après ce que Dante avait entendu, certains affirmaient que le tireur avait été un grand noir avec un bonnet rouge, d'autres avaient vu un petit Latino voûté au volant d'une Buick. L'équipe médico-légale s'était jetée dans la boutique comme un essaim de sauterelles. Les discussions portaient sur la télémétrie et la disposition des taches de sang, et Dante comprit que Stevens n'était pas prêt de retrouver son magasin.

Hank lui donna un léger coup de coude.

— Ils t'ont dit où ils comptaient l'emmener ?

— Oui, à l'hôpital St-Vincent. Je leur ai donné les coordonnées d'Archibald Martin, mais en leur disant que je comptais le prévenir moi-même. Il est sorti voir des amis et il n'a jamais de portable sur lui, alors j'ai laissé un message à sa femme de ménage. Elle va téléphoner à son chauffeur.

— Pas de portable ? Ça doit être chouette. J'ai l'impression de ne même pas pouvoir m'en passer pour aller chier.

Dante fit une grimace.

— Franchement ? J'aurais pu me passer de cette information. Bon, j'ai fini ce que je voulais faire ici. Tu veux que je vous dépose avant d'aller…

— Laisse-moi deviner, coupa Hank, moqueur. Tu vas te précipiter à St-Vincent pour tenir la main de Stevens. Et ne me regarde pas comme ça ! J'ai bien vu en arrivant que tu t'apprêtais à chanter du Céline Dion à cet enfoiré. Il ne vous manquait plus qu'un foutu iceberg et un collier de diamants !

Dante cessa de se nettoyer pour fusiller son partenaire d'un regard noir.

— C'est encore une vanne homophobe ? Parce que dans ce cas…

— Mais non ! Pour une vanne gay, j'aurais plutôt parlé de souliers écarlates, mais je n'ai rien trouvé pour l'illustrer. C'est juste que je t'ai trouvé en train de faire les yeux doux à un type dont tu sais parfaitement qu'il ne vaut pas tripette.

Il s'écarta d'un pas pour laisser passer un ouvrier qui portait un panneau de contreplaqué. Les sourcils froncés, Dante examina son reflet dans le rétroviseur latéral d'une voiture de police.

— Je t'accorde qu'il ne vaut pas tripette, concéda-t-il. Mais je ne crois pas qu'il soit un meurtrier.

— Et le capitaine Book est du même avis. Je venais justement te prévenir de son coup de fil quand la situation a explosé. Stevens a été disculpé. Le DA laisse tomber toutes les charges contre ton petit copain.

Il haussa les épaules en voyant Dante se retourner vers lui, sans cacher sa surprise.

— Ouais, conclut-il. Moi aussi, ça m'a laissé sur le cul.

Dante sifflota doucement et secoua la tête.

— Que s'est-il passé ? Son grand-père a un tel pouvoir ?

— J'en suis certain, répondit Hank, mais il n'en a pas eu besoin. Un flic a vérifié les plaques de Stevens dans le système. C'est la procédure standard avant une arrestation. Apparemment, ton mec a pris un feu orange à Santa Monica vingt minutes après l'heure que nous a donnée O'Rourke pour la mort d'Anderson. Il a déclenché la caméra automatique. La photo est de face, parfaitement reconnaissable. Donc, sauf s'il a utilisé un mystérieux frère jumeau pour obtenir cet alibi, il ne peut pas avoir tué la première victime.

— Et il n'a certainement pas transporté son corps jusqu'ici, puisqu'il a été confirmé qu'elle était morte sur place. Et les deux Betty de la boîte, des nouvelles ? Ont-ils trouvé autre chose que des morceaux ? Nous avons attiré Stevens ici en pensant que les trois meurtres paraissaient connectés.

— Les corps ont été déplacés, alors l'équipe de choc s'est concentrée sur le SUV de Stevens, mais sans rien y trouver d'anormal. Apparemment, cette voiture n'a pas transporté de cadavres. Stevens n'est pas suspecté des meurtres de Bert et Betty. À mon avis, jusqu'à ce que nous sachions où et quand ces deux-là ont été tués, Stevens reste dans notre collimateur, mais rien de plus.

Dante grimaça, essayant d'envisager leur enquête sans Stevens dans le rôle principal.

— La donne a changé. Nous sommes revenus à la case départ. Il était notre seule piste. D'ailleurs, tu as raison, il reste un personnage clé. La fusillade d'aujourd'hui le confirme.

— Ouais, sauf s'il a payé un complice pour lui tirer dessus pour paraître innocent, mais si nous prenons cette voie, nous pouvons également porter un chapeau en papier alu et attendre l'arrivée des extraterrestres. C'est vraiment trop bizarre !

Dante fronça les sourcils.

— Non, aussi gonflé que soit Stevens, il n'aurait jamais pris un risque pareil, Camden. C'est trop dangereux. Et il a toujours soigneusement évité la violence, jusqu'à ces derniers jours. Nous devrions étudier ces anciens dossiers que j'ai conservés. Ils datent de plusieurs années, mais Vince avait peut-être quelque chose sur Anderson. À l'époque, j'enquêtais surtout sur les vols et effractions, lui s'occupait des complices et intermédiaires.

— Ouais, c'est une bonne idée. Surtout si Stevens ne peut rien nous dire.

Puis Hank désigna le bâtiment du menton et demanda :

— Pourquoi est-il revenu ce matin ? Que cherchait-il ? Il te l'a dit ?

Dante utilisa une dernière fois sa lingette sur son visage.

— Je n'ai pas eu beaucoup le temps de l'interroger avant que le tireur se mette à nous mitrailler, mais d'après ce que j'ai compris, il avait reçu le feu vert de ses avocats pour passer faire un inventaire. Je pense qu'il voulait aussi vérifier ce qui restait de sa boutique.

— Pas grand-chose, je te l'accorde. Difficile de savoir quels dégâts viennent de nos jeunots qui se sont affolés en voyant Chewbacca derrière la vitrine et quels autres ont été commis par le tireur d'aujourd'hui.

Hank sourit devant le regard incrédule que lui jetait Dante. Il s'expliqua davantage.

— Un bébé en uniforme a cru voir une arme braquée sur lui. En fait, c'était le mannequin en fourrure que Stevens a placé dans sa vitrine. Je présume qu'en pleine nuit, avec des lumières clignotantes il est possible de confondre un wookie avec un tueur.

— Un humanoïde poilu de deux mètres dix qui brandit une arbalète ! s'exclama Dante, écœuré. Oui, franchement, *qui* ne s'y laisserait pas prendre ?

— Ne me regarde pas comme ça, se défendit son partenaire, les mains levées pour simuler une reddition. Ce n'est pas moi qui joue à Duck Hunt[25] avec le cul de Stevens comme cible. Bon, un conseil, quand tu auras réveillé d'un baiser le Bel au Bois Dormant, regarde un peu si tu peux le convaincre de nous parler des deux bizarroïdes de la boîte Goodwill[26]. Entre leur découpe et la brillante utilisation d'acide sur le bout de leurs doigts, nous n'arrivons pas à les identifier. Le labo cherche à retrouver la trace de leurs dentistes, mais ça risque de prendre un moment.

— Stevens a plus ou moins reconnu qu'il s'agissait de deux escrocs patentés. La BRP[27] a peut-être un dossier sur eux. Nous devrions poser la question à Rackets. Ça vaut le coup d'essayer.

---

25 Jeu vidéo Nintendo de tir au pistolet, sorti en 1985 sur NES

26 Œuvre caritative américaine.

27 Brigade de répression du proxénétisme.

Dante pesa un moment ces options, puis enchaîna :

— L'assistante de Stevens a aussi un casier judiciaire. Tentatives d'escroquerie et racolage, mais elle en est également sortie blanche comme neige. Elle n'a jamais été en prison. Rook semble être la seule connexion entre Anderson et les deux que nous avons trouvés à l'arrière. Je donnerais volontiers ma couille gauche pour mettre la main sur cette Charlène Canada ! Elle détient beaucoup d'informations qui nous sont essentielles.

Hank s'appuya contre le capot d'une voiture de patrouille, ses yeux fouillant la foule.

— Tu crois que c'est Stevens qui lui a conseillé de ficher le camp ? Une manœuvre de diversion serait bien dans son genre. Lui est plutôt coincé ici, mais pas elle.

— Je lui poserai la question, proposa Dante. Alors, tu viens avec moi, *culero*, ou tu demandes à un uniforme de te ramener chez toi ?

— Je me débrouillerai. Monte sur ton cheval blanc et galope jusqu'à l'hôpital. Mais ne sois pas trop surpris si ton prince Charmant se transforme en crapaud.

Quand Dante lui répondit par un doigt d'honneur, Hank fit un petit bruit de langue réprobateur.

— Je dis simplement la vérité, Montoya, reprit-il. Je ne veux pas que tu t'attaches à un joli visage et que tu risques d'avoir le cœur brisé.

— Ne t'inquiète pas pour moi, Camden, le rassura Dante. Je ne cherche pas à tomber amoureux. Et même si c'était le cas, Rook Stevens est le dernier que je choisirais.

ROOK AVAIT mal aux poumons quand il respirait, l'air provoquant une brûlure glacée tout le long de son torse. D'ailleurs, il ressentait d'autres brûlures, trop nombreuses pour pouvoir les compter. Il resta immobile, les yeux fermés, et tenta de conserver autour de lui le cocon tiède de l'obscurité. Il préférait l'inconscience à la frigidité qu'il attendait. Il grogna son mécontentement, luttant toujours contre l'éveil qui menaçait son sommeil. Une poigne solide se referma autour de son bras. Rook s'agita pour échapper à ce contact.

Puis une voix dorée bien trop familière se déversa sur lui, réchauffant sa peau frissonnante par une délicieuse vague de sensualité dans laquelle il aurait voulu se noyer.

— Allez, *cuervo*. C'est l'heure de se réveiller. Je vous entends réfléchir.

— Je ne veux pas me réveiller, grommela Rook. Vous allez encore m'arrêter pour meurtre ou je ne sais quoi d'autre. Laisse-moi dormir !

Montoya le secoua doucement.

— Impossible. L'hôpital finira par réclamer ce lit, à un moment ou à un autre. Et vous tenez vraiment à ce que votre grand-père vous découvre dans cet état ? Il serait capable de vendre vos organes au marché noir si vous n'êtes pas suffisamment réveillé pour l'en empêcher.

— Seigneur, vous le connaissez bien ! Les mygales accrochent sur leurs toiles des posters de mon grand-père pour s'en inspirer.

Il ouvrit les yeux et le regretta instantanément. La chambre était d'une luminosité atroce qui lui transperça les rétines et vida son crâne du peu de bon sens qui lui restait encore. Il cligna des yeux plusieurs fois, avant de pouvoir distinguer l'inspecteur penché sur lui.

Rook esquissa un sourire narquois et marmonna :

— Ravi de voir que vous êtes également réveillé. Si nous avons baisé, je ne m'en souviens pas. Merde, j'ai l'impression d'être passé au micro-ondes. Je suis à moitié mort.

— Mais non, vous vous en sortirez très bien. Vous êtes déjà en train de vous plaindre.

Montoya secoua la tête, puis disparut de son champ de vision.

— Vous commenciez à insulter je ne sais qui dans votre sommeil, continua-t-il. J'ai pensé qu'il était temps de vous réveiller.

Rook regarda autour de lui. C'était une chambre d'hôpital, certes, mais haut de gamme, avec des fauteuils confortables et de jolis tableaux aux murs. Un sanctuaire privé qu'il devait, il en était certain, à l'influence de son grand-père. Archie rôdait peut-être dans les parages, profitant de l'inconscience de Rook pour manipuler les fils de la marionnette qu'il était devenu. Pourtant, l'endroit était plus agréable que ceux qu'il avait récemment fréquentés, y compris la cellule terne que lui avait un moment octroyée la police de Los Angeles.

Mais cette chambre était une prison, même si son actuel colocataire était bien plus beau que l'héroïnomane qui ne cessait de vomir dans la cellule où il avait séjourné pendant que Montoya et son partenaire tentaient de lui coller sur le dos le meurtre de Dani.

— Que s'est-il passé ? demanda-t-il.

Il tenta de s'asseoir, mais dès qu'il poussa sur sa main, son coude plia sous lui. Il retomba sur le lit. Sa mémoire était pleine de trous. Il se souvenait d'être entré à Potter's Field, puis de l'arrivée furtive de Montoya, mais la suite des événements restait floue.

— Merde ! s'exclama-t-il. J'ai la tête qui tourne. Pourquoi suis-je à l'hôpital ?

Il avait mal au bras et un côté de son visage semblait bloqué. Dès qu'il toucha sa joue, il comprit pourquoi il ne pouvait bouger le nez : un lourd pansement allait de sa mâchoire à sa pommette. Serait-il tombé aux mains de la maquilleuse de Boris Karloff[28] qui l'avait enveloppé de plusieurs kilomètres de bandages et sparadrap ?

Montoya s'approcha à nouveau le lit et lui tendit un gobelet rempli de glace pilée.

— On vous a tiré dessus. Vous avez été blessé, mais rien de trop grave. Une entaille à la joue et un trou dans le bras. La balle est passée à travers le muscle et…

Rook sentit que son visage se drainait de sang.

— J'ai pris une balle dans le bras ? J'ai un trou ? Et alors ?

— Alors, vous êtes tombé dans les pommes. Mais virilement. Oui, c'était un évanouissement très viril. D'après les urgentistes, c'était sous l'effet de la douleur. Et peut-être aussi à cause du choc que vous avez reçu à la tête en heurtant le sol. Ils ont craint une commotion cérébrale, mais après vérification, vous n'avez qu'une belle bosse. Votre cerveau déjà fragile n'avait pas besoin d'une secousse de plus.

L'inspecteur agita le gobelet.

— Soulevez un peu la tête, demanda-t-il. Je vais vous aider à boire. Pour le moment, la nourriture vous est interdite.

— Merde, non… Je ne veux pas de cette cochonnerie ! Qui m'a tiré dessus ?

À son grand désespoir, Rook constata que sa voix était montée de plusieurs octaves. Une brève lueur jaillit dans sa mémoire, ranimant sa douloureuse chute à la renverse quand Montoya lui avait sauté dessus.

— Attendez une minute ! Je me suis tapé la tête parce que vous m'avez *taclé*. Merde, pourquoi ne pas vous contenter de crier 'planquez-

---

28 Acteur (1887/1969) ayant joué dans de nombreux films d'épouvante américains, en particulier *Frankenstein*

vous !' ou un truc du genre ? La prochaine fois que je sentirai votre poids sur moi, je tiens à être bien réveillé pour le savourer, Montoya.

— Aucune chance que ça arrive, Stevens. Et je vous ai taclé parce que quelqu'un nous tirait dessus. Et c'est après vous qu'il en avait. Nous ignorons de qui il s'agissait. Quand les uniformes ont abandonné le parking pour passer à l'avant du bâtiment, c'était déjà le chaos. Le tireur aurait très bien pu être parmi la foule et regarder le spectacle. Nous ne le saurons jamais.

Montoya recommença à secouer la glace pilée.

— Vous devriez boire, insista-t-il. Vous êtes déshydraté et ces intraveineuses ne suffiront pas à remplacer ce que vous avez perdu.

Rook céda. Quand Montoya pressa contre ses lèvres le bord du gobelet, il prit quelques morceaux de glace dans la bouche. Il n'arrivait pas à mâcher à cause du sparadrap qui lui bloquait la mâchoire et la moitié du visage. Il avait l'impression d'être un fragile fossile bien enveloppé avant son transport. Comme essayer de croquer ne faisait qu'empirer la situation, il avala tout rond et refusa en secouant la tête d'en prendre davantage.

— Non, ça va aller. C'est bien trop froid.

Il s'agita dans le lit, puis toucha le bandage sur sa joue.

— J'ai des points de suture ? demanda-t-il.

— Non. Seulement des strips, je crois.

Puis Montoya changea de ton et cria :

— Qu'est-ce que vous foutez ?

— J'arrache, répondit Rook.

Il tirait déjà sur son pansement, se raidissant afin de se préparer à une éventuelle douleur. Il ressentit un frisson de plaisir en voyant le flic grimacer.

— Ensuite, enchaîna-t-il, je compte me débarrasser de cette aiguille. Dites-moi, inspecteur, à qui dois-je m'adresser pour quitter cet hôpital ?

Rook n'arrivait pas à décrypter l'expression de son vis-à-vis, mais les yeux dorés brûlaient d'intensité.

— Vous ne bougerez pas d'ici, Stevens. Les médecins veulent vous garder pour observation. Je tiens formellement à ce qu'ils obtiennent satisfaction. Ce serait très agréable de savoir où vous êtes pendant les douze prochaines heures. Manifestement, nous avons du mal à vous garder en prison assez longtemps pour vous interroger. Et maintenant, voilà que quelqu'un cherche à vous tuer.

— Ouais, on s'amuse en permanence avec moi, grinça Rook.

Il désigna les divers appareils médicaux alignés autour de son lit et secoua la tête.

— Je ne supporte pas ces trucs-là, ajouta-t-il. Je veux m'en aller. Suis-je en état d'arrestation ? Encore ? Ou bien à nouveau ? J'ai un peu de mal à suivre, je ne comprends plus rien à ce qui se passe.

L'inspecteur tira près du lit une chaise métallique sur laquelle il prit place.

— Ce qui se passe, c'est que vous avez grillé un feu à Santa Monica et que votre voiture a été prise en photo par une caméra de circulation. Avec vous à l'intérieur. À peu près au moment de la mort de Dani Anderson. Le timing ne tient pas la route. Vous n'êtes plus notre principal suspect. Donc, soit vous êtes un sacré veinard, soit vous avez réussi à faire le trajet en moins de trente minutes.

— À vingt-et-une heures ? Un samedi soir ? Irréalisable, répondit Rook. Merde, je ne pense même pas que ce soit possible après l'Apocalypse, quand seuls les cafards arpenteraient Dodge Darts.

Il retomba en arrière, sans trop comprendre la sensation de légèreté qu'il éprouvait. Un poids venait de quitter sa poitrine. Mais pourquoi ? Dani était toujours morte – elle avait été tuée dans sa boutique. Ça au moins, il s'en souvenait. Malgré son soulagement, le trou dans son bras était là pour lui rappeler qu'il n'était pas encore sorti d'affaires.

— Putain ! s'exclama-t-il. Mais qui a bien pu tuer Dani et les deux Betty ? Et pourquoi diable me tirer dessus ?

— Je ne sais pas, reconnut Montoya. Et il y a aussi ce diamant que la victime avait sur elle. Le labo le teste encore pour savoir s'il est authentique. Un des gars prétend que c'est un faux.

— Ouais, ça ne m'étonne pas, la moitié des diamants sont des faux. Vous seriez surpris de savoir combien j'en ai trouvé quand je…

Rook s'interrompit et cligna des yeux.

— Merde ! grommela-t-il. Qu'est-ce qu'ils m'ont fichu dans cette intraveineuse ? Du penthotal ?

Il avait parlé ! Quelques morceaux de glace pilée, de belles épaules bien larges et un adorable accent cubain et voilà qu'il parlait trop. Montoya lui sourit, avant de récupérer le bandage qu'il venait d'arracher. La douceur du flic et la bosse que Rook avait sur la tête lui troublaient l'esprit. Ou alors il perdait sa vigilance, devenait inconscient. Il avait toujours fait tellement attention à tout nier, à ne rien admettre, refusant de donner aux flics la moindre ouverture où creuser. Et voilà qu'il venait d'offrir à Montoya un début de confession qui, si l'inspecteur tirait sur le fil, pouvait le conduire jusqu'au fond de son terrier.

— Je savais déjà que vous étiez un voleur, annonça Montoya. Vous ne m'apprenez rien. Je n'ai jamais réussi à vous attraper, mais je ne suis pas idiot, Stevens. Vous vous êtes montré particulièrement rusé, voilà tout. Mais je n'ai jamais véritablement accepté que vous soyez un meurtrier. Hank et moi… enfin, au début, c'était juste moi, mais nous savions dès le départ que quelque chose ne collait pas. J'aurais voulu que vous soyez coupable. Je le reconnais. Pour tous les emmerdes que vous m'avez causés autrefois, mais aujourd'hui, vous n'êtes pas responsable. Alors même si la paperasserie n'est pas encore officiellement remplie pour vous exempter des accusations portées contre vous, j'ai bien l'impression que Camden et moi sommes de retour à la case départ.

— Et les flics qui m'ont tiré dessus ? Au magasin ?

— Ah, l'enquête est toujours en cours. Le central a reçu un appel téléphonique indiquant la présence d'un homme armé. Vous étiez sur place et un de nos agents a vu… une silhouette menaçante… grogna Montoya sans cacher son désarroi. Le premier inspecteur arrivé sur place pense qu'il s'agissait d'un de vos accessoires humanoïdes. Ça nous pose quelques problèmes. Les Affaires Internes vont péter un câble sur cette histoire !

Rook gratta une démangeaison sur sa joue, en veillant bien à ne pas arracher les strips de sa blessure.

— Je vous avais bien dit que je n'avais rien fait. Je n'ai tué personne. Et j'ignore l'identité du coupable et ses motivations.

Montoya posa les coudes au bord de son lit.

— Que pouvez-vous me dire sur les Betty ? D'après vous, votre assistante les connaissait, mais nous n'arrivons pas à la localiser. Dites-moi où aller, Stevens. Qui fréquentaient-elles ? Que faisaient-elles ?

Rook baissa les yeux sur l'aiguille intraveineuse plantée dans son bras. Après réflexion, il désigna la porte d'un signe de tête.

— D'accord, Montoya. Je vous propose un marché. Faites-moi sortir d'ici et je vous dirai tout ce que je sais sur les Betty. Merde, ce sera peut-être même la vérité. Pour l'essentiel.

IX

ARCHIBALD MARTIN s'avéra être pour Montoya un sauveur. Il arriva au moment où Rook, décidé à quitter l'hôpital, lançait sa campagne, mais une avalanche de mots irascibles de la part du vieil homme coupa rapidement court à ce projet. Dante put rentrer chez lui, soulagé à l'idée que son indic – car si Stevens n'était plus un suspect, il restait un élément vital de son enquête – soit à sa disposition, à un endroit où il pourrait le retrouver. Il quitta l'hôpital, en laissant Stevens dans son lit.

Malheureusement pour lui, il n'en fut pas pour autant libéré. La formule 'loin des yeux, loin du cœur' ne semblait pas s'appliquer au cas de Rook Stevens. Quelle que soit la distance que Dante mettait entre eux, le voleur aux longues jambes continuait à l'obséder.

Rook occupait la moindre de ses pensées, provoquant en lui des bouffées de chaleur sexuelle qui se mélangeaient à d'effrayantes inquiétudes. Très vite, Dante en eut l'esprit tourneboulé. Il marinait dans un bouillon de perplexité. Il désirait Rook, il ne pouvait pas le nier. Sa seule proximité lui donnait des démangeaisons. Même alors que les balles lui sifflaient aux oreilles, son corps avait réagi en sentant le dos et les épaules de Rook se presser contre son ventre.

La pluie dégouttait sur son pare-brise avec un doux bruit mouillé quand Dante tourna à l'angle de sa rue. Une fois garé, il remarqua que sa vieille voisine n'avait pas rangé sa poubelle après le passage des éboueurs. Il s'en chargea, ramenant le container dans le garage, avant de faire la même chose chez lui. Puis il ôta le plus gros de la pluie qui imbibait sa veste et ses cheveux avant de pénétrer dans son bungalow par la porte de derrière. Il sourit en sentant les arômes du *carne guisada*[29] que Manny faisait mijoter en cocotte sur la cuisinière.

Son oncle l'appela du salon :

— *Mijo*, c'est toi ? Tu dînes avec moi ?

— J'en ai bien l'intention, *tío*.

---

29 Ragoût de bœuf à la mexicaine, avec du piment, des poivrons, des tomates, du cumin et de l'ail.

Il se débarrassa de ses chaussures et les rangea à leur place, dans un plastique accroché derrière la porte du vestiaire. Puis, traversant le couloir, il trouva son oncle vautré dans un fauteuil, des pantoufles miteuses fourrées de lapin aux pieds. La télévision était allumée, mais sans le son. Dante aperçut un écran silencieux où deux vieilles Latinos s'agitaient exagérément dans une scène impliquant un vase rouge.

— C'est cuit dans combien de temps ? demanda-t-il.

— Environ une heure. Je pensais que tu rentrerais plus tard, et te voilà.

Manny leva les yeux du recueil de mots fléchés qu'il remplissait et regarda son neveu par-dessus le rebord de ses lunettes de lecture demi-lune.

— Tu as quelque chose d'urgent à faire ? ajouta-t-il. Ou bien as-tu le temps d'aider ton vieil oncle ?

— Quel vieil oncle ? Si tu m'en trouves un, je serai heureux de l'aider.

— Flatteur, mais ça me plaît, répondit Manny, tout heureux.

Il passa la main sur ses cheveux grisonnants et enchaîna :

— J'ai besoin de toi pour me teindre les cheveux. Je n'arrive jamais à faire l'arrière. C'est idiot, non ?

Dante enlevait déjà sa veste.

— Laisse-moi me changer et je redescends très vite. Tu peux toujours compter sur moi, *tío*.

VINGT MINUTES plus tard, il enfilait des gants de latex et demandait à Manny de prendre place sur un tabouret posé devant lui. Avant de s'asseoir, son oncle drapa sur ses épaules une protection en plastique. Une fois sur le siège, il se tortilla jusqu'à trouver une position confortable. Puis il leva les bras.

— Je suis prêt. Quoi que tu me fasses subir, je ne passerai pas aux aveux.

— Tu pourrais éviter de dire des trucs pareils ? le sermonna Dante. As-tu oublié la dernière fois où j'ai voulu t'aider ? Tu as gardé de la teinture noire sur le nez pendant deux semaines.

Son oncle renifla.

— Ah, je m'en souviens très bien ! Essaie de ne pas recommencer. Je trouve déjà assez pénible d'être incapable de m'occuper seul de mes cheveux. En plus, une preuve d'incompétence aussi notoire ne rassure pas les clients. J'avais été obligé de leur raconter que c'était les traces d'un rituel élaboré à base de cendres qui s'était mal passé. Ne teins que mes cheveux cette fois, *mijo*. Que mes cheveux !

Armé d'un peigne et d'un pinceau, Dante sépara en deux l'épaisse chevelure de son oncle et tamponna de noir les racines grises des deux côtés de la raie. Au bout de quelques minutes, Manny commença à fredonner une vieille chanson des années 70. Dante l'accompagna un moment, mais il s'interrompit en entendant son oncle éternuer. Machinalement, il marmonna une bénédiction en espagnol tout en continuant sa tâche avec méthode.

— Merci de faire ça pour moi, déclara Manny. Je sais bien qu'un vendredi soir, un jeune homme a mieux à faire de son temps. Il y a des choses bien plus intéressantes dans la vie que teindre les cheveux gris d'un vieux Mexicain trop gras.

Un écho de tristesse vibrait dans sa voix. Dante se figea. Puis il se pencha pour examiner son oncle d'un œil délibérément clinique.

— Tu n'es ni vieux ni gras, décida-t-il. Je veux bien t'accorder que tu es Mexicain, mais je ne vois pas en quoi ce serait un défaut, gay ou hétéro confondus. N'est-ce pas toi qui m'as dit un jour qu'il n'y avait pas une seule façon d'être gay ? Tous les humains sont différents, tous les gays le sont aussi.

— *Mijo*, regarde-moi. Je n'ai même pas réalisé que j'étais devenu ton *abuelita* !

Le vieil homme frotta sa poitrine, faisant crisser le plastique.

— J'avais même des seins, poursuivit-il, mais, bon, le cancer me les a repris. Ce qui est aussi bien, d'ailleurs. Sinon, je les coincerais dans ma ceinture en mettant mon pantalon, comme le faisait *mama*.

Dante approcha un second tabouret et s'y installa, ignorant les piaillements alarmés de Manny affirmant qu'il allait couvrir de teinture le vinyle. Faisant face à son oncle, Dante se pencha vers lui et tira sur sa cape pour attirer son attention.

— Je vais me répéter, mais je tiens à ce que tu t'en souviennes, *tío*. Je suis là parce que je le veux. Nous sommes une *familia*. Grâce à toi dans ma vie, je suis un homme meilleur. Le jour où les autres t'ont fermé leur cœur est celui où ils ont rejeté le cadeau que Dieu leur avait offert. Ce qui prouve qu'ils sont aveugles et stupides.

Quand son oncle voulut protester, Dante lui donna un petit coup de pinceau sur la tête

— Non ! Quand tu parles comme ça, j'ai l'impression d'entendre mon grand-père ou mon père, et tu n'es pas comme eux, *tío*. Rappelle-toi qu'ils ont tenté de nous enterrer. Ils n'avaient pas réalisé que nous étions de la semence.

— Je sais… je sais, murmura Manny. Mais parfois, je me sens… vieux. C'est dur, tu sais, de se regarder dans la glace et voir… ça. Une vieille drag-queen.

— Tu dis 'drag-queen' en faisant la grimace, comme si c'était une condition horrible. Si tu veux être une drag-queen, c'est ton droit, fais-le. Si tu préfères devenir un gogo-boy, fais-le aussi. Tu es qui tu es, Manny.

Il posa la main sur celle de son oncle et lui serra très fort les doigts. Manny renifla encore, puis il leva le bras pour essuyer une larme sur sa joue.

— Je suis fier de l'homme que j'appelle *tío*, insista Dante. Et quand je le vois parfois porter des talons hauts, je m'inquiète seulement qu'il se casse le cou en descendant les marches du perron. Par contre, je tuerai quiconque assez fou pour dire du mal de lui.

— Tu es un bon garçon, *mijo*. Même si à cause de toi, j'ai les mains aussi noires que celles d'un mendiant.

Dante, consterné, réalisa que c'était vrai. Manny se mit à glousser sans pouvoir se retenir.

— Ce n'est pas grave, j'enlèverai la teinture dès que nous aurons fini. Si je le fais tout de suite, ça partira très bien. J'aurais dû y penser la dernière fois, avec mon nez. Allez, termine, puis je te donnerai à manger. À quand remonte ton dernier repas ?

— D'accord, il est vrai qu'à certains égards, tu deviens comme grand-mère.

Dante reprenait son pinceau quand son portable sonna, sur la table où il l'avait laissé. Il fronça les sourcils en voyant un numéro inconnu s'afficher sur l'écran. Il ôta un gant pour pouvoir répondre.

— Une minute, Manny. Il faut que je prenne ça.

— Très bien, grommela son oncle, je vais en profiter pour vérifier notre dîner. Mieux vaut que je baisse le feu. En général, après un coup de fil, tu ressors et je suis condamné à regarder tout seul d'horribles *telenovelas*.

— Montoya ! aboya Dante en décrochant.

Une femme lui répondit dans un murmure rauque et haletant, à peine audible, car un bruit de circulation résonnait en arrière-fond à l'autre bout de la ligne.

— Je suis désolé, mais je n'entends rien. Parlez plus fort. Qui est à l'appareil ?

La voix étrangère s'éleva de quelques décibels.

— *Seigneur, je n'arrive pas à croire que je téléphone aux* flics, grinça-t-elle. *Vous êtes bien l'inspecteur qui a arrêté Rook, non ? J'ai le bon numéro ?*

— Oui, je suis l'inspecteur Montoya.

En entendant le nom de Rook dans la bouche d'une femme qui, manifestement, se méfiait des forces de l'ordre, Dante fit la connexion.

— Charlène Canada ? enchaîna-t-il. C'est Stevens qui vous a demandé de me téléphoner ? Je tiens à vous parler concernant les deux victimes que Stevens a identifiées comme étant des Betty…

Elle l'interrompit, de sa voix sucrée de chatte en chaleur.

— *C'est bien le problème, inspecteur, Rook a disparu. Il a quitté l'hôpital et personne ne sait où il est allé. Il a filé dès que le personnel médical a eu le dos tourné. Sa vieille gargouille de grand-père a lâché sa meute à ses trousses. J'ignore où est Rook. Alors, si vous voulez me parler des Betty, aidez-moi d'abord à retrouver mon patron. Avant que celui qui cherche à le tuer lui mette la main dessus !*

SUR LE coup, quitter l'hôpital avait paru à Rook une bonne idée. Maintenant qu'il errait dans les rues fouetté par un vent glacial et vêtu d'un simple tee-shirt mince et d'un vieux jean, il commençait à douter de ses choix. D'autant plus que les analgésiques avaient disparu de son système sanguin aussi définitivement que le dodo de la surface de la Terre. Rook souffrait de la tête aux pieds.

Et Los Angeles grommelait autour de lui comme un monstre qui se serait endormi sur la côte californienne. À dire vrai, certains quartiers qui vivaient vingt-quatre heures sur vingt-quatre étaient encore pleins d'animation et de lumière, mais c'était plutôt dans les entrailles urbaines que Rook déambulait. Le Fashion District était le meilleur endroit où disparaître, surtout à sa frontière avec Little Tokyo. De longs terrains vides qu'envahissaient peu à peu les mauvaises herbes cernaient le centre-ville, lots à la fois trop précieux pour s'en débarrasser et trop chers à bâtir. Même construire les parkings dont Los Angeles avait tant besoin n'en valait pas l'effort. Il n'y avait rien de viable ni de rentable à proximité, et aucun espoir d'amélioration dans un avenir proche – à moins que Little Tokyo n'absorbe quelques rues pour étendre peu à peu son territoire.

C'était une cachette idéale, pensa Rook, jusqu'à ce qu'il ait envie d'être retrouvé.

— Quel enfoiré, ce Montoya ! Franchement, s'il m'avait crié de me planquer, j'aurais compris. Inutile de revivre les jours anciens de nos entraînements au foot. Stevens, barre-toi et planque-toi.

Rook frissonna et frotta ses bras nus. Sa dispute avec Archie avait été brève, mais d'une violence homérique, à coups de mots et de colère. Rook avait découvert en lui un endroit bien sombre et délibérément ciblé des paroles létales pour atteindre le vieillard, qui lui avait répondu de la même façon, le martelant si fort qu'il en avait perdu le souffle. C'était une chose de donner des conseils, une autre de voir un vieil autocrate aux idées bien arrêtées prendre sa vie en main. Ouais, c'était tout à fait différent.

Et Rook ne comptait pas faire un procès aux flics pour son absurde arrestation. Archibald vivait peut-être dans un monde où une imbécillité pareille était considérée comme un coup de semonce au canon envers un adversaire armé d'une arbalète, mais Rook refusait de gifler un loup qui l'avait manqué la première fois. Ça ne ferait qu'exciter la bête qui, après s'être aiguisé les dents, reviendrait s'attaquer à son cul.

Rien n'intéresserait autant l'appétit d'un loup bien particulier que le cul de Rook, après une provocation délibérée de sa part.

Son téléphone n'avait pratiquement plus de batterie. Ayant laissé l'essentiel de ses affaires au Château Martin, Rook avait l'intention de ménager les quelques minutes disponibles qui lui restaient. Il n'avait donc pas répondu aux appels de Charlène, pas plus qu'aux nombreuses sonneries d'Archibald.

Il était très tard. Ou très tôt, selon la façon dont il regardait la situation. S'échapper d'un hôpital s'était avéré plus difficile qu'il l'aurait cru, mais il n'avait guère d'expérience en la matière, n'ayant guère l'habitude de bénéficier de ce genre de soins. Il avait grandi sur un champ de foire où l'argent était rare et difficile à gagner, aussi avait-il vite appris à se débrouiller seul. À l'époque où il avait trouvé l'usage de son étonnante flexibilité et de ses doigts habiles, il n'en était plus à se soucier d'un bras cassé.

L'angoisse ressentie après ses récentes blessures démontrait bien qu'il perdait son mordant. Et ses aveux à Montoya concernant les faux diamants récoltés autrefois étaient une autre brèche de son armure. Quel idiot il avait été d'avoir demandé de l'aide à Archibald ! Et quel crétin d'avoir pensé être en mesure de contrôler cette relation comme il l'avait fait pour d'innombrables autres !

Ne jamais céder la main. C'était une leçon durement apprise. Bien, il avait commis une erreur, mais il n'allait certainement pas la répéter avec

Montoya. Et ce, même s'il avait le bel inspecteur dans la peau et ne rêvait que de faire avec lui des actes qui le laisseraient tout poisseux et assouvi.

Il passait devant une sinistre impasse quand un SDF crasseux émergea de l'ombre.

— Hé, mec, t'as un dollar ?

Rook secoua la tête et continua à avancer, l'œil aux aguets, prêt à tourner au coin de la rue. Les insultes du mendiant qui résonnaient derrière lui attirèrent sans doute l'attention d'un autre clochard, plus grand et plus sale encore, qui jaillit de l'embrasure d'un magasin de vêtements. Par chance, il fut surpris de voir Rook, qui bénéficia ainsi de quelques secondes pour filer, évitant de justesse les doigts noircis tendus vers lui.

Rook agita les mains, dans un geste qui était plus une démission qu'une excuse.

— Je n'ai pas de temps à perdre, déclara-t-il sans ralentir le pas. Je n'ai rien sur moi.

Ses longues jambes lui donnèrent de quoi distancer rapidement l'homme, qui ne se lança pas à sa poursuite. Rook ignorait quel aurait été son jeu : tenter de l'apitoyer ou lui piquer son portefeuille ?

Il n'avait dedans que quelques cartes anonymes et chargées, comme celles qu'il avait données à Charlène. La somme que représentaient ces rectangles plastifiés était ses seules chances d'assurer momentanément son indépendance, aussi n'avait-il pas l'intention de les perdre. Il avait besoin d'espace pour réfléchir – et de temps pour respirer.

Il dépassa d'un pas pressé la gare Angel's Flight et repéra le bâtiment qu'il cherchait au carrefour, un vieil hôtel de brique et de béton en forme de W, qui s'étalait sur la moitié de la rue suivante. Avec ses façades noircies hérissées sur quatre niveaux d'échelles incendie et de larges fenêtres, c'était l'endroit idéal pour se planquer.

Si Rook n'avait pas tant souffert de son bras, il aurait sans doute vu le missile avant de traverser, une minuscule voiture rouge qui dévalait de la colline. Le bolide représentait à peine quelques morceaux de verre et de plastique, mais son chauffeur dut prendre la dernière épingle à une sacrée vitesse, car il dérapa sur l'asphalte et glissa vers le trottoir, frôlant Rook. Il fut heurté à la hanche par le rétroviseur latéral et l'impact l'envoya s'écraser sur le bitume.

Il s'égratigna les paumes à vif et ses rotules hurlèrent de douleur quand son jean se déchira sur la rugosité de la rue. Rook roula sur une épaule pour se rapprocher du trottoir. Il était encore en boule dans le ruisseau quand passa une autre voiture, l'appel d'air brûla les plaies ouvertes de ses mains et de ses genoux. Craignant d'être à nouveau renversé, Rook mit les deux mains sur sa tête.

Au bout de la rue, la petite voiture rouge filait toujours, son petit moteur hurlant sous l'effort de grimper la côte.

Une palpitante éternité plus tard, Rook osa enfin se relever, les jambes vacillantes, le corps perclus. Il regarda autour de lui, la rue sombre était déserte. D'accord, il était déjà blessé avant sa mésaventure, mais à présent son agonie était devenue atroce. Un peu plus loin, sur le même trottoir, il vit l'enseigne d'une supérette qui annonçait 'ouvert toute la nuit'. Il s'y rendit en clopinant et acheta du désinfectant, des pansements, des analgésiques et divers produits qu'il fourra dans deux sacs cabas, ignorant les regards obliques qu'on lui lançait. Quelques minutes plus tard, il reprenait sa route en direction de l'hôtel, en essayant que le plastique de ses sacs ne colle pas trop à ses mains déchirées.

Six mois plus tôt environ, il avait repéré cet hôtel avant d'enterrer dans sa mémoire le souvenir de son existence. Au cours du semestre écoulé, le bâtiment avait manifestement été rénové, car Rook ne se souvenait pas qu'il ait été aussi propre à son dernier passage. En tout cas, le personnel était toujours discret. Nul ne sembla trouver étrange son arrivée peu glorieuse, ni ses vêtements en lambeaux, ni le fait que ses seuls bagages soient deux cabas couverts de sang.

La chambre correspondait à ses attentes, plutôt décrépie, avec une légère odeur de moisi. Il arracha le couvre-lit et résista à son envie de tomber le nez sur ses oreillers, pour oublier ses malheurs dans un sommeil réparateur. Avec des mains qui tremblaient, il sortit quatre comprimés d'ibuprofène du flacon qu'il venait d'acheter. Au premier coup d'œil qu'il jeta à son reflet dans le miroir de la salle de bain, il fut convaincu qu'avoir pris une bouteille de whisky était l'une des meilleures idées de sa vie.

Il avait le teint gris terreux, il manquait de sommeil et de nourriture. Sur son bras, le pansement se décollait un peu, sans doute à cause de sa glissade dans le ruisseau pour éviter la seconde voiture. Rook se déshabilla aussi vite que le lui permettaient ses blessures, puis il se tourna et regarda son dos par-dessus son épaule. Il avait un énorme bleu triangulaire au niveau des côtes, dont le pourpre promettait un réveil douloureux. D'ailleurs, sa peau pâle était marquée de meurtrissures qui prenaient toutes les teintes de la palette.

Rook resta un long moment à s'examiner.

— Au moins, finit-il par dire à haute voix, je n'aurai pas d'autre cicatrice.

Il effleura du bout des doigts son bleu le plus important. La peau était sensible et un peu chaude, mais cette ecchymose ne l'inquiétait pas. Par contre, ses mains et ses genoux, c'était une autre affaire.

Son corps exhibait les traces de la vie difficile qu'il avait menée. Une enfance passée dans une caravane allant de ville en ville, avec des forains au tempérament fougueux, représentait une expérience darwinienne – un peu comme *Sa Majesté des mouches*[30]. Rook en gardait des petites cicatrices sur les mains et les pieds, suite aux morceaux de chair dont l'avaient privé divers accessoires à monter, cordes ou panneaux. Il s'était un moment entraîné au lancer de couteaux, s'entaillant d'innombrables fois les mains et les bras. Et passer son enfance à travailler à mi-temps n'avait rien arrangé.

Pourtant, il n'arrivait pas à se souvenir de s'être jamais senti aussi mal en point.

Il désinfecta ses égratignures avec une solution peroxydée puis ôta avec soin, à l'aide d'une petite pince, les impuretés incrustées sous sa peau. Quand il eut terminé, il avait vraiment mal aux côtes et son bras était presque complètement engourdi de douleur. Il souleva prudemment le pansement sali de son bras et grimaça en voyant les strips qui refermaient l'entaille de son muscle. Quand Rook passa sous la douche pour ouvrir le robinet, les points le tirèrent douloureusement, mais ce fut bien pire quand l'eau chaude fouetta sa peau déchirée.

Il aspira l'air entre ses dents.

— Putain, ce n'est qu'une égratignure ! J'ai déjà été poignardé plus gravement. Si je me suis évanoui, c'est à cause de toi, Montoya, parce que tu m'as assommé en me jetant par terre !

C'était une petite consolation, mais son ego meurtri en avait bien besoin.

Il ne sut pas ce qui lui fit quitter la douche : l'eau qui fraîchissait ou bien le fait qu'il ait de plus en plus de mal à rester debout.

Il revint péniblement dans la chambre. Son téléphone, posé sur la table de chevet, continuait à chanter, tout heureux d'être connecté à une prise électrique et de recevoir du jus. Rook se pencha pour vérifier ses appels

---

30 Roman anglais de William Golding – un groupe d'enfants, suite à un accident d'avion, se retrouve livré à lui-même dans sur une île déserte. Très vite, ils deviennent des animaux sauvages soumis à la loi du plus fort.

manqués : encore Charlène, et son grand-père lui avait envoyé une série de textos, l'ordre glacial, impersonnel et brusque de rappeler 'la maison' le plus vite possible afin d'être récupéré et ramené dans le giron familial.

— Je parie que tu as fait envoyer ces SMS par un de tes laquais, pas vrai, Archie ? Tu ne dois même pas savoir utiliser un téléphone portable !

Rook s'effondra sur le lit, heureux de constater que le matelas était bien rembourré. L'hôtel devait certainement rogner ses prestations, mais les restrictions ne concernaient pas les oreillers en duvet.

— Ce lit est sacrément bon, décida-t-il. Ou je suis peut-être trop mal foutu pour être objectif.

Il s'allongea sur le dos, son téléphone serré dans la main. Il était nu, aussi apprécia-t-il la chaleur émanant du radiateur mural, juste à côté du lit. Il envisagea brièvement de se relever pour tirer les rideaux de la fenêtre, avant de décider qu'il se foutait qu'on le voie en tenue d'Adam.

— Après tout, je ne tourne pas un porno, marmonna-t-il. Putain, qu'est-ce qui ne va pas encore ?

La faim était un phénomène étrange – et avaler des analgésiques sur un estomac vide garantissait au moins qu'il n'aurait pas envie de manger pendant un certain temps. De la bile lui remontait dans la gorge, il en avait le goût amer sur la langue. Sa tête était douloureuse à l'endroit où son crâne avait frappé le sol. Rook avait l'impression que son cerveau devenait une masse de ciment qu'il n'arrivait plus à traverser.

— D'accord, essaie de comprendre ce qui t'arrive, Rook. Qui diable voudrait tuer Dani et les Betty ? Et qui irait les déposer devant chez toi ?

Il fit mentalement la liste des gens susceptibles de lui en vouloir. Il y avait bien trop de noms et de visages répartis au cours des années, pourtant, il s'était toujours montré équitable avec ses divers complices et intermédiaires. Même Pigeon, qui gérait jadis le réseau Betty, n'irait *jamais* jusqu'à tuer deux de ses atouts pour le mettre dans la merde.

Il fixa le plafond et compta machinalement les fissures à partir d'un des spots lumineux.

— D'abord, elle n'arrêtait pas de dire 'ils sont tous mes enfants'. *Betty un jour, Betty toujours.* Par contre, Dani… Elle s'était mise à dos pas mal de gens, mais l'assassiner ? Merde, pourquoi ? Et pourquoi m'avoir pris pour cible ? Après tout, c'est elle qui m'a poignardé dans le dos, pas le contraire. Qu'est-ce qui peut nous connecter, bon sang ?

Il n'avait jamais travaillé avec les victimes. Il connaissait à peine Pigeon et évitait autant que possible d'approcher l'essaim venimeux des Betty.

— Et ce diamant ? Dani a-t-elle voulu me piéger ? L'a-t-elle apporté pour le cacher chez moi et m'incriminer davantage ?

Tout à coup, Rook fronça les sourcils.

— Dani était incapable de forcer une porte. Elle a eu besoin d'un complice pour bricoler mes serrures et désamorcer mon alarme. À qui faisait-elle suffisamment confiance pour l'emmener chez moi ? À moins qu'ils aient compté tout me piquer... Merde, ça n'a aucun sens.

La nausée l'empêcha de continuer. La douleur remonta de son estomac et le traversa brutalement. Il voulut quitter son lit, mais n'y réussit pas. Il n'eut que le temps de se pencher au bord du matelas quand il perdit la bataille contre ses tripes. S'étouffant presque, il cracha une giclée d'eau bilieuse et de comprimés à moitié dissous. Sa langue se recroquevilla, il faillit s'étrangler quand les spasmes continuèrent, à sec. Une autre vague monta, qu'il ne put retenir. Il voulut hurler car les frissons martyrisaient son corps maltraité. Sa vision se troubla, la chambre autour de lui s'assombrit et le lit se mit à remuer. Il s'agissait d'une illusion, car Rook était toujours accroché au bord du matelas, bien trop malade pour bouger d'un poil.

Son téléphone reprit vie dans sa main. Cette fois, Rook chercha à y répondre, sans même vérifier l'identité de son correspondant. Après un nouveau vertige, il tomba du lit et s'effondra lourdement sur le sol. Le vieux tapis élimé était humide contre sa peau nue. Rook en fut surpris, sans parvenir à comprendre pourquoi.

Par contre, il reconnut la voix qui hurlait son nom au téléphone.

— *Stevens ! Où êtes-vous ? Que se passe-t-il ?*

Sous le coup de l'énervement, Montoya passa à espagnol, envoyant une volée d'insanités que Rook avait déjà entendues chez des itinérants mexicains, autrefois, à la foire.

— 'Toya, pense que je suis malade.

Son murmure disparut presque sous les hoquets d'une nouvelle nausée. Apparemment, il lui restait un peu de fluide dans l'estomac.

— J'ai besoin d'aide, mec, souffla-t-il au bord de l'évanouissement. Merde, Dante, j'ai vraiment besoin de toi.

X

— *DIOS*, STEVENS, vous avez une sale gueule ! Mais au moins, vous êtes vivant.

Avec un soupir, Montoya passa les mains sous les aisselles du corps inerte qu'il souleva pour tenter de le remettre sur son lit. Le sol humide puait. Stevens avait probablement vomi sur le tapis, d'accord, mais l'odeur de la chambre était plus ancienne.

— *Bonjour, je m'appelle Montoya*, répondit Rook. *Tu as tué mon suspect. Prépare-toi à mourir*[31].

Il agita les doigts d'un air entendu, comme s'il espérait que Dante comprenne ce qu'il voulait dire par là. Ce ne fut pas le cas.

— Franchement ? reprit-il devant l'air perplexe de l'inspecteur. Vous ne connaissez *vraiment* pas ce film ? C'est le meilleur que j'aie jamais vu ! Enfin, je crois. Seigneur, il existe tellement de films de par le monde ! Si je m'appelais Montoya, j'aurais choisi le prénom d'Inigo depuis longtemps.

— Vous n'êtes plus un suspect et j'ignore de quoi vous parlez, mais si vous remontez sur ce lit, je vous promets de regarder un jour ce foutu film.

Rook était tout moite et glissait dans les mains comme une platée de spaghettis bien beurrés. Un mètre quatre-vingts de chair nue et souple, couverte d'ecchymoses, mais toujours sensuelle, s'avérait plus difficile à bouger que prévu.

— Aidez-moi, Stevens ! insista Dante. Remontez sur ce foutu lit et laissez-moi vous examiner.

— Hein ? Quoi ? M'examiner... Mec, je suis à poil, susurra Rook d'une voix pâteuse. J'ai l'impression de ne rien vous cacher.

Dante s'inquiétait, car la peau de Rook était brûlante et son teint, verdâtre. Au téléphone tout à l'heure, l'inspecteur s'était pratiquement collé un ulcère à l'estomac, le temps de noter le numéro de téléphone que bredouillait Stevens à l'autre bout du fil. Il avait fini par comprendre qu'il

---

31 D'après la réplique '*Je m'appelle Inigo Montoya tu as tué mon père, prépare toi à mourir*', tiré du film *Princesse Bride*.

s'agissait d'un hôtel. Qu'est-ce que son ex-suspect avait encore inventé comme connerie ?

Découvrir l'adresse dudit hôtel n'avait guère calmé sa torture nerveuse. Posé comme une tache de naissance sur la tempe du quartier Skid Row, l'immeuble rouge faisait de son mieux pour cacher ses basses origines, mais en vain. La chambre minable empestait le moisi, le vieux et le détergent. À l'heure actuelle, Dante s'inquiétait moins des récentes blessures de Rook que des staphylocoques qu'il avait dû récolter en vautrant son corps nu sur la moquette.

Le blessé ondula vaguement les hanches, effleurant ainsi les cuisses de Dante, avant de s'effondrer sur le matelas. Il étira ses bras au-dessus de sa tête avec un grand sourire idiot.

— Ta-da ! jeta-t-il victorieux.

Malgré les innombrables bleus, le sang séché et les points de suture, il était adorable. Dante s'en voulut de le remarquer. Il faisait de gros efforts pour ne pas loucher sur le sexe, le long de la cuisse de Rook, qui commençait à s'ériger.

— Seriez-vous ivre, Stevens ? D'après l'hôpital, vous n'avez pas de commotion cérébrale.

— C'était peut-être vrai quand j'en suis parti. Je crois m'être tapé la tête sur le trottoir quand j'ai été renversé par cette voiture.

Rook perdit vite son enthousiasme sous le coup d'une panique qu'il ne chercha pas à cacher.

— Je vais recommencer à vomir, Montoya ! souffla-t-il.

Dante approcha juste à temps la poubelle du lit. Rook roula sur le ventre et se pencha au bord du matelas. Si ses bleus côté face, sur les hanches et les épaules, avaient été horribles à voir, son dos était encore pire, entièrement marbré de pourpre et de violet. Dante frotta doucement entre ses omoplates pendant que son corps était secoué de spasmes saccadés, qui ne s'arrêtaient que pour reprendre de plus belle. Quand ce fut enfin terminé, Rook pantelait, le visage couvert de sueur.

L'inspecteur lui tendit une bouteille d'eau.

— Il faut que vous voyiez un médecin, décida-t-il. Quelle voiture vous a renversé ? Où cela s'est-il passé ? Avez-vous distingué le chauffeur ?

Tout en aboyant ses questions, il remontait le drap sur le corps nu. Puis il inclina la lampe de chevet pour examiner les pupilles du blessé, soulagé de constater qu'elles paraissaient relativement normales.

107

— Stevens, insista-t-il, répondez-moi. Que s'est-il passé ? Pourquoi avez-vous quitté l'hôpital ?

Rook buvait son eau à la bouteille, mais sa main tremblait tellement que Dante dut l'aider pour ne pas qu'il renverse tout.

— Que préférez-vous savoir, la voiture ou l'hôpital ? demanda Rook une fois désaltéré.

— Les deux. Quelqu'un a déjà tenté de vous tuer aujourd'hui. Où est-ce arrivé ? Qui était-ce ?

— Je ne sais pas… une femme. Je crois. Je ne l'ai pas très bien vue. Je ne la connaissais pas. Elle a grillé un feu en remontant à toute vitesse la Troisième rue. Je ne pense pas qu'elle ait *délibérément* tenté de m'écraser. Elle a bien failli réussir… elle a dérapé. Quand elle m'a heurté, je me suis retrouvé sur le bitume.

Rook haussa les épaules, les yeux emplis de douleur.

— Merde ! haleta-t-il. D'accord, j'y suis peut-être allé un peu fort, mais il fallait… Il fallait que je sorte de là. Alors, je suis parti.

— Sans prévenir personne ! Et contre l'avis de vos médecins…

— Ouais, je sais, je sais. Je n'ai pas attendu mon exeat. J'ai juste filé dès que j'en ai eu l'occasion, reconnu Rook à mi-voix.

— Seigneur, vous êtes vraiment…

Oubliant son anglais, Dante passa à l'espagnol pour une litanie d'insanités que sa mère aurait eu honte d'entendre dans sa bouche.

— Je vais vous rhabiller et vous emmener illico aux urgences, tonna-t-il. Et je ne veux rien entendre. Ni protestation ni gémissement. C'est compris ?

— Oui, d'accord.

Rook grommela un peu, pour la forme, mais il semblait résigné à son sort inéluctable.

— Juste un détail, ajouta-t-il au bout de quelques secondes. Je n'ai rien à me mettre.

— Il ne respirait pas.

Aucun doute, la bimbo blonde qui trônait dans le couloir de l'hôpital ne pouvait être que Charlène Canada. Elle avait une silhouette plantureuse digne d'être peinte sur les flancs d'un bombardier de la Seconde Guerre mondiale. De grande taille, elle avait une crinière blond doré, un rouge à lèvres carmin et des courbes généreusement réparties.

— Est-ce qu'on respire quand on vomit ? ajouta-t-elle. Parce qu'il vomissait encore quand ils l'ont emmené. Les gens qui vomissent trop risquent de s'étouffer, non ? Je ne vois pas comment on peut respirer et vomir en même temps.

— Il va s'en sortir. Lui avez-vous apporté des vêtements de rechange, comme je vous l'ai demandé au téléphone ?

Dante n'avait pas l'intention de demander à l'assistante de Rook comment elle avait pu arriver aux urgences avant lui, mais elle avait déjà installé le camp, deux sièges à peu près confortables, une table et deux gobelets de café fumant.

— Oh, oui ! répondit-elle avec une moue. Je vais aller les leur remettre. Je reviens tout de suite.

Le réceptionniste, derrière son comptoir, regarda avec des yeux ronds d'admiration Charlène Canada avancer vers lui. Manifestement, elle faisait de l'effet, avec sa démarche ondulante, ses talons interminables et le balancement sensuel de ses hanches pleines. Avec un sourire affable, elle se pencha pour lui parler et lui remettre le sac de vêtements.

— C'est pour mon patron, Rook Stevens, annonça-t-elle d'une voix sucrée. Il est juste là, dans une salle de soins.

Quand elle revint, elle avait obtenu une assiette de cookies maison et le sac, emporté par un infirmier, partait déjà vers l'endroit secret où Rook était ausculté.

Charlène s'installa à côté de Dante et récupéra sur la table un des cafés.

— Voilà, c'est fait, annonça-t-elle. J'ai tout acheté, y compris des sous-vêtements qu'il va sans doute détester. Il ne veut porter que des boxers. C'est idiot, non ? Je ne cesse de lui répéter qu'ils ne mettent pas son cul en valeur. Qu'en pensez-vous ?

D'après ce que Dante avait vu, le cul de Rook n'avait pas besoin d'aide pour être superbe. L'inspecteur préféra écarter de son esprit la vision d'un long corps nu étalé sur le lit d'un hôtel miteux. Il dut faire un effort pour retrouver ses esprits, troublés par le bavardage incessant de Charlène.

Les urgences étaient combles et bourdonnaient d'activité. Parfois, lors d'une arrivée, il y avait un chaos organisé de bruit et d'excitation. Puis le silence feutré retombait tandis qu'une civière disparaissait derrière les portes donnant sur le cocon beige et bleu ciel des salles d'examen. Les deux panneaux vitrés s'ouvraient périodiquement pour accueillir de nouveaux patients, la plupart d'entre eux ayant l'expression hébétée de ceux sur qui venaient de tomber une catastrophe inattendue.

Dante connaissait bien ce regard. Il l'avait certainement eu en découvrant Rook nu et roulé en boule sur le tapis sale de sa misérable chambre d'hôtel. À présent, le malade se trouvait dans les mains d'un médecin qui réussirait peut-être à le convaincre d'agir de façon plus sensée. Rassuré du côté de Stevens, l'inspecteur reporta son attention à son enquête.

Il se tourna vers l'actrice blonde – amie de Rook.

Ayant attiré Charlène à l'hôpital, il espérait bien lui soutirer des informations.

— Et maintenant, si nous discutions des Betty ? C'était bien notre marché, pas vrai ? Je retrouvais Rook et vous me disiez tout ce que vous saviez ?

— Il est toujours… euh, blessé. Et s'il a besoin de moi et que je…

Elle battait si fort ses faux cils qu'un courant d'air passa presque sur la petite table qui les séparait. L'effet, associé à la voix affectée, un peu haletante, était impressionnant, mais au premier regard que Charlène lui jeta, elle comprit que son jeu ne lui rapporterait rien. Elle poussa un long soupir, ses épaules s'affaissèrent.

— Je ne sais pas trop ce que je peux vous dire, vous savez, reprit-elle. Après tout, vous… vous êtes un *flic* !

— Oui, effectivement, reconnut Dante, c'est marqué sur le bulletin de salaire que m'octroie la bonne ville de Los Angeles. Je sais aussi que Rook est dans la merde. Quelqu'un cherche à le piéger, à le tuer, ou bien les deux à la fois. Vous avez le choix, Charlène, soit vous m'aidez à mettre la main sur le vrai coupable, soit vous vous taisez, ce qui risque de causer la mort de Rook. Qu'en dites-vous ?

Il avait bien choisi son argument. Charlène se recroquevilla sur elle-même. Elle serra son gobelet vide et commença à en arracher une couche de carton, tête basse, les yeux fixés sur sol.

— Pigeon saura que j'ai parlé. Ce n'est pas bien… Il ne faut jamais rien dire aux flics.

Dante se pencha en avant pour la rassurer.

— Qui est ce Pigeon ? Risque-t-il de s'en prendre à vous si vous me parlez ? Rook m'a déjà indiqué que Pigeon travaillait avec les Betty. Si vous me donnez d'autres infos, Pigeon peut-il vous faire du mal ?

— Me faire du mal ? Pigeon ? Non, sûrement pas ! Mais ça risque de nuire au réseau Betty. D'un autre côté, elle ne s'en occupe plus. Elle a raccroché. Savez-vous à quel point c'est difficile de patienter des années avant de toucher le pactole ?

Charlène paraissait avoir oublié ses remords, elle ricana en ouvrant de grands yeux.

— Ce n'est pas que je refuse de parler, enchaîna-t-elle. Enfin si, bien sûr. Ne vous vexez pas, mais nous ne discutons jamais… de ce genre de choses. Ce n'est pas bien. Vous ne savez pas…

— Je sais qu'ils sont tous morts, Charlène. Dani Anderson a été tuée. Peut-être par celui qui s'en est pris aussi à vos amis. Rook n'est pas le seul en cause. Nous avons déjà trois victimes et je veux mettre la main sur les vrais coupables.

Elle lui jeta un regard à travers ses longs cils noircis de mascara.

— Parce que c'est votre boulot ? Depuis que Pigeon a tout laissé tomber, les Betty continuent sans…

— Ce n'est pas uniquement un boulot, Charlène. Je *dois* rendre justice aux victimes, elles le méritent. C'est ma… J'ai du mal à l'expliquer, mais c'est ma vocation. C'est ancré en moi. Pour que les morts trouvent la paix, il faut que les assassins paient.

Dante trouvait difficile de mettre en paroles ce qui était pour lui une vérité fondamentale, si profondément enracinée qu'il n'imaginait pas d'autre métier que celui de flic. La seule fois où il n'avait pas défendu les valeurs auxquelles il croyait, c'était le jour où il avait laissé son père le tabasser et le chasser du giron familial, l'éjectant de la maison et de la vie qui étaient alors les siennes. Les seules qu'il ait connues. Et pourtant, ces moments de sang et de douleur n'avaient fait que cimenter sa détermination. Il trouverait un homme à aimer, il vivrait avec quelqu'un qui, comme lui, possédait une queue et une paire de couilles – et sans doute autant de problèmes que lui. Il porterait un badge et défendrait en priorité les faibles et les innocents, ceux qui ne pouvaient se battre contre la violence et l'injustice. Alors que son père le martelait, Dante sut ce qu'il voulait faire de sa vie, chaque souffle douloureux qu'il prit ce soir-là l'ancra davantage dans son intention de mourir plutôt que de se renier.

À ses yeux, la justice était nécessaire. Quels que soient les torts de la victime, un meurtre était inacceptable. Jamais Dante ne pardonnerait à ceux qui avaient les mains souillées du sang pour avoir pris la vie d'autrui.

Il arracha le gobelet déchiqueté des doigts de la blonde et le posa sur la table.

— Charlène, insista-t-il, si vous étiez tuée, ne voudriez-vous pas que votre assassin soit arrêté et condamné ? J'ignore qui sont les Betty abandonnées derrière Potter's Field. Personne ne connaît leur identité. Pourtant, je cherche le coupable. Selon moi, personne ne mérite de tomber dans l'oubli. Personne ne mérite de mourir sans laisser de traces.

Elle était tellement rigide que Dante s'inquiéta d'être allé trop loin. Peut-être s'était-il trop confié ? Puis elle poussa un petit cri étouffé et inspira si puissamment qu'elle fut traversée par un long frisson.

Après un bref hochement de tête, elle finit par lever les yeux pour croiser ceux de l'inspecteur.

— D'accord, inspecteur Montoya, céda-t-elle. Je vais vous parler des Betty.

— JE DOIS d'abord vous dire un truc, avoua Charlène, les yeux fixés sur son café, les Betty que vous avez retrouvées mortes ne sont pas celles que je connais, j'ai déjà téléphoné à Jane et Madge, elles sont toutes les deux en vie. Alors, les deux autres ? Selon moi, c'était des nouvelles. Il faudra que vous demandiez à Pigeon, mais je ne suis pas certaine qu'elle les connaisse davantage. Il est très possible que d'autres aient juste copié son ancien système. Vous savez, quand une formule marche et que personne ne s'en sert, pourquoi ne pas se l'approprier, hein ? Les gens passent leur temps à copier leurs voisins.

Dante leva les yeux du carnet sur lequel il écrivait ce que Charlène lui disait.

— Quel est le vrai nom de Pigeon ? Aurait-elle, comme Rook, un nom d'oiseau[32] ?

Charlène le fixa avec de grands yeux, l'incompréhension embrumait leur bleu azur.

— Rook ? Je ne comprends pas. Ce n'est pas plutôt une pièce d'échecs. Le petit château, je crois… En tout cas, Pigeon, son vrai nom, c'est Debbie Pridgeon. Ça ressemble, hein ? Tout le monde l'appelle Pigeon… Ou Deb.

Elle s'interrompit, hésita, puis reprit :

— Ça ne vous intéresse probablement pas.

---

32 En anglais, Rook veut dire 'corbeau' mais aussi « tour » dans un jeu d'échec.

— Revenons-en aux Betty, d'accord ? Vous disiez que les deux victimes n'étaient pas celles que vous connaissez, c'est bien ça ? Pourriez-vous me préciser comment vous le savez ?

Il tira quelques grands traits sur son carnet, un schéma pour synthétiser les relations entre les divers personnages de son enquête. Il commença par un rectangle dans lequel il écrivit 'Deb/Pigeon', qu'il relia aux deux victimes découpées retrouvées dans la caisse Goodwill. Il sortit son téléphone portable et fouilla dans les fichiers pour retrouver les dernières photos prises à la morgue.

Il les montra à Charlène.

— Vous êtes certaine de ne pas les connaître ? insista-t-il. Stevens disait que c'était sans doute des Betty.

Elle se pencha sur l'écran pour mieux voir les visages affichés, puis secoua la tête.

— Non. Enfin, non, je ne les connais pas. Elles ont toutes plus ou moins la même tête. Ça fait partie de l'arnaque, vous comprenez ? Mais c'est quand même facile de les différencier quand on les connaît. Ces deux-là sont des Betty, ça, c'est sûr. Peut-être qu'elles travaillaient avec Pigeon autrefois. Peut-être aussi qu'elles étaient en free-lance ou qu'elles avaient un autre patron, quelqu'un qui aurait repris l'opération.

— Quel genre d'opération ?

Dante soupira en voyant Charlène secouer la tête, l'air innocent.

— D'accord, reprit-il, alors, disons qu'il y a une escroquerie en cours. Théoriquement parlant, ça se passerait comment ?

— Oh, vous voulez que je vous explique le processus sans impliquer Pigeon, c'est ça ? Rook parle souvent de cette façon. Théoriquement. Oui, bien sûr.

Elle eut un sourire lumineux, puis réfléchit quelques secondes.

— Bien, disons que quelqu'un comme Pigeon lance un appât. Elle cible un homme très riche. Puis l'une des… B-dames entre en relation avec le gars en question – euh, ça marche pour les hommes et les femmes… on a la parité de nos jours. Au bout d'un certain temps de relation suivie, B a pu repérer ce qui est revendable. Alors, la première B sort avec son amant et la seconde se pointe à son domicile, comme elle l'a déjà fait très souvent, pour prélever ce qui a été convenu. Ensuite, c'est un partage à trois, parce que P a aussi joué son rôle.

Dante se renfonça dans son siège.

— En clair, même s'il y a un portier ou un agent de sécurité, il a l'habitude de voir Betty aller et venir. Je vois… Au fait, mes deux victimes avaient des empreintes digitales effacées. Est-ce une pratique courante ? Toutes les Betty le font-elles ?

Perplexe, Charlène fit la grimace.

— Comment ça, effacées ? Vous voulez dire, au papier de verre ? Pourquoi ? Il suffit de porter des gants, non ? Rook portait toujours des gants, ou bien il mettait de la glu au bout de ses doigts, mais les Betty n'ont pas besoin de prendre ça. Leurs empreintes digitales sont…

Elle ouvrit de grands yeux.

— Merde, je viens de vendre Rook ! Il va me tuer !

— Non, répondit l'inspecteur. J'ai passé trois ans à tenter de le mettre en prison. Vous ne m'avez rien dit que je ne savais déjà.

C'était une vérité lamentable, mais néanmoins une vérité. Il reprit d'un ton décidé :

— Actuellement, je travaille aux homicides, ce qui me convient très bien. Je n'ai plus à courir derrière les gentlemen cambrioleurs, je laisse ça à d'autres.

— Qu'ils ne viennent pas embêter Rook ! rétorqua-t-elle sèchement. Il est devenu réglo. Il est resté gay – et c'est vraiment dommage pour nous, les filles – mais il fait plus de cambriolage. Il veut réussir tout seul, avec son magasin. Et il s'en sort très bien ! Les gens n'arrêtent pas de l'appeler quand ils veulent des objets bizarres de science-fiction, ou d'horreur, enfin, du cinéma. Rook a la réputation de pouvoir trouver n'importe quoi – à des prix exorbitants. C'est de l'escroquerie, plus ou moins, mais c'est légal.

Dante termina son schéma et posa son bloc sur la table, à côté de lui.

— Ouais, je sais. Bien, revenons à Pigeon et Dani. Sauriez-vous si elles se connaissaient ? S'entendaient-elles ? Y avait-il des problèmes entre elles ou bien étaient-elles amies ?

— Amies ? Oh, sûrement pas ! Pigeon parlait plus à Dani. Et je la comprends, Dani était une sacrée égoïste, elle voulait toujours une plus grosse part que les autres. Pigeon n'est pas comme ça, alors elles se disputaient souvent. Je crois même qu'elles se voyaient plus. Mais si Dani avait eu un vrai problème, Pigeon l'aurait aidée, j'en suis certaine.

Elle se tourna pour regarder par-dessus son épaule : un infirmier émergeait de la porte des salles de soins.

— Croyez-vous qu'ils en auront bientôt fini avec Rook ? demanda-t-elle. Pourquoi est-ce que ça prend aussi longtemps ?

— Ils vont lui faire des radios pour s'assurer qu'il n'a pas de fracture du crâne, répondit Dante avec une grimace. Je suis presque certain qu'il n'a rien. Il faudrait sans doute une bombe atomique pour briser cette tête de pioche. Charlène, revenons à notre conversation, j'ai besoin que vous vous concentriez. Pourquoi dites-vous que Pigeon aurait aidé Dani si elle ne la supportait pas ?

Au regard que la blonde lui lança, Dante comprit qu'elle le trouvait obtus.

— Parce qu'elles sont sœurs. Même si on déteste sa sœur, c'est normal de lui donner un coup de main quand elle a des ennuis. Rien n'est plus solide que la famille.

DANTE AIDA un Rook maussade à sortir de l'ascenseur et à avancer dans le couloir.

— Je ne vois pas pourquoi vous critiquez mon hôtel, grommela Rook. Ma chambre avait des murs et un lit.

— Et des cafards pour vous ouvrir la porte quand vous êtes entré, je présume. Je tiens juste à vous voir dans une chambre plus saine.

Le sarcasme était léger, mais Rook en fut tout de même vexé. Le flic sortit de la poche de son jean une carte magnétique pour vérifier le numéro de la chambre, puis, traînant Rook derrière lui, il examina les panonceaux affichés sur les portes.

— Mille quatorze. C'est là.

La pièce était immense, contrairement à la précédente – un vrai terrain de foot ! Rook n'avait pas vraiment l'intention de vérifier, mais la formule éculée lui parut de circonstances. À dire vrai, il se fichait complètement de l'espace dont il disposait, une seule surface l'intéressait : celle du lit double qui occupait la partie chambre de sa suite. Il rêvait de s'étendre le plus vite possible.

Il ignora la vue superbe de ses fenêtres sur les rues animées de Los Angeles et la kitchenette où trônait une cafetière sophistiquée. Il ne voyait que le lit. Mais celui-ci était loin… Bien plus proche, dans le coin salon, se trouvait un canapé moelleux, juste devant l'arcade qui séparait la suite en deux. Aussi luxueux qu'il paraisse, le canapé semblait confortable et surtout … accessible, attirant même. En son for intérieur, Rook reconnut que cette chambre sentait bien meilleur que l'autre, mais jamais il ne

115

l'avouerait à Montoya. Le sourire prétentieux du flic commençait à lui courir sur le système.

D'un autre côté, il avait un beau sourire.

Rook préféra ne pas y penser.

Il était fatigué à mourir. Pourtant, le fait que l'inspecteur s'attarde à ses côtés lui donnait des fourmillements, sa peau en crépitait presque, ce qui dissipait les brumes qu'il avait encore dans le cerveau. À l'hôpital, c'était à contrecœur qu'il s'était dépouillé de la veste en cuir dont Dante l'avait enveloppé avant de lui faire quitter sa chambre précédente. Bien sûr, il avait froid – et donc besoin de se réchauffer – mais la partie rationnelle de son esprit l'avait traité de menteur. Il voulait garder ce vêtement parce qu'il appartenait à Dante.

Son cœur se mit à tambouriner. Ôter le blouson avait été comme quitter Dante Montoya. Et Rook Stevens, ancien voleur et escroc sans états d'âme, tenait à rester le plus près possible de son foutu flic à la voix éraillée.

— C'est d'un consternant !

La chambre tournait autour de lui. Il tendit le bras pour se raccrocher à n'importe quoi et assurer son équilibre. Il rata de peu le dossier du canapé, trébucha et heurta violemment le dos de Montoya.

— Merde, désolé, bredouilla-t-il. Oh, putain !

Des mains chaudes lui serraient la taille, après s'être glissées sous la veste en cuir, trop grande pour lui, et le tee-shirt ridiculement cher que Charlène venait d'acheter et lui avait apporté aux urgences.

— Depuis quand n'avez-vous rien mangé, Stevens ? Je peux appeler le room service si ça vous dit. D'après la réception, il est ouvert vingt-quatre heures sur vingt-quatre.

— Nan, juste du café. Je ne suis pas certain que mon estomac supporte la nourriture solide.

Il aurait voulu s'écarter. De quelques pas au moins. S'éloigner de ce flic qui avait envahi sa vie. Comme si Rook avait une place pour lui ! Malheureusement, aucun de ses muscles n'avait l'intention d'obéir à la partie rationnelle de son cerveau.

— Et si vous oubliiez le café pour boire du thé ? proposa Dante. Il vous faut aussi avaler les pilules qu'ils vous ont données, pas vrai ?

Le cocon de chaleur disparut. Montoya aida Rook à s'installer sur le canapé, avant de se diriger vers le coin-cuisine.

— Les analgésiques vous aideront probablement à dormir, continua l'inspecteur. Le toubib a dit que si vous aviez un traumatisme crânien, il était tellement minime qu'il ne le voyait pas aux radios, mais votre taux de glucose dans le sang est trop faible. C'est probablement ce qui vous rend patraque, en plus du manque de sommeil et du contrecoup de votre décharge d'adrénaline.

— Ouais, ils m'ont donné du jus de fruits après avoir terminé de me martyriser.

Rook fixa Montoya qui se penchait pour étudier le contenu du minibar, caché derrière une porte de placard. Il se demanda comment, dans son état, il pouvait s'interroger sur le goût qu'aurait son sexe de flic sur sa langue.

— Je me sens mieux, mentit-il.

— Ah ! J'ai trouvé ce qu'il vous faut !

Montoya revint vers lui avec une bouteille de jus de grenade. Rook fit la grimace, préférant ne pas penser au prix que l'hôtel allait lui facturer cette cochonnerie. Montoya sembla le deviner, car il répondit à sa question informulée :

— Ne me regardez pas comme ça ! Si vous voulez, je ferai tout passer en note de frais. La police peut payer ce que vous boirez pendant que je vous interroge.

Rook n'en pouvait plus. Il avait outrepassé ses limites de tolérance, renversé par la vie et ébranlé jusqu'au tréfonds de son être. Entre sa dispute avec son grand-père – dont il avait d'ailleurs oublié le motif – et la délicieuse tentation du corps de Montoya, il n'avait plus envie de lutter. Il en avait assez de fuir. Par-dessus tout, il voulait une vie un peu *normale*. Voilà le rêve qu'il avait poursuivi ces dernières années : se réveiller le matin, prendre un café et peut-être retourner au lit pour baiser un amant à long terme, quelqu'un dont il n'oublierait pas le nom à peine leurs ébats terminés.

Bon sang, il avait même envisagé de prendre un chien ou un chat, histoire de jouer le jeu jusqu'au bout, mais tout s'était effondré avec l'arrivée tonitruante de la police, les balles qui sifflaient à ses oreilles, et l'apparition de cet homme aux yeux d'ambre qui le faisait fantasmer depuis des années. À présent, Rook voulait juste… il ne savait plus trop.

Sauf réaliser son fantasme.

Ce fantasme concernait ce grand flic hispanique qu'il avait séduit un soir, dans un bar, parce que c'était un défi irrésistible. Malheureusement, dès le premier baiser, l'homme avait éveillé en lui un désir trop puissant pour être oublié. Ce soir-là, quand Dante Montoya avait émergé de l'ombre près de la piste de danse, Rook avait parfaitement reconnu le flic qui voulait l'arrêter. À sa vue, il avait eu des crampes d'estomac, tandis que son cul palpitait, rêvant d'être écartelé et possédé, le suppliant presque de passer aux actes. Merde, il aurait voulu que Montoya le baise sur place, contre le mur, jusqu'à lui couper le souffle, mais quelque chose s'était brisé en lui. Parce qu'une seule nuit ne lui suffirait pas. Il voulait davantage. Jamais il n'avait désiré quelque chose aussi fort, ni un coup ni un objet précieux. Il rêva de se réveiller tous les matins à côté de son amant, quelqu'un qui serait *heureux* de l'avoir dans son lit au lieu de lui indiquer la porte.

Cette nuit-là, Rook comprit qu'il n'aurait jamais droit au petit bungalow avec de jolis rideaux et une clôture blanche. Certainement pas s'il continuait sur sa voie actuelle. Cette nuit-là, il avait décidé de raccrocher définitivement. Il avait vu son reflet dans les yeux d'ambre et n'avait pas aimé le mépris du flic à son égard.

Rook tenta d'enlever ses sneakers, avant d'y renoncer.

— Dites-moi un truc, commença-t-il.

— Bien sûr, quoi ?

Montoya posa la bouteille sur la table basse devant le canapé et se pencha. Il était trop proche, trop envahissant. Rook ne put que respirer son parfum.

Une seconde plus tard, Montoya s'asseyait à son tour, les jambes sur celle de Rook.

— Qu'est-ce que vous mijotez, Stevens ? Vous envisagez encore de filer ?

— Franchement, je ne crois pas que ce soit possible, ricana Rook. Je tiens à peine debout. Et si je m'en vais, vous serez sur ma piste. Comme toujours. Vous êtes un flic.

— Et vous avez violé toutes les lois qui existent.

— Peut-être, mais je n'ai jamais été pris, rétorqua Rook.

Il avait tenté de retrouver son ton habituel, agressif, insolent, mais son sarcasme tomba à plat. En voyant l'expression indéchiffrable de Montoya, il reprit d'une voix changée :

— Il y a trois ou quatre jours que je n'ai pas dormi, et pratiquement rien mangé. J'ai un flic absolument magnifique au cul, mais pas pour les bonnes raisons. Et maintenant, quelqu'un cherche à me tuer, un chauffard m'a renversé, et je ne sais toujours pas qui a tué Dani en abandonnant son corps à ma porte. Pourtant, je ne pense qu'à une chose, c'est que nous devrions baiser, ou nous débarrasser l'un de l'autre, mais je préférerais la première option, parce que je n'arrive pas à oublier mon obsession en ce qui te concerne.

Montoya lui répondit par un sourire éclatant, plein de plaisir et de sensualité, un cocktail létal qui ranima le sexe d'un Rook épuisé.

— Tu voudrais te débarrasser de moi ? Après tout ce que j'ai fait pour toi aujourd'hui ?

— Ce serait mieux, non ? Il faut bien que l'un de nous agisse parce que… eh bien, parce que. Il y a d'innombrables raisons. Déjà, tu es un flic, et moi… pas vraiment. D'accord, Montoya, j'ai envie de toi, mais je sais très bien que tu vas refuser. Alors, je pense que tu devrais rentrer chez toi.

— Hum.

Montoya ne dit plus rien. Il resta immobile, avec cette fixité de statue que Rook lui avait déjà vue. Le silence dura. Alors que Rook s'apprêtait à exploser de frustration, le flic soupira longuement.

Puis il prononça les mots qui détruisirent d'un seul coup les murs les ayant séparés.

— Comment peux-tu croire que je refuserais de te baiser, *cuervo* ?

XI

LE CANAPÉ fut leur première victime.

Dante se jeta sur Rook, qu'il écrasa contre les coussins. L'impact, ainsi que leurs deux poids, fit basculer le canapé, qui se renversa en arrière et se fracassa contre le sol. Les deux hommes tombèrent avec lui et roulèrent sur le tapis, toujours enlacés. Sous le choc et la douleur, Rook étouffa un cri. Dante, qui l'entendit, voulut se redresser, surpris d'avoir oublié ses récentes blessures. Mais il fut retenu par des mains avides crispées sur le tissu dans sa chemise.

— Merde, grommela-t-il. On ne peut pas…

— Si tu me laisses comme ça, ça va chier ! grogna Rook. Je vais traquer et tuer toute ta foutue famille ! Tu l'as dit toi-même, je ne suis plus un suspect, alors, merde ! Je ne peux même pas prétendre être un témoin, je ne sais rien du tout. Viens ici, Montoya. Finissons-en. Il y a trop longtemps que tout ça traîne entre nous. Une fois l'abcès crevé, peut-être pourrons-nous tranquillement continuer notre petit bonhomme de chemin, chacun de son côté.

Sa voix était d'une telle agressivité qu'elle prit Dante par les testicules et les tordit un bon coup. Rook paraissait presque sauvage, comme égaré par le désir. Dante dut reconnaître que ça l'excitait de le voir ainsi écartelé sous lui, enfin à sa portée.

Pourtant, il paraissait… cabossé. Impossible de trouver un autre mot. Son tee-shirt était remonté jusqu'à mi-torse durant leur chute et exposait les côtes, marbrées d'ecchymoses et de coupures. Et Dante n'avait pas oublié la profonde entaille, suturée à l'hôpital, qui se cachait sous la manche. Pour être franc, il n'était pas certain que Rook survive s'il le baisait aussi fort qu'il avait envie.

Bon sang, même lui n'y survivrait probablement pas, mais il était prêt à tenter le coup, quitte à en crever.

Ils n'avaient rien à faire ensemble. Ils étaient aux antipodes l'un de l'autre, à tous les points de vue – famille, éducation, expérience ou moralité. Pourtant, Rook Stevens s'était incrusté dans sa psyché, creusant peu à peu son terrier et envahissant tous les recoins de son cerveau.

Dante n'était même pas certain de l'apprécier, mais il voulait quand même le prendre, le pénétrer et le marteler. Aussi malmené que Rook ait l'air en ce moment, il le désirait éperdument. Pire encore, il avait *besoin* de lui.

Il se redressa et attrapa Rook par les hanches pour le soulever du sol.

— Au lit ! aboya-t-il. Nous allons baiser, mais ce sera sur un putain de lit, *mi cielo*. Merde, je n'ai pas de préservatifs ! Nous ne pouvons pas…

— J'en ai deux dans mon portefeuille.

Avec un gémissement, Rook se tordit pour récupérer ledit portefeuille dans la poche arrière de son jean. Après l'avoir jeté à Montoya, il enleva son tee-shirt en disant :

— Je ne sais plus depuis combien de temps ils traînent là-dedans. Ils sont peut-être périmés.

Dante fouilla dans les poches intérieures du cuir, dont il tira deux petits carrés d'aluminium.

— Ils ont l'âge de voter ? Ça ira très bien.

Il s'apprêtait à déboutonner son pantalon quand il réalisa que Rook venait de baisser le sien. Il le regarda et oublia comment respirer. Peu importait ce qu'était… *qui* était Rook Stevens, décida-t-il. Parce qu'il était tout ce que Dante avait toujours voulu chez un homme, ça, c'était certain. À part les traces de coups et blessures, bien entendu, mais son sexe ne s'arrêta pas à ces détails. Son cœur, par contre, repéra les innombrables éraflures et pansements sur le corps longiligne, et en souffrit. Dante aurait voulu pouvoir soulager par ses baisers toutes les douleurs de son ex-suspect. La partie prédatrice de son cerveau occulta vite cet accès de tendresse intempestif.

Il y avait un homme nu. Et un lit. Dans une chambre d'hôtel. Cet homme était une proie à conquérir. Une vérité simple et évidente. Autrefois, Dante avait consacré des jours entiers à traquer le voleur dans l'espoir de le coincer et de l'arrêter. Et Rook lui avait toujours échappé, lui rappelant incessamment que la ruse triomphait parfois de la justice. Il revit mentalement leurs innombrables affrontements, quand Vince l'avait menotté et traîné au poste de police, pour l'interroger ; quand Dante l'avait plaqué sur le trottoir la nuit du meurtre de Dani. Il n'avait pas oublié l'expression horrifiée du fuyard à sa vue.

Ce soir, 'attraper Rook' prenait une signification totalement différente. Son but n'était plus de mettre un astucieux cambrioleur – ou un présumé meurtrier – en prison et de lui claquer au nez la porte d'une cellule.

Rook avait un corps mince et longiligne. Il se déplaçait avec une grâce précautionneuse. Les jambes interminables étaient plus puissantes que Dante l'aurait pensé, la peau pâle mettait en valeur les muscles bien dessinés. Les longs cheveux châtains bouclaient le long du cou blanc et caressaient les épaules solides, tandis que quelques mèches, sur le front, ombrageaient les méplats du visage ciselé. Rook Stevens paraissait distingué, précieux. Et Dante l'avait ainsi jugé avant de connaître le luxe dans lequel vivait sa famille. L'homme avait du sang bleu, versé en lui par des cathéters d'or et d'émeraude, et une peau ivoire dont le poli étincelant évoquait une riche statue animée.

Une statue que n'épargnaient ni le temps ni les traumatismes.

Car le corps de Rook donnait des indices de sa vie passée, anciennes cicatrices qui avaient blanchi sur les côtes et le dos. Une tache noir bleuté, sur l'os de la hanche, s'avéra être une plume tatouée, dont la tige et les barbes étaient si remarquablement rendues que Dante s'attendait presque à la voir s'envoler, glisser le long de la jambe et tomber à terre. Une cicatrice plus importante traversait les reins, à quelques centimètres au-dessus du cul pommé. D'instinct, Dante tendit la main pour la caresser, ce qui fit sursauter l'homme aux yeux étranges.

Dante fit un pas en avant et se colla contre lui, savourant le contact de la colonne vertébrale et du cul plaqué à son sexe. Il caressa le ventre soyeux, les chéloïdes[33], et posa la bouche dans le creux fragile entre le cou et les épaules.

Aucun d'eux ne parlait. L'air était lourd de leurs souffles rauques, de leurs désirs mutuels, mais aucune parole ne s'échangea, même quand Dante caressa longuement le corps offert, découvrant les courbes et les indentations du torse, puis des flancs. Rook aspira fort, les lèvres entrouvertes, en sentant la boucle d'une ceinture s'incruster dans ses fesses. Il étouffa un cri surpris quand Dante pinça et tordit son mamelon gauche. Il tremblait.

Dante frissonnait lui aussi, son sexe érigé pressant contre le tissu de ses vêtements, anxieux d'être libéré et de s'enfouir dans ce cul ferme. Dante caressa de la langue les épaules de son amant, puis mordilla la trace humide qu'il venait de créer. En même temps, il passa une main entre les jambes de Rook pour prendre en coupe les bourses durcies par le désir.

---

33 Cicatrices résultant d'une excroissance du derme au niveau d'une blessure guérie

Rook se cambra contre lui avec un gémissement quand les doigts durs commencèrent à malaxer sa chair vulnérable.

— Bon Dieu, tu n'es pas encore déshabillé, Montoya ? Mais qu'est-ce que tu fous… Aaah !

Dante venait de resserrer sa prise sur ses testicules, ignorant délibérément le sexe érigé qui pleurait d'impatience, à quelques centimètres de sa main.

— Dis-moi que tu me veux, Stevens. Pour une fois dans ta foutue vie, essaie d'être franc avec moi.

Rook s'écarta vivement de lui – et grogna quand Dante mit une seconde de trop à relâcher sa prise. Il se retourna, prit la tête du flic à deux mains, les doigts enfouis dans ses cheveux pour mieux l'attirer vers lui. Leurs bouches se heurtèrent dans un baiser brutal. Puis Rook fit glisser ses lèvres et planta les dents dans la mâchoire de Dante. Il serra légèrement, puis le libéra.

Ensuite, il posa une main sur sa taille, à la ceinture de son pantalon.

— Enlève ça, ordonna-t-il. Et baise-moi, Montoya, avant que ces foutus analgésiques ne fassent plus effet et que je recommence à sentir chacun des putains de bleus que j'ai partout sur le corps.

Dante l'expédia sur le lit et le regarda rebondir sur le matelas. Rook voulut glisser vers le milieu, mais il l'en empêcha. Se penchant, il lui prit la cheville d'une poigne serrée. Rook chercha à se libérer, mais en vain. De l'autre main, Dante défit sa ceinture et ouvrit les boutons sur sa braguette.

Le soleil se levait sur Los Angeles, inondant la chambre d'une lueur rose qui mettait des reflets d'or dans ses étranges yeux. Renversé sur le lit, Rook exhibait sa gorge et son épaule qui portaient de nouvelles marques rouges. En les voyant, Dante se frotta le menton et sentit contre sa peau la râpe de sa barbe drue.

Dante enleva son pantalon et le repoussa sur le côté d'un coup de pied. Plusieurs longues heures s'étaient écoulées depuis qu'il avait quitté son domicile, hier matin. Depuis lors, toute sa vie avait été bouleversée à cause de cet homme qu'il maintenait plaqué sur le lit. Il nota la mâchoire butée. Rook qui le fixait d'un œil défiant. Ses lèvres luisaient, gonflées par leurs baisers, et son mamelon gauche pointait, plus foncé et érigé que son jumeau. Étrangement, la barbe châtain clair qui poussait sur les joues habituellement glabres ajoutait une touche de vulnérabilité à ses jolis traits aristocratiques.

Il tira Rook au bord du matelas. Les préservatifs qu'il avait trouvés dans le portefeuille étaient sur les draps. Dante les désigna d'un signe de la tête.

— Prépare-moi un préservatif, *cuervo*. Tu vas me le mettre.

Rook leva si haut les sourcils qu'ils disparurent sous les cheveux cannelle ébouriffés qui lui retombaient sur le front.

— Qu'est-ce que tu imagines ? Que je vais juste me pencher et ouvrir le cul ? Ce n'est pas mon style, Montoya, de le prendre en la bouclant.

— Il ne s'agit pas de prendre, Stevens, répondit-il à mi-voix. Je compte conclure ce que nous avons commencé il y a bien longtemps, dans ce club. Ensuite, nous pourrons chacun retrouver notre vie, si c'est ce que tu veux. Tu as autant envie de moi que j'ai envie de toi. Essaie un peu de dire le contraire ! Essaie de prétendre que tu ne veux pas que je t'écrase dans ce lit, avec ma queue plantée si profondément en toi que tu en sentiras le moindre centimètre ? Vas-y, dis-le ?

Rook détourna la tête.

— Va te faire foutre ! grinça-t-il. Nom de Dieu de bordel de merde !

— Ouais, c'est bien ce que je pensais. Maintenant, prépare ce préservatif pendant que j'enlève ce truc-là, dit-il en faisant claquer la ceinture élastique de son boxer.

Il était plus grand que Rook. Dans tous les sens du terme, ou presque. Sa peau de bronze contrastait avec le teint pâle. Émerveillé par leurs différences physiques, Dante caressait les épaules et les flancs de son amant, évitant avec soin les endroits meurtris. Puis Rook roula un préservatif lubrifié sur son sexe humide et y serra les doigts, répartissant du pouce le fluide du méat sur le gland.

— Attention avec ton outil, 'Toya, remarqua-t-il. C'est un truc à se faire sauter l'œil.

— Ton œil ne risque rien, Stevens, répondit Dante. Je vise un autre objectif.

Il passa les doigts dans les cheveux cannelle et frissonna. Le préservatif était devenu un étau chaud et serré sur toute la longueur de son membre. Les doigts de Rook dansaient sur lui, en de longs va-et-vient qui l'enflammaient davantage. Dante avait les bourses contractées, l'estomac noué et les muscles raidis d'anticipation.

Toujours debout devant le lit, il modifia sa position et ouvrit les jambes quand Rook se pencha vers lui. S'attendant plus ou moins à un coup bas, il fut agréablement surpris de recevoir un doux baiser à l'intérieur de la cuisse. Rook frotta ensuite son nez dans la toison qui descendait du nombril de Dante à son bas-ventre.

— J'aime ta fourrure, chuchota Rook. Tu n'en as pas trop, juste ce qu'il faut pour jouer avec.

Voyant que Dante récupérait dans l'emballage du préservatif les dernières gouttes de lubrifiant, Rook sourit en disant :

— J'espère que c'est pour moi.

— Étends-toi, marmonna Dante. Je veux te voir.

Il y avait des mots pour exprimer ce à quoi Rook ressemblait. Des mots que Dante connaissait pour avoir entendu sa mère lire à haute voix des romans d'amour à son *abuelita*, avant de se rendre compte que son fils écoutait.

Lascivo.

Disipado.

Dispuesto.

Les draps blancs formaient une toile de fond parfaite pour le corps nu et offert. Rook leva les genoux et enfonça ses talons dans le matelas en cherchant à bouger dans le lit. Puis il leva les yeux et surprit Dante qui le regardait et son sourire arrogant devint sensuel, plein de promesses enivrantes.

— Bon Dieu, tu es bandant ! marmonna Rook. À quoi je pensais ? Pourquoi je ne t'ai pas baisé plus tôt ?

Dante grimpa sur le lit et s'approcha de Rook à genoux.

— Je ne sais pas, *cuervo*, répondit-il à mi-voix. *¿Estás listo?*

Dès qu'il acquiesça, Dante glissa ses doigts lubrifiés dans la fente qui séparait les fesses fermes. Il grogna quand Rook souleva les hanches et repoussa sa main. Dante se pencha, força Rook à ouvrir davantage les jambes. Il trouva la rosette plissée et la caressa, avant d'y presser un doigt, puis deux. L'anneau de muscles se referma sur ses phalanges.

Enfonçant profondément ses doigts, il commença des va-et-vient pour dilater Rook et le préparer à le recevoir. Il trouvait les gémissements de l'autre homme d'un érotisme si torride qu'il faillit jouir avant même de commencer.

— Attends ! haleta Rook. Je veux me retourner.

Tout en parlant, il voulut bouger, mais Dante le maintint en place.

— Pourquoi ?

— Pourquoi quoi ? Merde ! Laisse-moi me retourner !

125

Les yeux vairons étincelaient, mais à leur feu s'ajoutait une lueur dure. Rook lutta encore, poussant les épaules de Dante. Ce dernier baissa la tête et l'embrassa.

— Non, *cuervo*, dit-il contre ses lèvres. Je ne veux pas que tu me tournes le dos.

— Je ne… Aaah !

Rook se mordit la lèvre et se tordit sous les doigts qui le fouillaient. Il eut du mal à continuer à parler.

— Ceci… nous. Merde, c'est trop, Montoya. Je ne sais pas…

Dante se coucha sur lui, pesant de tout son poids sur sa poitrine. De sa main libre, il prit le menton obstiné et força Rook à tourner la tête, pour pouvoir le regarder dans les yeux.

— Je veux que tu saches qui te baise, qui te fait jouir. Je veux que tu me sentes posséder ton cul et je veux voir ton visage quand tu vas céder. Tu m'as bien compris, Rook ?

Rook hocha lentement la tête. Dante l'embrassa une dernière fois, violemment, de façon presque punitive.

— Tant mieux, dit-il

Puis il ôta ses doigts et, sans attendre, le pénétra à fond.

Rook étouffa un cri. C'était presque trop – trop intense, trop physique. Son corps se raidit, tous muscles tétanisés, mais en même temps son esprit explosa et s'ouvrit complètement. Montoya avait un sexe épais, presque trop gros pour lui, mais il n'avait pas d'autre choix que d'encaisser, car son flic ne lui avait pas laissé le choix. Il s'était positionné, sa queue entre les jambes ouvertes de Rook, et il était entré comme en terrain conquis.

Et Rook n'arrivait plus à réfléchir, il faisait une overdose… trop de Montoya – Dante… Il n'avait jamais connu la joue d'un homme contre la sienne pendant le sexe. Il n'avait jamais baisé face à face – et jamais dans un lit.

En général, il se faisait baiser dans un bar ou un club, sur la banquette arrière d'une voiture ou d'un pick-up, et même une fois dans une roulotte, tirée par un cheval. Il avait du mal à accepter l'intimité de ce visage près du sien. C'était une sensation tellement intense qu'il en oubliait son épaule douloureuse et les autres meurtrissures de son dos, pourtant collé au matelas.

Personne n'avait jamais demandé à le voir pendant qu'il le baisait. Certains, parfois, l'avaient pris aux cheveux pour lui tirer la tête en arrière mais c'était parce qu'ils voulaient jouir sur son visage ou dans sa bouche. D'autres préféraient se répandre au plus profond de son corps, même quand Rook n'avait pas eu la jugeote de demander un préservatif. Du moins autrefois, avant qu'il devienne sélectif. Dorénavant, c'était lui qui décidait quand et comment il se faisait baiser. Et chaque fois, il insistait pour se retourner, pour être pris par derrière. C'était plus anonyme. Alors, il était à genoux, ou à quatre pattes, ou contre un mur. Pas de vulnérabilité émotionnelle, pas de chuchotements intimes. Il n'avait pas à voir celui qui le prenait et le faisait jouir. Il n'avait pas à cacher son expression, de peur de révéler son envie désespérée de trouver un homme à garder, à aimer. Il pouvait fantasmer et imaginer que le baiseur anonyme qui le martelait était un véritable amant, susceptible de lui faire perdre son self-control et de libérer toutes les émotions enfouies en lui.

Mais Dante Montoya avait refusé son modus operandi habituel. Et Rook regrettait presque que cette voiture qui l'avait renversé l'ait raté, parce que le sexe exigeant qui le prenait, en de lents va-et-vient, allait causer sa perte.

Il sentait *tout*. Les doigts qui caressaient son visage, la pression des fortes épaules contre l'arrière de ses cuisses écartelées, la cadence inexorable de la possession. Le claquement moite de leurs corps l'un contre l'autre ressemblait aux bruits d'un baiser fiévreux – et il devint plus humide quand son sexe, prisonnier entre eux, pleura de plaisir. Chaque fois que Dante s'écartait, un picotement électrique traversait Rook, jusqu'à son cœur, jusqu'à son âme – des endroits qu'il avait jusqu'ici préservés.

C'était trop. Il ne pouvait l'accepter.

Il ne pouvait pas non plus le refuser.

Son corps était en feu. La barbe drue de Dante lui éraflait la joue, son sexe lui enflammait le cul – il n'y avait pas eu suffisamment de lubrifiant sur le préservatif, Rook en était certain à présent, mais il s'exaltait de cette brûlure, de ses muscles distendus à l'extrême. Ça prouvait qu'il ne rêvait pas, c'était *vrai*. Il pouvait presque croire que Dante serait encore là demain matin, à son réveil. Et qu'il dormirait blotti contre le corps doré cette nuit, mais également la suivante.

Le souffle rauque qui lui réchauffait le cou était une nouveauté, une douce incitation à vouloir davantage qu'une simple baise sans lendemain. Davantage que ce qu'il avait connu jusque-là.

Mais rêver était dangereux. Dangereux et stupide. Rook ne méritait pas plus qu'une nuit, assortie peut-être d'un baiser d'adieu. Parce qu'il ne valait rien.

Et puis, il y avait tout ce passé entre eux, pas joli-joli. Une fois son désir assouvi, Dante s'en irait. Comme tous les autres – tous ces anonymes dont Rook s'était toujours fiché.

Là, pour la première fois, il aurait voulu qu'un de ses partenaires ne soit pas un courant d'air.

Il resserra tous ses muscles internes, satisfait d'entendre Dante étouffer un grondement surpris. Mais il ne put recommencer, car le flic l'empoigna aux cheveux. En réponse, Rook cambra le dos, ce qui pressa son sexe humide dans le ventre dur. Il frissonna en sentant la caresse de la toison brune qui courait du nombril au bas-ventre, aussi recommença-t-il pour retrouver la sensation. Et pour mieux s'ancrer, il verrouilla ses chevilles aux reins de Dante.

Chacun rua contre l'autre, puis ils trouvèrent un rythme de croisière, qui ne demandait d'eux que de longues poussées sauvages, presque féroces. Rook se soulevait pour mieux s'offrir. Il sentait les claques des bourses lourdes du flic sur sa peau mouillée de sueur. Brusquement, Dante changea de position et glissa les mains sous ses fesses pour les écarter davantage. Rook se figea, la bouche ouverte, il n'aurait jamais cru pouvoir être possédé encore plus profondément.

La cadence changea, plus saccadée, plus rapide. Rook sentit son orgasme monter, l'envoyant dans un tourbillon de plaisir indicible. Sous les coups de boutoir de Dante, les deux hommes remontèrent dans le lit, jusqu'à ce que les épaules de Rook heurtent le mur et il dut courber la tête pour ne pas s'assommer.

Il avait tout oublié sauf le corps qui pesait sur lui. Il ne sentait plus la douleur de son bras récemment cousu, seul l'intéressait l'ouragan qui faisait flamber son sang. Il ne put tenir davantage. Avec un gémissement, il s'accrocha aux épaules de Dante, se délectant de leur puissance et du contact des muscles durs sous ses mains. Dante s'enfonça plus fort encore en lui, relevant ses jambes et le pliant presque en deux. Le torse du flic pesait sur l'arrière des mollets de Rook. Le lit tremblait et craquait sous eux, des débris de plâtre et de peinture leur tombaient dessus. Rook se moquait bien d'être viré de l'hôtel à condition que Dante l'emmène à bon port.

Il poussa un petit cri d'extase, presque un miaulement à la sensation de Dante dans son cul. Paniqué, il se demanda si le flic avait noté qu'il venait de souffler son nom, un aveu presque aussi révélateur que le dernier baiser qu'ils avaient échangé. Avant de pouvoir nier son émoi, Rook fut emporté par le maelström qui explosait en lui.

Dissous par son orgasme, Rook ne savait plus où il finissait et où Dante commençait. Il se laissa emporter par la vague, parce qu'il ne pouvait rien faire d'autre.

— Oh, putain, ça vient ! grogna Dante d'une voix éraillée. Tu es tellement…

Il passa à l'espagnol, un débit trop rapide et haché pour que Rook le comprenne. Il en fut encore plus bouleversé. Même si le sens des mots lui échappait, l'intonation était suffisante. Puis Dante jouit à son tour, Rook sentit ses spasmes et le poids du corps repu et lessivé qui s'affaissait sur lui.

Ils restèrent un long moment inertes. Collés l'un à l'autre par la sueur et le sperme, mais Rook trouvait le moment parfait. Surtout quand Dante releva la tête et l'embrassa, poussant sa langue en conquérant, léchant et aspirant jusqu'à posséder aussi complètement sa bouche qu'il l'avait fait avec son cul. Rook était à bout de souffle quand le flic se redressa enfin pour respirer.

Puis Dante se retira de lui et Rook gémit tant la sensation le secouait. Il était épuisé au-delà des mots. Les douleurs qu'il avait oubliées un moment revenaient en force, envahissant sa chair, ses os, le laissant vaincu et tout tremblant. Étendu sur le lit, il était incapable de bouger. Il vit Dante se lever pour se débarrasser du préservatif, puis tirer les rideaux des fenêtres, occultant la lumière matinale de Los Angeles. La chambre s'assombrit, seule demeurait la faible luminosité du réveil digital posé sur la table de nuit.

Dante se recoucha, le matelas bougeant sous son poids. Rook ne protesta pas quand le flic le roula sur le côté, étouffant juste un gémissement quand son épaule se rappela à lui. Ses yeux s'étant ajustés à l'obscurité, la pièce avait pris différentes nuances de gris. Il avait trop mal, décida-t-il, il ne pourrait pas dormir. Il chercha à se redresser.

— Attends, dit Dante, je t'ai préparé des analgésiques.

Il lui tendit un verre d'eau et deux comprimés. Rook trouva que les avaler était presque aussi difficile que s'asseoir, mais il apprécia la fraîcheur de l'eau qui descendait le long de sa gorge parcheminée. Il rendit le verre vide à Dante et se laissa retomber sur le lit, et se crispa en sentant le flic se coucher derrière lui, glisser jusqu'à lui et se plaquer à son dos.

— Tu seras encore là quand je me réveillerai ? demanda Dante.

Rook soupira.

— Ouais. Bien sûr.

129

— Encore un mensonge ? Comme lorsque tu m'as dit ne pas m'avoir reconnu dans ce club ?

Le souffle contre son cou était chaud, presque aussi brûlant que les autres douleurs de son dos et de ses côtes.

— Pourquoi dis-tu que je t'ai menti ? murmura Rook.

Il n'avait jamais parlé de cette rencontre. Il n'avait jamais raconté à personne son inexplicable et irrésistible désir pour Dante Montoya depuis le premier regard posé sur celui qui l'arrêtait. Et il avait deux talents bien particuliers : pouvoir pénétrer n'importe où… et bien mentir.

Dante tira la couette sur eux, les enfermant dans un cocon chaleureux.

— Parce que tu n'as fait que me mentir depuis que je te connais, Rook. Mais c'est terminé. À partir d'aujourd'hui, je ne veux plus entendre de toi que la vérité. Je ne te mentirai pas. Tu feras pareil avec moi.

Rook commençait à sentir l'effet des analgésiques, ses douleurs s'atténuaient. C'était tellement jouissif qu'il aurait pu en pleurer.

— D'accord, Montoya. Si tu veux. Pourquoi pas.

Dante le serra contre lui et frotta ses jointures sur sa joue.

— Un dernier truc. Je veux que tu m'appelles Dante. Si tu peux prononcer mon nom en jouissant, tu peux aussi le dire en t'adressant à moi. Maintenant, dors. Et tu as intérêt d'être encore là à mon réveil. Il nous reste un préservatif. J'ai bien l'intention de l'utiliser.

XII

DANTE SUT le moment exact où Rook émergea de ses rêves. Il ne put s'y tromper. Alors que les bruits étouffés de la vie animée de Los Angeles lui parvenaient derrière les épais rideaux et les doubles vitrages de l'hôtel, la peau de Rook se mit à fredonner sous ses doigts.

C'était comme s'il venait de mettre la main dans un flux d'énergie, dont il sentait les crépitements sous la paume. Il se demanda si sa main ne risquait pas de cuire. Le rythme de la respiration de Rook ne changea pas, pas plus que les longs cils ne frémirent sur les pommettes ciselées, mais quelque chose d'*intangible* venait de s'enflammer dans son corps étendu, immobile.

Pris d'audace, Dante posa un baiser sur la nuque ployée, puis referma les dents sur les cheveux qui y poussaient et tira dessus. Il s'écarta pour voir la réaction du prétendu endormi.

Au premier abord, ce fut léger, presque indicible, mais le pouls s'était accéléré. Dante le sentit sous son poignet, car il avait le bras posé sur l'épaule indemne de Rook et sa poitrine.

Rook était éveillé – et excité.

— Je t'entends réfléchir, *cuervo*, chuchota Dante. Inutile de faire semblant de dormir. Qu'est-ce que tu espères obtenir ?

Il mordit le lobe de l'oreille à sa portée, serrant jusqu'à ce que Rook pousse un gémissement.

— Je me disais que tu filerais peut-être en douce, comme s'il ne s'était rien passé.

Ah, bien sûr ! Fidèle à lui-même. Se retrancher d'abord, puis détourner la conversation d'une réplique mordante. Mais sous la bravade affichée, Dante avait perçu une note de regret frémissant. Aussi refusa-t-il de mordre à l'appât. Il s'attarda plutôt à mordiller la zone sensible qu'il avait découverte, la nuit dernière, derrière l'oreille de Rook.

— Arrête ! Ça me chatouille ! Et quand je ris, j'ai mal.

Rook roula lentement sur lui-même et sa grimace inquiéta fortement Dante.

— Ça va ?

— Non ! Bon Dieu, j'ai mal partout. Ce n'était pas aussi catastrophique cette nuit, quand je me suis levé pour pisser et me brosser les dents. Merde, quoi ! C'était juste une mini Ford !

— Mini peut-être, mais elle t'a renversé et tu es sacrément abîmé. Il est temps que tu reprennes une dose d'analgésiques.

Il s'apprêtait à se lever quand Rook le retint, les doigts plantés dans sa cuisse.

— Non.

— Pourquoi ?

Rook secoua la tête et changea de position pour avoir le bras de Dante drapé sur ses épaules.

— Je n'aime pas ces trucs-là. Ça me rend vaseux. Je préfère garder l'esprit vif avec toi, Montoya... Dante, corrigea-t-il, après quelques secondes.

— Je te préfère vaseux que souffrant. Que dirais-tu d'un peu d'ibuprofène ?

Rook acquiesça, ce qui agita ses cheveux châtains éparpillés sur le bras de Dante. Ce dernier tira gentiment sur une mèche, avant de glisser hors du lit.

— Ne bouge pas.

Il fut presque surpris, en revenant de la salle de bain, de constater que Rook était toujours là, dans le lit, à l'attendre docilement.

Le soleil était déjà haut dans le ciel. Malgré les rideaux tirés, il y avait assez de lumière pour qu'il remarque l'état de la chambre. Des vêtements éparpillés traînaient un peu partout, et aucun d'eux ne s'était donné la peine de redresser le canapé, toujours renversé au milieu de la pièce. Ses coussins étaient dispersés sur le tapis. Dante était presque certain que le boxer noir accroché à une des appliques murales, au-dessus du lit, lui appartenait. C'était le genre de désordre qu'on voyait dans la presse people pour illustrer le comportement irresponsable d'une jeune rockstar.

Apparemment, deux adultes pouvaient provoquer le même chaos, quand ils cédaient enfin à une attraction plus importante qu'aucun d'eux ne voulait l'admettre.

Tout comme la chambre, Rook paraissait sens dessus dessous, mais il gardait son aura de richesse, bien trop coûteux pour la bourse de Dante. Ses plus récentes meurtrissures, dues à la voiture, avaient pris au cours de la nuit des couleurs sombres et, dans cette lumière tamisée, la sinistre entaille sur son bras paraissait encore plus brutale. Dante fronça les sourcils, les strips gonflaient sur la peau éraflée, trop rouge à son gré. Il s'approcha et l'effleura du bout du doigt, pour s'assurer que la plaie n'était pas infectée.

— Ils m'ont fait deux piqûres la nuit dernière, aux urgences, annonça Rook. Des antibiotiques, je présume. Mais qu'est-ce que j'en sais, hein ? Ils ont très bien pu m'injecter la peste bubonique ! Qui vérifie ce qu'il y a dans leurs saloperies d'aiguilles ? Quand on y réfléchit, c'est sacrément inquiétant. N'importe quel taré peut arpenter les couloirs d'un hôpital, une seringue à la main, à la recherche de sa prochaine victime.

Il avala les comprimés que lui tendait Dante et les fit passer avec une gorgée d'eau. Après avoir rendu le verre, il se laissa retomber sur les draps froissés et écarta les bras.

— Que comptes-tu faire maintenant ? Retourner lutter contre le crime avec Wonder Rouquin ? Tu ne préfères pas que je te fasse une place dans le lit ?

Dante comprit que Rook, à sa façon détournée, lui demandait de rester avec lui – sans vouloir l'avouer ouvertement. Il s'en fichait, l'intention lui suffisait. Il remonta dans le lit.

— Je suis en congé aujourd'hui, mais j'ai quand même quelques trucs à faire. Comme d'aller voir ta copine, Pigeon. J'ai déjà prévenu Hank et mon oncle. Pauvre Manny ! Je l'avais abandonné pendant une... petite opération, mais il s'est débrouillé sans moi. Pousse-toi un peu.

Il passa la main sous la hanche de Rook pour le faire rouler sur le côté et se glissa à côté de lui. Tous deux étaient nus, mais Dante remarqua la difficulté qu'avait Rook à bouger les jambes pour lui faire de la place. Il décida de ne pas utiliser le second préservatif posé sur la table de chevet, où il l'avait laissé. D'ailleurs, c'était sans importance. Ce qui comptait, c'était d'entendre Rook... respirer et parler. En tout cas, pour le moment.

Rook paraissait nerveux, il ne cessa de s'agiter pendant que Dante remontait les couvertures pour les recouvrir.

— Viens dans mes bras, ordonna Dante à mi-voix. Je veux juste te tenir.

Pendant quelques secondes, il crut, à son air buté et sa mâchoire en avant, que Rook allait refuser. Puis toute résistance disparut.

— Tu sais, toi et moi... merde, quoi ! Ça ne marchera jamais. Je devrais m'en aller... C'est complètement débile...

— Ça, c'est sûr, j'ai déjà déconné dans ma vie, mais tu es certainement la pire des décisions que j'aie jamais prises... et la meilleure.

133

Dante se redressa sur un coude pour mieux voir le visage de Rook. Il continua d'une voix plus grave :

— Nous savions que ça serait explosif. Si tu prétends le contraire, c'est que tu te mens à toi-même.

Rook éclata d'un rire légèrement amer.

— Non, c'est seulement aux autres que je mens. Si Dani n'était pas morte dans mon magasin, ajouta-t-il avec une grimace, il ne serait rien arrivé.

— Si, c'était inéluctable, Stevens, répliqua Dante avec humour. D'après le peu que je sais de toi, tu aurais fini par avoir des ennuis et un jour ou l'autre je me serais pointé chez toi. Allez, viens dans mes bras. Tu en as envie.

Il lisait un tel besoin de tendresse dans les yeux étranges, si beaux, et dans le pli amer de la bouche charnue. Sans plus discuter, Rook roula contre lui, avec des mouvements aussi prudents que précédemment. Dante referma les bras sur lui et attendit que son farouche amant se détende pour l'attirer contre lui, collant son torse au dos souple.

Près d'une minute passa. Enfin, les épaules de Rook s'assouplirent et Dante sentit, plus qu'il n'entendit, son petit soupir satisfait.

C'était une sensation étrange d'être étendu contre un homme nu sans intention sexuelle. Leurs sexes restaient flaccides et vulnérables, velours soyeux entre leurs cuisses. La peau de Rook était tiède, saine et ferme au toucher. Dante explora du bout des doigts le ventre lisse, traçant les lignes des muscles bien dessinés. Il avançait à l'aveuglette, sous la couette qui les recouvrait, mais il avait une excellente mémoire visuelle. En fermant les yeux, il évoqua le corps étalé admiré la veille au soir, dont il gardait l'image gravée dans le cerveau. Il se rappelait de la moindre coupure, du moindre bleu, il savait donc les zones à éviter, en particulier le flanc gauche de Rook et son omoplate droite. Sur le bras, il y avait l'endroit où la balle avait traversé le muscle, mais Dante voyait bien que ce n'était pas l'endroit le plus sensible. Quant à l'entaille sur la joue, elle était déjà pratiquement guérie. Au cours de la nuit, quand Dante y avait déposé un baiser affectueux, après leurs ébats énergiques, Rook s'était moqué de lui en le traitant de gonzesse.

Être couché à côté de Rook Stevens ressemblait un peu à vouloir faire la sieste sur la natte d'un fakir. Il fallait beaucoup de pratique, un entraînement apparemment futile, mais une fois le but accompli et la technique maîtrisée, c'était le nirvana.

Dante ne considérait pas avoir 'maîtrisé' Rook Stevens, pas plus qu'il espérait être devenu un maître en ce domaine. Loin de là. Et s'il était certain que Rook avait pris son pied avec lui, c'était parce qu'il avait vu le contrôle d'airain de l'ancien voleur céder et que son orgasme les avait éclaboussés tous les deux.

Il attendit quelques battements de cœur avant de reprendre la parole.

— Tu t'es si souvent enfui que je suis un peu surpris que tu sois encore là ce matin, *cuervo*.

— Ah, ouais ? N'en baisse pas ta garde, Montoya. Je risque de t'assassiner pendant ton sommeil.

Rook tourna la tête pour le regarder par-dessus son épaule. Il fronça les sourcils.

— Franchement ? insista-t-il. Ça ne te dit rien ? Bon sang, il faut *vraiment* que tu voies ce film, Montoya !

— *Dante.*

Rook hésita, puis céda.

— D'accord, Dante. Ton ignorance en ce qui concerne la pop culture me navre profondément.

— Ouais, peut-être, mais j'ai rarement l'occasion de regarder la télé ou d'aller au cinéma. Je passe presque tout mon temps à bricoler dans ma maison ou à essayer de retrouver des meurtriers. Je suis heureux que tu sois resté.

— Bon sang, tu es aussi émotif qu'une nana !

— Je suis pratiquement certain de ne pas en être une, après ce que je t'ai fait la nuit dernière.

Il continua à caresser Rook, enchanté de la rougeur qu'il vit monter à ses joues. Sa main glissa plus bas, effleurant la toison pubienne.

— Et, ajouta-t-il à mi-voix, un homme, un vrai n'a pas honte de parler à son amant. Il est bien plus facile de jouer au macho et de se cacher derrière un mur de silence. Veux-tu d'un véritable homme ? Quelqu'un qui te dira d'effrayantes vérités, mais qui cherchera aussi à résoudre les problèmes qu'il rencontrera avec toi ? Un homme doit être capable d'affronter ce qui lui fait peur. Il ne se contente pas de ravaler sa fierté pour s'étouffer avec quand elle se trompe de chemin.

— Dans quel fortune-cookie as-tu trouvé cette philosophie à deux balles ? ricana Rook. Comme si la vie était un film Disney ! Je n'ai pas Gemini Cricket attaché à mes trousses et Charlène n'est certainement pas ma gentille marraine fée.

Dante lui pinça légèrement le mamelon, comme il l'avait déjà fait quelques heures auparavant.

— C'est mon oncle qui m'a dit ça un jour. De bien des façons, Manny est mon parrain fée. Tu lui plairais beaucoup. Il aime les causes perdues et les garçons au cœur brisé. Dieu sait qu'il passe sa vie entouré de *drama-queens* !

— Je n'ai pas le cœur brisé !

L'affirmation était calme, mais puissante. Une résolution d'airain vibrait sous la voix de velours.

— J'en ai rien à branler des autres, d'accord, enchaîna Rook, mais ne mélange pas tout. Je ne vois pas la vie comme toi, ce n'est pas pour autant que j'ai un problème. Je vais très bien.

— Tu fuis toujours, Rook. Chaque fois que quelqu'un s'approche de toi, émotionnellement parlant, tu détales.

Il resserra son étreinte. Comme prévu, Rook se raidit et voulut le repousser. Mais Dante tint bon, refusant de lâcher. Il retint son souffle en se rendant compte à quel point son amant était nerveux. Enfin, Rook cessa de lutter.

Alors seulement, Dante chuchota :

— Tu n'en as pas marre de fuir ? Tu n'en as pas marre de toujours devoir regarder par-dessus ton épaule ? Est-ce si difficile de... rester en place ? Pourquoi refuses-tu de t'attacher ?

Le souffle de Rook était une caresse brûlante sur son bras nu.

— Parce que tout le monde attend quelque chose, Montoya. Rien n'est jamais gratuit, tout le monde veut...

— Même ton grand-père ? Il te court derrière comme s'il avait le feu au cul, toujours sur tes talons.

— *Surtout* mon grand-père, merde !

Rook s'agita, cherchant à trouver une position plus confortable. Son cul se nicha contre le bas-ventre de Dante, provoquant le glissement du sexe semi-érigé entre ses fesses.

— Ah ! ricana Rook. Tu vois, c'est bien la preuve que j'ai raison. Toi aussi, tu veux quelque chose.

— Ton cul vient d'agresser ma queue ! protesta Dante.

Il mordit Rook à l'épaule, ne lâchant prise que lorsqu'il entendit un petit cri outré.

— Tu me fais bander, je le reconnais, reprit-il, mais je ne compte pas te rouler sur le ventre et te baiser. Pas tout de suite en tout cas.

Maintenant, dis-moi pourquoi tu cherches tant à éviter ton grand-père. D'accord, c'est un vieux roublard impitoyable, mais il est de ton côté. J'ai vu la façon dont il te regarde, il tient à toi. Je pense même qu'il a de l'affection pour toi.

— Non, il voit juste en moi le moyen d'emmerder mes cousins. Ils sont idiots. J'avoue qu'il n'a pas tort. Enfin, sauf Alex, mais lui aussi a foutu le camp. Il a envoyé Archie sur les roses et gère une boutique de bandes dessinées. Aux yeux de mon grand-père, c'est un commerce encore pire que le mien, va comprendre !

Il s'interrompit avec un grognement quand les doigts de Dante caressèrent ses flancs.

— Quoi ?

— Écoute, qu'est-ce que tu veux au juste ? Que je te parle, ou bien qu'on baise ? Parce que je fais une overdose de connexion verbale et de contact tactile. C'est l'un ou l'autre, mais pas les deux en même temps. Je n'y arrive pas.

— Donc, tu refuses de mâcher du chewing-gum pendant que tu marches ? plaisanta Dante.

— Non, mais j'ai du mal à parler quand je bande et que je ne pense qu'à baiser. J'ai la queue si dure qu'elle pourrait couper du diamant. Oh, merde ! ajouta-t-il, en changeant de ton. Ce diamant, celui que Dani avait avec elle, j'ai toujours cette accusation sur le dos !

— L'aurait-elle trouvé chez toi ? Et dis-moi la vérité. Avais-tu caché ce diamant dans ton magasin où elle a pu le récupérer ?

— Je n'ai pas vu ce foutu caillou depuis des années, Dante. Mes empreintes ne *peuvent pas* s'y trouver, c'est impossible. Déjà, pour commencer, je n'ai jamais touché un bijou à mains nues. Et je ne reconnais pas être coupable, hein, pas de blagues !

Rook se débattit pour se retourner, aussi Dante desserra-t-il un peu son emprise sur lui.

L'ancien roi de la cambriole attendit de le regarder dans les yeux pour continuer à parler.

— Ce vol est quasiment prescrit, si je compte à partir du moment où les flics ont dû laisser tomber le dossier. C'est l'une des dernières accusations que j'aie encore au cul. J'ai travaillé sacrément dur pour me libérer de mon passé. Merde quoi ! Je ne laisserai pas Dani tout bousiller ! Ni elle ni personne.

— D'accord, tu n'as rien avoué et je ne chercherai pas à te piéger, assura Dante. Mais pour attraper le meurtrier de tes anciens... associés, il faut que je connaisse tes connexions avec eux. Au fait, excellente manœuvre de diversion, tu es passé au diamant pour ne pas évoquer ton grand-père. C'était brillant !

Rook eut la décence d'afficher un air contrit, totalement simulé.

— Ah ouais, eh bien je n'ai pas fait exprès. Je... putain, Montoy... Dante, c'est vachement difficile ! Je n'y arrive pas !

Dante lui donna une petite bourrade.

— Dans ce cas, passons à un sujet plus facile. Explique-moi un peu comment un gosse qui a grandi dans une foire se retrouve à vendre des poupées sur Hollywood Boulevard. Raconte-moi quelque chose, Rook Stevens, ce que tu veux, ça peut te concerner, ou bien ton grand-père. Merde, donne-moi même la raison qui t'a poussé à engager Charlène Canada. Tout restera entre toi et moi. Ça ne sortira pas de cette chambre.

— Mec, j'aimerais mieux aller en prison, grogna Rook. Franchement !

Il lui tourna à nouveau le dos.

— ... et je te signale que ce sont des *figurines* que je vends, par des poupées.

Il était sincèrement agité. Ce que demandait Montoya – Dante ! – lui donnait le vertige, pire encore que d'être accroché à un gratte-ciel avec un simple fil d'acier pour l'empêcher de s'écraser dans la rue d'en dessous. Il n'avait pas l'habitude de se *confier*. Il baisait, d'accord, parce que c'était une nécessité, un peu comme manger un bol de *ramen* au-dessus de l'évier pour ne pas avoir de vaisselle à faire.

Sauf qu'avaler des nouilles trop chaudes, trop vite, ça lui donnait des brûlures d'estomac – exactement comme l'idée de *discuter* avec un flic – même après des relations sexuelles.

Le problème, c'était que Dante Montoya était un chasseur. Pas du genre à avancer à pas feutrés dans la forêt pour attirer les animaux avec un appeau, non, il avait une approche plus brutale, plus franche. Et il n'hésitait pas à courir le risque de se faire tirer dessus pour sauver un inconnu. Un esprit de sacrifice que Rook n'arrivait pas à comprendre, et pourtant, il était blotti contre le beau et noble chevalier des temps modernes. Tous deux auraient aussi bien pu poser pour une carte Hallmark de la Saint-Valentin !

Dante pressa son menton sur l'épaule de Rook.

— Arrête de réfléchir, Stevens. Et parle !

— Pourquoi est-ce que je dois t'appeler Dante alors que tu continues à dire Stevens ?

— Parce que je suis armé, pas toi.

— Charmant !

Dante ricana.

— De rien. C'est une question de confiance. Si nous devenons…

— Bordel ! coupa Rook. Si nous restons ensemble, je t'assure que les complications ne vont pas tarder. Autant en profiter le temps que ça dure, d'accord ? Ensuite, nous nous séparerons bons amis.

Dans son dos, Dante ne répondit pas. Rook déglutit la boule d'angoisse qui lui remontait dans la gorge. Puis il entendit un long soupir et son flic le serra plus fort, moulant son corps au sien jusqu'à ce que l'air n'ait même plus la place de circuler.

— Il y a bien des choses que je ne comprends pas chez toi, *cuervo*. J'ai cru deviner que ta mère n'était pas…

Rook l'interrompit très vite.

— Pas là ? Pas attentionnée ? Pas sobre ? Ma mère n'était pas tant de choses ! Elle…

Il tenta – en vain – de se rappeler sa dernière discussion avec Beanie. Dante lui caressa doucement le ventre, son contact n'était pas sexuel, mais apaisant.

— J'allais dire 'maternelle', chuchota-t-il. Je ne veux pas parler à ta place.

— Mec, pour décrire Beanie – Beatrice – le premier mot qui me vient à l'esprit, c'est 'idiote'.

Évoquant le jour où il avait découvert la demeure où sa mère avait été élevée, il ajouta avec amertume :

— Elle a fichu le camp avec un forain parce qu'elle n'avait pas envie de terminer son année d'école secondaire ! Tu ne trouves pas ça débile ? Mais Beanie n'a pas un sou de jugeote. Un jour, elle a eu l'idée géniale de faire des confitures, elle n'y connaissait rien, mais bon… elle a fait bouillir un magma trop sucré avant de se rendre compte qu'elle n'avait rien prévu pour le mettre. Voilà, c'est du Beanie tout craché !

La main de Dante s'immobilisa et Rook se renfrogna en réalisant que la caresse lui manquait. Ce qu'il détestait.

— Vous n'êtes pas très proches, je présume ?

— Proche ? Ce serait difficile quand je la croise à peine une ou deux fois par an, tu ne crois pas ? Quelle fille est assez conne pour quitter une vie riche et facile parce qu'elle ne pense qu'à s'envoyer en l'air ? Et encore, 'penser' est probablement trop difficile pour elle ! Voilà ce qu'est ma mère ! D'ailleurs, je ne sais pas ce qui me surprend le plus : qu'elle n'ait pas avorté de moi, ou que je sois le seul bâtard qu'elle ait pondu !

Il avait réussi à choquer Montoya, parce qu'il l'entendit inspirer profondément, le torse solide tressautant contre ses omoplates. Les Hispaniques avaient en général un grand respect pour leurs mères – en tout cas, Montoya tenait à la sienne. Rook ajouta cette bribe d'information à ce qu'il avait appris un peu plus tôt concernant son oncle, Manny.

— Quand elle a quitté sa famille, répondit le flic à mi-voix, elle ne t'avait pas encore. Il est plus facile de se passer du matériel quand on oublie l'affectif. Tu le fais aussi, tu as peut-être hérité ça d'elle.

Un petit coup de couteau, pas assez profond pour causer une vraie blessure, mais le commentaire mit Rook en colère. Il repoussa fermement son émotion, mécontent de voir ses remparts s'écrouler parce que Dante avait les mains sur lui.

Il avait déjà décidé qu'il s'amollissait, mais peut-être était-ce encore pire. Ses dernières années dans la légalité l'avaient peut-être rendu vulnérable – et il n'avait même pas compri que son donjon, peu à peu érodé, avait disparu. Finie l'époque où il était capable d'écraser cyniquement tous les obstacles sur sa route. Que lui importaient les gens qui gémissaient sous ses pieds ? Le monde était sans pitié, c'était une leçon qu'il avait apprise au berceau. Sucer une tétine de pierre ne ferait que lui arracher la bouche.

Alors, pourquoi était-il à ce point bouleversé par les caresses de son flic ? Et pourquoi éprouvait-il un tel remords de ne pas avoir rassuré son grand-père en lui indiquant où il était ?

— Bon Dieu, je te hais ! Toutes ces conneries que tu...

Il grimaça quand Dante le menaça de ses ongles, plantés dans sa poitrine.

— Je n'ai rien de passionnant à te raconter ! aboya-t-il. J'ai grandi dans une foire, j'ai travaillé dans diverses branches, puis j'en ai eu ras le bol. Alors j'ai ouvert un magasin. Et voilà !

— Je présume que les fonds qui t'ont permis d'ouvrir ton magasin venaient de tes précédentes activités, déclara Dante d'un ton pensif. Inutile de râler, je t'ai déjà dit que rien de ce que tu me révélerais aujourd'hui ne sera utilisé contre toi. Je n'ai qu'une parole. De plus, le dossier que Vince et moi avions constitué contre toi a été purement et simplement balancé à la poubelle.

140

— Ouais, et sur ce coup-là, ton partenaire avait quand même sacrément déconné ! Excuse-moi, ajouta-t-il avec une grimace. Je n'aurais pas dû dire ça.

— Non, c'est vrai. Vince a déconné.

Dante s'écarta et fit rouler Rook sur le dos.

— Je vais être franc, *cuervo*, je voulais vraiment t'épingler, et tous les gars de ton gang avec toi, j'aurais donné n'importe quoi pour ça. Vince était mourant, il le savait, je crois. Il a peut-être cru qu'il n'avait rien à perdre, mais il s'est trompé.

— Il aurait dû au moins penser à toi !

Pour mieux voir, Rook repoussa ses cheveux de son visage, mais ils retombèrent aussitôt. Dante intervint d'un geste doux ; un autre de ses sourires secrets illuminait son visage buriné.

— Ne me regarde pas comme ça ! protesta Rook. C'est toi qui ne cesses de parler de l'importance de la famille et des amis, pas vrai ? Ce salopard n'aurait pas dû te jeter aux loups avec ses conneries.

Quelques années plus tôt, Rook se trouvait hors de l'État lorsque l'ancien partenaire de Dante avait prétendu avoir découvert une cache d'objets volés dans sa caravane, qui hibernait durant l'hiver avec toute la foire. Le mensonge avait vite tourné au désastre, avec des conséquences tragiques. Rook n'avait pas assisté au drame qui se déroulait, mais le scandale et les rumeurs avaient été tels qu'il les avait reçus de sources diverses. Le vieux flic ripou avait été honteusement limogé – et son jeune partenaire innocent avait bien failli couler avec lui.

À l'époque, Rook avait ricané et pensé que la roue tournait, que le karma existait, et autres conneries vengeresses, mais aujourd'hui, en voyant la souffrance de Dante, un côté obscur – qu'il ignorait posséder – se ranimait en lui.

Il ne supportait pas que Dante soit bouleversé, même après toutes ces années, par une telle trahison. Ses yeux d'ambre étaient si poignants que Rook dut détourner la tête.

Au bout d'un très long moment, Dante reprit la parole :

— C'est vrai, il n'aurait pas dû. Mais je comprends pourquoi il l'a fait. Je ne suis pas d'accord avec ses méthodes, mais je le comprends.

Il se pencha et frotta son nez contre celui de Rook.

— Et toi ? As-tu déjà été trahi par quelqu'un en qui tu avais confiance ? Je pense que oui, parce que personne ne naît aussi cynique et amer que tu l'es. Qui a été ton Vince ?

— Je n'ai jamais eu de partenaire, d'ami ou d'allié pour me défendre, Montoya. Je n'ai jamais eu personne. Et je ne crois pas que ça va changer.

Il s'écarta et repoussa fortement Dante.

— Maintenant, j'ai sommeil, je vais dormir un peu. Ensuite, je téléphonerai à Pigeon pour lui parler de toi. J'ai vraiment envie que cette histoire soit finie !

Dante roula sur le dos.

— La nôtre ne le sera pas, Rook, annonça-t-il. Et je ne sais pas si elle le sera un jour. Tu avais raison, tu sais. Toi et moi, c'est compliqué. Mais nous sommes ensemble, que ça te plaise ou pas, alors, je suis là. Et tant mieux, parce qu'il faut vraiment que quelqu'un veille sur toi. Manifestement, tu n'es pas foutu de vivre seul. Tu n'as fait que des conneries jusque-là !

XIII

CE FUT une sensation d'angoisse qui força Rook à émerger des profondeurs du sommeil. Ses pensées étaient fragmentées, comme du menu fretin se dispersant devant un prédateur marin – la faim dévorante qui le prenait aux tripes. L'agonie roula sous sa peau, le traversant jusqu'aux os. Les poumons contractés, il chercha à reprendre son souffle, mais il n'y avait pas assez d'oxygène autour de lui. Il se débattit pour remonter à la surface, prêt à tout pour échapper au cilice plein d'épines qu'il semblait porter.

Ce fut encore pire quand il ouvrit les yeux.

La lumière lui perfora les rétines, chaque rai de lumière était une fine écharde qui atteignait sa cible. Il se recroquevilla, jusqu'à ce que son cerveau réussisse à repousser la douleur. Il fit un nouvel essai, l'agonie recommença.

— Allez, *cuervo*. Réveille-toi. J'aimerais te voir prendre tes médicaments avant que je m'en aille.

Il reconnaissait cette voix. Il aimait ce ton grave et bas, et ce léger accent. *Dante.* C'était aussi doux et enivrant que du rhum cubain et ça apaisait les aspérités de son âme. Il fit l'effort de lever la main jusqu'à son visage pour se frotter les yeux, en espérant les débarrasser du sable glissé sous ses paupières.

— Dis-moi qu'il ne va pas mourir, *mijo* !

Une autre voix d'origine hispanique – mais certainement pas celle de Dante Montoya. Cette fois, Rook s'arracha pour de bon au sommeil dans lequel il était englué et bascula dans la réalité. Il atterrit sur une surface dure et plane, avec une migraine atroce et la triste réalisation qu'il avait mal absolument partout, de la tête aux pieds. Pas un centimètre carré de son corps ne lui paraissait intact ! Même la légère toison de ses bras lui parut hérissée de détresse. Il tenta de bouger, pour calmer une ou deux de ses crampes, mais d'innombrables autres les remplacèrent instantanément.

Il voulut s'asseoir et comprit vite l'inanité de ses efforts. Aucun de ses muscles ne fonctionnait, du moins pas correctement. Rook se demanda si Dante ne lui avait pas bousillé la colonne vertébrale la nuit dernière...

Peut-être n'était-il plus qu'un sac de viande et d'os, vautré sur les draps froissés dans un hôtel coûteux ?

— Laisse-moi t'aider, dit Dante, gentiment. N'essaie pas de bouger tout seul, en tout cas, pas avant d'avoir pris tes analgésiques.

L'homme se matérialisa de la brume qui entourait Rook. Lorsque Dante s'assit sur le lit, le soleil éclaira son visage, qui prit tout à coup une saisissante réalité. La barbe noire avait poussé, obscurcissant la mâchoire, et les longs cils dessinaient une ombre sur ses joues. Rook se délecta du moindre détail.

— Je vais t'aider à t'asseoir, répéta Dante. Ne cherche pas à me résister.

— Résister ? marmonna Rook. Sûrement pas. Je n'aurais jamais dû te laisser me baiser. Tu m'as tout cassé.

Dante lui passa le bras sous les épaules pour le soulever.

— Cassé, tu l'étais déjà quand je t'ai retrouvé dans ton hôtel miteux. Et je te rappelle que j'avais des doutes sur... cette idée. Je parle de te baiser. Je n'avais aucun doute te concernant, *cuervo*.

S'asseoir, constata Rook, était aussi douloureux que d'ouvrir les yeux. Sa colonne vertébrale n'avait pas la moindre envie d'obéir à cette injonction grotesque de rester à la verticale. Même ses épaules semblaient être de travers ! Tenter de les redresser ne fit qu'aggraver la situation, Rook faillit faire la culbute sur le tapis. Il fut sauvé de justesse quand Dante posa une main ferme sur sa poitrine, le maintenant en place.

— *Mijo*, que veux-tu que je fasse ?

Il y avait un autre homme dans la chambre, caché quelque part, dans le brouillard flou qui flottait au-delà du lit. Rook fronça les sourcils en se rappelant qu'il n'était pas seul avec Dante. Il chercha à mieux voir et aperçut enfin une petite silhouette, un chatoiement de couleurs et la blancheur d'un sourire, avant que le fantôme disparaisse à nouveau dans l'éther.

— Apporte-moi un peu d'eau, *tío*, s'il te plaît. Il en aura besoin pour ses médicaments. Une boisson chaude ferait du bien à son estomac, mais il faudra attendre de brancher la cafetière.

Dante parlait à mi-voix, la tête tournée vers le pied du lit.

— Je m'en occupe. Et quand nous l'aurons drogué, tu m'expliqueras un peu pourquoi tu l'as cassé.

La voix, quoique douce et mesurée, était sévère, le ton mécontent. Rook décida que cette réaction lui plaisait. Il attendit que l'inconnu ait disparu en direction de la salle de bain avant de reprendre la parole.

— Si tu envisages une partouze, Montoya, je te signale que ce n'est pas mon truc. Je ne joue pas au petit jeu : *à qui est la queue que je viens de trouver ?*

— Bien, *mocoso*, je vois qu'il va me falloir mettre les choses au clair. Premièrement, c'est mon oncle, Manny. Je lui ai téléphoné pour que tu ne restes pas seul pendant que je vais procéder à quelques interrogatoires – j'ai toujours une enquête en cours et des cadavres retrouvés dans ton magasin ou juste derrière.

Dante s'assit sur le lit et se pencha pour installer un oreiller derrière les épaules de Rook.

— Deuxièmement, continua-t-il, je ne partage pas. Si ça te pose un problème… eh bien, tant pis pour toi. Tant que nous restons… ensemble, il n'y aura que toi et moi. Compris ?

— Dis-moi, n'est-ce pas le moment où tu es censé me proposer de porter ta chevalière de fin d'études ?

Rook tenta de ricaner, mais son visage refusa de coopérer. Par contre, il sentit son estomac se contracter, puis sombrer. Il se frotta le ventre.

— Rappelle-moi, qui a eu l'idée absurde que nous devions baiser ? souffla-t-il.

— Nous l'avons eue tous deux. Mais c'était hier soir. Je t'accorde que, ce matin, je commence à avoir des doutes sur ma santé mentale.

— Trop tard !

Sa peau recommençait à se hérisser, envoyant des signaux de détresse à son cerveau. Rook soupira.

— Achève-moi, s'il te plaît.

— Peut-être plus tard, promit Dante. Je ne peux rien faire devant mon oncle. Il ne supporte pas le sang. Ça le fait tomber dans les pommes. Comme toi.

— Waouh ! C'est un coup bas, Montoya. C'est minable !

Tout à coup, la chambre lui paraissait plus claire. Il distingua parfaitement le petit Mexicain rondouillard qui s'approchait de lui.

Dante et le vieux Latino étaient de la même famille, ça se voyait, même si l'oncle arborait des cheveux d'un noir improbable et un visage empâté, les traits étaient très semblables. Rook n'avait aucun mal à imaginer à quoi ressemblerait, d'ici quelques décennies, le flic qui le faisait rêver. Par contre, les deux hommes ne partageaient pas les mêmes goûts vestimentaires. Dante portait des vêtements simples et pratiques, dans les tons bruns, et Manny préférait les couleurs vives, de préférence contrastées.

Actuellement, il avait un pantalon rouge foncé et un tee-shirt jaune que distendait son ventre rond. Le choc oculaire du bordeaux-citron était violent, et presque douloureux… même aux oreilles. Rook avait dû être sacrément KO, décida-t-il, si une tenue pareille ne l'avait pas fait bondir de son lit dès l'arrivée de Manny dans la chambre.

— Ton oncle, hein ?

— Oui. Mon oncle *préféré*.

Le ton un peu sec était un clair avertissement, indiquant à Rook qu'il devait se bien tenir.

— *Tío*, voici Rook. Et toi, l'emmerdeur, voici mon oncle Manny. Comme il est très sympa, il a accepté de rester avec toi. Essaie de ne pas être trop odieux pendant mon absence.

— Je sais maintenant de qui tu tiens ton sourire, 'Toya, répondit Rook. Mais ton oncle est bien plus attrayant que toi.

Rook vit une petite étincelle satisfaite briller dans les yeux sombres de Manny, qui se redressa, les épaules plus droites. Puis il approcha et tendit à Dante un verre d'eau.

— Ah, Dante m'a prévenu à votre sujet, mon garçon. Il m'a dit de me méfier parce que vous êtes un charmeur.

Pourtant, Rook n'avait pas menti : Manny avait le sourire de son neveu, plus doux – et sans connotation sexuelle. D'un autre côté, Rook aurait pu jurer que Dante lui réservait toute son agressivité en ce domaine.

— Une fois que vous aurez avalé vos médicaments, vous devriez vous rendormir, je pense. J'ai apporté un livre. Je ne vous dérangerai pas.

— Avec l'effet que me font ces comprimés, vous pourriez danser la salsa sur le lit sans me réveiller. Je… Oh, merde ! Même parler me fait mal, même ma langue me fait mal !

Il prit dans la paume de Dante l'une des deux pilules et annonça :

— Une seule ! J'aimerais retrouver mes esprits avant la semaine prochaine !

Dante se renfrogna, affichant son visage impitoyable de flic, sans réussir à cacher le flamboiement de ses yeux.

— Non, *cuervo*, prends les deux. Ce sont les ordres de ton médecin. L'ibuprofène que tu as pris cette nuit n'a pas suffi.

— Je suis une petite nature, je ne supporte pas les drogues.

Rook voulut secouer la tête, mais il craignit de voir son cerveau s'échapper par tous ses orifices. Il préféra avaler la pilule et la faire passer d'une gorgée d'eau.

— Je n'en prendrai pas plus, s'obstina-t-il. Je déteste l'état dans lequel ces saloperies me mettent ! J'ai quand même l'âge de décider ce que je veux faire. Ne m'emmerde pas, Montoya !

— Dante, le sermonna-t-il à mi-voix.

Il se retourna pour regarder son oncle par-dessus son épaule.

— Il a du mal à se souvenir de mon prénom, ajouta-t-il.

— Parce que je trouve ton nom génial. Montoya, ça me rappelle ce film…

Rook s'interrompit, ses mains tremblaient. Il serra le drap entre ses doigts dans l'espoir de le cacher au regard attentif fixé sur lui. Il aurait aussi bien pu agiter les mains sous son nez, car Dante perdit son air taquin et redevint tout à fait sérieux.

— Rook !

— Écoute, je prendrai l'autre d'ici un quart d'heure si je ne me sens pas mieux, d'accord ?

— D'accord. Dans le cas contraire, Manny te fera avaler ce comprimé de force. Je t'assure qu'il est capable de te plaquer au lit et de te le coller au fond du gosier. Je l'ai déjà vu coincer les cinq chats du voisin en trois secondes chrono, sans même se faire griffer. À côté de ces félins, tu ne fais pas le poids.

Rook sentait déjà la léthargie remonter en lui, jusqu'à la moelle de ses os. Il inspira prudemment, pour tester ses poumons et ses côtes. Une fois rassuré, il poussa un long soupir soulagé. Malgré l'épuisement que lui procuraient les analgésiques, il préférait ne pas s'endormir. Ce serait… dangereux. Après tout, il ne connaissait pas ce Manny. Alors que ses diverses douleurs s'atténuaient peu à peu, il se mit à réfléchir – comment avait-il pu dormir dans les bras de Dante ? Il n'arrivait pas à le comprendre. Ce n'était pas son genre. Il évitait toujours d'être en position vulnérable, alors comment le flic était-il passé sous ses défenses ? Aussi vite, aussi facilement.

Bien sûr, c'était agréable de ne plus souffrir, mais les médicaments lui engourdissaient l'esprit. Rook dut lutter pour rester conscient et ses paupières devenaient de plus en plus lourdes. En découvrant, avec stupeur, que Dante n'était plus assis sur le lit, mais debout près du canapé – le meuble avait été remis sur pieds – Rook comprit qu'il s'était brièvement endormi. Manifestement, il perdait sa bataille contre le sommeil.

Puis le temps changea. Ou bien l'espace. Il ne savait plus trop. Il eut l'impression qu'une seconde à peine était passée quand Dante se matérialisa à son chevet. Il ne portait plus le jean usé et le tee-shirt éclaboussé de peinture qu'il avait eus précédemment. Il s'était changé pour son 'uniforme' d'inspecteur, jean noir et chemise blanche, sous la veste en velours côtelé marron qu'il avait déjà quelques jours plus tôt. Rook fut choqué, lorsque Dante se pencha et que sa veste s'écarta, d'apercevoir un harnais noir accroché à l'épaule et une arme de fonction dans son holster.

Il détestait les armes à feu. Déjà, se faire tirer dessus n'était pas drôle, mais même avant cet épisode, les armes le rendaient nerveux. Il les trouvait trop volatiles, trop incontrôlées, et leur odeur d'huile et de métal lui donnait la nausée. Sa récente expérience n'avait rien arrangé, quand il avait vu des excités le mitrailler sans raison ni avertissement, en cherchant manifestement à l'abattre.

Un muscle se contracta sur sa jambe, son corps n'avait pas oublié une précédente blessure par balle, les bruyants éclatements et la chair déchirée. Les cicatrices étaient discrètes, la plus importante étant une petite marque brun foncé sur sa hanche, mais quinze ans après, Rook détestait encore toujours autant l'odeur de la poudre. Et ce qu'il endurait après sa dernière fusillade était encore pire.

Il revint à l'instant présent quand Dante passa doucement les doigts dans ses cheveux

— Ça va ?

— Ouais. C'est juste… C'est quoi, déjà, ce vieux dicton ? Quelqu'un doit marcher sur ma tombe.

Il tenta de sourire, mais échoua. Il était trop épuisé, sa bouche refusait de bouger. Il put à peine avancer les lèvres lorsque Dante se pencha pour les embrasser. Juste un effleurement, mais la caresse, aussi brève fut-elle, le réchauffa, éloignant le froid qui lui remontait dans le dos.

— Je suis fatigué, souffla-t-il ensuite.

— Alors, dors, murmura Dante à son oreille. Et tu peux faire confiance à Manny. Il ne fera rien de pire pendant ton sommeil que remonter la couverture pour que tu restes au chaud. Tu es autant en sécurité avec lui qu'avec moi. D'accord ?

Rook n'allait pas tarder à sombrer, il en était conscient.

— Ne crois surtout pas que mon but dans la vie, c'est d'être en sécurité avec toi, Montoya, marmonna-t-il. Maintenant, va-t'en, et sois prudent. Ne prends pas de risques inutiles. Il nous reste un préservatif à utiliser.

— *Cuervo*, dès que tu iras mieux, j'en achèterai une pleine boîte, promit Dante. Parce que je t'assure qu'un seul ne me suffira pas.

HANK AFFICHAIT un air profondément dégoûté et l'atmosphère entre les deux partenaires dans la voiture banalisée était plutôt tendue.

— Montoya ! Tu es flic, putain, c'est ton seul boulot. Et tu t'amuses à baiser… merde, il est quoi maintenant, notre témoin ? Notre indic ?

— Non, il n'a plus rien à voir avec cette enquête. Il ne sait rien. Au pire, c'est une victime collatérale. Quand je pense qu'il y a eu effraction et vol chez lui – chez un ex-cambrioleur – c'est plutôt comique, non ?

En y réfléchissant, Dante décida que non, ça ne l'était pas. Il voulut se justifier :

— La situation a un peu… dérapé, je le reconnais. C'était un accident. En quelque sorte.

— Comment peut-on baiser par accident ? Tu étais assis sur le lit, à poil, il a trébuché et il s'est retrouvé empalé sur ta queue, c'est ça ?

Dante soupira, soudain très fatigué des complications de sa vie

— J'ai dit 'en quelque sorte'. Et 'accident' n'est pas le bon mot… Écoute, je sais ce que je fais. Il y a une attraction entre lui et moi, et ça dure depuis un bail. C'est un emmerdeur, mais je l'aime bien. Et puis c'est à moi qu'il a téléphoné après avoir été renversé par une voiture. Donc, il ressent aussi quelque chose à mon égard.

— Il a été renversé par une voiture ? D'accord, laisse-moi résumer la situation. Dans la journée d'hier, il a été disculpé d'une accusation de meurtre, reçu deux balles…

— Ses blessures ne sont pas mortelles, mais elles ont beaucoup saigné.

Hank repoussa l'interruption d'une main ferme.

— Peu importe. Il a reçu deux balles, ce qui ne m'est jamais arrivé, alors que je suis flic. Ensuite, il se débrouille pour filer de l'hôpital – où il était censé rester – et il se fait renverser par une voiture en se rendant dans une planque qu'il avait repérée il y a des années en prévision du jour où la situation deviendrait merdique pour lui. Il tombe malade d'inanition et il te téléphone, c'est ça ? Je ne me suis pas trompé ?

Dante secoua la tête.

— Pas trop. Techniquement parlant, c'est moi qui l'ai appelé. Jusque-là, il avait ignoré tous les autres appels. Je suis allé le récupérer, je l'ai emmené aux urgences, où ils ont dit qu'il n'avait rien, mais qu'il fallait le

149

surveiller durant la nuit. Alors, je l'ai amené dans un hôtel qui n'était pas infesté de vermine. Une fois dans la chambre…

Hank éclata d'un rire irrépressible.

— … tu l'as sauvagement baisé ! Bon Dieu, mais qu'est-ce que tu cherches, Montoya ? À te faire virer de cette enquête ?

— Pas vraiment sauvagement, c'est juste… Il n'était pas en grande forme à son réveil. Il a des bleus partout. Je l'ai laissé avec Manny.

— Bien sûr, parce que nous avons bien besoin d'une ex-*drag-queen* pour compliquer la situation !

Hank leva précipitamment les mains en voyant le regard mauvais que Dante lui lançait.

— Hé, pas la peine de t'énerver, reprit-il, je ne critiquais pas Manny. J'ai le plus grand respect pour lui et ses amis.

— *Tío* est fier de ce qu'il est – ou de ce qu'il était. Si tu te fous de lui, Camden, ça va chier, déclara Dante, menaçant.

— Mec, je souhaiterais à n'importe quelle femme d'avoir des jambes comme celles de Manny. Je l'ai vu porter des bas et des talons. Dément ! Et Stevens a aussi du style… ton dernier plan cul, ajouta-t-il en se renfrognant.

— Ne l'appelle pas comme ça ! C'est… Je dirais bien 'c'est compliqué', mais la formule est trop éculée. Pourtant, il parle également de complications. Mais ce n'est pas lui qui m'inquiète, c'est surtout cette enquête.

Dante saisit la pile de papiers qui se trouvaient sur la console, entre eux, et l'agita en disant :

— Nous avons là plus de questions que de réponses ! Et chaque fois que nous nous découvrons un nouvel indice, il infirme ce que nous pensions avoir découvert.

Son partenaire serra les dents.

— Comme ce putain de diamant ! Pourquoi le labo a-t-il mis si longtemps à déterminer qu'il était bidon ? Je croyais qu'une connerie pareille était évidente ! Je trouve ça louche quand même. Nous avons trois cadavres, un escroc réformé avec une cible accrochée dans le dos, et nous allons interroger une bonne femme nommée Pigeon ?

— Qui se trouve être la sœur de notre première victime, lui rappela Dante. Le caillou est un faux, mais c'est une copie, donc l'original existe, quelque part. Et d'après Rook, il y a de bonnes chances pour que son propriétaire l'ait toujours, mais bien planqué. À moins qu'il l'ait discrètement vendu quand il a eu des soucis d'argent.

— Même si Stevens a volé ce diamant, il ne risque plus rien, souligna Hank. Il y a bien trop longtemps, personne ne cherchera à l'épingler pour ça. Au mieux, ça nous servira d'éléments de preuve.

— La spécialité de Rook Stevens, c'était de laisser des fausses pistes, reconnut Dante. Avec lui, tout était jeu de miroirs et faux-semblants. Et que le DA soit gaga devant son grand-père arrange bien ses affaires. J'aime bien ce foutu escroc, mais j'ai la sensation qu'on me rejetterait tout dossier contre lui, même si l'avais vu planter une pioche dans le crâne d'un gamin. Et tout ça parce qu'il est le petit-fils d'Archibald Martin !

— Vous ne le saviez pas quand Vince s'est mis dans la tête de piéger Stevens par tous les moyens.

Hank sembla réfléchir un moment, puis il pencha la tête et demanda :

— Alors, où Dani Anderson a-t-elle pu trouver ce faux diamant ? Et pourquoi l'a-t-elle emporté chez Stevens ?

— Je ne sais pas. Rook m'a dit n'avoir jamais touché ce caillou, donc, c'est vraiment curieux que ses empreintes s'y trouvent. Je vais demander au labo de vérifier s'il y a des traces d'ADN sur la pierre. Ou d'huile...

Dante hésita. Il avait promis à Rook de garder ses confidences, mais il se souvenait de ce que Charlène Canada lui avait confié.

— À l'hôpital, reprit-il, j'ai discuté avec l'assistante de Stevens. Elle disait qu'un cambrioleur – disons, Stevens – utilisait souvent de la glu pour cacher ses empreintes. Du coup, je me demande... Une fois que la colle a séché, ne serait-il pas possible de récupérer des empreintes dessus et de les transférer sur un autre objet ? En principe, ça paraît faisable, tu ne crois pas ?

— Houlà, tu commences à évoquer une théorie de conspiration assez poussée, mec, tu ne vas pas tarder à me parler des vaches enlevées par les extraterrestres.

— Écoute, on a vu des trucs bien plus bizarres, lui rappela Dante. Regarde un peu le rapport du labo !

Hank récupéra le dossier et y fouilla pour retrouver le document en question.

— C'est d'un chiant à lire ! D'ailleurs, quel est l'intérêt de vérifier ? Tu veux coller quelque chose sur le dos de Stevens ?

Puis il baissa la tête et parcourut le rapport.

— Les empreintes étaient brouillées, presque illisibles, mais l'une d'elles, partielle, correspond au petit doigt de Stevens. Un truc qui fait...

quoi ? Huit ou dix centimètres ? Merde, qui ramasserait un diamant avec son petit doigt ?

— Tu crois toujours que les Aliens ont pris cette vache, Camden ?

Hank ricana.

— Alors maintenant, Stevens est une vache ? Je croyais que c'était une baleine blanche !

— La question n'est pas de savoir si les extraterrestres ont pris la vache, c'est surtout *pourquoi* ils l'auraient prise.

Dante tourna dans l'avenue Washington et tomba instantanément dans un embouteillage.

— Tout ça n'a aucun sens ! Et tu as raison, il y a un gros putain de *pourquoi* qui fausse la donne. Je crois que nous allons devoir vérifier ta nouvelle théorie avant que je réclame une cellule capitonnée. Franchement, avais-tu besoin de m'entraîner ici un jour de congé ?

Hank leva alors le doigt en direction du feu qui se trouvait devant eux.

— C'est là, reprit-il. Tourne à droite. C'est la troisième maison côté pair. On la joue comment ?

— C'est la sœur de notre première victime. Pour les deux autres, soit elle les connaissait, soit ils travaillaient pour elle.

Dante se gara le long du trottoir et vit un parcmètre à proximité. Il posa sur le tableau de bord sa carte de la LAPD pour éviter qu'un agent trop zélé lui colle un PV.

— Elle a un casier judiciaire, déclara Hank. Pas grand-chose, quelques extorsions de fonds, rien de fracassant. Donc, soit elle se lance rarement dans l'illégalité, soit elle est vachement douée et ne se fait pas prendre.

Puis il étudia le quartier et ajouta :

— On dirait qu'elle ne roule pas sur l'or.

— Si elle est maline, souligna Dante, elle n'affichera pas un train de vie dont elle ne peut justifier l'origine. Les voleurs les plus intelligents ne dépensent leurs gains qu'après la prescription.

— Un peu comme Stevens.

— Hé, je n'ai jamais dit qu'il était idiot !

En scrutant la rue, Dante la trouva particulièrement tranquille. C'en était même étouffant.

— On se croirait à Stepford[34], remarqua-t-il. Tout est assorti et banal. Comment les gens peuvent-ils vivre comme ça ?

De chaque côté de la rue s'alignaient des petites maisons pratiquement identiques avec des pelouses impitoyablement tondues. Chaque allée privée portait côté rue la même boîte aux lettres en métal noir, avec un petit drapeau rouge incliné au même angle. À l'autre bout, quelques marches menaient à une porte d'entrée, généralement dans les tons bruns, mais un rebelle avait osé le vert olive, ce qui ajoutait une touche incongrue. Tous les pavillons avaient un étage, et tous étaient cernés par des parterres semés de pensées, dont les teintes vives fournissaient les seules taches de couleur de cette triste uniformité. Même les voitures des résidents, garées le long des trottoirs, étaient dans les beiges ou gris, la plupart étant des petits modèles importés, sauf une grosse Volkswagen turquoise dernier modèle, au bout du cul-de-sac, qui faisait un contraste presque choquant.

Fataliste, Hank haussa les épaules.

— Les gens aiment la conformité, déclara-t-il. Ça les rassure de suivre des règles. Pigeon se sent probablement à l'abri par ici. C'est le genre de quartier où les voisins se surveillent mutuellement et préviennent la police quand une voiture inconnue stationne trop longtemps dans la rue. Pour un escroc, qu'y a-t-il de mieux que se fondre dans la masse ? C'est bien pour ça que les gens s'étonnent toujours d'apprendre dans les journaux qu'un de leurs voisins était un meurtrier. *Il paraissait si gentil !* disent-ils, quand on sort les cadavres de sa cave.

— C'est vrai, reconnut Dante, mais je préfère qu'on ne tombe pas sur un nouveau cadavre. Bien, allons offrir nos condoléances à Pigeon. Le capitaine disait que l'annonce officielle avait déjà été faite à la famille, mais nous sommes chargés de l'enquête, alors…

La première explosion fit sauter toutes les vitres de la voiture, les arrosant d'éclats de verre qu'ils reçurent en plein visage. La seconde suivit de près, mais Dante ne l'entendit pas, ses tympans ne s'étant pas encore remis de la précédente décharge auditive. Autour d'eux, le quartier vibra et s'écroula, les murs des maisons tombant, les uns après les autres, sous les ondes de choc qui continuait à secouer la rue. Leur voiture banalisée fut soulevée, avant de retomber brutalement sur le bitume.

---

34 *Les Femmes de Stepford*, roman satirique d'Ira Levin, sur un quartier d'apparence idyllique.

Quand tout se calma, la rangée de maisonnettes à droite des deux inspecteurs était en ruines. Dante cherchait toujours à reprendre son souffle. Une seconde de silence retentit avant la troisième explosion, moins forte, car elle retentit dans l'une des maisons, dont les bardeaux fusèrent de chaque côté. Une colonne de fumée noire monta dans le ciel, annonçant un début d'incendie. Dante sursauta et émergea de son état de choc. Il passa une main sur son visage, pour essuyer les ruisselets de sang qui lui coulaient dans les yeux.

De l'autre, il secoua Hank.

— Camden !

Il avait beau hurler de toute la force de ses poumons, il n'entendait de sa voix qu'un son grêle et tenu, ses oreilles tintaient toujours des déflagrations.

Hank était inerte, effondré sur le côté dans l'espace qui séparait les deux sièges. Son visage était blême. Inquiet pour son partenaire, Dante ouvrit le col de sa chemise et chercha son pouls. Il eut du mal à le trouver, car ses doigts étaient engourdis et ses mains tremblaient encore. Pourtant, il y avait bien un battement, solide et rassurant. Malheureusement, Hank saignait de multiples coupures au visage et Dante s'en affolait davantage qu'il aurait voulu l'admettre.

Une seconde plus tard, Hank toussa et ouvrit des yeux hagards, presque sauvages. Il se redressa, secoué par l'adrénaline. Son visage et son cou étaient marqués d'entailles sanglantes qui se voyaient tout particulièrement sur sa peau claire. Dante fut soulagé : tout blessé qu'il soit, son partenaire était bien en vie. Il voulut tirer sur la chemise, afin de vérifier qu'il n'ait pas d'autres blessures, mais Hank repoussa sa main. Il passa la main dans ses cheveux roux, les débarrassant des morceaux du pare-brise, avant de prendre la radio de la voiture.

— Je vais les prévenir le… oh, merde !

Hank étouffa un cri. Avec un grognement, il pressa la main sur son flanc. La force de l'explosion avait enfoncé la portière de la voiture, l'accoudoir heurtant Hank au niveau des côtes. Dante, qui n'entendait pratiquement rien, hocha néanmoins la tête pour marquer son accord.

— Survivants… ? demanda Hank.

Dante regarda les maisons effondrées.

— J'y vais ! cria-t-il. Repose-toi, tu en as bien besoin.

— Bordel, pas question ! Je te suis ! Vas-y !

Dante savait que Hank hurlait aussi pour se faire entendre, les tendons de son cou et ses yeux exorbités le lui indiquaient.

À peine sorti de la voiture, Dante se mit à courir, ignorant la douleur qui lui remontait le long de la jambe. Il gravit les marches fissurées pour approcher de la maison ayant explosé avec la troisième bombe. Il ne restait pas grand-chose de ses fondations, mais il vit une main pâle émerger d'un tas de gravats, près d'un escalier. Il jeta un rapide coup d'œil à la porte d'entrée, étrangement restée debout, et notamment au numéro écrit dessus. C'était bien l'adresse qu'il cherchait, celle où résidait la femme que Hank et lui voulaient interroger.

— *Mierda !*

Il avança prudemment parmi les débris pour atteindre la main inerte, quelques mètres plus loin, mais inaccessible pour le moment.

— Debbie Pridgeon, marmonna-t-il, j'espère que vous n'êtes pas morte. Nous avons foutrement besoin d'une pause dans cette enquête de merde.

XIV

Quelqu'un chantait.

Pas mal d'ailleurs, mais quand même, c'était… bizarre. Surtout que Rook ne connaissait personne qui aimait la musique pop des années 80, encore moins *like a virgin*. Se sentir *vierge* ? Franchement ? Le mystérieux chanteur devait trouver que de telles paroles méritaient moins de sirop et plus de feu, car les paroles s'étouffaient souvent dans un grondement rauque, lorsqu'il ajoutait des bruitages personnalisés à la mélodie d'origine.

Rook n'était pas chez lui. De ça au moins, il était certain. La lumière ne correspondait pas – bien trop tamisée – et le seul mur qu'il apercevait était d'un vert assez doux, qu'un connard prétentieux diplômé en design d'intérieur appellerait sans doute 'tilleul'. Le lit n'était pas aussi confortable que le sien, mais les oreillers étaient rembourrés et moelleux. Rook portait un tee-shirt trop grand pour lui et un pantalon de survêtement, sûrement pas la tenue qu'il se souvenait d'avoir portée avant d'avaler les médocs qui l'avaient assommé. Les vêtements sentaient le propre et l'adoucissant textile, le contact du doux coton était agréable sur sa peau écorchée.

Un hôtel… Rook s'en rappelait. Le genre d'environnement qui lui était bien plus familier que son appartement actuel, mais il restait troublé par les murs inconnus et la luminosité étrangère.

De plus, une odeur flottait autour de lui, celle du… sexe ? Dès qu'il bougea, Rook sut de façon certaine que sa longue période d'abstinence avait récemment pris fin.

Il était imprégné par l'odeur de Dante Montoya !

Quelqu'un bougea près du lit, un Mexicain, petit et grassouillet, qui avait le même sourire que Dante. Il approcha et se pencha. Rook mit un moment à retrouver son nom : Manny. L'oncle de Dante, qui avait été désigné pour du baby-sitting, à ce qu'il semblait.

Manny tenait entre les mains une tasse au parfum alléchant.

Rook bougea un peu la tête.

— Du café ? coassa-t-il. Bon Dieu, je vais larguer Dante, vous êtes bien mieux que lui.

156

— Ah, gloussa Manny, maintenant je sais que vous avez dû tomber sur la tête. Voulez-vous que je vous aide à vous redresser pour boire ?

— Non, merci, ça va aller.

Rook glissa vers le bord du lit, attentif aux réactions de son corps. Certains endroits étaient encore douloureux et son bras le tiraillait un peu, mais, dans l'ensemble, tout semblait fonctionner. Il avait un peu mal, mais pas à se tordre. Quand même, il avait la sensation d'avoir été heurté par bien plus gros qu'une boîte à chaussures sur roues !

Sa vessie lui envoya un message d'extrême urgence en agitant un drapeau rouge. Son envie de pisser annihila vite fait ce qui restait de son érection matinale.

Dès que Rook chercha à descendre du lit, Manny le prit par le bras.

— Vous voulez passer à la salle de bain ? demanda-t-il. Vous voulez que je vous aide ?

— Merci, non. J'ai bien moins mal que la première fois que j'ai voulu me lever.

Rook posa les pieds par terre, testant son équilibre. La descente de lit était si épaisse que les fils émergeaient entre ses orteils.

— Je reviens tout de suite, dit-il.

— Il y a tout ce qu'il vous faut dans la salle de bain, si vous voulez prendre une douche. Et Dante vous a laissé de quoi vous changer. *Mijo*, laissez la porte entrouverte, d'accord ? Au cas où vous auriez besoin d'aide. Si vous tombez par exemple…

D'instinct, Rook faillit refuser avec obstination, mais il jeta un coup d'œil par-dessus son épaule et nota la tendresse inquiète qu'exprimait le visage du vieil homme.

Vaincu, il acquiesça à contrecœur.

— Ouais, d'accord.

Déjà, il refermait la porte sur lui, laissant une fente de quelques centimètres. Il commença à baisser le pantalon qui lui était bizarrement échu pendant son semi-coma.

Il trouvait Manny désarmant, avec un langage corporel qui parlait de douceur, signe de crédulité et de confiance excessive, mais l'éclat dur des yeux marron foncé indiquait d'anciennes batailles menées – suivies de difficiles victoires. L'oncle de Dante présentait un curieux mélange de virilité et de grâce féminine, mais il n'avait rien d'un pigeon. Si Rook l'avait rencontré autrefois, alors qu'il cherchait des proies faciles, il l'aurait évité comme la peste. Le petit Mexicain qui s'agitait dans la chambre, juste

157

derrière sa porte entrouverte, était du genre à ranimer la conscience d'un voleur patenté – et même à lui rappeler qu'il restait enfoui en lui un reste de bonté et d'humanité.

Prendre une douche s'avéra une affaire laborieuse, douloureuse et pénible. À un moment, Manny ouvrit la porte pour poser d'autres vêtements sur le comptoir en marbre, près du lavabo. Rook ne vit qu'une silhouette floue derrière la paroi vitrée embuée de la cabine. Il se sentait un peu mieux, l'eau chaude ayant dénoué les muscles crispés de ses épaules. Il tenta prudemment de se savonner, évitant les entailles, bleus et points de suture. Du sang avait séché sur son bras, suite à ses violents ébats avec Dante, sans doute.

Il pressa le front contre le carrelage et laissa les multijets lui marteler le dos

— Putain, mais qu'est-ce qui m'a pris ? Il faut que je réagisse… et que je le largue. Merde. Un flic ? Vraiment ? Un putain de flic ? Pourquoi ne pas faire le grand saut pendant que j'y suis ? Je devrais maintenant baiser un agent du FBI ou d'Homeland Security[35] ! Oh, je sais, pourquoi pas un juge ? Ne mégotons pas, je vais me taper un mec en robe et considérer avoir la totale.

Tu as Dante Montoya dans la peau, murmura son esprit.

Il ne voulait pas de Montoya – de Dante. Il ne voulait pas des complications que le flic apporterait dans sa vie s'il le laissait y entrer. Chaque sourire, chaque caresse était un autre fil qui s'enroulait autour de son sexe. Bientôt, Rook ne pourrait plus faire un pas sans avoir Dante accroché à la laisse qu'il aurait lui-même tressée.

— Génial ! Maintenant, je fantasme sur Montoya qui me tient en laisse ? Où ai-je trouvé une connerie pareille ?

Il quitta la cabine et se sécha. À côté des vêtements propres que Manny avait laissés, il y avait sur le comptoir une petite bouteille d'eau minérale et deux comprimés d'ibuprofène. Rook les avala. Pieds nus, il serra autant que possible les cordons du pantalon trop grand qu'il venait d'enfiler, mais en vain, il ne cessait de lui tomber sur les hanches.

En revenant dans la chambre, il fut surpris de constater que Manny avait bien occupé le temps qu'il venait de passer à se redonner figure humaine dans la salle de bain : le lit avait des draps propres et le room

---

35 Département de la Sécurité intérieure des États-Unis

service venait d'apporter un plateau de *quesadilla* et de frites. Les arômes en étaient délicieux. Rook entendit son estomac gronder.

Manny le poussa vers la table basse, devant le canapé.

— C'est pour moi ? demanda Rook.

Il s'emparait déjà d'une frite qui fumait encore et souffla dessus pour ne pas se brûler.

— Sérieux, reprit-il, ce sont mes plats préférés.

Manny s'installa dans un fauteuil avec une tasse de café.

— C'est pour vous. Et j'ai encore du café, si ça vous dit.

— D'accord, c'est décidé. Je largue Dante, marmonna Rook. Je n'ai de place que pour un seul Montoya dans mon cœur.

Il trempa sa frite encore chaude dans une sauce *jalapeño*.

— Eh bien, heureusement pour vous, je ne suis pas un Montoya. Je m'appelle Ortega. Je suis l'oncle maternel de Dante.

D'un geste péremptoire, Manny désigna le canapé.

— Asseyez-vous. Ce n'est pas bon pour vous de rester debout. Et pendant que vous mangez, vous allez pouvoir m'expliquer comment mon neveu, qui vous détestait il y a peu, se retrouve à vous baiser dans un hôtel cinq étoiles.

Rook s'étrangla avec sa frite. Il chercha éperdument à retrouver son souffle, des larmes coulant sur ses joues. Une quinte de toux lui laissa la gorge à vif. Ça aurait pu être les séquelles d'avoir fait à Dante une pipe énergique, mais non, il fallait qu'il se ridiculise en avalant de travers une putain de frite !

Et l'oncle de Dante, Manny, se contentait de le dévisager tranquillement, en sirotant son café bouillant un sourire aux lèvres, comme un Bouddha mexicain.

Rook voulut la jouer désinvolte et fit passer la frite avec du café. Quand il eut un peu retrouvé ses esprits, il toussota et sourit à son inquisiteur.

— Il me détestait, hein ?

— Peut-être, répondit Manny l'air sceptique. Sinon, dites-moi un peu pourquoi il aurait gardé tous les dossiers vous concernant – et qui datent de plusieurs années ? Il était en colère contre vous à l'époque, et contre tous ceux avec qui vous étiez. Et maintenant, il vous regarde comme si vous étiez le dernier morceau de tarte à la citrouille.

— Hum. Je pensais qu'il m'avait complètement oublié, une fois l'affaire abandonnée.

Rook engloutit quelques frites puis voulut s'attaquer à la *quesadilla*. Il ne le put pas. Son estomac se révolta à l'idée du fromage fondant et de la tortilla. Déjà, les frites s'y étaient solidifiées en gros bloc qui flottait dans une flaque de café.

— Il faudra que vous en discutiez directement avec lui. Dante n'est pas du genre à laisser tomber, ni une affaire en cours, ni un ancien dossier, ni sa famille. Il est resté avec moi quand j'ai été… Eh bien, quand j'ai eu des ennuis. C'est un bon garçon – un homme solide et fiable.

Rook se renfonça dans le canapé.

— Ouais, je sais, je sais. Il est trop bien, merde ! Inutile de vous inquiéter, vous n'aurez pas à me supporter longtemps. Dès que ce truc sera résolu, je suis sûr que Dante retournera à… euh, ce qu'il faisait avant de retomber sur moi. Je ne suis pas vraiment le genre de mec qu'on présente fièrement à ses parents.

— Dans le cas de Dante, ses parents, c'est *moi*, annonça Manny en levant vers Rook sa tasse de café comme pour porter un toast.

Rook avait sacrément envie d'un autre café, mais plus encore de simuler une mort subite pour ne pas devoir croiser le regard plein d'empathie des yeux bruns de son vis-à-vis.

— Dites-moi, comptez-vous me demander quelles sont mes intentions envers votre neveu ?

— Je connais celles de Dante. Il vous aime bien. Et il vous désire, ce qu'il a toujours fait, même quand il ne vous supportait pas. Alors, maintenant qu'il vous a…

— Au passé, *'mano*, coupa Rook. Je ne cherche ni la bague ni les enfants. Merde, je ne veux même pas savoir où vous vivez.

— Nous verrons.

Manny tapota le coussin du canapé qui se trouvait le plus proche de son fauteuil.

— Venez ici, ajouta-t-il. Je dois mettre une crème antiseptique sur vos points de suture. Dante m'a dit que l'hôpital tenait à ce que la plaie reste propre et couverte. Et en plus des comprimés d'ibuprofène, j'ai des capsules à vous donner. Des antibiotiques, je crois, mais si vous avez mal, il y a aussi des analgésiques.

Les effets bénéfiques de l'eau chaude commençaient à se dissiper. Rook sentait une rigidité glacée remonter sournoisement dans ses jointures depuis qu'il était assis.

— Je prendrai juste les antibiotiques. Question douleur, c'est à peu près supportable. Je suis seulement un peu raide.

— *Mijo*, vous avez été renversé par une voiture, lui appela Manny à mi-voix. *Et* on vous a tiré dessus. Personne ne vous jugera mal si vous prenez un analgésique.

— Je ne cherche pas à jouer au macho. Je n'aime pas l'effet abrutissant des médocs, c'est tout. J'ai l'impression d'être une de ces héroïnes de romans historiques à l'eau de rose qui se pâment au moindre juron. Moi, ajouta-t-il en ricanant, je tombe dans les pommes en voyant du sang – en général, c'est le mien – mais il y a eu des exceptions. Par exemple, quand les flics me tirent dessus, mon cerveau reptilien oublie le réflexe évanouissement et me gueule de foutre le camp, et vite.

Manny agita un tube de pommade.

— Rapprochez-vous. Laissez-moi voir.

— *On passe la lotion sur sa peau.*[36]…

— Quoi ?

En glissant vers Manny, Rook le vit hausser des sourcils, l'air perplexe.

— Sans blague ! s'exclama-t-il. Vous non plus ? Est-ce que *personne* ne regarde de films dans votre famille ?

— Je préfère lire.

Manny releva la manche de Rook et soupira.

— Pourquoi ne pas avoir remis un pansement propre ? demanda-t-il. Je vous avais laissé tout ce qu'il vous fallait dans la salle de bain ? Vous ne l'avez pas vu ?

— Je n'aime pas les pansements. La peau doit respirer pour guérir.

Croisant le regard peu convaincu de Manny, Rook insista :

— Croyez-moi, j'ai passé ma vie sur les routes et les accidents étaient fréquents. Vous n'imaginez pas les conneries que les gens arrivent à se faire ! Si on ne surveille pas une blessure de près, si on ne voit pas ce qui se passe, ça s'infecte et paf ! On crève.

L'expression de Manny passa de sceptique à dégoûtée.

— J'ai quelques réserves au sujet de la femme qui vous a élevé.

— Beanie n'est pas du genre à chouchouter un gamin ni à embrasser ses bobos pour qu'ils aillent mieux – d'ailleurs, elle est la dernière

---

36 *It rubs the lotion on its skin – le Silence des Agneaux*

personne au monde que je voudrais voir faire ça. Je ne sais que trop où elle met sa bouche !

Il frissonna. La lotion était froide sur sa peau, mais Manny l'étalait délicatement sur sa plaie suturée. Le vieux Mexicain donna ensuite l'estocade. Contrairement à Dante, il porta le coup de façon subtile.

— Vous appelez votre mère Beanie ? C'est bien d'elle que vous parliez, non ?

— Ouais, j'aime moins Beatrice.

Rook recula la tête, en essayant de deviner où l'autre voulait en venir. Il trouvait difficile de manipuler quelqu'un sans un objectif en vue. L'astuce était d'utiliser la moindre réaction en sa faveur – mais quand le jeu était gratuit, les règles changeaient. Rook ne pouvait être agressif – quel intérêt aurait-il de s'aliéner Manny ? À part s'en tenir, par principe, à son comportement habituel… ? Non, l'oncle de Dante semblait inébranlable.

— Sur les routes, hein ? reprit-il doucement. J'ai également connu cette vie-là. Je faisais partie d'un spectacle itinérant, il y a bien longtemps, avant d'être malade. J'étais souvent sur scène. Je suppose que vous bougiez pas mal vous aussi ? Avec votre cirque…

Rook, conscient de Manny venait de changer de sujet, laissa passer quelques secondes avant de réagir.

— Ce n'était pas un cirque, mais une fête foraine ! Je… Aïe !

Manny venait de toucher un endroit particulièrement sensible.

— Désolé. Vous disiez, une foire ?

— Beanie cherchait à… Je ne sais pas trop en fait… elle s'est barrée avec des forains. Elle était toujours avec eux quand je suis né.

— Et votre père ?

— Ça pouvait être n'importe qui. Je parie que Beanie n'a jamais vraiment cherché à deviner.

Il remarqua l'air effaré de Manny et haussa les épaules avec nonchalance.

— Hé, cool ! Je m'en suis bien sorti. Les forains m'ont pris en charge, ils forment un groupe assez solidaire. En y réfléchissant, Beanie m'a rendu service lorsqu'elle s'est accroupie au milieu de la piste pour me pondre dans le sable et le crottin. J'ai été mieux adopté qu'elle ne le sera jamais même si elle passait un demi-siècle avec eux. Mon enfance n'a pas été pas si catastrophique.

Manny réfléchit un moment à cette assertion.

— Avez-vous été à l'école ?

162

Rook se mit à rire.

— Ça dépend de la définition que vous lui donnez ! Ouais, plus ou moins. Il y a plein de programmes en ligne réservés aux enfants du voyage. Je ne m'en suis pas trop mal sorti. J'ai mes diplômes GED[37] quelque part. Et puis, ce n'est pas comme si j'avais envisagé d'aller à l'université !

Manny prit une compresse, l'imbiba de lotion antiseptique et la pressa doucement sur les points de suture.

— Qu'aviez-vous prévu de faire plus tard ? Aviez-vous décidé d'être un délinquant ? Ou bien y avez-vous été contraint ?

Rook s'écarta et rabaissa sa manche.

— Mettons une chose au clair, mec. Je savais ce que je faisais, d'accord ? Merde, j'étais sacrément doué – je le suis probablement toujours. Je suis resté vigilant. Je suis toujours prêt à tout perdre pour recommencer à zéro. Je suis un voleur-né. Je fais attention à conserver ma souplesse et à ne pas prendre de poids. C'est sans doute ce qui m'a sauvé lorsque cette voiture m'a heurté.

— C'est possible, reconnut Manny. Mais vous n'en avez pas marre de devoir sans arrêt filer et tout abandonner ?

Son visage s'était figé, son expression devenant presque indéchiffrable sous le masque.

— Cette fois-ci, je n'ai pas filé, grogna Rook, et vous savez pourquoi ? Parce que tout ce que j'ai, je l'ai gagné.

Les frites étaient froides, il en reprit quand même. La sauce *jalapeño* faisait passer n'importe quoi.

— C'est peut-être le karma, ricana-t-il, parce que j'ai bien l'impression qu'on cherche à me voler tout ce que j'ai – ou à détruire ce que j'ai bâti. Rien à foutre, je reste et je me bats.

Manny lui tendit un large pansement adhésif.

— Et mon neveu ? demanda-t-il. Où se situe-t-il au juste dans votre nouvelle vie ? Parce que si vous n'êtes plus un récidiviste en cavale, vous pouvez vous poser, avoir une maison et un foyer. Une famille. Tout le bataclan.

Rook arracha le pansement des mains du vieux Mexicain et en ôta les adhésifs.

---

37 *General Educational Development*, ensemble de cinq examens aux États-Unis qui donnent une équivalence fin d'études secondaires.

— Écoutez, c'est bien sympa d'être là, tous les deux, à échanger des recettes devant un chocolat chaud, mais tout le monde ne vit pas au pays des Bisounours ! Pour résumer, j'ai vu ma chance de revenir dans la légalité et je l'ai prise, parce que c'est gonflant, à long terme, de toujours devoir regarder derrière soi. Pendant longtemps, ce que je volais m'a permis de bouffer. Maintenant, je me suis trouvé une autre occupation lucrative. Ça ne va pas plus loin.

Manny récupéra le pansement avec lequel Rook jouait toujours et releva la manche pour découvrir la plaie. Il mit soigneusement le bandage en place, pressant bien pour accentuer l'adhésion du sparadrap.

— Il n'y a pas que bouffer dans la vie, *bébé*[38]. Ne méritez-vous pas plus ? N'avez-vous aucun respect de vous-même ? Ne pouvez-vous avoir d'autres ambitions ?

— Manny, les gens comme moi ne connaissent pas les deux virgule cinq enfants ni les barbecues du dimanche avec les voisins – ceux qui n'ont jamais rendu le coupe-haie emprunté. Nous sommes de la *junk food*, les gens nous jettent après nous avoir consommés.

Rook se renfrogna en voyant le pansement sur son bras. Comment diable avait-il pu laisser Manny lui coller cette saleté ?

Il enchaîna sèchement :

— Ne commencez pas à mesurer de Dante pour lui commander un nouveau smoking ou une connerie du genre. Quand il en aura assez, il passera à quelqu'un d'autre. Et moi aussi. C'est la vie. Je vais vous dire un truc : même si vous nettoyez bien une poubelle, ça reste une poubelle – point barre.

— Je ne sais plus quoi penser, *cuervo*, parce que mon Dante n'est pas du genre à jeter les gens. En tout cas, pas comme vous l'imaginez, se lamenta Manny. J'ignore ce qui est le plus triste, que vous pensiez Dante capable d'agir comme ça … ou que vous croyiez ne rien mériter d'autre ?

Rook frotta son bandage avant de répondre.

— Je suis réaliste, *'mano*, je sais ce que valent les gens comme moi : se faire baiser à la va-vite avec – parfois – un baiser d'adieu. Et si Dante n'a pas l'intelligence de le comprendre, je partirai le premier. Je préfère être celui qui largue que celui qui se fait larguer.

---

38 En français dans le texte original

164

L'ESSENTIEL DES décombres était composé de morceaux de plâtre et de bois, mais il y en avait assez pour que Dante ait du mal à approcher de la femme dont il ne voyait que la main. Ses oreilles tintaient toujours, mais par intermittence, car ses tympans cherchaient à se reconnecter. Parmi le fracas des murs qui s'effondraient encore, il entendit des sirènes, plus ou moins fort en fonction de l'avancement de sa récupération auditive. La cavalerie arrivait, c'était certain, mais Dante n'arrivait pas à déterminer à quelle distance se trouvaient encore les voitures.

Il n'était pas le seul à s'activer au milieu des ruines, la plupart de ceux qu'il repéra étaient des maraudeurs à la recherche d'un butin facile. Un adolescent particulièrement audacieux découvrit un écran plat, miraculeusement intact, encore accroché à une paroi murale ; il s'en empara et s'enfuit avec, alourdi par son fardeau. Dante n'intervint pas, concentré sur les doigts pâles qu'il cherchait à atteindre. Ses mains saignaient, entaillées par le bois brisé et le métal tordu qu'il ne cessait de soulever et de charrier. Quelques minutes plus tard, il approcha enfin du corps. Repoussant une énorme dalle de plâtre, il s'agenouilla et referma les doigts autour du poignet inerte, cherchant le pouls. Il sut tout de suite qu'il arrivait trop tard, la chair était glacée. D'ailleurs, maintenant qu'il était plus près, Dante remarqua la rigidité cadavérique de l'articulation. La femme qui gisait là n'était pas morte dans l'explosion, mais depuis bien plus longtemps.

Soulevant une table qui protégeait le corps, il eut enfin un aperçu de son visage. Jeune, mince et jolie, la morte avait de courts cheveux noirs coupés au carré. Elle ressemblait aux deux Betty qui se trouvaient déjà à la morgue.

Et elle avait un trou sanglant au milieu du front.

— Ben merde alors !

C'était incontestablement une autre des Betty de Pigeon. Morte, elle paraissait bien plus jeune que les escrocs habituels que rencontrait l'inspecteur. Même Rook, malgré son physique avantageux et sa vivacité, manquait d'innocence, sauf quand il était assommé par les analgésiques. Cette jeune femme avait eu des parents, une famille… pourquoi s'était-elle lancée dans une aventure bien trop dangereuse pour elle ?

Dante avait un dilemme : devait-il continuer à excaver le cadavre, ou ne rien toucher avant l'arrivée de la police scientifique ? Il finit par se relever et grimpa sur ce qui restait d'un canapé fleuri pour se hisser au sommet du tas de débris.

Il vit son partenaire approcher et cria :

— Hank, tu as vu un autre blessé ? Celle-ci est morte !

Le rouquin agita la main vers la maison voisine.

— Je vais regarder s'il y a quelqu'un là-bas ! hurla-t-il. Le gaz est coupé !

Dante hocha la tête et reprit ses recherches dans les décombres les plus proches, écartant les gravats pour s'assurer que personne n'était enseveli dessous. Il ne trouva qu'un chat gris poussiéreux qui, très mécontent d'être arraché à sa cachette, fila sous un fauteuil renversé et feula.

— Oh, Seigneur, M. McGee ! s'écria une voix féminine.

Le cri était si perçant que Dante l'entendit, malgré ses oreilles bourdonnantes. M. McGee ? Ce devait être le nom du chat. L'inconnue ne cessait de le répéter, encore et encore, tout en cherchant désespérément à avancer parmi les ruines.

— Oh, Dieu merci ! Il est vivant ! Par pitié, dites-moi qu'il va bien !

La propriétaire du félin avait une dizaine d'années de plus que Dante, une silhouette rondelette et un agréable visage lunaire, qui évoquait gentillesse et affabilité. Malgré la fraîcheur de l'air, elle portait un léger pantalon de lin pourpre et un chemisier assorti, ses cheveux blond cendré étaient un peu ébouriffés, comme s'ils avaient été fouettés par le vent. Sans doute y avait-elle passé des doigts frénétiques d'inquiétude.

— Ne bougez pas, madame. Je vais vous l'amener. Il n'a rien.

Quand Dante s'approcha d'elle, le chat dans les bras, il repéra Hank qui s'adressait à un bataillon de sapeurs-pompiers et d'urgentistes. Un rayon de soleil éclairait en plein le visage de celle qui tendait les bras pour récupérer son chat.

Dante la reconnut alors.

— Debbie Pridgeon ?

— Oui ? répondit-elle, machinalement.

Dante attendit qu'elle réagisse à la situation se déroulant autour d'elle. Cela ne prit qu'une seconde, puis la véritable personnalité de cette femme apparut sous le masque, dans les profondeurs des candides yeux noisette. Elle sembla réfléchir. Son visage se durcit et une tension soudaine lui raidit les épaules. Elle recula d'un pas. Dante, qui la regardait toujours, sut qu'elle venait de voir le badge accroché à sa ceinture. Elle pesa ses options en se concentrant sur l'animal qui gesticulait dans les bras de Dante.

166

Ce fut le chat qui la fit céder. Avec une grimace, la pro es escroqueries tendit les mains vers M. McGee. Dante se débarrassa volontiers du félin.

— Je suppose, susurra Mme Pridgeon, que vous passiez par hasard et que vous vous êtes arrêtés pour libérer mon chat ?

Si sa voix était toujours agréable, elle ne cherchait plus à jouer un rôle, elle affichait son alter ego d'acier. Elle serra contre elle son Persan et enfouit son visage dans la douce fourrure poussiéreuse.

— Merci de l'avoir sauvé ! ajouta-t-elle avec passion. Je n'ai que lui. Vous êtes venu me parler des Betty décédées, n'est-ce pas ? Pour vous dire la vérité, je suis très heureuse de vous voir. Il y en a une, chez moi. Elle est morte et j'aimerais beaucoup que vous m'en débarrassiez.

XV

POUR CERTAINS, 'la maison' représentait le foyer où ils retournaient après une longue journée à cheminer à travers la routine de leur vie quotidienne. Pour Dante Montoya, c'était un labyrinthe de couloirs peints en beige et de grandes pièces organisées en cubicules, le tout peuplé de flics, avec l'odeur forte et amère du café brûlé qui flottait dans l'air. La maison avait des relents d'huile à armes à feu et en bruit de fond des insanités librement proférées. Il s'y trouvait dans son élément. Il aimait résoudre l'énigme d'un crime, il adorait la traque et surtout la victoire, quand il coinçait son coupable et l'envoyait payer son crime en prison.

Dante n'oublierait jamais le jour où il avait reçu son badge, avec une profonde émotion. Il avait compris qu'être flic, c'était sa vocation. Il s'y adonnait de tout cœur, avec un mélange d'humilité et de fierté. Et il avait longtemps été déterminé à ce que rien ni personne ne le détourne du chemin qu'il s'était tracé.

Bien sûr, se dit-il, pensif, c'était avant qu'il craque pour un ex-cambrioleur aux yeux étranges. Et le voilà assis devant une femme d'un certain âge, à la douceur trompeuse, et qui, selon toutes apparences, avait géré l'un des plus importants réseaux d'escroquerie-prostitution de toute l'histoire américaine.

Pigeon, après avoir laissé son chat à la garde d'un voisin, ne s'était pas fait prier pour monter dans une voiture de patrouille, laissant Dante et Hank s'occuper du cadavre qui gisait sous les ruines de sa maison. Et Dante venait de passer deux heures et demie avec divers membres de la police scientifique, des urgentistes et l'autre inspecteur apparu sur la scène du crime. Bref, il était prêt à grimper aux murs.

Hank était dans le même état. Au moment où les deux partenaires revinrent au poste de police et entrèrent au service des homicides, le rouquin se passa la main dans les cheveux.

— Bon Dieu ! gémit-il. J'ai cru que nous n'en sortirions jamais ! Dis-moi, est-ce que j'ai enlevé tous les débris de plâtre que j'avais sur la tête ?

— Ouais, je crois.

Au même moment, ils croisèrent un uniforme qui tressaillit. Dante lui adressa une grimace d'excuses.

— Merde, je crois que nous hurlons toujours, remarqua-t-il.

— Bien obligé, sinon je n'entends strictement rien, reconnut Hank. J'ai encore les oreilles qui bourdonnent. L'urgentiste prétend que je n'ai rien aux tympans, mais merde, j'ai l'impression d'avoir un essaim de guêpes dans la tête.

Le capitaine Book sortit la tête de son bureau et les désigna d'un doigt impérieux.

— Montoya ! Camden ! hurla-t-il. Venez ici.

Les deux hommes reçurent un savon homérique – mais assourdi. Plus d'une fois, Dante surprit Hank à sourire bêtement dès que leur capitaine leur tournait le dos en continuant son sermon que ni l'un ni l'autre ne percevait. La voix éraillée de Book dépassait pour le moment leurs capacités auditives. Vers la fin de sa diatribe, Dante sentit un 'pop' retentir dans ses oreilles. Il fit un bond en recevant à plein volume le flot des complaintes de son capitaine au sujet du comportement irresponsable de ses hommes. Hank, lui, gardait son sourire béat.

Le capitaine se retourna brusquement et le surprit en flagrant délit.

— Vous n'avez pas entendu un mot, c'est ça ? grogna-t-il, écœuré. Je m'égosille en vain ?

— Mes oreilles se sont débouchées en cours de route, reconnut Dante, avec un haussement impuissant. Vous parliez de se détendre pendant ses congés, au lieu d'aller déterrer les cadavres dans les décombres.

— Seigneur ! Je finirai par avoir un ulcère à cause de vous deux ! Expliquez-moi un peu, espèce d'idiots, pourquoi vous avez été là-bas ? Et qui est la femme de la salle un ?

Se laissant tomber dans son fauteuil, Book s'empara d'un flacon de comprimés antiacides posé sur son bureau.

— Camden ! hurla-t-il. Cessez de sourire comme un débile !

Dante fit le rapport du déroulement de leur enquête, en commençant par la mort de Dani Anderson, puis la découverte des deux premières Betty et enfin la fusillade dont Rook avait été victime. Book l'écouta sans intervenir, se contentant de mâchonner un stylo en hochant la tête de temps à autre.

Dante en était à expliquer pourquoi Hank et lui avaient décidé d'aller interroger Pigeon quand le capitaine l'interrompit, une main levée.

Se penchant sur son bureau, il pointa sur lui son stylo pour dire, d'un ton menaçant :

— Attendez un peu. Vous avez emmené un témoin *à l'hôtel* ? N'imaginez pas que ce détail m'ait échappé.

— Techniquement, Rook Stevens n'est pas un témoin, monsieur, commença Dante.

Il poussa un soupir en voyant Hank rouler des yeux.

— Stevens et moi sommes… reprit-il.

— Je connais vos antécédents avec Stevens, Montoya, coupa Book. Je vous rappelle que je reçois des rapports et que je les lis. Stevens reste un élément clé de cette affaire. Vous ne devriez pas faire… hum, ce que vous faites avec lui ! Merde, comment en suis-je venu à parler de ça ? Je n'y tiens pas, mais alors, pas du tout. Je n'ai même pas voulu en discuter avec mon fils quand il est venu passer Noël à la maison avec son petit copain.

— Vous devriez sans doute le faire, capitaine. Ça me paraît important.

Dante entendit Hank ricaner et lui balança un coup de coude dans les côtes

— Je sais, grommela Book, mais je préfère laisser sa mère s'en charger, Montoya, c'est elle qui gère l'éducation sexuelle des enfants. Je n'ai pas plus abordé le sujet avec ma fille. Et maintenant, elle a épousé le dernier abruti qu'elle nous a présenté. Mais oublions mes enfants. Je tiens à savoir pourquoi Camden et vous êtes en train de baiser cette enquête.

Hank leva la main, exhibant son annulaire.

— Je ne baise rien du tout, monsieur. Je suis marié.

Book ne lui accorda pas un regard, il se concentrait sur Dante.

— La ferme, Camden. Je n'ai pas à savoir ce qui se passe dans votre lit, Montoya, par contre, je peux vous enlever cette affaire. Je sais qu'O'Byrne s'est un peu libérée…

Hank dut entendre ces paroles, parce qu'il se redressa au moment où Dante commençait à protester.

— Capitaine…

— L'implication de Stevens est cruciale ! coupa Hank. C'est lui qui nous a donné le nom de Pigeon – la femme qui nous attend en la salle d'interrogatoire – elle gérait autrefois les Betty. Stevens est le seul capable de convaincre les personnes impliquées de nous parler.

Dante s'empressa d'appuyer son partenaire.

— Nous cherchons encore qui a repris le réseau Betty. Si vous donnez l'enquête à O'Byrne, elle devra repartir à zéro.

— Et Stevens refusera de lui parler ! ajouta Hank. Il est d'une prudence extrême. Dès qu'il a un doute, il disparaît pour aller se planquer.

Sous le coup de la colère, il s'exprimait d'une voix encore plus tonitruante et Dante grimaça, les oreilles douloureuses.

— Nous avons vraiment besoin de Stevens, monsieur. Hank a raison, personne n'acceptera de nous parler sans son intervention.

— Et quelle qu'en soit la raison, Stevens fait confiance Montoya.

— Stevens a été réglo avec nous depuis le début, capitaine, même après que ces deux connards d'agents ont failli le tuer, souligna Dante d'un ton sec.

— Merde, ne m'en parlez pas ! Cette histoire va faire couler du sang, je vous assure. Les avocats de Stevens sont de vrais requins, ils vont bouffer ces deux uniformes à titre d'amuse-gueule.

Book s'adossa dans son fauteuil, dévisageant avec attention les deux hommes debout devant son bureau.

— Les avocats ont de quoi être en colère, monsieur, insista Dante. Les deux novices ont abattu un wookie, vous savez.

Book le foudroya d'un œil noir. Hank se hâta d'intervenir :

— Et nous avons une théorie pour expliquer l'empreinte digitale partielle retrouvée sur le faux diamant. C'est probablement une autre supercherie. Nos recherches préliminaires prouvent qu'il est très possible de transférer des empreintes. Manifestement, quelqu'un cherche à compromettre Stevens. Il vaut donc mieux le garder à l'œil. Je ne suis pas certain qu'il soit en sécurité avec Montoya, mais d'après moi…

— Excusez-moi, capitaine, mais j'aimerais dire à mon partenaire d'aller se faire foutre, grommela Dante en adressant à Hank un regard mauvais.

— Bon, fichez-moi le camp, tous les deux. Je vais pour le moment vous laisser sur l'affaire, mais faites bien attention à vous. Camden, prenez une journée de plus pour régler votre problème d'audition. Je vous interdis de retourner au turf dans cet état.

Le capitaine tapa son stylo sur le bureau et se tourna vers Dante.

— Quant à vous, Montoya, ne déconnez pas. Je veux un rapport sur toutes vos conversations avec ces gens dont Stevens vous transmet les noms. Nous avons pour le moment trois cadavres – non, quatre – et vous n'avez toujours pas idée de qui peut être le coupable. Je veux voir cette affaire réglée le plus vite possible… et bordel, évitez qu'il arrive quelque chose au petit-fils d'Archibald Martin sous votre garde !

— Pouvez-vous me redonner votre identité pour l'enregistrement ?

Debbie Pridgeon ressemblait davantage à une institutrice qu'à une séductrice. Dante posa une bouteille d'eau fraîche sur la table, devant elle, et elle l'en remercia. Ensuite, elle se pencha pour se rapprocher du microphone plat placé entre eux. D'une fois claire et nette, elle donna son nom, son prénom, puis ajouta :

— Mais tout le monde m'appelle Pigeon. J'ai un peu de mal à répondre à mon vrai nom.

— Avez-vous compris l'énoncé des droits qui vous ont été lus ?

Dante baissa les yeux sur son dossier. L'autre inspecteur, toujours sur les lieux, lui avait envoyé des infos par mail peu avant qu'il pénètre dans la salle d'interrogatoire. À travers la cloison, il entendait Hank crier, mais il résista à son impulsion de se retourner pour regarder le miroir sans tain qui se trouvait derrière lui.

Sans toucher à l'eau, Pigeon posa les mains sur la table.

— Je pensais ne pas être en état d'arrestation, remarqua-t-elle. Si c'est le cas, je voudrais un avocat.

Dante trouva le papier qu'il cherchait.

— Vous n'êtes pas en état d'arrestation, Mme Pridgeon, affirma-t-il, mais si vous désirez une assistance juridique, vous pouvez la demander à n'importe quel moment. Vous avez un alibi concernant le meurtre commis chez vous. Il est solide, nous avons déjà la confirmation que vous vous trouviez à Chicago durant les deux dernières semaines. Selon la compagnie aérienne, vous avez atterri à l'aéroport de Los Angeles deux heures avant que la bombe ne fasse exploser votre maison. Pourriez-vous me dire où vous étiez durant ces deux heures ? Je présume que vous êtes rentrée chez vous et que vous avez trouvé le cadavre de Jane. Pourquoi ne pas avoir prévenu la police ?

Pigeon renifla, les yeux humides.

— Je ne l'ai pas tuée, je vous assure. Je la payais juste pour s'occuper de mon chat. Effectivement, j'ai trouvé Jane en arrivant chez moi. Quant à la police... J'étais sonnée. Je suis sortie marcher. Je n'y vois rien de répréhensible, M. McGee n'allait certainement pas s'attaquer à elle pendant mon absence. Il est très difficile quant à sa nourriture. Mais je... je ne pouvais pas... Je suis pragmatique, inspecteur Montoya, mais ce fut tout de même un choc de trouver chez moi, en revenant après un voyage de plusieurs jours, le cadavre d'une femme que je connaissais – et que j'appréciais.

Dante sortit de sa poche un paquet de mouchoirs en papier qu'il lui tendit.

— Toutes mes condoléances. Je crois avoir compris que Jane était pour vous une amie. Et je sais que les gens réagissent parfois de façon bizarre en découvrant un cadavre. Nous aurions certainement préféré que vous nous téléphoniez immédiatement, mais ce qui m'intéresse surtout, c'est de discuter avec vous de Jane Pierson. Quand lui avez-vous parlé pour la dernière fois ? Résidait-elle chez vous ou bien passait-elle seulement de temps à autre ?

— Elle restait chez moi. M. McGee déteste le changement. Il n'aime pas quitter la maison. Et maintenant qu'elle a été détruite, je me demande combien de temps il mettra à se calmer suffisamment pour accepter de se nourrir.

En croisant le regard de l'inspecteur, elle pinça les lèvres et reprit :

— Jane. Oui, bien sûr… La pauvre ! Qui voudrait la tuer ? C'est… *c'était* une fille adorable. Personne ne mérite d'être assassinée, je vous l'accorde, mais franchement, Jane ? Elle était si innocente.

— En général, les innocents n'ont pas un casier judiciaire qui comporte sept chefs d'accusation pour vol aggravé, dix pour fraude et cinq pour escroquerie et racolage.

Dante leva les yeux de ses documents et constata que Pigeon gardait résolument un sourire factice plâtré au visage.

— J'ai son dossier, enchaîna-t-il. La BRP connaît bien votre amie Jane.

— Elle a eu quelques problèmes, mais elle espérait se libérer de son passé. C'est d'ailleurs la raison pour laquelle je l'ai engagée pour s'occuper de M. McGee durant mon absence. Elle avait besoin d'un endroit où loger le temps de se retourner et moi, je devais aller à Chicago. Nous nous y retrouvions toutes les deux.

— Jusqu'à ce qu'elle se fasse assassiner, fit remarquer Dante d'une voix douce. Avait-elle des problèmes ? Avec sa partenaire, peut-être, l'autre Betty ? J'ai cru comprendre qu'elles étaient toujours deux. En tout cas, quand elles travaillaient pour vous… À moins que cela continue ? Saviez-vous que Jane était en danger ? Vous être venue très vite de l'aéroport jusqu'à chez vous, même en comptant cette petite promenade que vous vous êtes offerte.

— J'ai marché parce que j'avais besoin de réfléchir. Je sais que Jane était troublée, mais elle cherchait à nettoyer son ardoise. J'ignore qui aurait pu lui en vouloir – au point de la tuer. Même si Madge – la partenaire de Jane – était furieuse de sa décision de tout quitter, elle comprenait ses raisons. Parfois, c'est le moment de raccrocher et de retrouver la *normalité*.

Pigeon ne changea pas d'attitude. Elle garda son sourire affable et ses épaules détendues, mais Dante nota l'éclair d'acier qui brilla dans son regard lorsqu'elle se racla la gorge.

— Comme Rook l'a fait, ajouta-t-elle. Même si la normalité, pour les gens comme nous...

Dante l'interrompit.

— Rook ? Pourquoi me parlez-vous de lui ?

— Inspecteur, je sais que c'est Rook qui vous a envoyé. Il m'a laissé un message sur mon portable. Il savait que je ne vous aurais rien dit si vous vous étiez présenté sans son aval. Je travaille dorénavant en toute légalité, ce n'est pas pour autant que je suis devenue idiote.

Elle prit la bouteille d'eau posée devant elle et la décapsula d'un geste précis.

— Je suis rentrée directement chez moi depuis l'aéroport parce que vous vouliez me parler. Le garçon est un bon ami, il m'a promis que vous ne cherchiez que des informations. Je lui dois beaucoup. En fait, je lui dois tout, mais jusqu'à ce jour, il ne m'avait jamais rien demandé en échange.

— Pour l'enregistrement, je vais vous demander une précision : vous parlez bien de Rook Stevens, n'est-ce pas ?

Elle prit une gorgée d'eau avant de répondre.

— Oui. Le fils de Beanie. Un garçon très grand, un peu trop mignon, avec des yeux étranges. Sa mère avait les mêmes.

Dante stocka cette bribe d'information avant de continuer :

— Depuis combien de temps connaissez-vous M. Stevens ? Et où l'avez-vous rencontré ?

Pigeon le fixa droit dans les yeux.

— Rook ? Seigneur, il avait cinq ans, le petit salopiaud, quand il m'a piqué mon portefeuille dans la poche de ma veste. Je n'avais rien remarqué, mais il me l'a aussitôt rendu. Pour lui, ce n'était qu'un jeu. Sa mère et lui vivaient avec Rosini à l'époque, un magicien. Beanie était censée être son assistante, mais pendant qu'elle jouait avec le lapin du gars, son petit garçon était libre d'errer à sa guise dans les rues. C'était un brave gamin, très intelligent.

— Qui apprend à un enfant de cinq ans à être un pickpocket ?

Pigeon éclata de rire.

— Franchement, inspecteur ? Vous connaissez ces gens-là ! D'après les rumeurs, vous étiez à leurs trousses il y a quelques années. Le gamin portait encore des couches qu'il était déjà capable de vider toutes les poches qu'il voulait. C'est sans doute pourquoi sa nullité de mère le gardait avec elle. Oui, le petit avait des doigts étonnants. Les meilleurs que je connaisse.

Dante tenta de ne pas penser aux doigts de Rook ni aux endroits de sa personne sur lesquels ils s'étaient posés. Il continua plutôt son interrogatoire.

— Et vous avez gardé le contact avec un enfant de cinq ans ?

— Il m'aurait été difficile de faire le contraire. Sa mère le traînait partout, sur les foires itinérantes. Bon sang, il a passé pratiquement toute sa vie avec les forains. Beanie a commencé avec Hutchinson, puis elle est allée avec Rosini, puis Bryar, avant de revenir à Hutchinson quand Rook avait environ seize ans. À cette époque, il avait… eh bien, il était passé à autre chose.

— Et vous gériez le réseau Betty ?

— Disons, corrigea-t-elle rapidement, que j'avais organisé un groupe de rencontres pour des femmes qui cherchaient la sécurité et l'amour. J'ai tout abandonné depuis longtemps. En fait, c'est Rook qui m'a aidée. Il venait de… de changer son mode de vie. J'ai eu un petit problème… avec un client. J'ai contacté Rook pour lui demander un coup de main. Il a fait bien davantage. Actuellement, je possède une librairie et je compte ouvrir bientôt un *coffee shop*. West Hollywood est un excellent quartier pour prospérer. Rook m'a fourni le capital.

— Par bonté d'âme ? J'ai un peu de mal à accorder cette image au Rook Stevens que je connais.

Dante souffrit d'entendre autant de cynisme dans sa voix, mais il ne put s'en empêcher.

— Parce que vous êtes flic. Rook se méfie des gens comme vous depuis sa naissance. Mais pour nous, ses amis, c'est quelqu'un sur qui on peut compter, à moins de lui avoir fait un coup dans le dos. Dans ce cas, c'est terminé. Définitivement. Ma sœur a commis cette erreur. Elle a comme qui dirait tué la poule aux œufs d'or.

Avec une moue amère, Pigeon se tamponna les yeux d'un mouchoir.

— Ma sœur et moi ne nous entendions pas, reprit-elle. Je lui en voulais tout particulièrement de ce qu'elle a fait à Rook.

— De quoi s'agissait-il ? demanda Dante.

175

Il se pencha en avant, oubliant son dossier. Pigeon le regarda fixement. Ses larmes se tarirent, mais elle continuait à renifler.

— Elle a aidé un flic qui tentait de piéger Rook en l'inculpant d'un vol qu'il n'avait pas commis. J'avais conseillé à Dani de ne pas s'en mêler, mais elle a refusé de m'écouter. Et vous savez sans doute comment tout s'est terminé. Quand les flics ont voulu arrêter Rook, ils se sont retrouvé le bec dans l'eau. Et c'était juste une question de mauvais timing, je vous assure, parce que Dani est plutôt douée… elle l'était. Rook aurait pu avoir de vrais ennuis à cause d'elle.

Dante sentit un frisson glacé lui remonter le long de la colonne vertébrale. Sous le choc de cette révélation, son estomac se noua.

— Un flic ? Lequel ? Qu'est-ce que Dani a fait ?

— C'était un flic italien qui menait une enquête contre Rook et plusieurs autres gars. Nous étions tous au courant. C'est facile de remarquer les gens qui ne cessent d'être traînés en prison, mais qui en ressortent toujours. Alors Dani a transféré les empreintes de Rook sur un bijou, un bracelet, je crois, et elle l'a remis à ce ripou.

Dante voulut parler, mais il n'y réussit pas. Il avait du mal à accepter la duplicité de Vince et la chance apparemment incroyable de Rook.

— Pourquoi Dani aurait-elle fait un truc pareil ? Surtout si Rook se montrait aussi serviable envers vous tous ?

— Dani était… Je ne sais pas trop, jalouse peut-être, et elle avait besoin d'argent. Elle avait déjà dépensé tout ce qu'elle avait gagné avec Rook.

Quand Pigeon releva les yeux, Dante comprit qu'elle ne dirait rien de plus sur le sujet.

— Bref, reprit-elle, ma sœur a exigé davantage. Mais Rook a refusé, il s'en est tenu à leur accord. Et si vous voulez mon avis, elle avait déjà reçu beaucoup plus que ce qu'elle méritait pour sa participation. Mais Dani n'était pas d'accord. Elle était comme obsédée, surtout qu'elle savait que Rook contrairement à elle… eh bien, il mettait de côté ses… économies. Appelons-les comme ça.

— Pourquoi Dani serait-elle venue dans la boutique de Rook la nuit où elle est morte ? Vous l'a-t-elle dit ? Avait-elle des ennemis susceptibles de la tuer ?

— D'après moi, elle s'est rendue chez Rook pour tout lui voler, répondit Pigeon d'un ton sec. Elle avait certainement un complice, parce qu'elle était incapable de forcer une serrure, en tout cas celle de Rook Stevens. Et le gamin est rusé, ajouta-t-elle avec un hochement de tête approbateur. Chaque fois que les flics débarquaient chez lui, tout était exposé, mais si bien caché qu'ils n'ont jamais réussi à rien trouver. Comme je vous le disais, Rook est le meilleur. Diablement intelligent. Je me suis souvent dit, en parlant avec lui, que c'était une chance miraculeuse qu'il ne soit ni vindicatif ni vicieux, sinon nous l'aurions tout payé cher.

— Et Dani voulait… se venger ?

— Elle prétendait vouloir faire justice, mais c'était un mensonge. Elle enviait simplement ce que Rook avait… ou avait eu. La dernière fois que j'ai eu ma sœur au téléphone, elle m'a raconté avoir en vue un très gros coup, de quoi lui permettre de prendre sa retraite.

À nouveau, Pigeon renifla, des larmes perlant sur ses cils pâles.

— J'ignorais qu'elle prévoyait de voler Rook, chuchota-t-elle.

Dante griffonnait aussi vite que possible au verso de la photocopie d'une ancienne arrestation.

— Une dernière question avant d'en revenir aux Betty, déclara-t-il. J'aimerais que vous me disiez tout ce que vous savez sur la partenaire de Jane.

— Madge ? Je la connais peu. C'est une amie de Jane, mais… eh bien, elle n'est pas du genre à écouter mes conseils, déclara-t-elle avec un petit reniflement méprisant. J'aidais Jane à remettre sa vie en ordre. Je n'ai rencontré Madge que trois ou quatre fois. Elle préférait venir voir Jane en mon absence.

Dante ajouta au nom de Madge plusieurs points d'interrogation.

— D'accord, mais tout ce que vous me direz pourra me servir. Revenons-en à l'effraction qui a eu lieu chez Rook. Le système d'alarme a été désamorcé, alors que l'assistante de Rook l'avait mis en route lorsqu'elle a fermé la boutique. D'après ce que vous me dites, votre sœur n'a pu entrer seule. Aurait-elle pu avoir comme complices les deux Betty qui sont à la morgue ? Hank vous a déjà montré leurs photos, n'est-ce pas ?

—Oui, répondit Pigeon. Ceux que vous avez trouvés dans le container sont Chris et Christine. Ils ne travaillaient pas pour moi. Ils n'étaient que des imitateurs, pas très bons en plus. Ils auraient pu aider Dani à piller le magasin. Ils travaillent… hum, ils travaillaient vite, d'après ce que j'ai entendu dire. Ils étaient capables de vider entièrement une maison en une demi-heure. Mais forcer une serrure et bricoler une alarme, non, ils n'en avaient pas la patience. Ils s'arrangeaient généralement pour mettre la main sur une clé.

— Alors, vous ne savez rien ? insista Dante. Vous n'avez même pas une vague idée de qui pourrait être l'autre complice de votre sœur en plus de ces deux-là ? Réfléchissez bien, Pigeon. C'est probablement la personne qui a tué Dani… qui a tué tout le monde. Il me faut un nom, quelqu'un susceptible de savoir quelque chose.

— Je ne sais *rien*. Sauf que… qu'il ne faut jamais s'attaquer à un homme comme Rook. Non pas qu'il soit du genre à se venger, mais il a rendu infiniment de services à infiniment de gens. Alors, s'en prendre à lui, c'est se créer des tas d'ennuis. Vous savez, forcer la serrure de Rook, ça reste faisable, mais ceux capables de le faire ne s'en prendraient jamais à Rook. Par principe.

Pigeon secoua sa tête. Malgré son chagrin concernant la mort de sa sœur, elle esquissa son sourire.

— Les gens ont beaucoup de respect pour lui, ajouta-t-elle au bout d'un moment. Il n'emmerde personne – sauf quand il ne peut pas s'en empêcher, parce que c'est dans son caractère. Et il lui arrive aussi d'agir stupidement, par exemple, quand il a engagé cette Bimbo – vous savez, celle qui tournait du porno. Elle a beau être complètement idiote, Rook la supporte sans la ficher à la porte. Il prend soin d'elle, comme il a pris soin de moi. Si je savais quelque chose qui puisse l'aider, inspecteur Montoya, je vous le dirais. Et si je savais qui cherche à le tuer, je serais même tentée de faire justice moi-même, parce que je dois tout à ce garçon. Absolument tout ce que je possède.

XVI

FINALEMENT, ROOK trouva facile de se débarrasser de Manny, bien plus qu'il ne voulait l'admettre. Il avait surpris un appel téléphonique et entendu Manny refuser, à contrecœur, de rejoindre des amis. À peine le vieux Mexicain avait-il raccroché que Rook s'était empressé de lui assurer qu'il ne risquait rien du tout à rester seul. Peu après, il l'accompagnait jusqu'à la porte de sa chambre d'hôtel.

Cinq minutes plus tard, Rook s'échappait à son tour.

— J'ai promis de rester sur place, marmonna-t-il. Je ne mens pas. Pas vraiment.

En montant dans l'ascenseur, plusieurs regards effarés se posèrent sur lui, en particulier ceux d'un homme aux cheveux gris en survêtement rouge qui serrait dans les bras un petit chien très nerveux, au pedigree incertain. Rook rabaissa sur sa tête le capuchon du sweat que Dante avait abandonné dans la chambre. Il espérait que l'entaille sur sa joue ne se voyait pas trop.

Il continua à voix haute sa discussion avec lui-même :

— Je ne compte pas quitter l'hôtel. Je veux juste échapper à cette maudite chambre. Pas question de rester vautré en bikini métallique en attendant de me faire baiser.

Dès que les portes de l'ascenseur s'ouvrirent, au rez-de-chaussée, le vieil homme fila à toutes jambes avec son clébard. Rook aperçut, par-dessus l'épaule du gars, les oreilles agitées du chien qui le fixait, son museau pointu dégoulinant de bave.

— Les gens sont vraiment bizarres ! grommela-t-il en traversant le hall.

À son arrivée à l'hôtel, la veille, il n'y avait pas vraiment prêté attention. Bien trop fatigué, il s'était contenté de s'appuyer contre Dante avant de sortir une carte de crédit de son portefeuille. Il se souvenait seulement d'un hall immense avec du verre, des lambris de bois et un bruit d'eau. Maintenant qu'il avait un peu retrouvé ses esprits, il constatait que sa première impression avait été correcte.

Le bruit d'eau provenait d'une cascade qui tombait du plafond et se déversait dans un bassin. En plus, Rook découvrit d'innombrables

179

canapés et fauteuils organisés en alcôves pour créer des coins conversation. De gros galets de rivière noirs, à un mètre de haut environ, formaient des cloisons pour séparer le hall en diverses zones plus petites. Des bacs fleuris d'orchidées et de plantes au vert luxuriant ajoutaient une touche de couleur au lambris couleur miel et aux murs tapissés en gris perle.

Et Los Angeles étant une ville blasée, personne ne fit la moindre réflexion en voyant Rook passer un survêtement bien trop grand et des Converse noirs. Il déroba une pomme et une bouteille d'eau gazeuse au bar de l'accueil et sortit de l'hôtel par l'entrée principale.

Instantanément, il se heurta à un mur humain.

En reconnaissant l'obstacle, Rook ne fut pas particulièrement ravi. Énorme n'était pas un qualificatif qui suffisait. Gigantesque ou titanesque convenait un peu mieux, mais il préférait King-Kong ou Godzilla. Et comme d'habitude, le charmant personnage était d'humeur déplorable.

Stanley le surplombait de toute sa taille, c'est-à-dire pratiquement deux mètres dix, avec son crâne chauve, sa masse de muscles bronze, son rictus, ses lunettes noires et sa boucle d'oreille en diamant au lobe de l'oreille droite. Lorsqu'il fit un geste vers Rook, son mouvement éteignit les derniers rayons solaires que sa masse ne bloquait pas déjà. Puis il referma sa poigne sur le bras de sa victime – en plein sur la blessure récemment recousue.

Rook étouffa un cri, la circulation coupée – les doigts déjà engourdis. Il lâcha sa pomme qui dévala l'escalier et s'écrasa sur l'asphalte avec un bruit humide. Une seconde plus tard, ce fut le tour de la bouteille qu'il avait coincée sous son aisselle. L'eau se répandit sur le trottoir.

— M. Martin veut vous voir, déclara le géant.

Il avait une voix fluette et haut perchée, qui ne correspondait pas du tout à son volume. Un employé de l'hôtel avança vers eux, mais il se figea dès que le grondement de Stanley se tourna vers lui.

— Foutez-nous la paix et dégagez ! aboya l'homme de main de son grand-père.

— Va te faire voir, Max[39] ! riposta Rook.

L'homme se renfrogna et montra les dents. Rook étouffa un cri de douleur et se débattit, conscient qu'il ne pourrait pas se libérer. Il regretta vite son agitation quand une onde brûlante lui transperça l'épaule.

— Je jure devant Dieu que si vous continuez…commença-t-il.

---

39 Maître d'hôtel (Lurch en VO), de *La Famille Addams*, série télévisée américaine, qui ressemble à Frankenstein et s'exprime par des grognements.

— Lâchez-le, Stanley ! cria Archie depuis sa voiture. Vous lui faites mal.

La berline noire était garée dans la contre-allée, juste devant l'hôtel.

— J'aimerais lui arracher la tête, marmonna Stanley, juste assez fort pour que Rook l'entende.

Il le libéra cependant et, d'une légère poussée, le propulsa vers la voiture.

— Montez ! aboya-t-il. M. Martin veut vous parler.

Rook réajusta sa manche et secoua la main pour activer la circulation de ses doigts engourdis.

— Non, sans blague ? Eh bien, il va être déçu. Je n'ai pas l'intention de monter dans cette voiture. Et vous, connard, vous me devez une pomme.

— Viens me rejoindre, Rook, insista son grand-père avant de demander à son garde du corps. Donnez-lui les clés de la voiture. Il a peur que nous l'enlevions.

— Je n'ai pas peur, je *sais* que tu comptes le faire, Archie. Il s'agit d'une conscience réaliste du danger.

Il rattrapa au vol les clés que Stanley lui jetait hargneusement au visage.

— Mon brave, dit-il, aimablement, veuillez aller me chercher une pomme à l'intérieur, c'est juste à l'entrée, sur votre droite. Et pendant que vous y êtes, ramenez aussi un café pour moi et le vieillard.

Archibald attendit que Rook monte en voiture avant de grogner :

— Un jour ou l'autre, il finira par te tuer. Pourquoi chercher à le provoquer ?

— Oh, il se tiendra à carreau tant que tu seras là pour serrer sa muselière. Par contre, le jour où j'apprendrai que tu as cassé ta pipe, je m'achèterai un fusil et un char d'assaut.

Saisi d'un frisson glacé, il apprécia qu'il y ait du chauffage dans la voiture. Il s'enfonça dans le souple cuir du siège, à côté de son grand-père, et décida d'examiner son bras. Il tira la fermeture éclair de son sweat, releva sa manche et regarda son pansement.

— Putain, s'il m'a fait sauter mes points de suture, je vais en faire de la chair à saucisse !

Du sang perlait à travers le tee-shirt emprunté au sac de sport de Dante. Rook souleva avec soin le bord du bandage que Manny avait tant insisté à lui mettre. Sa peau ressemblait à un maquillage raté dans un vieux film d'horreur, mais d'après ce qu'il voyait, les points étaient toujours en place.

Archie fronça les sourcils en examinant la plaie.

— Est-ce que tout va bien ? S'il t'a blessé, je vais…

— Quoi, que vas-tu faire ? Le virer ? Oui, ça va, mais merde, quoi ! Il pourrait se montrer moins brutal !

Rook ricana en regardant son grand-père.

— Oh, non, bien sûr que non ! Ça te plaît d'avoir un gorille à ta botte. En fait, j'en aurais volontiers un, moi aussi, s'ils ne coûtaient pas si cher à nourrir.

— Tu as ton flic, rétorqua son grand-père d'un air mauvais. Il te protège tout aussi bien.

— Je n'ai besoin de personne, Archie, corrigea Rook.

Il repéra sur le siège avant une boîte de mouchoirs en papier et se pencha pour en récupérer un. Il essuya le sang de sa blessure. Puis il jeta un coup d'œil à son grand-père.

— C'est comme ça que tu m'as retrouvé ? s'enquit-il. Tu as fait suivre Dante ?

Archibald s'agita dans son siège et frotta le pommeau d'argent de sa canne.

—Étrange, mais tu l'appelais jusqu'ici Montoya. Les choses changent parfois très vite, n'est-ce pas ? Et non, la filature, c'est ringard et démodé. J'ai simplement demandé au petit personnel de vérifier les débits de sa carte bancaire.

— C'est moi qui ai payé la chambre. Avec une carte anonyme. D'accord, Dante s'est occupé de la paperasserie, mais c'était quand même avec ma carte.

— Il a acheté ce matin un café et un croissant à l'accueil de l'hôtel. Tiens, à propos de cafés, voici les nôtres !

Le vieil homme se pencha pour ouvrir sa vitre, Stanley s'approcha de la voiture avec deux tasses qui paraissaient minuscules dans ses énormes mains. Archibald les récupéra et donna à Rook la sienne.

— Merci, Stanley, dit-il ensuite. Veuillez nous attendre un moment, Rook et moi allons rester ici, nous avons à discuter.

— L'hôtel va te demander de déplacer cette monstruosité. Elle bloque l'espace réservé aux arrivées. Et ton abruti a oublié ma pomme !

Rook posa son café sur la console entre les deux sièges et se tourna vers son grand-père.

— Pourquoi es-tu venu ? demanda-t-il.

— Je me suis fait du souci pour toi en apprenant ton départ de l'hôpital. Ensuite, j'ai su que tu avais été renversé par une voiture. Que voulais-tu que je fasse ? Que j'attende qu'on vienne m'annoncer ta mort ?

Archie détourna la tête, regardant sans les voir les voitures qui défilaient dans la rue.

— Je n'ai pas l'habitude de… m'inquiéter, reprit-il. Ta mère, il y a des années que j'ai fait une croix sur elle. Mais toi… toi, mon garçon, j'essaie encore de t'atteindre.

Archie et lui se ressemblaient trop, Rook en était conscient. Il détestait être contrôlé autant que son grand-père avait besoin de maîtriser son environnement. Pourtant, l'expression du vieux visage évoquait une émotion plus intense que la colère. Quand Rook effleura la main tremblante et parcheminée, il vit son grand-père cligner furieusement des paupières pour effacer l'humidité suspecte de ses yeux étincelants.

— Je ne vais pas pleurer pour toi, bon sang ! aboya Archibald. Si tu veux t'en aller, va-t'en. Ou alors, reste. Choisis, mais ne joue pas au chat et à la souris avec moi, mon garçon. Parce que tu perdras. Je peux…

Rook soupira.

— Tu aurais dû éviter la dernière phrase, Archie. Dès que tu commences les menaces, tu fais tout foirer et tu perds ton avantage. Tu n'as jamais été capable de t'arrêter à temps.

Pendant une longue minute, le silence régna dans la voiture, où seuls résonnaient les bruits d'Archie sirotant son café. Rook se frotta le bras. Il fut le premier à parler.

— J'avais l'intention de te téléphoner. C'est juste… que j'étais dans un sale état.

— D'après le rapport médical des urgences, tu étais déshydraté…

Rook se frotta le visage

— Franchement, Archie ? Écoute, il faut qu'on mette un ou deux trucs au point, toi et moi. En fait, il y en a même un paquet. Pour commencer, tu dois cesser de fouiner dans mes affaires.

Sous le coup de la colère, Archie n'avait plus rien d'un vieillard fragile.

— Et pourquoi je ferais ça alors que tu ne me racontes rien ? s'emporta-t-il. Je suis vraiment surpris que tu aies survécu tout seul aussi longtemps. Tu es une catastrophe ambulante, mon garçon. Tu finiras par exploser !

Rook posa la main sur la poignée de sa portière.

— Je n'ai pas besoin de toi, vieillard…

— Ah ! Tu as été bien content de m'appeler quand tu as eu besoin d'un avocat, pas vrai ?

— Et nous revoilà au même point, Archie. Va te faire foutre !

Ouvrant sa porte, il s'apprêtait à quitter la voiture quand Archie le retint par le poignet et tira doucement, dans une supplication muette.

— Ne t'en va pas. Je ne veux… Ne t'en va pas. Je ne sais pas comment… Je n'ai pas l'habitude. Bon sang, je ne sais pas comment faire avec toi.

Rook se laissa retomber sur la banquette et referma la porte.

— Tu n'as rien à faire, Archie, répondit-il. Tu as juste à me laisser tranquille en me faisant confiance pour revenir. Parce que je reviendrai toujours. Mais c'est à moi de décider quand.

— Et si tu ne reviens jamais ? Comme ta mère l'a fait ?

— J'aime à croire que je suis plus intelligent que Beanie, plaisanta Rook.

Il fut heureux de voir un sourire sur la bouche austère.

— Écoute, Archie… reprit-il, ne me tiens pas aussi serré. Parce que sinon, je ne peux pas… respirer.

Son grand-père pencha la tête, les lèvres serrées de chagrin.

— Et ton flic ? C'est lui que tu appelles quand tu as besoin d'aide. Tu n'es pas venu me voir, moi qui suis ta chair et ton sang. Est-ce que *lui* te laisse suffisamment d'espace ?

Rook lui tapota la jambe avec un soupir.

— Nous verrons, vieil homme. Pour le moment, oui. Plus tard, qui sait ?

— COMMENT ÇA, tu l'as laissé tout seul ? Manny, il n'est pas…

Dante fit un effort pour coincer son téléphone entre son cou et son épaule tout en sortant la clé magnétique de sa poche.

— Je n'arrive pas à croire qu'ils aient donné un Oscar à ce film – et deux, n'en parlons pas ! Ils sont complètement idiots ou quoi ?

Lorsque Dante pénétra dans la chambre, la voix qui l'accueillit n'avait pas le charme éraillé du blessé récupéré la veille dans un hôtel miteux. Et il s'attendait encore moins à trouver deux paires d'yeux vairons identiques le toiser brièvement, avant de se braquer à nouveau sur la télé. Il venait de passer une longue journée à interroger un escroc réformé et à sauver un chat persan gris.

Rook était négligemment vautré à une extrémité du canapé, son grand-père, assis tout raide de l'autre côté, les coudes bien serrés contre lui, les mains appuyées sur sa canne. Devant eux, sur la table basse, il y avait un bol de pop-corn à moitié vide et un autre de M & M – à la place de la délicate statuette de poissons qui s'y trouvait auparavant. Sur le grand écran passait un vieux film en noir et blanc que Dante ne reconnut pas.

Archie se pencha et prit une poignée de pop-corn qu'il se fourra dans la bouche. Puis il gesticula en désignant la télévision.

— Je refuse de croire que cette femme est Glinda[40], protesta-t-il. Elle est bien plus belle en couleur !

Rook agita vaguement la main en direction de Dante avant de répondre à son grand-père.

— Le film a été tourné plus tard. Ou plutôt non, il est d'avant *Oz* et ses deux suites sont postérieures. Grant n'était plus là, mais ils ont réussi à glisser quelques images de lui dans le second film.

Archie tapa sa canne contre le plancher pour attirer l'attention de son petit-fils.

— Alors, c'est ce que tu fais de tes journées ? Tu regardes des films ?

— Ça suffit à payer mes factures, répondit Rook. Et ne me dis pas que tu pourrais le faire à ma place, rappelle-toi que tes autres petits-enfants sont des parasites et qu'ils ont tous mal tourné.

— Non, pas Alex.

Archie fit une grimace. Il ressemblait tellement à Rook que Dante eut du mal à ne pas ricaner.

— Je te rappelle qu'Alex possède aussi un magasin, déclara Rook. Il vend des bandes dessinées et lui non plus n'a pas besoin de ton aide chaque fois qu'il se cogne un orteil dans la porte. Essaie de considérer que je lui ressemble, tout en étant nettement moins pénible.

— D'accord, d'accord.

Puis Archibald se retourna et éleva la voix, pour se faire entendre au-dessus des plaisanteries qu'échangeaient les acteurs à la télévision :

— Alors, Montoya ? Vous entrez ou vous sortez ? Au fait, quelqu'un a déjà prévenu la réception parce que nous faisons trop de bruit, paraît-il – nous rigolons trop fort, je crois. Ils ont prétendu nous entendre à travers les

---

40 La gentille sorcière du Sud dans *Le Magicien d'Oz*.

185

cloisons. Dans quel hôtel merdique avez-vous conduit mon petit-fils si les murs sont assez fins pour qu'on entende à travers ?

— Ce n'est pas vrai, Archie, rétorqua Rook. Les chambres sont insonorisées. C'est juste parce que tu avais laissé la porte ouverte

Se penchant en avant pour récupérer une bouteille d'eau sur la table basse, Rook fit la grimace. Dante le nota aussitôt.

— Et merde… grogna Rook.

— Bon, ça suffit ! trancha Dante. Éteins cette télé et dis au revoir à ton grand-père, il est temps que tu prennes une bonne douche chaude pour te détendre, *cuervo*.

Sans attendre d'être obéi, il traversa la pièce jusqu'à la télévision et l'éteignit. Puis il leva les mains parce que plaintes et protestations virulentes émanaient du canapé.

Archibald se redressa en s'appuyant lourdement sur sa canne.

— Il t'appelle 'tequila' ? grogna-t-il à son petit-fils. La cuervo, c'est de la téquila !

D'instinct, Dante s'approcha pour offrir son aide au vieillard, mais il se figea en croisant deux regards identiques et tout aussi offusqués. À son tour, Rook quitta le canapé. En chemin vers la porte, il passa derrière et lui mit une claque sur les fesses.

— Je suis vieux, jeune homme ! aboya Archibald à l'inspecteur. Je ne suis pas encore mort. Le jour où j'accepterais d'être porté par un autre homme, mieux vaut que ce soit couché dans mon cercueil !

— Je vous prie de m'excuser d'avoir eu l'idée grotesque de me montrer courtois à votre égard. Je me demande bien ce qui m'a pris.

Il recula d'un pas, pour laisser à Archie suffisamment d'espace pour quitter la pièce.

— Au fait, ajouta-t-il, je l'appelle *cuervo* parce que ça veut dire *corbeau* en espagnol.

Le vieil homme boitilla en traversant la chambre, ce qui ne l'empêcha pas de jeter à Dante un regard furibond.

— Peuh ! dit-il. Tout ça parce qu'il s'appelle Rook ? Pourquoi ne pas vous contenter de lui donner son nom ? Ça vous pose un problème ?

Rook ouvrit la porte pour son grand-père.

— Arrête de l'emmerder, vieillard, tu le fais exprès. Tu veux que je t'accompagne jusqu'à la voiture ?

— Je n'ai pas besoin d'aide, tu es sourd ou idiot ? Je viens de le dire ! Je te signale par ailleurs que tu es salement amoché. Ce foutu flic n'est même pas capable de veiller sur toi. Je me demande bien pourquoi tu le gardes.

Archibald agita rageusement sa canne, mais en passant devant Rook, il lui pressa gentiment le bras.

— Je le garde parce qu'il a une queue d'enfer et qu'il sait l'utiliser, répondit Rook. La prochaine fois, j'ai l'intention de m'intéresser de plus près à son cul.

En entendant Dante pousser un grognement exaspéré, Rook lui adressa un clin d'œil goguenard et ajouta :

— Qu'est-ce que tu as, 'Toya ? Archie sait déjà que je suis gay. Rien de ce que je dis ne peut le surprendre.

— Bon Dieu, vous faites vraiment la paire, tous les deux ! Vous vous méritez bien l'un l'autre, je le jure.

Pour dire la vérité, Dante était éberlué. Les vannes caustiques que s'envoyaient Rook et Archibald ne ressemblaient pas du tout aux échanges dont il avait l'habitude avec Manny.

— Franchement, avoua-t-il, je ne me vois vraiment pas parler comme ça à mon grand-père.

— Eh bien, nous préférons la sincérité, Montoya, rétorqua Archibald.

Puis il ordonna à son petit-fils :

— Téléphone-moi dans l'après-midi, morveux. Si je n'ai pas de tes nouvelles d'ici demain, je t'enverrai Stanley.

— Excellente idée, riposta Rook, je me ferai un plaisir de te le réexpédier en tout petits morceaux dans plein de petites boîtes. Il est possible que je pisse d'abord dessus. Bonsoir, vieillard. Dis à cet avorton déplumé que tu prends pour un garde du corps de conduire prudemment. Je ne suis pas encore prêt à récolter mon héritage. Donne-moi encore quelques mois de sursis. Ensuite, il pourra te zigouiller.

Après avoir refermé la porte sur son grand-père, Rook se tourna pour affronter Dante. Il affichait son habituel sourire arrogant plaqué sur son beau visage. Les deux hommes se fixèrent un moment. Dante était un peu perplexe. Il avait baisé cet homme la nuit précédente, il connaissait intimement ce long corps souple, mais peu de celui qui se cachait à l'intérieur. Bien sûr, il avait quelques infos et renseignements, mais tout ça provenait essentiellement de son enquête passée sur les vols et escroqueries de Rook. Sinon, Dante ne savait pratiquement rien de personnel concernant son amant.

Et d'après l'air mystérieux de Rook Stevens, c'était délibéré.

— Je te signale, commença son vis-à-vis d'un ton désinvolte, que mon grand-père s'est pointé à cause de toi. Il a découvert que tu avais utilisé ta carte de crédit pour payer un café dans le hall de l'hôtel.

Il approcha de Dante qui se tenait toujours près du canapé. Se penchant, il réunit les bonbons et le pop-corn dans un seul bol, qu'il ramena sur le comptoir du coin-cuisine.

— Mon grand-père te fait suivre, continua-t-il. C'est gonflé quand même ! Je lui ai demandé de ne plus…

Dante se frotta le visage à deux mains.

— Dis-moi, un seul membre de ta famille se donne-t-il la peine de se conformer à la loi ? Sinon, nous pourrions simplement faire construire un mur de prison autour de la résidence de ton grand-père et considérer que le travail est fait.

— Hé, je lui ai demandé d'arrêter !

Mais alors, il vacilla et se rattrapa au dossier du canapé.

— Merde ! grommela-t-il. Tu as raison, j'ai encore mal.

Dante le rejoignit et lui passa un bras autour de la taille pour soutenir son poids.

— Bon, dans ce cas, viens t'étendre. Tu prendras une douche tout à l'heure. Il faut que tu te reposes, je vais te chercher tes médicaments. Quand les as-tu pris pour la dernière fois ? Appuie-toi sur moi, insista-t-il. Est-ce que tu veux…

— Non, merde, je ne veux rien, aide-moi seulement à me recoucher, 'Toya.

Il avançait obstinément, forçant Dante à le faire aussi.

— Je suis resté trop longtemps assis, reconnut Rook. J'ai juste envie de m'allonger. Quant aux médocs, je les ai pris… il y a un bail. Juste avant que j'envoie Manny voir ses copains.

— Il était censé rester avec toi.

Dante aida Rook à s'étendre sur le lit. En se redressant, il aboya :

— Et maintenant, ne bouge pas. Contrairement à ce que tu as fait les dix dernières fois où je t'ai demandé la même chose.

Il passa dans la salle de bain et trouva le flacon d'analgésiques pratiquement plein. Il fit la grimace, même en sachant que Rook n'aimait pas prendre les doses complètes. Ce n'était même pas la peine d'essayer de discuter avec lui. D'après ses dernières expériences, Dante savait qu'il finirait par se disputer avec lui, sans le moindre résultat, sauf s'il était prêt à lui faire avaler ses pilules de force, comme à un chat rétif.

— Évidemment, je pourrais aussi les dissoudre dans de l'eau…

Il jeta un coup d'œil par-dessus son épaule. Rook, étendu sur le lit, avait un bras posé sur les yeux et remuait ses orteils, comme pour pétrir l'air – un geste de félin, précisément. Non, droguer Rook était une mauvaise idée : Dante risquait de tout perdre. Rook filerait. Et cette fois pour de bon.

Étrangement, la perspective que Rook l'abandonne laissa Dante très troublé. Pire encore, bouleversé. Émergeant de la salle de bain, il s'approcha du lit et examina cet être compliqué qu'il avait dans la peau.

Le sexe avait un attrait puissant. Et Dante avait rarement le temps de satisfaire ses besoins. Lorsqu'il était retombé sur Rook, par le plus grand des hasards, il s'était trouvé submergé par l'intensité de son désir. Avec lui, une seule nuit ne lui suffisait pas, loin de là, pour assouvir l'incendie qui brûlait dans son corps.

La chambre étant assombrie, Dante s'était penché pour mieux voir le blessé. Un œil – le vert – surgit de sous le bras pour se braquer sur lui.

— Je sens bien que tu me surveilles, grogna Rook. C'est vraiment une manie !

— Je me méfie un peu de toi et j'ai de bonnes raisons pour ça. Maintenant, assieds-toi, et avale ces comprimés. J'ai aussi du baume du tigre. Je peux te masser, si tu as des crampes. Ça sera peut-être encore plus efficace qu'une douche chaude.

Dante s'assit au bord du lit pendant que Rook avalait ses analgésiques.

— Alors, reprit-il, tu as expulsé Manny et pris ton grand-père pour le remplacer ?

— Non, il m'a pisté jusqu'à l'hôtel. Quand je suis sorti prendre un peu l'air, je me suis fait choper par l'un de ses sbires.

Il recula pour s'adosser contre la tête-de-lit et roula des épaules pour détendre ses muscles noués.

— Je t'assure, reprit-il, ce connard de Stanley m'a empoigné comme une brute. Archie engage de parfaits abrutis. Et inutile de t'énerver, il ne m'a rien fait. À part me foutre une trouille bleue.

— Je ne comprends pas…

Exaspéré, Dante s'interrompit. Expliquer à Rook qu'il devait faire attention ne servait manifestement à rien – ça risquait même d'entraîner une nouvelle dispute – pourtant, il avait la ferme intention de tenter une fois encore de convaincre cette tête de mule.

Il s'exhorta au calme et continua :

— *Cuervo*, ce n'est pas prudent de sortir sans être accompagné. Je te rappelle que nous ignorons encore qui se cache derrière toute cette histoire. Quelqu'un cherche à te tuer

— Une seule fois, rectifia Rook. Il n'y a eu qu'une seule tentative. Hé, c'est peut-être toi qui étais visé. Tu as peut-être un admirateur secret qui m'a surpris à te mater le cul, alors il a voulu se venger.

Il haussa les épaules, comme s'il n'était pas inquiet, mais Dante lut le contraire dans ses yeux troublés.

— Écoute, j'ai d'autres projets concernant ton corps qu'en ramasser les morceaux pour la morgue.

Prenant le menton de Rook, Dante renversa son visage et le força à affronter son regard.

— Est-ce si difficile à croire ? ajouta-t-il. Je veux simplement qu'il ne t'arrive rien.

— J'ai simplement du mal à croire qu'on cherche à me tuer.

Rook se laissa faire une seconde de plus, avant de se dégager.

— Pourquoi *maintenant* ? protesta-t-il. D'accord, j'ai commis certaines erreurs dans le passé, mais rien qui puisse pousser quelqu'un à vouloir me tuer.

Dante se rapprocha de lui.

— Et Dani ? Qu'est-ce qui s'est passé avec elle ? Pourquoi était-elle dans ton magasin ? Tu ne m'as jamais donné de réponses.

Rook eut un geste à peine perceptible.

— Parce que je n'en ai pas. J'ignore ce qu'elle faisait là. La seule raison plausible, c'est qu'elle voulait me voler, mais ce n'est pas dans ma boutique que je garde mes objets les plus précieux.

— Ah, bon ? Alors, où sont-ils ?

Dante fronça les sourcils et évoqua l'inventaire de Potter's Field.

— D'après ce que j'ai lu, reprit-il, tu as des trucs qui valent plusieurs centaines de dollars. Je sais aussi que tu as payé une somme astronomique pour cet anneau décodeur, alors qu'il n'a aucune valeur. Tu as agi charitablement. Sinon, à quel prix peut monter un merdier pareil ?

— Mec, j'ai des posters de Lugosi et de Karloff qui vaudraient dans les trois cent mille chacun si je les mettais sur le marché. Et ce n'est qu'un amuse-gueule.

Rook se mit à rire en voyant Dante étouffer un cri de surprise.

— Le truc, enchaîna-t-il, c'est de découvrir des objets intéressants en les payant le moins possible et en les revendant au maximum. Tu n'imagines pas ce que les gens conservent dans leurs greniers !

— Bon Dieu ! marmonna Dante. Qu'est-ce qui peut valoir une somme pareille ? Et qui achète ça ?

— Je vends tout et n'importe quoi, des bandes dessinées, des jouets qu'on trouve dans les boîtes de céréales et j'arrive à en tirer… Merde, même un anneau décodeur de la bonne année peut valoir des milliers de dollars. Quant à mes clients, ils ont beaucoup d'argent à dépenser et se plaisent à collectionner ce qui leur rappelle leur enfance, ou même parfois ce qui se rapporte à un domaine particulier. Les films d'horreur marchent très bien. La science-fiction aussi. Et le fantastique revient à la mode.

Rook tapota Dante sur la joue.

— Tu vois, la camelote ne m'intéresse pas, Montoya. J'ai une boutique, afin de me débarrasser des babioles, et avoir un endroit où vivre est agréable depuis que j'ai investi les dollars nécessaires pour repeindre les murs et installer la cuisine. Mais tout ce que j'ai de valeur se trouve à l'abri dans un entrepôt, à West Hollywood, bien protégé par une tonne d'acier, de bonnes serrures, et une température constante.

— Et parmi tout ça, as-tu quelque chose qui vaille la peine de te tuer ? demanda Dante. Dani était-elle au courant ? Ou alors, les Betty ?

Il se releva pour récupérer son ordinateur portable, car il préférait prendre des notes. Quand il revint, Rook se poussa un peu pour lui faire de la place à ses côtés.

— Tu as déjà interrogé Pigeon, pas vrai ? rétorqua-t-il. S'il s'agissait des Betty, elle l'aurait su. Par contre, pour Dani, je n'en suis pas certain. Aux dernières nouvelles, elles ne s'adressaient plus la parole.

— Pigeon m'a expliqué le contexte, oui. Au fait, j'ai un truc à te dire, concernant une des Betty.

Dante raconta à Rook l'explosion à laquelle il avait assisté et le cadavre retrouvé sous des décombres.

— Elle a été tuée au moins deux jours avant l'explosion, conclut-il. En tout cas, selon les premières estimations du médecin légiste. À ce moment-là, Pigeon était encore à Chicago.

— Jane ? Avec qui travaillait-elle ? Madge, je crois…

Rook réfléchit un moment, les sourcils froncés, avant d'ajouter :

— Charlène ! C'était les deux Betty qu'elle connaissait.

— Or, ton assistante a accès à ton inventaire, souligna Dante. Crois-tu qu'elle aurait pu comploter contre toi ?

Rook ricana.

— Mec, Charlène a du mal à se souvenir de la taille de ses soutiens-gorge. Je la vois très mal planifier un coup pareil. Bien sûr, elle a pu laisser échapper quelque chose en discutant avec les Betty, mais elle n'a pas accès à mon entrepôt. À mon avis, elle ne sait même pas où il se trouve. Ni même que j'en suis propriétaire.

— Elle n'est probablement pas la seule. Donc, les gens doivent penser que tu gardes tout ce que tu as de précieux au magasin.

Le téléphone de la chambre se mit à sonner. Dante jeta à Rook un regard inquiet.

— À qui as-tu donné le numéro de cette chambre ? s'enquit-il.

— 'Toya, relax ! C'est probablement la réception qui a décidé de nous expulser. Archie a été odieux envers le type du room service qui nous a apporté le pop-corn. J'ai été obligé de lui promettre cinquante dollars de pourboire – que j'ai mis sur la note de la chambre – à titre de dédommagement.

Glissant sur le lit, Rook tendit le bras en retenant un gémissement pour décrocher le téléphone.

— Bon Dieu ! grogna-t-il, j'en ai vraiment ras la casquette d'avoir mal partout ! Allô ?

Une minute plus tard, il devint blême et lâcha le combiné, Dante le rattrapa de justesse avant qu'il s'écrase par terre.

— Allô ? aboya-t-il. Que se passe-t-il ?

En même temps, il empêchait son amant de quitter le lit.

— Lâche-moi, Montoya ! cria Rook en se débattant. Lâche-moi, bordel ! C'est Archie. Sa voiture a été attaquée non loin de l'hôtel. On lui a tiré dessus. Je dois y aller…

À l'autre bout du fil, la voie était masculine, froidement clinique, et plutôt sèche.

— *Monsieur ? Allô, M. Stevens ? Vous feriez mieux de vous dépêcher, votre grand-père demande à vous voir.*

XVII

ROOK NE supportait plus l'odeur du sang.

C'était une odeur métallique, écœurante, qui le hantait, tapissait l'intérieur de son nez et s'engluait au fond de sa gorge. Non loin de là, quelqu'un criait, déversant un flot inepte et hystérique d'incohérences. Avec humilité, il reconnut l'une des sœurs de sa mère, mais il n'eut même pas l'énergie de vérifier de laquelle il s'agissait.

Surtout que c'était à cause de lui qu'elle perdait la tête au beau milieu du service des urgences de l'hôpital Cedars-Sinai.

Il y avait aussi des flics. Il y avait *toujours* des flics. Cette fois, ils formaient un mur entre lui et le reste de la famille Martin qui s'agglutinait dans la salle d'attente. Rook appréciait beaucoup cette masse d'uniformes bleu marine qui l'encerclait, surtout quand la femme de son oncle – la numéro trois, s'il se souvenait bien – tenta de lui jeter sa chaussure à la tête. Vu la hauteur et le pointu du talon, ça aurait pu être douloureux, mais apparemment pas autant que les menottes qu'un des flics, un jeune au visage poupin, passa aux poignets de la virago qui venait d'envoyer un coup de genou à Montoya en le visant au bas-ventre.

Rook n'avait pas besoin de leurs accusations. Il s'en voulait déjà bien assez comme ça. Ses remords s'accrochaient en lui rappelant toutes les déceptions et tous les chagrins qu'il avait causés à son grand-père. Assis à l'écart des autres dans cette salle anonyme, Rook fixait les membres de sa famille, tellement énervés, et se laissait submerger par le bruyant chaos qu'ils provoquaient. Si seulement il était monté dans la voiture comme son grand-père le voulait ! Si seulement il n'avait pas quitté l'hôpital, cette première nuit... Il y avait trop de 'si seulement', Rook n'arrivait pas à tous les énumérer. Et rien ne parvenait à étouffer la culpabilité dont les échos lui martelaient le cerveau.

Le froid s'infiltrait en lui, atteignant dans ses tripes des endroits déjà congelés. Éperdu, Rook leva les yeux et regarda à droite et à gauche, à la recherche d'un point d'ancrage pour ne pas couler.

Il le trouva en ce grand flic solide, à la forte mâchoire, qui l'avait serré dans ses bras la nuit précédente, pendant qu'il dormait.

Dante discutait avec des agents, visages anonymes noyés dans une mer d'uniformes bleu marine. En plein travail, l'inspecteur avait l'air pro, attentif et concentré. Rook se demanda si les profs, quelque part, dans une académie de Los Angeles, enseignaient aux élèves policiers cette expression sévère. Il imagina Dante Montoya planté devant son miroir qui s'exerçait à prendre une 'tête de flic'. Cette image le fit sourire, malgré la terreur qui pesait sur son ventre. Au même moment, Dante se retourna pour le regarder et Rook sentit naître dans sa poitrine quelque chose de... douloureux.

Il se perdit dans le regard d'ambre, d'une telle chaleur qu'il souhaita presque se laisser consumer. Les flics ayant terminé leur conversation, Dante s'éloigna, passant d'un des groupes que formait la famille de Rook à l'autre. Il avait les épaules raidies en résistant aux questions qui lui parvenaient comme des tirs de rafale.

— Nous savons tous très bien que c'est lui le coupable, susurra sa tante d'une voix particulièrement aigüe. Il a dû payer quelqu'un pour tuer papa, et maintenant...

C'était un stratagème de manipulation basique, pensa Rook, parler fort, mais d'un ton faussement aimable pour inciter une réponse.

— Comment te sens-tu, *cuervo* ? Tu as besoin de quelque chose ?

Dante s'était accroupi devant lui. Sa voix basse à l'accent chantant masquait le reste des conversations. Rook se pencha en avant, irrésistiblement attiré par la chaleur qui émanait de son flic.

— Non, ça va... Merde, 'Toya. C'est... dingue. Qui peut faire un truc pareil ? Que s'est-il passé ? Et *pourquoi* ?

En sortant de l'hôtel, les deux hommes étaient tombés sur une scène de chaos, la rue était encombrée de sirènes, de feux clignotants et d'ambulances. La berline noire où Rook était monté un moment à côté d'Archie ressemblait à un accessoire de série B avec ses pneus crevés, ses vitres brisées, sa carrosserie trouée de balles. Des traînées sanglantes s'étalaient sur le trottoir et l'asphalte de la chaussée, souillées de traces de pneus et de pas. Une flaque de vomi se trouvait près du stand du bagagiste de l'hôtel. Étrangement, Rook s'en souvenait très bien, parce que jamais son grand-père n'aurait toléré de voir les restes du déjeuner tardif d'un parfait inconnu se mêler à son sang répandu.

Mais alors, Rook était tombé à genoux, car un urgentiste tentait de ranimer un jeune homme ensanglanté, qui portait la livrée de l'hôtel.

C'était Dante qui l'avait aidé à se relever.

Un infirmier en blouse verte, chauve, petit et mince, fit irruption dans le couloir et s'arrêta net en voyant la meute des Martin qui occupait les lieux. Tous se jetèrent sur lui en piaillant des questions et des accusations. Il mit un certain temps à les repousser. Puis il se racla gorge et demanda en haussant la voix :

— Lequel d'entre vous est Rook Stevens ? M. Martin le réclame.

Rook se rendit compte que se redresser était une tâche vraiment difficile. Pire que le jour où il avait oublié d'emporter son butin, lors de son premier coup. Pire encore que d'avoir vu sa mère s'en aller acheter un paquet de cigarettes, monter en croupe sur la moto d'un inconnu et disparaître pendant six mois. Il avait toujours été seul, plus ou moins abandonné à lui-même. Il avait vite appris à ne dépendre de personne. Mais aujourd'hui, dans cet enfer aseptisé au linoléum pisseux, assourdi par les voix grinçantes de fausses blondes venimeuses, Rook était mort de peur.

Il n'osait pas faire un pas. S'il avançait, il risquait d'avoir à affronter une épreuve qu'il n'aurait jamais crue possible : voir mourir un être auquel il s'était attaché.

En passant devant Dante, Rook lui effleura l'épaule.

— Foutu vieillard ! marmonna-t-il entre ses dents. Il a franchement intérêt à… s'en tirer !

Leurs mains se rencontrèrent, leurs doigts se joignirent un moment. Rook faillit se blottir contre la poitrine de Dante, promesse de chaleur et de sécurité. Ce désir lui était tellement étranger qu'il se sentait écartelé entre son envie d'avoir les bras de son flic autour de lui et sa terreur paralysante d'en dépendre trop. Il décida de se contenter des doigts qui lui caressaient la paume.

Dante le tira légèrement vers lui, approcha sa tête de la sienne. Son haleine avait des arômes de café et de menthe.

— Tu veux que je t'accompagne ? chuchota-t-il.

— Non, mais empêche-les de me suivre.

Rook étudia sa famille. L'atmosphère était toxique, remplie de chuchotements hargneux et d'accusations à peine voilées.

— J'ai beau détester les armes, reprit-il, je ne t'en voudrai pas si tu en flingues un ou deux. Merde quoi, ils sont trop…

— … odieux ? Oui, je sais.

Sur ce, Dante le poussa vers l'entrée où l'infirmier attendait.

— Vas-y, insista-t-il, je t'attends. Quand tu auras terminé, les flics vont vouloir parler à ton grand-père, s'il en a la force. Et si ces vautours ont laissé quelque chose de lui.

Rook se retourna tout à coup.

— Tu pourrais te renseigner sur son gorille ? Stanley est un vrai con, mais ce n'est pas pour autant…

— … que tu souhaites sa mort. D'accord, je m'en occupe.

Dante lui adressa un tel sourire que Rook eut l'estomac encore plus noué.

LA CHAMBRE était spartiate, plus glaciale encore que la salle d'attente où sa parentèle s'attardait. Rook nota vaguement les murs beiges, les rails d'acier et toute une flottille de machines bourdonnantes qui convergeaient autour d'un lit simple, dont l'occupant paraissait enseveli sous d'épaisses couvertures d'où émergeaient divers tubes. Contre le blanc de ses draps, Archie avait le teint gris, la peau comme du parchemin raidi par l'âge et les traits de son visage maigre étaient creusés et fatigués.

Le blessé dut sentir la présence de Rook, car il ouvrit les yeux. D'abord, son regard parut brumeux, puis la conscience lui revint et ses prunelles vairon se focalisèrent sur son petit-fils. Archie tenta de s'asseoir et ne le put, il maudit illico le cocon serré de ses couvertures qui le clouait à son matelas. Rook avança alors, la boule qui l'étouffait s'étant un peu allégée devant le flot d'insanités rageuses que marmonnait son grand-père.

Archie essaya, d'un coup de pied, de soulever ses couvertures.

— Ils m'ont attaché comme si j'étais King Kong ! protesta-t-il. Qu'est-ce qu'ils s'imaginent ? Que je vais leur sauter dessus ? Mon garçon, aide-moi à enlever ces saloperies. Je ne peux pas respirer là-dessous.

Rook ne put retenir son sourire.

— Ils craignent peut-être que tu te sauves comme je l'ai fait. Je suis certain que mon hôpital leur a téléphoné pour leur dire de se méfier, c'est pour ça qu'ils t'ont ligoté.

— C'est probable, rétorqua Archie, la mine longue. Ces foutus toubibs sont de vraies sangsues. Quand on a de l'argent, ils tiennent à vous garder le plus longtemps possible pour vous piquer le maximum, mais quand il s'agit de pauvres qui ont réellement besoin d'eux, ils les flanquent à la porte avec deux comprimés d'aspirine.

— Tu crois vraiment qu'ils leur fournissent gratuitement de l'aspirine ?

Rook souleva les couvertures, qu'il laissa ensuite retomber sans les border, pour que son grand-père se sente moins confiné.

— Ça te va comme ça ? demanda-t-il.

— C'est mieux. Maintenant, trouve-moi une jolie infirmière et tout ira bien.

Il inspira profondément et leva la main.

— Non, laisse tomber. Je ne peux pas te charger de ça, tu me ramènerais un mec. Je demanderai à Stanley… Oh, merde, Stanley ! Comment va-t-il ?

Rook approcha une chaise du lit et s'y installa.

— J'ai demandé à Dante d'aller aux nouvelles, répondit-il. D'après le toubib, il a pris une balle dans le poumon et une autre dans la cuisse, il est toujours en salle d'opération. Quant à toi… eh bien, tu as désormais une cicatrice au bras, assortie à la mienne, ce qui met la famille dans tous ses états. Tu les connais, ce sont de sales cons. Ton traumatisme crânien est plus grave que le mien, ce qui me choque un peu. Merde quoi ! J'ai quand même été renversé par une voiture !

— Ouais, mais tu es jeune. Tu es plus résistant. Quand tu seras devenu, comme moi, un vieux sac d'os, tu verras la différence.

Archie lui serra brièvement la main, puis la lâcha pour s'agripper à la couverture.

— Tu as cru être débarrassé de moi ? demanda-t-il, faussement désinvolte.

— Pas du tout ! Je suis certain qu'après l'Apocalypse, il ne restera sur terre que toi et les cafards. Vous aurez de quoi vous occuper. De vieilles Buick à conduire et plein de Twinkies à boustifailler.

En scrutant son grand-père, Rook remarqua ses bandages le long du cou et autour de la mâchoire. Il fronça les sourcils parce que du sang suintait à travers la gaze. D'un signe de tête, il désigna l'attelle qu'Archie avait à la main gauche.

— Qu'est-ce que tu as là ? demanda-t-il. Une blessure par balle ?

— Non, je me suis cassé un doigt en m'accrochant à la porte quand Stanley a fait une embardée. Nous n'allions pas vite, mais nous avons bien failli passer sous le rail de sécurité. Je suis certain que la voiture est bonne pour la casse ! Bon sang, elle n'avait que quelques mois ! J'avais à peine eu le temps de mouler le siège arrière à mon cul osseux.

— Tu es riche, vieillard. Engage une doublure avec le même cul que toi, pour roder le siège de ta prochaine berline.

Rook ricana en voyant son grand-père tenter de lui faire un doigt d'honneur.

— Tu veux un coup de main, Archie ? Tu m'as l'air d'avoir les doigts un peu raides.

— Ta gueule ! Je suis gaucher. Il faut que je m'entraîne à utiliser la main droite.

Le blessé remarqua alors une ombre qui s'attardait dans le couloir, près de la porte de la chambre. Il fronça les sourcils, l'air mécontent.

— Qui c'est ? demanda-t-il. Un toubib ou un de mes abrutis d'enfants ? Rook tendit le cou pour vérifier.

— C'est un aide-soignant. En tout cas, il tient un bassin. Quant à tes enfants, je te rappelle que la mère d'Alex est plutôt sympa. Alors, mets-la en veilleuse.

— Cette femme est un Milk Dud ! répliqua dédaigneusement son grand-père. Un gros caramel mou qui colle aux dents. Pas mauvais, d'accord, mais soyons francs, quand on te tend une boîte de chocolats, ce n'est pas celui que tu choisis en premier.

Il voulut bouger, grogna de douleur, puis tapa sur la main de Rook pour l'empêcher d'atteindre le bouton d'appel.

— Inutile de déranger une infirmière. J'essaie simplement de changer de position. Parlons plutôt de toi : comment vas-tu ? Tu n'as pas été blessé, n'est-ce pas ?

— Non, je vais très bien. Je te signale que je n'étais pas dans la voiture, au cas où tu l'aurais oublié.

Rook réussit à récupérer la sonnette qu'il garda hors de portée de son grand-père.

— Idiot ! grommela Archibald. Je sais très bien que tu n'étais pas avec moi. Je posais la question parce que, après la fusillade, Stanley et moi étions déjà blessés quand j'ai entendu un connard ouvrir la portière et dire : *il n'est pas là. Stevens n'est pas avec eux.*

Sa voix s'étrangla. Il resserra les doigts sur le poignet de Rook, enfonçant douloureusement ses ongles dans la chair.

— Qui cherche à te tuer, mon garçon ? demanda-t-il. Et que dois-je faire pour les en empêcher ?

LE TEMPS s'écoula lentement. Alors que l'aube se levait à peine, Rook engloutit sa troisième tasse de jus amer dans un café non loin de l'hôpital. Les longues heures qu'il venait de passer au chevet d'Archie l'avait épuisé. Un soleil d'un rose pâle commençait à éclairer Hollywood Boulevard et

Rook restait assis, à regarder fixement la circulation s'accentuer au fur et à mesure que le temps s'écoulait. Il avait perdu le compte des camions qui défilaient devant les grandes vitres du café, croupies de pollution et d'insectes écrasés.

Le bar se trouvait à l'angle de deux rues animées, près du monstrueux centre commercial bâti pour satisfaire l'obsession mercantile croissante des résidents d'Hollywood. Ça avait au moins l'avantage d'offrir à Rook un excellent point de vue pour regarder passer les badauds, mélange de touristes et de locaux, plus quelques SDF qui tentaient désespérément de ne pas mourir de faim en faisant les poubelles.

À ces heures indues, cependant, leur collecte était maigre.

Une vieille femme trop bronzée, en bikini étoilé et boa de plumes roses, se tenait sur le terre-plein entre les deux voies, ses boucles d'un orange irréel ébouriffées formant une auréole autour de son visage peinturluré et ridé. Son corps efflanqué était flasque au niveau des cuisses et du ventre, la peau molle bougeait au rythme du panneau que la vieille brandissait aux voitures, leur proposant un tour dans les étoiles – avec les stars. Les veines noires de ses bras étaient si marquées qu'on les repérait malgré la distance.

Rook sentit sa poitrine se contracter d'empathie en la voyant qui ne cessait de jeter des coups d'œil derrière son épaule, pour vérifier si un flic ne risquait pas de l'intercepter.

Dante se glissa sur la banquette en face de lui, ses longues jambes heurtant celle de Rook sous la table, tandis qu'il cherchait une position confortable. Une serveuse s'approcha d'eux, un pot de café chaud à la main, pour remplir leurs tasses. D'une oreille distraite, Rook entendit Dante la remercier et passer commande. Quand elle se tourna vers lui pour demander s'il voulait autre chose, à part le café, Rook refusa d'un signe de tête. Il continua ensuite à fixer la femme de la rue. Du même âge que la serveuse, elle aurait pu se trouver à sa place – si leurs vies n'avaient pas suivi des chemins différents.

— Ça va, *cuervo* ?

Dante posa la main sur la sienne, serrant ses doigts. Leurs ongles se frottèrent. Curieuse sensation ! Rook réalisa alors qu'il ne l'avait encore jamais ressentie. Son expression, d'une façon ou d'une autre, dut éveiller la curiosité de Dante. Il prit Rook par le menton pour croiser son regard avant de demander :

— Qu'est-ce que tu as ? À quoi penses-tu ?

— C'est étrange. Tu n'arrêtes pas de me toucher. Je ne t'aurais jamais cru si… si tactile.

Son esprit embrumé l'empêchait de réfléchir de façon cohérente, aussi les mots qu'il était censé connaître lui échappaient-ils. Il chercha cependant à clarifier ses pensées.

— Tu es vraiment… cool.

Perplexe, Dante le regarda fixement.

— D'accord. Et alors ?

Rook fit glisser ses doigts sur la paume de Dante, ouverte et tendue vers lui.

— Je voulais dire que tu n'as vraiment aucun problème avec ta sexualité. Du coup, ça ne te gêne pas de me caresser la main, de me toucher quand nous sommes ensemble. Par exemple, tu as mis ta main au creux de mon dos – tout à l'heure, à l'hôpital, quand je me suis trompé de couloir. Et nous n'étions pas seuls, il y avait des gens. Des flics. C'est bizarre.

Dante se pencha pour récupérer des sachets de sucre en poudre sur la table d'à côté. Il haussa les épaules.

— Je n'ai pas honte de te toucher. Je suis gay. Nous sommes… ensemble et je t'aime bien, même si c'est un peu dingue – si *tu es* un peu dingue. Et comme je suis aussi à moitié mexicain, alors, tu me verras parfois manger des burritos. En clair, tu me verras agir de façon tout à fait normale. Je préfère t'en prévenir.

— Tu vois, tu dis que tu es gay, pas vrai ? Eh bien, là où j'ai grandi, ce n'était pas le genre de truc qu'il était recommandé d'annoncer haut et clair, déclara Rook, les lèvres pincées. J'ai pris l'habitude de m'en cacher. Ou simplement de ne pas en parler. Je me disais que peut-être, c'était pour ça que ma mère m'avait laissé. Tu vois ?

Dante déchira le coin d'un berlingot de crème pour en verser le contenu dans son café. Il remua un moment avant de relever les yeux sur Rook.

— Tu le crois vraiment ? Tu penses que ta mère t'a abandonné avec les forains parce qu'elle te croyait gay ? Tu avais… quoi ? Sept ans ? Huit ?

— Je lui avais déjà dit que moi aussi, j'aimais les garçons. Comme elle. J'ai cru qu'elle allait vomir.

Il haussa les épaules, refusant de penser plus longtemps au regard dégoûté que sa mère lui avait jeté ce jour-là.

— Elle s'est barrée le lendemain matin avec un mec qu'elle venait à peine de rencontrer. Je trouve difficile de ne pas faire le lien. Voilà !

Le flic poussa un long soupir et fit cliquer sa langue contre ses dents.

— Alors, quand Archie… Tu as pensé que ton grand-père réagirait de la même manière !

Rook s'accouda sur la table, qu'il fit trembler sous son poids.

— Je suis venu le voir un jour, comme ça… parce que c'était une sorte de défi. À mes yeux, il n'existait pas vraiment, il était le… le croquemitaine. C'était à cause de lui que Beanie – ma mère – avait quitté sa maison. Ensuite, elle m'a quitté… moi.

— Comment ton grand-père a-t-il réussi à te contacter ? Il t'a téléphoné, envoyé un émissaire ?

— Non, il ignorait mon existence. Beanie, une fois partie, n'a plus jamais revu sa famille. Plus tard… eh bien, quand ton partenaire et toi cherchiez à me pourrir la vie, elle s'est dit que j'aurais peut-être besoin d'un bon avocat. Alors, elle m'a donné le nom d'Archie et des autres, en m'expliquant où les trouver.

Cette soirée-là avait été vraiment étrange. Il se revoyait tenir sa mère, complètement ivre, pour l'empêcher de tomber, tandis qu'elle lui déballait tout de son père et de ses machinations sournoises. Elle voulait aussi obtenir de Rook de l'argent.

— Je ne sais pas si elle lui a téléphoné… mais c'est à ce moment-là qu'il m'a retrouvé… et voilà où nous en sommes ! Merde, je n'arrive même plus à réfléchir, Dante. Ce soir… hier soir. Il m'est arrivé tant de merdes ! Tout ce que je sais, c'est que le voir dans ce foutu lit d'hôpital, tout fragile, ça m'a *tué*… de l'intérieur.

— Archie t'aime. Il était heureux de savoir que tu t'en étais bien sorti.

Devant l'air incrédule de Rook, Dante eut un sourire amusé. Au même moment, la serveuse revint et posa devant Dante une assiette remplie d'œufs brouillés, de bacon et de pain grillé. Ensuite, elle rajouta du café dans leurs tasses. Quand elle s'éloigna, Dante poussa l'assiette au centre de la table et, de sa fourchette, tapota le coude de Rook.

— Mange ! ordonna-t-il. Moi, je parlerai. Si tu préfères, tu manges et je t'écoute pendant que tu parles. Dans tous les cas, tu manges.

Rook mordilla un morceau de bacon frit, qui s'émietta sur la langue, aussi insipide que du carton, car l'inquiétude lui tapissait le palais. Il envisagea de reposer ce qui restait, mais y renonça en croisant le regard implacable de Dante. Il mâcha et avala. À la bouchée suivante, son estomac se rebella. Sans y prêter attention, Rook continua à manger, faisant descendre chaque bouchée d'une gorgée de café bouillant et très sucré.

Les mots bouillonnaient en lui, si étouffants qu'il avait du mal à respirer. L'émotion qu'ils portaient lui serra sa gorge. Il devait parler, exprimer ce qu'il ne pouvait plus enfouir et enterrer, sinon ça risquait de brûler son âme à vif et il en porterait la cicatrice pour le reste de sa vie.

Il s'exprima d'une toute petite voix, parce que son aveu ne correspondait pas à l'homme qu'il était devenu. Au contraire, il retrouvait l'enfant d'autrefois, le gosse perdu et effrayé qui regardait sa mère s'en aller, l'abandonner dans un rugissement de moteur de moto et un nuage de fumée bleue. Rook avait pensé guérir de cette blessure en prétendant l'oublier. Il se trompait.

Il détourna la tête, fixant à nouveau la femme au milieu de la rue, comme si les rêves qu'avait une inconnue de toucher les étoiles pouvaient l'aider en ce moment difficile.

— J'avais peur, Dante, avoua-t-il. Tellement peur, putain !

Le bacon disparut, il ne sut où il était tombé. D'ailleurs, il s'en fichait, parce qu'il ne voyait plus que Dante, ses bras épais qui le prenaient, le soulevaient et le pressaient contre une large poitrine bardée de muscles solides. Il se retrouva le visage pressé contre un cœur qui battait fortement, au même rythme que son pouls affolé. Tout ce qui se trouvait autour d'eux s'atténua, disparaissant derrière les murs que Dante venait d'ériger pour les isoler.

Rook n'entendait plus rien, ne voyait plus rien que l'homme qui avait fait le tour de la table pour l'enlacer et lui offrir l'abri de ses bras alors que son monde s'écroulait et qu'il n'avait plus rien à quoi se retenir. Il eut soudain la sensation qu'un gouffre venait de s'ouvrir sous ses pieds. Il baissa les yeux et vit un trou noir, un trou de deuil et de perte – celle du grand-père dont il avait craint la mort avant même d'être sûr d'en connaître l'amour. S'il faisait un seul pas en avant, il tomberait inéluctablement, il le savait, et il se briserait sur des rochers qu'il avait lui-même aiguisés d'une langue acide… Seul le contact de Dante le préservait de cette chute mortelle.

— J'ai failli le perdre, 'Toya, marmonna-t-il.

Il cacha son visage dans le tee-shirt de Dante, qui sentait le café, le savon, la fatigue d'une nuit de veille. Une odeur familière et réconfortante à laquelle Rook commençait à s'habituer. Beaucoup trop d'ailleurs. Il lui faudrait bientôt lâcher prise – bientôt, mais pas maintenant. Pour le moment, Rook se serrait contre Dante aussi étroitement que possible, pour éviter le maelström émotionnel qui le broyait.

— Nom de Dieu ! rugit-il soudain. Je ne suis pas… Je ne peux pas ! Je ne peux pas m'*attacher*.

— C'est trop tard, *cuervo*. Tu tiens déjà à lui. Tu ne peux pas revenir en arrière.

Dante passa les doigts dans ses cheveux, caressant son cuir chevelu, ajustant les épis ébouriffés.

— Si tu veux, je dis à la serveuse de nous emballer un *doggy bag* et nous pourrons manger tranquillement à l'hôtel…

— Non !

Rook s'arracha de ses bras et se frotta les yeux.

— Ras le bol des hôtels ! grogna-t-il. Je veux rentrer chez moi, je veux me coucher dans mon lit, dans mes draps, et je veux que tu me serres bien fort. Pour le temps que ça durera. Merde, quoi ! J'en ai marre de me cacher – de tout, de tous – de moi – de ce taré qui me cherche – et même d'Archie. J'en ai ras la frange, 'Toya. Je veux rentrer chez moi… même si ce n'est qu'un foutu loft au-dessus de ma foutue boutique. Tu peux m'accorder ça, Dante ? Tu peux m'accompagner chez moi et… rester avec moi ? Un moment ?

— Bien sûr, *cuervo*.

Dante leva la main pour attirer l'attention de la serveuse. Puis s'adressant à Rook, il lui annonça d'une voix très douce :

— Bébé, je resterai avec toi aussi longtemps que tu voudras. Je te tiendrai aussi longtemps que tu me laisseras le faire. Et même si tu changes d'avis, je ne suis pas certain de jamais te lâcher.

XVIII

Tout était calme au centre d'Hollywood.

Le matin était gris et menaçant lorsque Dante conduisit Rook jusqu'à son loft, au-dessus de Potter's Field. Les portes de l'ascenseur venaient à peine de se refermer sur eux que le ciel noircissait déjà. L'air crépitait, annonçant l'arrivée prochaine de la foudre et de la fureur céleste.

Dante eut moins de difficultés qu'il l'aurait cru à mettre au lit un Rook pratiquement hébété, surtout après un judicieux cocktail d'analgésiques et d'ibuprofène, suivi d'un brossage de dents. Une fois les stores tirés, la pièce plongea dans une épaisse obscurité. Dante, qui ne voyait plus rien, trébucha plusieurs fois en quittant la chambre, décidé à laisser Rook dormir et oublier un moment son traumatisme. Quant à lui, il lui fallait réfléchir à ces meurtres.

En examinant l'appartement de Rook, le premier mot qui lui vint à l'esprit fut 'dépouillé'. À dire vrai, il trouvait triste de voir les pièces si peu meublées, comme si Rook avait prévu de ne jamais y recevoir personne. Le canapé était confortable, mais accompagné de sièges de jardin. La cafetière de Rook, par contre, annonçait un consommateur acharné. Dante se prépara un pot de moka italien corsé qu'il posa devant lui, sur la table basse du salon, près de son ordinateur portable. Puis il ouvrit le dossier de son enquête en cours. Il passa les deux heures suivantes à remplir de la paperasserie, bercé par les légers ronflements de Rook et ses murmures occasionnels. Quand il eut terminé, il reporta son attention sur les dernières notes écrites dans son carnet.

Un 'ping' émanant de son portable annonça l'arrivée d'un mail. Il regarda et constata qu'il s'agissait de tout un tas d'informations provenant d'un inspecteur de la BRP, à West Hollywood. Dante l'avait à peine parcouru qu'il y répondait déjà en promettant à son collègue sa reconnaissance éternelle, n'importe quel service à venir et une bière à partager prochainement. Le rapport qu'il venait de recevoir était à donner le vertige, mais il repéra rapidement un nom familier parmi les références annotant le travail de l'autre inspecteur.

— Manifestement, tout est axé sur Rook, marmonna Dante.

Il sirota son café à l'arôme puissant, tout en griffonnant différents noms, indices et pistes. Leur seule connexion menait tout droit à son irascible amant. Dante prit une page vierge de son bloc-notes, où il dessina un grand carré au milieu. Il le regarda un moment en réfléchissant, avant d'être interrompu par la sonnerie de son portable, un air joyeux et totalement incongru. Il vérifia le numéro, secoua la tête et prit l'appel.

— Ouais, Camden ?

— *Montoya !* hurla Hank

Avec une grimace, Dante écarta le combiné de son oreille.

— *Je voulais juste des nouvelles*, reprit son partenaire. *Je reste sur la touche pendant quelques jours. Le toubib a refusé de signer mon retour au boulot !*

— Ouais, tant mieux pour moi, plaisanta Dante. Je préfère ne pas partager une voiture avec un rouquin braillard. Baisse un peu le son. Je ne sais pas ce qui est plus douloureux pour mes oreilles – toi ou l'explosion en elle-même. Est-ce que tu m'entends au moins ?

— *Oh, oui, sans problème. J'ai de super bons haut-parleurs sur ce foutu téléphone. Ma femme m'a obligé à aller dans la salle de bain, la porte fermée, pour te téléphoner. Elle prétend que je lui casse les oreilles.*

Il baissa la voix pour dire :

— *C'est mieux comme ça ? J'ai encore du mal à maîtriser le volume de ma voix. Et toi, tu es retourné bosser ? Le capitaine n'a pas encore passé notre enquête à quelqu'un d'autre ?*

— Oui, c'est mieux, mes oreilles ne saignent plus. Et non, aucun problème avec Book. Il m'a collé un jour de congé, c'est tout.

Après avoir raconté à Hank où il en était, Dante s'interrompit le temps de prendre une gorgée de son café qui refroidissait.

— Alors, qu'est-ce que tu en penses ? demanda-t-il ensuite.

— *Ce serait plus facile que nous puissions travailler ensemble, mais je n'ose pas quitter la maison, je me demande qui me tuerait le premier, le capitaine ou ma femme*, grommela Hank d'un ton mécontent. *Bien, d'après ce que tu dis, la Pigeon me paraît ne pas tellement regretter la mort de sa sœur. Tu es sûr que son alibi tient le coup ?*

— Pratiquement. La BRP n'entend plus parler d'elle depuis un certain temps et tout ce qu'elle m'a dit parait concorder. Jane, la victime de l'explosion, cherchait effectivement à changer de vie. Winters la connaissait... Tu te souviens de lui ? Il travaille sur West Hollywood. Apparemment, elle avait passé un marché avec lui et devait lui fournir des infos sur les réseaux actuels, y compris sur ses anciens complices. Pigeon ne faisait pas partie du lot, mais sa sœur, Dani, si.

— *Pourquoi pas Pigeon ? Par loyauté, ou bien avait-elle un moyen de pression sur notre victime ?*

— Je parierais sur la loyauté. C'est Pigeon qui a suggéré à Jane d'aller parler aux inspecteurs de West Ho. D'après le rapport que Winters m'a transmis, la victime lui a fourni de quoi faire intervenir les fédéraux. Attends, je te ressors son mail…

Dante cliqua sur son ordinateur portable, puis reprit :

— Voilà. Winters sentait bien que Pigeon avait de l'influence sur Jane, aussi pensait-il qu'il n'obtiendrait rien contre elle. Par contre, Jane lui avait promis du solide contre son ex-partenaire, Madge, et plusieurs autres ayant monté des combines dangereuses. Et c'est là qu'est citée notre première victime, Dani Anderson.

— *Il t'a donné des précisions ?* demanda Hank. *Dani et Madge avaient-elles d'autres complices ?*

Dante fit défiler ce qu'il avait reçu.

— Oui. Malheureusement, il y a des milliers de noms… ou au moins des centaines. Madge Stalgetti avait l'habitude d'utiliser des alias – elle en a un sacré paquet ! Et Winters ne cherchait pas particulièrement une connexion entre Madge et Dani, alors il a simplement noté que Jane a mentionné qu'elles se connaissaient et projetaient un gros coup ensemble, rien de plus. Apparemment, cette chère Madge est très occupée. Jane a raconté à Winters que son ancienne partenaire avait cinq escroqueries en cours, y compris un projet à long terme suffisamment important pour qu'elle puisse ensuite prendre sa retraite.

— *Ouais, mais tu y crois, toi ? Ils sont tous mythomanes,* hurla Hank au téléphone. *Je me souviens que notre victime avait dit exactement la même chose.*

— Non, pas vraiment. Elle en a parlé, mais en insistant qu'elle avait refusé de participer, répondit Dante qui lisait un paragraphe à toute vitesse. D'ailleurs, c'est ce qui a causé la rupture entre elle et Marge. Jane a expliqué à Winters qu'elle connaissait le futur plumé et ne voulait pas l'affronter. La dispute entre les deux Betty a mal tourné, parce que ni Marge ni ses complices ne voulaient renoncer à leur coup. Et surtout, Jane refusait de devenir une meurtrière, tandis que Madge était prête à tuer pour arriver à ses fins.

206

— *Alors, j'ai deux questions,* rétorqua Hank. *D'abord, concernant le futur plumé, tu es d'accord avec moi que c'est ton copain Stevens ? Ensuite, crois-tu que Madge ait changé de partenaire après la défection de Jane pour s'acoquiner avec notre première victime, Dani ?*

— Je répondrai 'oui' à ta première question et 'c'est probable' à la seconde. Rappelle-toi ce que nous a dit Pigeon : les gens ne tiennent pas à se mettre Rook à dos. C'est le genre de gars qu'ils appellent à la rescousse quand ils ont le dos au mur, alors, s'en prendre à lui entraînerait pour le coupable de sévères complications. Apparemment, tout le monde adore Rook Stevens.

Camden explosa de rire.

— *Non, certainement pas à la police, aucun de nous n'a jamais vu le bon côté de sa personnalité. Enfin, tu es peut-être l'exception qui confirme la règle. Je présume qu'à l'heure actuelle, tu le connais bien et que tu l'apprécies.*

Dante jeta un coup d'œil au lit qu'il apercevait derrière un rayon de la bibliothèque.

— Ça suffit, Hank, concentre-toi sur notre affaire. Si Dani était la nouvelle complice de Madge, je peux t'assurer qu'elle au moins n'aurait pas hésité à s'en prendre à Stevens. Il y avait un gros problème entre ces deux-là. Comme elle voulait se venger de lui, elle se serait volontiers associée à un coup monté contre lui.

— *Et dans ce cas, les deux autres Betty seraient de simples dommages collatéraux ?*

— C'est possible, c'est même logique. Ces deux-là avaient la réputation de vider rapidement un endroit. Le magasin de Rook étant archiplein, ils auraient eu leur utilité. Madge aurait pu les connaître et leur proposer une part du butin, continua Dante en suivant son raisonnement. Mais il y a eu un problème quelconque et Dani a été tuée. C'est peut-être Madge la coupable.

— *Pourquoi aurait-elle tué sa complice ?*

— Dani avait peut-être d'autres priorités et Madge a préféré rompre leur association, sans laisser de témoin susceptible de remonter jusqu'à elle. Et abandonner le corps sur place était une manœuvre astucieuse de sa part. J'ai dans l'idée que Madge ne veut pas avoir Rook Stevens dans les pattes. Alors, le faire inculper de meurtre était une excellente façon d'arriver à ses fins. Bien sûr, elle ne s'attendait pas à ce qu'il sorte de sa poche une armée d'avocats hautement qualifiés.

Dante griffonna le nom de Rook dans le carré qui se trouvait au centre de sa page.

— Ils cherchent tous quelque chose dans ce magasin, ajouta-t-il. Rook prétend que ce qu'il a de plus précieux se trouve ailleurs, dans un entrepôt bien protégé – et que même là-bas, rien n'a de quoi garantir une retraite prématurée.

— *Nous avons déjà établi qu'il était un menteur patenté, Montoya. L'aurais-tu oublié ?* demanda Hank. *Si ça se trouve, il a planqué le Faucon Maltais*[41] *dans son entrepôt.*

Dante se mit à rire.

— C'est probable, mais sa valeur ne permet pas une vie dorée sur une île tropicale n'ayant pas d'accord d'extradition avec les États-Unis. D'ailleurs, Rook a fait l'inventaire de tout ce qu'il possède. Dès qu'il se réveillera, je lui en demanderai un exemplaire tarifé. Tu sais, il vend de la marchandise assez unique en son genre. Si quelqu'un cherchait à l'écouler, ça ferait sonner toutes les alarmes du marché. Cette histoire n'a pas de sens.

— *Donc, ils sont bel et bien entrés par effraction pour chercher un truc caché dans cet immeuble. Et toi, tu fais du baby-sitting. Génial !* soupira Hank. *Je vais devoir me taper – et former – un nouveau partenaire parce que tu te fais mener par la queue et que tu finiras par prendre une balle perdue.*

— Il n'y avait personne d'autre, répondit Dante, et Rook est HS. Il a subi hier plus d'emmerdes que les Égyptiens et leurs dix plaies bibliques. Tout ira bien. Il fait jour et aucun tireur ne peut nous atteindre depuis la rue. J'ai déjà vérifié tous les angles des fenêtres. De plus, ils ont déjà essayé une fois de lui tirer dessus ici. À mon avis, si Madge s'entête à vouloir le descendre, elle tentera une nouvelle approche. Le problème, c'est que je ne sais ni où ni comment.

— *D'accord, Rook prétend ne pas avoir caché chez lui la poule aux œufs d'or et, d'après lui, rien de ce qu'il possède ne vaut qu'on le tue. Je te rappelle, Montoya, qu'il arrive aux gens de mourir pour presque rien. Merde, nous avons déjà eu ce gosse qui est mort pour un chouette sac à dos ! Même un stylo qui change de couleur représente pour certains le Saint*

---

41 À l'origine, tribut que versait chaque année l'Ordre de Saint-Jean de Jérusalem au roi d'Espagne. Cette tradition a inspiré un roman policier, qui a plusieurs fois été adapté au cinéma.

Graal, grommela Hank. *Hé, as-tu déjà pensé que ce serait peut-être toi le nouvel angle d'attaque ? Je veux dire, contre Stevens.*

— Toi et le capitaine êtes les seuls à savoir que... D'accord, il y a aussi sa famille. Et Pigeon. Manny, bien sûr...

Dante se mit à compter les gens que Rook et lui avaient rencontrés. Il soupira et reprit :

— Merde, la moitié de Los Angeles doit être au courant. Je ferai attention. Dès qu'il se réveille, je l'emmène ailleurs, mais je ne garantis pas qu'il y reste. Je crois qu'ils ont inventé pour lui le mot 'obstiné'.

— *Non, sans blague ? Tu peux parler ! Vous êtes aussi butés l'un que l'autre. Nous voilà bien montés !*

— Charmant ! Maintenant, il faut que nous retrouvions Madge, insista Dante. Pigeon ignore où elle se trouve. Comme elle a abandonné le monde de l'escroquerie bien avant Jane, elle manque d'infos récentes.

— *Je suis d'accord avec toi, il nous faut Madge. Travaille Rook au corps... pour lui soutirer des infos, bien sûr.*

Dante grogna une protestation qui fit éclater Hank d'un rire bruyant.

— *Voilà une plaisanterie dont je ne me lasserai pas !* reprit-il. *Mais je suis sérieux, il connaît peut-être quelqu'un qui connaît quelqu'un.*

— J'ai déjà repéré deux ou trois noms intéressants dans le rapport de Winters. Si tu avais eu l'autorisation de retourner au boulot, je t'aurais emmené, mais vu le contexte, j'irai seul les interroger.

— *Il n'en est pas question ! Je t'accompagne, où que tu ailles. Rien à battre de ce que dit ce foutu toubib. Arrange-toi juste pour que ma femme ne soit pas au courant. Et évite de me faire exploser cette fois.*

— Je ferai de mon mieux.

Dante sentit la fatigue le rattraper, malgré le café et son enquête. Il bâilla à s'en décrocher la mâchoire – au sens littéral.

— Je te rappelle dès que je compterai bouger, dit-il à Hank. Mais pour le moment, je vais me pieuter.

— *D'accord, Montoya. Surtout, fais bien attention. Pendant que tu y es, surveille aussi Stevens. Je ne veux pas que vous finissiez tous les deux comme Dani Anderson. Comme je te le disais, je ne veux pas devoir former un nouveau partenaire.*

QUAND LE matelas se creusa sous le poids de Dante, Rook roula sur le ventre. Dante en profita pour se coucher sur lui. Le corps nu et chaud

209

s'adaptait parfaitement au sien, son sexe qui durcissait se retrouva coincé entre les fesses de Rook. Dante posa les lèvres sur la nuque douce, oubliant le reste du monde dès qu'il eut sur la langue le goût de son amant.

Dans son sommeil, Rook avait rejeté les couvertures pour s'étaler sur son grand lit, les membres écartelés. En sentant Dante peser sur lui, il s'agita et un long frisson lui parcourut le corps.

— Tu dors ? demanda Dante.

Il gloussa en recevant un coup de coude dans les côtes.

— Je présume que non, ajouta-t-il.

— Dis-moi, marmonna Rook d'une voix endormie, tu parlais tout seul ou bien tu as reçu un appel commercial qui te proposait des panneaux solaires ? J'ai vaguement entendu quelques mots, avant de replonger, parce que j'avais trop sommeil.

— C'était Hank. Il est toujours sourd comme un pot. Lui parler au téléphone est comme avoir une alarme dans le tympan.

Dante mordilla doucement le dos de Rook, descendant le long de sa colonne vertébrale. Il s'arrêta à l'omoplate pour un coup de dent plus prononcé.

— Nous discutions de notre enquête, reprit-il. Nous sommes tombés d'accord sur le fait que Madge est notre suspect le plus plausible. Il nous faut maintenant la retrouver. Aurais-tu une idée de l'endroit où elle peut se planquer ? Un bunker souterrain pour les cas d'urgence ?

Rook soupira, la tête dans l'oreiller.

— Je ne sais rien sur Madge. Par contre, j'ai quelques idées à ton sujet.

Dante ondula les hanches.

— Je devine que tu penses à des *cochoncetés*. Ça tombe bien, je suis sur la même longueur d'onde.

— Tant mieux, nous allons pouvoir passer aux choses sérieuses.

Quand Rook chercha à bouger, Dante se déplaça sur le côté pour lui permettre de se retourner.

— Merde, c'est complètement dingue ! jeta Rook. Je ne connais même pas les Betty, je n'avais pas vu Dani depuis les années, et voilà que j'ai la sensation de tomber dans le bouquin *Sa Majesté des mouches*.

Les rideaux noirs bloquaient la lumière du jour, mais la lampe LED de la salle de bain donnait une faible lueur qui perçait l'obscurité. La chambre était pleine d'ombres laiteuses. Rook se tourna et appuya la tête sur son oreiller, ce qui mit son visage dans l'axe de la lumière. Dante se redressa pour poser sur ses lèvres un rapide baiser. Quand il voulut s'écarter, son amant grogna et le retint, les doigts enfouis dans ses cheveux sur lesquels il tira un coup sec pour marquer sa contrariété.

— Dis-moi, tu m'allumes et tu t'en vas ? Ça ne marche pas comme ça !

Il lui donna une autre secousse avant de le libérer. Dante aimait à explorer ce long corps, surtout le dos, aux endroits où Rook était tellement chatouilleux. Il avait également découvert que, d'un baiser sur la face interne des cuisses, il réussissait à faire changer la couleur des lumineux yeux vairons : sous l'effet du plaisir, ils devenaient aussi agités qu'un océan en pleine tempête. Même sans lumière, il savait que les épaules pâles rougissaient sous les caresses, ou que Rook, une fois excité, se mordait au moins trois fois la lèvre avant de pousser de doux gémissements érotiques.

Dante caressa le ventre plat du bout des doigts, en regardant les muscles tressauter à son contact.

— Il faudrait que je te parle, déclara-t-il. Et ne fais pas cette tête, j'aime te parler. J'ai fait une liste des gens que Jane a dénoncés. Si ça ne te dérange pas, pourrais-tu tout à l'heure y jeter un œil ? Histoire de voir si l'un d'entre eux te dit quelque chose ?

Rook se renfrogna, manifestement sceptique.

— Dis-moi, 'Toya, chercherais-tu à me séduire pour me rendre plus conciliant ? Je tiens à te signaler que ta nouvelle méthode d'interrogation policière me plaît bien. Mais avant que je cède, il va falloir que tu pousses tes caresses un peu plus loin – disons jusqu'à l'orgasme.

— C'est triste à dire, mais je comptais le faire, de toute façon. Ça ne te prendra que cinq minutes, j'aimerais juste savoir si tu reconnais quelqu'un dans cette liste.

Il se pencha et posa les lèvres sur le mamelon de Rook, qu'il taquina de la langue.

— J'en connais probablement la plupart, répondit son amant, même si les Betty ne faisaient pas partie du lot. D'accord, je regarderai. C'est juste que nous ne fréquentions pas les mêmes… réseaux. Merde, Dante ! Comment veux-tu que je réfléchisse quand tu me fais ça ? Tu me grilles le cerveau.

— En clair, tu n'arrives plus à réfléchir ?

Surpris, Dante se redressa, car jamais on ne lui avait encore dit un truc pareil. D'ailleurs, quand s'était-il réveillé auprès d'un mec sans se sentir pressé de prendre la porte ? Avec Rook, le sexe était une vraie partie de plaisir, assorti d'une pincée de tendresse inattendue dans ce cocktail de sensualité agressive. Il n'aurait aucun mal à s'y habituer... à condition qu'il puisse garder Rook à portée de main.

— Ce n'est pas grave, *cuervo,* reprit-il, tu n'as pas besoin de réfléchir pour ce que j'ai en tête.

Rook le dévisagea, pensif. Quelque chose dans son expression fit que Dante se figea. Rook Stevens était l'être le plus méfiant, le plus sceptique qu'il ait connu, ces caractéristiques étant profondément enracinées en lui. Et là, il hésitait, mais Dante préférerait ne pas en tirer de déductions trop hâtives. Pourtant, selon lui, l'arrogance du sourire cachait douleur et incertitude.

Dante s'appuya sur un coude et se pencha sur Rook.

— Je me demande toujours ce qui se passe dans une tête aussi compliquée que la tienne, Stevens, chuchota-t-il.

— Je me posais juste la question : que va-t-il se passer quand tu auras attrapé Madge... ou un autre coupable ?

Il parlait d'une voix rauque, mais ferme. Pourtant, il paraissait presque désespéré quand il enchaîna :

— Je vais recommencer à chercher des trucs vintage et toi... tu remettras ta belle cape de superhéros pour sauter du haut d'un building, c'est ça ? Et ensuite ? Nous nous croiserons de temps à autre pour prendre un café et baiser ? Explique-moi un peu comment ça marche ?

— Je veux plus qu'un café, reconnut Dante. Et beaucoup plus que baiser. Je ne parlerai pas à ta place. *Chingado*, j'ai déjà du mal à exprimer ce que je ressens, mais entre toi et moi, c'est... comment disais-tu déjà ? C'est compliqué.

D'un haussement d'épaules suivi d'un mouvement de tête, Rook dissimula son visage dans l'ombre.

— Bordel, j'espère que tu n'avais pas déjà quelqu'un ! Je ne tiens pas à bousiller ta relation.

Réalisant tout à coup ce qui se passait, Dante eut la sensation de découvrir un rayon émotionnel au milieu des nuages noirs de la méfiance de son amant. Il secoua la tête en répondant d'une voix très calme :

— Rook... *Cuervo...* Je vais être franc envers toi et je veux que tu m'écoutes – que tu m'écoutes vraiment, d'accord ?

— Ouais, bien sûr. Pourquoi pas, rétorqua Rook. Vas-y, je suis tout ouïe.

À nouveau, son expression indiquait l'appréhension. D'ailleurs, Dante la sentait émaner du corps étendu à côté de lui. Il posa la main sur le ventre ferme et ouvrit les doigts pour occuper le plus de surface possible.

— Je n'ai personne d'autre que toi. Et je n'ai pas l'intention que ça change. Je ne veux que toi.

Sous sa paume, il sentit une crispation quand Rook inspira brusquement. Il poussa plus fort pour plaquer son amant sur le lit.

— Tu disais être nul, question relation, ajouta-t-il. Eh bien, moi, c'est pareil, parce que je n'en ai jamais eue. Pas vraiment. Bien sûr, je suis sorti avec quelques gars, mais je suis flic et la plupart ont du mal à l'accepter. Et puis, je n'ai jamais été suffisamment intéressé pour tenter le coup, pour faire un effort pour que ça marche. Jamais, jusqu'à aujourd'hui. Jusqu'à toi.

— D'après Manny, tu me détestais. Avant. À cause de tout ce merdier avec ton partenaire et…

Dante l'interrompit.

— Tu veux la vérité ? C'est vrai, après ce qui s'est passé avec Vince, j'ai été très en colère. Je ne sais pas si je te détestais, mais je détestais penser à toi. Il m'a fallu un certain temps pour comprendre pourquoi, *cuervo*. Je suis avec toi parce que je t'ai dans la peau et que ça me plaît que tu sois là. J'aimerais juste savoir si tu ressens la même chose. Es-tu prêt à me faire confiance ? Je ne te ferai jamais de mal…

— Ça ne risque pas, mec. Ce genre de conneries n'est pas…

Il cessa de parler quand Dante lui caressa les lèvres de son pouce.

— 'Toya, grogna Rook, je ne suis pas…

— Tu mens, bébé, coupa Dante. Tu te mens à toi-même plus encore que tu me mens à moi, ce qui n'est pas peu dire. Je ne te demande pas de me révéler tout ce que tu ressens. Je sais que ça va prendre un sacré bout de temps. Je commence à te connaître. Mais tout à l'heure, dans ce café, j'ai senti pour la première fois que je découvrais le vrai toi. Tu ne faisais pas le mariole. Tu ne cherchais pas à me manipuler. Tu étais juste toi. J'ai trouvé ça sympa. Et j'ai eu l'impression que… tu avais besoin de moi.

Rook détourna les yeux.

— Tu es franchement chiant, tu le sais ? grommela-t-il. Ce matin, j'étais… Putain de merde ! Je n'y arrivais plus, Dante. J'avais l'impression de me noyer et… Oh, bordel ! Je déteste dépendre de quelqu'un ! Je déteste avoir besoin de *toi* !

— Tu as passé ta vie à ne dépendre de personne, Rook, parce que tu ne pouvais pas faire confiance à ceux qui auraient dû s'occuper de toi. Ta mère d'abord, mais aussi les forains avec lesquels elle t'a laissé.

Se pressant contre le corps souple, Dante établit une connexion physique avant d'enchaîner :

— Je sais que tu repousses les gens parce que tu as peur. Merde, je fais pareil. Je n'ai jamais voulu tomber amoureux. Je n'ai jamais voulu de complications. Pour dire la vérité, je préférais même ne pas connaître ceux que je baisais, mais ensuite… je t'ai rencontré. Et maintenant, avec toi, je veux… que ce soit différent. Je veux te garder. Pour voir où ça nous mène. Alors, ça te dit ? Veux-tu essayer de me faire confiance et ne pas me repousser délibérément ?

Une éternité sembla s'écouler avant que Rook ferme les yeux. Il entrouvrit les lèvres pour souffler :

— Ouais, Dante. Je vais le faire. J'ai confiance en toi. Sur tous les plans.

XIX

CE FUT différent cette fois. Plus doux. Plus tendre. Et Rook n'était pas certain de pouvoir le supporter sans se briser entre les mains de son amant. C'était comme si chaque caresse de Dante le dépouillait d'une couche protectrice, enlevant la crasse et le dégoût accumulés au fil des années, jusqu'à ce que Rook se sente nu et vulnérable, son âme exposée jusqu'à ses plus infimes recoins.

Jusqu'à ses terreurs les plus sombres.

Leur union n'eut rien de la violence précédente. Allongé contre Dante, Rook eut le temps d'explorer son corps du bout des doigts, découvrant les traces que la vie avait laissées sur la peau dorée, en particulier des cicatrices anciennes que le temps avait blanchies. Son amant gémit de plaisir lorsqu'il posa les lèvres sur une minuscule marque en forme d'étoile qu'il venait d'apercevoir au niveau des côtes – souvenir d'une partie de pêche, bien des années plus tôt, où Dante avait tenté le lancer à la mouche avec un bambou.

Rook émit un petit bruit de gorge réprobateur.

— Tu as de la chance de ne pas t'être planté cet hameçon dans l'œil. Tu aurais pu devenir aveugle.

— C'est exactement ce que m'a dit ma mère. Après, elle s'est mise à engueuler un de mes oncles en l'accusant de ne pas m'avoir surveillé.

Dante étouffa un cri surpris quand Rook le mordit à ce même endroit.

— Manny m'a dit que tu avais été… que tes parents t'avaient renié.

Couché à plat ventre, Rook releva la tête et examina la large poitrine bardée de muscles. Dante était solide et fort, un féroce prédateur caché sous une peau hâlée et une voix à l'accent chantant. Comment des parents, quels qu'ils soient, pouvaient rejeter un tel fils ? Rook ne le comprenait vraiment pas, surtout que Dante avait toutes les qualités que lui-même ne possédait pas.

— Je suis toujours en contact avec ma mère, répondit Dante. Elle me téléphone, mais je n'appelle jamais à la maison. Mes parents m'ont posé un ultimatum : soit je vivais comme ils l'entendaient, soit je me débrouillais seul. J'ai fait mon choix. Du coup, j'ai perdu ma famille. C'est le prix que mes parents ont exigé pour me laisser vivre ma vie. Ce n'est pas ce que je voulais et ils n'avaient pas à en arriver là.

— Tu as quand même Manny, soulignant Rook.

— C'est exact, convint Dante, j'ai Manny. Tu sais, tu choisis vraiment le pire des moments pour discuter de ma généalogie.

— C'est toi qui as commencé à parler de ta mère !

D'un geste brusque, Dante l'empoigna et le renversa sur le dos. Ravalant un hoquet surpris, Rook agita fébrilement les bras, manquant lui flanquer un coup de coude sur la tempe.

— Mec ! Tu pourrais m'avertir !

Dante lui lécha le mamelon gauche, puis il souffla dessus pour ériger la petite crête.

— Hé, Rook ! Je compte à présent te baiser. Je t'avertis, tu vois ?

— Merci, je vais donc éviter de m'endormir pendant que tu t'actives.

Il avait déjà préparé le lubrifiant et les préservatifs qu'il gardait dans un des tiroirs de sa commode. Il en jeta une poignée sur le lit où les petits emballages dorés brillèrent d'un éclat élégant. En voyant Dante en prendre un, Rook sentit ses entrailles se contracter d'anticipation. Dans sa position, il avait sous les yeux la lourde érection de son amant hispanique. Malgré l'obscurité de sa chambre, il le vit parfaitement gainer son sexe de latex, à genoux sur le lit entre ses jambes écartées, les deux mains occupées.

Puis Dante lui jeta un coup d'œil.

— Ne bouge pas, *cuervo*. J'ai d'abord l'intention de m'occuper de toi. Pour le moment, ce sera juste pour toi.

Rook trouvait bizarre de se soumettre, de laisser Dante agir à sa guise. Sa peau crépitait de tension et une voix dans sa tête lui chuchotait de bouger, de reprendre les rênes, de ne pas rester étalé à permettre à un homme – à Dante – de prendre ce qu'il voulait de lui.

Très vite, la voix s'atténua avant de disparaître, parce que Rook comprit que Dante ne prenait pas ; il donnait.

La pression des pouces durs le long de ses cuisses lui réchauffa la peau, puis son amant se mit à le masser et ses muscles noués par le stress s'assouplirent peu à peu. Malgré les meurtrissures qu'il gardait de sa rencontre avec la voiture, malgré ses entailles, blessures et autres coupures en voie de cicatrisation, Rook lutta brièvement contre la tentation que ses douleurs s'apaisent enfin. À ses yeux, ce massage était une autre forme d'analgésiques : il risquait d'en devenir accro... Ensuite, il deviendrait fou quand il n'aurait plus sa dose.

Toute addiction lui rappelait trop sa mère – accro aux produits chimiques qui lui faisaient battre le cœur jusqu'à l'overdose. Rook n'avait pas oublié les innombrables fois où, enfant, il avait appelé Beanie au milieu de la nuit avant de réaliser le vide glacé de son abandon.

Ses os commençaient à chanter et son ventre se contractait de désir lorsque des cheveux noirs lui caressèrent la poitrine. Du bout de la langue, Dante effleura son sternum et descendit jusqu'à son nombril, s'arrêtant juste le temps de mordiller ses côtes avant de retourner à ses mamelons. Il joua avec, à petits coups de dents qui envoyaient des étincelles électriques jusqu'au sexe de Rook. Son prépuce roula et laissa apparaître le gland humide. Il ne put retenir un hoquet quand Dante glissa un ongle autour de la crête, pour en faire le tour d'une caresse infime dont la légère brûlure l'électrifia. Et quand Dante empoigna enfin son sexe, Rook ne put s'empêcher de basculer les hanches pour mieux coulisser dans le délicieux étau de cette paume calleuse.

Il perdit la notion du temps et se laissa emporter par la vague sensuelle d'un plaisir auquel il n'aurait pu échapper – même s'il lui était resté la capacité de réfléchir, ce qui n'était pas le cas. Les caresses parurent durer éternellement, pourtant, ce ne fut pas assez long. Dante l'excitait délibérément, de ses doigts, de sa langue.

— Dante… Putain ! gémit Rook.

Son amant venait de *souffler* sur son gland mouillé et hypersensible. Ce fut léger, ébouriffant à peine la toison de son ventre, mais son corps y réagit comme s'il s'agissait d'une tornade. Enfin, Dante le prit dans la bouche et Rook perdit la tête, avec la sensation que les mains de son amant se promenaient partout sur lui. Et Dante titillait ses mamelons tout en suçant avidement son sexe, comme s'il comptait le vider de sa semence.

Rook enfouit les doigts dans les cheveux sombres, davantage pour toucher son flic que pour guider ses caresses. Quand Dante le libéra avec un bruit mouillé et releva la tête, ce fut pour promener sa langue sur toute la longueur de son sexe jusqu'aux bourses, qu'il prit dans la main, puis dans la bouche. Écartant les jambes de Rook, il humidifia de sa salive la zone entre ses fesses.

De sa main libre, Rook lui pétrit l'épaule, les bras presque douloureux de s'accrocher à cet homme qui le bouleversait. Les cheveux sombres étaient soyeux sous ses doigts, caresse de velours sur son ventre quand Dante remonta pour déposer une pluie de baisers sur sa hanche. Chacun était un signe d'affection humide, une promesse muette. Puis, brisant la

217

transe extatique dans laquelle Rook était tombé, Dante caressa du pouce son sexe douloureux de désir et créa des étincelles d'électricité vibrante.

Rook sentit l'odeur de l'huile vanillée quand Dante pressa les doigts entre ses fesses. Il déglutit, emporté par la jouissance qui lui venait de toutes parts, la bouche de Dante sur son membre, ses doigts qui le brûlaient délicieusement en le pénétrant. Il carra les épaules pour se préparer à la poussée et, quand il la sentit, poussa un cri étranglé, luttant contre son impulsion de refermer les genoux pour accélérer les choses.

— Soulève les hanches, *cuervo*, murmura Dante. Ouvre les jambes pour que je puisse te prendre. Je t'en prie…

En même temps, de ses mains puissantes, il le prenait à l'arrière des cuisses. Évidemment, Rook aurait pu dire non – facilement. Juste pour démontrer qu'il pouvait arrêter leurs ébats à tout moment, si tel était son désir. Pour reprendre le contrôle.

Car il avait confiance : s'il disait non, son amant l'écouterait et arrêterait *tout*.

Aucun des autres ne l'avait fait. Jamais.

— Moi aussi, je t'en prie, Montoya, plaisanta Rook.

Il posa les mollets sur les larges épaules penchées sur lui. Dans la lumière tamisée, les traits de son amant étaient à la fois sereins et démoniaques, avec des yeux tendres et une bouche pécheresse.

Puis Dante le pénétra et, une fois encore, Rook perdit la tête.

ROOK CONTRACTAIT tous ses muscles sur le sexe qui le pénétrait, comme s'il voulait le garder en place. Dante fit un effort pour ne pas rire à cette idée absurde. Il préférait ne pas imaginer que Rook voulait le garder. Depuis son enfance, Dante avait passé sa vie à tenter d'être le plus normal possible, envisageant un avenir qui comporterait une jolie maison dans un quartier décent, avec sa famille autour de lui et, un jour, une personne à aimer. Il n'avait jamais envisagé de tomber amoureux d'un escroc réformé à la répartie cinglante, qui mentait en permanence et repoussait toute connexion.

Dans sa tête, le visage de son amant imaginaire ressemblait un peu au sien. Et pourtant, aujourd'hui, il se trouvait là, avec ce bel homme aux yeux étranges coupable d'avoir volé dans sa vie beaucoup plus que son cœur.

— *Putain*, marmonna-t-il en espagnol. *Je veux le garder*.

Ensemble, ils échappèrent à l'émotion du moment en se perdant dans le rythme frénétique de leur union. Dante trouva tout de suite chez Rook le bon interrupteur et leurs deux corps bougeaient en parfaite harmonie. Les longs et souples va-et-vient se poursuivirent jusqu'au moment où Dante eut l'impression qu'il allait exploser de l'intérieur. Le brûlant fourreau contracté sur lui caressait son sexe à chaque passage et le rendait fou. En changeant soudain l'angle de sa pénétration, il fit décoller Rook du matelas et vit son corps se mettre à trembler.

Les deux hommes étant trempés de sueur, leurs ventres collaient l'un à l'autre, surtout aux endroits où le sexe de Rook, coincé entre eux, pleurait son plaisir. Dante prit son temps, malgré son envie d'accélérer les choses ; il roulait des hanches plus lentement dès qu'il sentait que son amant prêt à jouir, puis accélérait peu après.

Et Rook enfonçait les doigts dans ses hanches. Pour Dante, chaque coup de reins était une avancée territoriale, une prise de possession. Il bougea les genoux et ouvrit davantage les jambes de Rook pour mieux s'enfoncer en lui. En vérité, il ne savait plus qui possédait qui. Surtout quand il sentait Rook le serrer si fort qu'il était obligé de ralentir la cadence.

— C'est bon, *cuervo* ? chuchota-t-il. Tu aimes ? Tu veux que j'aille plus vite ?

Il se pencha pour l'embrasser sur la bouche, inspirant goulûment sa langue. Il joua avec ses lèvres qu'il mordilla et suça jusqu'à les rendre aussi roses, humides et gonflées que cet autre endroit dans lequel il s'activait. Tout le corps de Rook lui plaisait et l'attirait par sa chaleur irrésistible.

— Tu parles trop, Montoya. Baise-moi…

Rook lui planta ses ongles dans le bras et se souleva pour s'empaler plus encore, avant d'étouffer un cri d'extase.

— Oh, oui ! Là ! souffla-t-il ensuite

Faisant porter son poids sur ses genoux, Dante empoigna son amant par les jambes et les releva, les pressant contre lui. Dans cette position, il avait encore mieux accès au cul écarté dans lequel il plongea avec une joie renouvelée, savourant le contact du long corps autour de lui. Ainsi étalé sur le lit, offert et vulnérable, dans la faible lumière des LED, Rook était un spectacle dont Dante ne se lassait pas. Des ombres dansaient sur son visage dès qu'il bougeait, sa lèvre inférieure était gonflée d'avoir été mordue et ses doigts avaient des jointures presque blanches tellement ils étaient crispés sur les draps alors que son corps tressautait sous les coups de boutoir de Dante.

— Dante – merde, je n'en peux plus, supplia Rook. Baise-moi. Vas-y, vas-y.

Dante entendit quelque chose dans sa voix éraillée. Sous cet aspect extérieur abrupt, narquois et désinvolte existait un homme qu'il voulait atteindre. Il en avait déjà eu de brefs aperçus, par exemple avec un joyeux éclat de rire au milieu de la nuit, quand il l'avait embrassé durant son sommeil.

Désireux d'avoir son amant dans ses bras, Dante s'immobilisa et se pencha pour le prendre par les épaules pour l'attirer contre lui. Il le berça, bougeant à peine les hanches, mais ce mouvement créait à une fiction qui suffit à les propulser vers un orgasme mutuel. Puis Rook cacha le visage au creux de son cou et Dante sentit une humidité sur sa peau.

— Je te tiens, *cuervo*, murmura-t-il. Je suis là. Jouis pour moi.

Regarder Rook jouir lui coupa le souffle. Sous ses yeux, ce visage que la vie avait durci s'adoucit et perdit son cynisme. Ému, il lui caressa doucement les joues, l'exhortant en silence de se laisser aimer.

Quand Rook ouvrit peu après des yeux un peu vitreux, mais heureux, il paraissait perdu. Il cligna plusieurs fois des paupières pour cacher son regard trop brillant ou effacer les larmes qui montaient. Sa bouche exprima tout à coup la vulnérabilité. Dante ne put s'empêcher de l'embrasser éperdument.

Il but ses cris sur ses lèvres et sentit les jets de son sperme sur sa peau avant même de voir son visage se crisper de plaisir. Il sentit aussi ses muscles se raidir, ce qui déclencha sa propre jouissance. Serrant Rook contre sa poitrine, il se laissa emporter par la vague déferlante, qui émanait de ses testicules et remontait jusqu'à son sexe en spasmes éblouissants. Pris entre l'étau de Rook sur son membre et l'odeur musquée de son plaisir déversé entre eux, Dante accrocha aux épaules pâles pendant la tourmente, se laissant dériver sur les crêtes de son orgasme, conscient que tout son corps était presque engourdi par la violence du choc qui le traversait.

Quand ce fut terminé, ils restèrent tous les deux étendues, haletants, à trembler doucement. Enfin, Rook s'agita sous lui. Dante se souleva et le libéra, heureux du doux gémissement qu'il entendit. Lui-même soupira, regrettant d'avoir perdu la chaleur de Rook. Il aurait aimé pouvoir rester en lui toute la journée. À défaut, il s'étendit à ses côtés pour le regarder.

Un peu de lumière émanait de la salle de bain et éclairait le lit. Dante se souvint tout à coup des innombrables meurtrissures qui marquaient le corps de son amant. Dès qu'il baissa les yeux sur la cage thoracique qui se soulevait au rythme d'un souffle encore difficile, il eut des remords. Les bleus étaient plus marqués que la veille, plus sombres encore sur la peau si blanche.

— Tu me fais perdre la tête. J'avais oublié tout ce qui t'était arrivé.

Il déposa un baiser sur une contusion triangulaire que Rook avait au niveau des côtes, puis demanda d'une voix maîtrisée :

— Tu veux que j'aille te chercher un comprimé ? Tu as mal ? Merde, *cuervo*, si c'est moi qui t'ai fait mal…

— Tais-toi, Montoya. Tu es exactement ce dont j'ai besoin – et non, je ne veux pas de comprimés. J'ai juste envie que tu me tiennes et que nous dormions un moment. Et si tu ne ronfles pas trop fort, je te laisserai peut-être me baiser encore quand nous nous réveillerons.

Rook avait retrouvé son attitude habituelle.

LA LISTE de Dante était un *'who's-who'* des gens avec lesquels Rook avait travaillé jadis – ou évité comme la peste. Il parcourut les noms un crayon à la main pour rayer ceux qui, à sa connaissance, étaient en prison ou morts. Malheureusement, malgré ses efforts, la liste n'en fut pas pour autant raccourcie de façon marquante.

Une tasse de café apparut au niveau de son coude. Dante la posa avec soin sur l'une des étagères-bibliothèque que Rook avait trouvées dans un magasin discount à quelques rues de chez lui. Le matériau n'était pas très solide, à peine capable de soutenir son poids, aussi plia-t-il sous la charge supplémentaire d'une tasse remplie d'un liquide chaud. Dante le comprit sans doute, car il récupéra le café qu'il plaça sur la table basse qu'il avait réquisitionnée pour travailler. Il avait trouvé le moyen d'y installer son ordinateur, une petite imprimante portable et la tonne de ses dossiers récupérés dans sa voiture.

— C'est dingue ! déclara Rook. Tu as pratiquement tout Los Angeles sur cette liste.

Il prit une gorgée de son café et fit la grimace en découvrant son amertume.

— Putain, c'est quoi ? demanda-t-il. De l'acide à batterie ? Dire que je ne croyais pas au mythe des flics incapables de faire du café buvable.

— Dois-je ajouter du sucre, Votre Altesse ? s'enquit Dante, doucereux.

Il sourit en voyant Rook lui faire un doigt d'honneur.

— Tu avais dit noir, ajouta-t-il.

Rook rendit la tasse à son amant.

— Non, marmonna-t-il, tu m'as demandé si je l'aimais noir et j'ai répondu berk. Regarde si tu peux enlever le fil de cuivre que tu as plongé là-dedans pendant que tu me rajoutes du sucre.

— Je pourrais aussi t'embrasser. Au moins, ça te ferait taire.

Sur ce, Dante quitta le canapé pour retourner vers le coin-cuisine.

— C'est peut-être ta machine à café qui déconne, remarqua-t-il. Tu en as au moins une douzaine. Qu'est-ce que tu comptes en faire ? Ouvrir un Starbucks ?

Rook secoua la tête.

— Les gens n'arrêtent pas de m'en offrir – pour fêter mon installation, par exemple. C'était soit une cafetière, soit des serviettes. Tu verrais le placard de ma salle de bain ! Merde, ça fait beauf !

— Tu as téléphoné à Archie ? cria Dante depuis le comptoir. S'il se sent suffisamment remis, j'aurais quelques questions à lui poser.

— Ouais, il prétend que son homme de main s'en sortira aussi.

Rook fronça les sourcils en essayant de se rappeler si le Brian Johnson de la liste était bien celui dont il se souvenait.

— Tu sais, ajouta-t-il, il m'a dit hier un truc qui m'a flanqué un choc. Quand le tireur a ouvert la portière de la voiture, il a fait la réflexion que je n'étais pas à l'intérieur… avec Archie. Pourquoi diable pensait-il que j'y serais ?

Dante revint et posa le café qu'il venait de sucrer sur la table.

— Il t'a vu lui parler. Il aurait pu se cacher derrière la haie de l'hôtel, tu sais, celle qui la sépare de la rue. À moins qu'il ait cru que c'était toi qui conduisais.

— Sûrement pas ! Stanley fait deux mètres quarante au moins. Et nous ne nous ressemblons même pas, souligna-t-il. En fait, je me demande s'il n'a pas vu Stanley sortir du parking-minute avec la voiture d'Archie. Comme après l'avoir déposé ?

— L'hôtel a des caméras de surveillance. Nous avons déjà prévu de regarder les vidéos. Je téléphonerai au labo pour m'assurer que les gars privilégient celle de la rue. Nous y trouverons peut-être quelque chose d'utile.

Dante tapota le papier que Rook tenait dans la main avant d'ajouter :

— Maintenant, concentre-toi, s'il te plaît. C'est important.

Rook agita ses feuillets sous le nez de Dante.

— Que je me concentre sur quoi, au juste ? Tu veux savoir si je connais quelqu'un qui se serait acoquiné avec Madge ? Je ne cesse de te le répéter, je la connais à peine, cette Madge. D'ailleurs, à part Pigeon, je ne fréquente pas ceux qui magouillent dans des coups pareils. Merde, je trouve ça plutôt moche.

— Et voler, ça ne te gênait pas ?

— C'est mieux que d'attaquer les gens personnellement, émotionnellement. Si tu piques quelques trucs… ça reste matériel, mais les Betty foutaient des vies en l'air. Putain, Dani était sacrément douée pour ça.

Il haussa les épaules avant d'ajouter :

— Du moins, elle l'avait été. Le problème avec ce type d'escroqueries, c'est que les gens risquent de tomber amoureux… et de se retrouver baisés – dans le mauvais sens du terme. Avec moi, ça restait du commerce. Je voulais ce qu'ils possédaient. Tout simplement.

— À ton avis, à qui se serait adressé une femme comme Madge pour une reconversion ? Parce que c'est plus ou moins ce qu'elle a fait.

— Si elle est bien coupable, rectifia Rook. Et je n'en sais rien. Tu disais qu'elle vidait les lieux avec les autres Betty, qui sont devenus des cadavres à présent. Peut-être qu'elle a voulu rompre le contrat sans partager en trois… ou quatre ? Dans tous les cas, il lui fallait un complice pour forcer les serrures.

— Que tu as fait changer, rétorqua Dante. Supposons qu'elle ne puisse plus entrer… Cette fusillade, hier, m'indique qu'elle commence à perdre patience. Elle est passée au meurtre. Au début, elle a employé des complices, mais maintenant, c'est à toi qu'elle en veut.

Rook n'arrivait pas à y croire. L'idée qu'on cherche à le tuer lui semblait aberrante. Surtout pour un butin à la localisation incertaine.

— C'est dingue ! s'exclama-t-il. Pourquoi les aurait-elle tous tués ? Jane, à la rigueur, je peux comprendre : une ex-partenaire qui parle à la police juste avant le gros coup que Madge envisage, ça défrise. Ce n'est pas la réaction que j'aurais eue à sa place, mais je conçois son point de vue. Par contre, les autres meurtres n'ont aucun sens, à moins qu'ils soient devenus trop pressés et qu'elle en ait eu ras le bol de leurs conneries. Elle aura quand même besoin d'un ou d'une partenaire – quelqu'un en qui elle ait vraiment confiance.

— Pourquoi dis-tu ça ? demanda Dante, le bras sur le dossier du canapé. Pigeon nous a dit que Madge et Dani parlaient d'un coup tellement gros qu'elles pourraient ensuite prendre leur retraite. Madge a pu perdre patience, alors elle s'est débarrassée de ses complices pour ne pas avoir à partager.

Rook souleva les jambes et fixa le mur en face de lui.

— Madge a toujours des plans à long terme. Ce n'est pas le genre d'opérations qui fonctionnent quand on perd patience, ce n'est pas non plus le genre qu'on fait seul. Mais je te l'accorde, *quelqu'un* perd patience. Ça peut être Madge. J'ai l'impression que nous regardons cette affaire du mauvais côté. Il faut que je réfléchisse différemment, comme si c'était un coup à préparer.

— D'accord. Que ferais-tu ?

Dante tourna la tête et fit la grimace.

— À part fixer un mur de briques, ajouta-t-il.

Il posa la main sur la cuisse de son amant, mais Rook le repoussa d'une tape.

— La ferme ! Ça m'aide à réfléchir, marmonna-t-il. *Si* je devais m'en prendre à un voleur professionnel, je m'assurerais d'abord qu'il garde son butin chez lui. Mais si je ne sais pas au juste où est sa cachette, il me faudrait du temps pour faire mes recherches.

— Sauf que tu m'as déjà dit ne rien avoir de valeur.

Dante répondit d'un sourire au regard foudroyant que Rook lui lança.

— Hé, reprit-il, tu as tendance à mentir. Je le sais, je l'accepte. J'aimerais juste te dire que si tu as vraiment quelque chose à confesser, mieux vaut choisir quelqu'un d'autre que moi.

— J'ai été un voleur. Restons-en là.

Il avait des secrets. D'anciens secrets, bien enfouis, qu'il savait ne pas pouvoir partager avec l'homme assis à côté de lui. Il trouvait *douloureux* la confiance qu'il lisait dans les yeux de Dante. Une fois de plus, il se posa la question qui lui revenait régulièrement depuis qu'il avait couché avec son flic : Dante resterait-il suffisamment longtemps avec lui pour le faire renoncer aux derniers lambeaux de son ancienne vie ?

— Revenons-en à ce supposé complice, reprit Dante, concentré. Celui qui s'impatiente. Pourquoi voudrait-il accélérer les choses ? Peut-être parce qu'il n'arrive pas à trouver ce butin mythique, que tu les gênes et qu'il ne sait pas de combien de temps il dispose.

— Putain, où as-tu trouvé des idées pareilles ?

— C'est toi qui l'as dit. Quand tu discutais avec Charlène, tu lui as annoncé que tu ne t'enfuirais plus, que tu battrais pour ce que tu avais bâti. Supposons qu'ils n'y croient pas. Supposons qu'ils soient au courant de ton ancien modus operandi, c'est-à-dire que tu files dès que ça sent le roussi. Dans ce cas, d'après eux, tu emporterais ton magot avec toi.

— Ça se tient, plus ou moins, marmonna Rook.

Il laissa Dante lui caresser la cuisse, puis noua ses doigts aux siens et se mit à jouer avec la chevalière d'or que son amant portait au petit doigt.

— Merde, ajouta-t-il, je rate un truc, mais quoi ? Trouver un tireur, c'est facile, pas trop cher, et ces gars-là font ce qu'on leur dit de faire. Mais où diable aurait-elle inventé l'idée farfelue que j'avais gardé un truc intéressant qu'elle pourrait me piquer ?

Une semaine plus tôt, il se serait trouvé fou de vouloir le contact d'un flic – de son flic. Peu de temps auparavant, son monde était noir et blanc au point qu'il imaginait ne trouver dans une relation que douleur et chagrin. Et voilà qu'aujourd'hui, chez lui, il était main dans la main avec un homme ayant prêté serment – et censé le mettre en taule en cas de délit !

Tout à coup, son cœur s'emballa. Rook réalisa que tous ses emmerdes provenaient de sa relation avec un flic.

— Merde, Montoya ! C'est à cause de toi ! Ils n'ont pas peur que je me taille. La seule chose qui a changé dans ma vie, c'est toi. C'est parce que je suis avec toi qu'ils ont… Que ce soit Madge ou un autre, ils savent que je suis avec un flic. Je sens que c'est ça. Ils ont la trouille que j'abandonne tout pour devenir clean à 100 %. Euh… bien sûr, je le suis déjà.

Dante lui tapota le genou.

— Tu ne cesses de le dire, mais y croient-ils ? Tu n'es plus dans la course, d'accord. Donc, tu ne peux pas savoir ce qui se trame actuellement. Tu gagnes honnêtement ta vie.

— Ça m'émeut vraiment que tu paraisses y croire ! rétorqua Rook, sarcastique. J'en suis tout chose, je t'assure.

— Même Pigeon ne sait pas grand-chose. J'ai entendu dire que les infos se tarissent vite dès qu'on passe de l'autre bord. Merde, il faudrait vraiment que tu me donnes au moins un nom… quelqu'un qui connaîtrait Madge. Je veux la retrouver. Tu es sûr que tu n'as rien ?

— Non, mais je connais des gens qui pourraient en savoir plus que moi, même s'ils se sont également rangés des voitures. Merde, j'aurais dû y penser plus tôt !

Rook se pencha pour écrémer à nouveau la liste, à la recherche de noms qu'il avait repoussés à peine les avait-il lus.

— Voilà, JoJa ! JoJa devrait en savoir plus sur Madge.

Perplexe, Dante récupéra le feuillet et le froissa entre ses doigts.

— Qui diable est JoJa ? Un homme ou une femme ?

Rook sourit à son amant.

— Elles sont deux. Si tu veux des infos, elles les auront, mais ça coûtera bonbon. En plus, ce sera à moi de les payer. Laisse-moi le temps de prendre une douche et nous partons.

Dante retint par sa ceinture Rook qui cherchait à quitter le canapé.

— Il n'est pas question que tu viennes avec moi ! protesta-t-il.

Rook se débattit et lui échappa.

— Elles ne te diront rien. Tu es flic. Et tu n'as pas ce qu'elles réclameront pour payer leurs services, 'Toya. Tu as besoin de moi. De plus, cette foutue salope a essayé de tuer mon grand-père. Je tiens à lui rendre la monnaie de sa pièce.

XX

— C'EST DÉBILE, répéta Dante. Je tiens à ce que tu le saches. Tu ne devrais pas être là. Les toubibs t'ont conseillé le repos.

— Ouais, je sais, répondit Hank d'une voix forte. C'est la vingtième fois que tu me le dis, je ne suis pas sourd. Et tu as besoin de mon aide. Tu crois vraiment que j'allais te laisser tout seul pour... euh, je ne sais même pas où on va... En tout cas, Montoya, tu es cinglé si tu imagines que j'allais te laisser tomber.

L'après-midi était pluvieux et West Hollywood n'était plus que quelques lignes nettes sur un arrière-plan bokeh[42]. Avec ses rues bien droites et son patchwork architectural, le quartier que cherchaient les deux inspecteurs se nichait sous les collines de Los Angeles, serré contre le boulevard Santa Monica qui s'étendait jusqu'à la côte. Les magasins bio des grandes chaînes s'alignaient à côté de minuscules boutiques établies depuis longtemps et dissimulaient sournoisement leur présence agressive pour s'accorder à l'éclectisme local, qui mêlait les teintes vives au style plus discret du Vieux Monde.

Dante dépassa un café à l'angle d'une rue, admirant un cracheur de feu qui, devant l'entrée, s'exhibait malgré la pluie et le peu de passants. Non loin de là, une femme attendait devant un passage piéton que le feu passe au rouge. Elle tenait en laisse une meute de chiens et discutait avec un grand noir à boots rouges. Un des clébards, un terrier à poil dur, ne cessait de bondir, son petit corps arrivant à peine à l'épaule du dogue placide qui patientait à ses côtés.

Hank suivit des yeux l'homme à hauts talons qui traversait la rue.

— C'est un quartier gay, pas vrai ?

Dante lui jeta un coup d'œil.

— Un peu, oui. Pourquoi ?

— Mon jeune beau-frère est venu vivre chez nous. Il a quatorze ans et, le week-end dernier, il a fait son coming out avec tout le tralala arc-en-

---

42 Flou d'arrière-plan d'une photographie permettant de détacher le sujet de son environnement.

ciel, les paillettes et la fanfare. Ses parents ne sont pas… Eh bien, je pense que nous allons devoir choisir entre lui et eux.

Il repéra le froncement de sourcils de Dante et haussa les épaules.

— T'inquiète, reprit-il, nous avons déjà accueilli le gamin. Que ses parents aillent se faire foutre !

— Tu me surprends tous les jours, Camden.

Dante n'aurait pas dû l'être. Hank, malgré ses incessantes plaisanteries, était un homme fiable et un partenaire solide en cas de crise. Après son expérience avec Vince, Dante était sacrément content d'être tombé sur quelqu'un à qui il pouvait faire confiance.

— Hé, j'adore ce gosse ! Bien plus que ses parents en tout cas. Je me demandais juste si nous ne devrions pas l'inscrire à l'école par ici. Ce n'est pas très loin de chez nous. À vol d'oiseau.

Puis il parut légèrement inquiet et enchaîna :

— Ce qui ne me plaît pas du tout, c'est de voir tous ces bars. Merde, est-il vraiment indispensable d'en avoir autant ? Vous autres passez votre temps à boire ou quoi ?

Dante dut s'arrêter, la rue étant embouteillée.

— Et patatras ! Chaque fois que je commence à t'apprécier, tu démolis le piédestal que j'étais en train de te bâtir. *Vous autres* ? Parce que toi, tu ne fréquentes pas les bars ?

Hank leva la main et agita son annulaire où brillait une alliance en or.

— Je te rappelle que je suis marié. Je n'ai pas fichu les pieds dans un bar depuis que j'ai la bague au doigt. Et je n'ai pas l'intention de me jeter dans un volcan pour m'en débarrasser. Hé, tourne à droite. Voilà notre rue. J'espère que ton petit copain ne nous a pas raconté de craques.

Dante suivit ses instructions et s'engagea dans une petite rue latérale.

— Rook tient autant que nous à voir cette affaire élucidée. Il faisait le mariolle quand il était seul en cause, mais ce qui est arrivé à son grand-père l'a drôlement secoué, si tu veux mon avis. Nous y voilà. Le Bazar de JoJa. Il faut maintenant que je trouve une place.

Il avait eu avec Rook une dispute mémorable. Au final, le bon sens semblait avoir gagné, mais Dante n'en était pas certain. Ils s'étaient affrontés violemment, jusqu'à ce que l'air devienne assez brûlant pour faire déborder le lait. Et même alors, Rook avait refusé de céder. Acculé, Dante avait joué les seuls arguments que Rook ne pouvait réfuter : ses menottes et le cadre métallique du lit.

— Selon toi, il mettra combien de temps à se libérer ? demanda Hank.

Il se pencha vers le siège arrière pour récupérer un long cylindre enveloppé de papier kraft que Rook avait préparé avant que Dante le menotte au lit – celui-là même que les deux hommes avaient partagé.

— Environ cinq minutes. Sinon moins. J'ai aussi mis un zip pour bloquer sa porte de l'extérieur.

Hank étouffa un cri à la fois surpris et moqueur. Dante haussa les épaules avant d'ajouter :

— Je l'ai prévenu que j'avais téléphoné à son assistante. Charlène viendra le libérer, elle m'a affirmé qu'elle serait là dans moins d'une heure. Et Rook avait déjà appelé JoJa pour leur annoncer mon arrivée. Il sera peut-être furieux contre moi, mais ça s'arrangera.

Hank sortit de la voiture, son rouleau sous son bras.

— Qu'est-ce que tu comptes offrir à un gars que tu as méchamment planté ? Avec ma femme, je sais que les fleurs et les chocolats sont assez efficaces. Si elle est vraiment furax, je lui offre un bon d'achat au magasin de chaussures du centre commercial. Par contre, jamais de bijoux. D'après ce que j'ai compris, ça signifierait que je l'ai trompée et je risquerais qu'elle me transforme en eunuque pendant mon sommeil.

Dante se mit à rire.

— Et tu restes marié avec elle ?

— Rigole si tu veux, Montoya. Après ton coup d'aujourd'hui, je porterai des boxers renforcés, si j'étais toi.

Hank scruta la rue animée et demanda :

— C'est quoi, comme boutique ? Un prêteur sur gages ?

— Non, ils vendent des objets de collection. Du *froufrou*[43]. D'après Rook, ils sont spécialisés dans l'introuvable.

Dante tenta de traverser, mais sauta rapidement en arrière sur le trottoir.

— Il y a deux propriétaires, expliqua-t-il, Jojo et Janet. Apparemment, elles étaient dans le recel autrefois.

— Laisse-moi deviner, coupa Hank, goguenard, elles ont raccroché, comme ton amant et la propriétaire du chat persan. Je commence à trouver ça hyper louche. Combien d'escrocs abandonnent après avoir passé des années à dépouiller la population ?

---

43 En français dans le texte original (NdT).

Dante protégea son visage des éclaboussures que provoquait le passage d'un camion de livraison.

— Quatre jusqu'ici, mais je ne mettrais pas ma tête à couper qu'ils sont à 100 % clean, répondit-il. Allez, viens. Je préfère ne pas continuer à me faire tremper. D'après Rook, il faut payer ces deux-là avant de les faire parler. Et si j'ai bien compris, le paquet que tu tiens sous le bras est notre sésame et vaut dans les sept mille dollars – alors, ne le fais pas tomber.

La pluie devenait franchement glaciale, aussi Dante sprinta-t-il. Un jeu de marelle était griffonné en pastel sur le ciment du trottoir. Non loin de là, deux adolescentes gloussaient, assises à une table de café, sous un étroit auvent, où elles tentaient de nettoyer la craie de leurs mains.

Hank, qui était sur les talons de Dante, se secoua comme un golden retriever trempé à peine à l'abri sous l'auvent protégeant la façade de la boutique. Sortant le paquet de sous sa veste, il vérifia le papier et montra à Dante que l'extérieur était sec.

— C'est bon, annonça-t-il. Merde, on se pèle !

Il frissonna.

— Il fera sans doute plus chaud à l'intérieur.

Dante ouvrit la porte, ce qui actionna une clochette suspendue au chambranle. Hank fit une pause sur le seuil.

— Tu es certain que Stevens ne leur a pas téléphoné pour annuler le marché ? demanda-t-il. Je te rappelle que c'est notre seule piste pour le moment. Nous n'avons rien d'autre.

— T'inquiète.

Dante fouilla dans sa poche et y trouva ce qu'il avait emprunté à Rook avant de quitter Potter's Field. Il le brandit pour le montrer à Hank.

— Je lui ai piqué son téléphone, précisa-t-il.

— CONNARD ! CRACHA Rook devant sa porte d'entrée. Putain d'enculé !

Il devait exister un niveau de rage qui dépassait la simple colère, au-delà de la fureur bouillonnante quand on arrive au magma de la lave incendiaire. En tout cas, Rook savait l'avoir atteint. Une paire de menottes pendait à son poignet gauche, une seconde restait à sa tête de lit, là où Dante l'avait attaché. Trop énervé pour prendre le temps d'enlever l'autre bracelet, il le laissa cliqueter pendant qu'il martelait sa porte blindée que Dante avait bloquée de l'extérieur, d'une façon ou d'une autre.

Rook finit par s'en prendre à lui-même.

— Bien fait pour ta gueule, sombre abruti ! Tu n'aurais jamais dû faire confiance à un flic !

Il arpenta rageusement son entrée avant de revenir flanquer quelques coups de pied sur la porte.

— Sale con !

Bien, continuer à jurer ne lui servirait à rien. Ça faisait baisser sa pression, mais il finirait par être mort de fatigue, aussi le résultat était-il peu probant. Il avait bien envie de téléphoner à JoJa et de leur conseiller de ne rien dire, histoire que les flics se retrouvent le bec dans l'eau, mais il se souvint alors du corps pâle et décharné d'Archie étendu sur un lit d'hôpital glacial, ce qui mit fin à ses projets.

D'ailleurs, il n'avait plus de téléphone. Ni d'ordinateur – qui tenait probablement compagnie à son portable.

— Je n'arrive pas à croire qu'il m'ait fait un coup pareil. Putain de... flic ! grogna-t-il. D'accord, qu'il aille se faire mettre ! Je me barre. Je n'attendrai pas Charlène pour sortir d'ici. Elle va se foutre de ma gueule jusqu'à la fin des temps.

Sauf que sortir était... compliqué. Impossible de descendre par la façade de l'immeuble. Son matériel, cordes et harnais, se trouvait dans l'entrepôt, pas très loin de l'endroit où Dante et Hank s'apprêtaient à interroger Jojo et Janet. Sans parler de l'ouragan qui martelait les fenêtres. Descendre en rappel sous la pluie était d'un pénible achevé. Rook l'avait déjà fait, mais bien équipé.

Et à l'époque, il n'avait pas à s'inquiéter qu'on le flingue comme un pigeon d'argile.

— Bon, je vais mettre cet appartement à sac et foutre le camp d'ici.

Ses placards réfrigérés étaient des boîtes métalliques incrustées dans la brique des murs, mais il n'y avait pas suffisamment de place pour se faufiler derrière et passer dans le couloir, de l'autre côté de sa porte d'entrée. De plus, Rook avait veillé à ce que ni l'ascenseur ni l'escalier ne donnent directement accès à son loft. Sa paranoïa se retournait contre lui : il était bel et bien coincé.

— Ta fierté ne vaut peut-être pas le coup de tout démolir, Rook. Pourquoi ne pas simplement attendre, bordel ? Ce n'est pas difficile. Tu n'as qu'à poser ton cul et patienter. Charlène ne va pas tarder.

Quelques minutes plus tard, il s'était débarrassé de l'autre menotte et grimpait déjà aux murs.

— Rien à battre ! Je vais ouvrir cette putain de porte. *Merde*. Bon Dieu, Rook, tu es vraiment trop con !

Il inspira un grand coup et se dirigea jusqu'au comptoir qui séparait le coin-cuisine de sa pièce à vivre. Après avoir rapidement fouillé dans un tiroir fourre-tout, il récupéra tout ce qu'il lui fallait. Quand il fit le tour du comptoir, armé d'un tournevis, il était dans un remarquable état de rage.

— D'accord, Dante. *Maintenant*, je vais vraiment déconner.

Lors de sa première nuit dans son loft, juste après la fin des rénovations, il avait passé toute la nuit en compagnie d'une bouteille de tequila, à réfléchir, pesant ses décisions et ses éventuels regrets. Les placards étaient alors d'étroits cercueils remplis d'air et de vide, et le seul mobilier qui se trouvait dans l'espace tout entier était l'immense lit, matelas, sommier et cadre, pour lesquels Rook avait dépensé bien trop d'argent. Et Rook s'était demandé où mettre ce qui lui restait de sa vie passée.

Parce qu'il avait la ferme intention de ne pas y revenir. Jamais.

Pourtant, la perspective de se débarrasser d'environ quinze ans de travail acharné et d'addiction à l'adrénaline lui paraissait… sacrilège. Surtout qu'il n'était pas absolument certain de pouvoir supporter la normalité.

— Tu te fais tirer dessus et tu baises un homme qui aurait foutu la trouille à Gengis Khan, aboya Rook. Ça n'a rien de normal !

Eh oui, il avait un flic. Un flic qui n'hésitait pas à le menotter – deux fois, au poignet et à la cheville – pour le protéger… ou ne pas l'avoir dans les pattes. Rook n'était pas encore tout à fait sûr de la véritable raison de Dante, mais il avait très envie de l'entendre bredouiller des excuses pour justifier ses actes.

— Putain, un de ces jours, je lui ferai pareil, au moment où il s'y attendra le moins. Je lui piquerai ses foutues menottes et….

Imaginer le grand corps musclé allongé sur son lit le fit bander. Dire qu'il avait déjà de la difficulté à réfléchir ! Inutile d'ajouter une peau dorée, un sourire lascif et un sexe érigé, assez dur pour planter des clous avec – ça l'empêcherait de travailler.

— D'accord, on verra plus tard pour les menottes. Pour le moment, je veux ouvrir ce putain de truc.

Le comptoir était du solide. Rook y avait veillé. Pourtant, il lui fallait le forcer.

— Et si tu te contentais d'une ouverture facile, la prochaine fois ? Bon Dieu, mais qu'est-ce qui t'a pris ?

Il trouva la rainure qu'il cherchait, parce qu'il savait qu'elle était là. Ses doigts étaient moins sensibles qu'autrefois. Il avait un peu perdu la main durant ces dernières années d'inactivité. Pourtant, il ferma les yeux et laissa son instinct le guider, le ramenant là où il devait être.

Il avait été doué – sacrément doué – dans ce qu'il faisait. Il pouvait entrer n'importe où, maison ou immeuble. Pourtant, il n'avait jamais imaginé qu'un jour, il devrait faire l'inverse : utiliser ses dons pour sortir – de chez lui en plus ! Laissant son esprit vagabonder, il plongea dans une sorte de transe, sans penser à rien de précis, surfant à la surface de ses sens jusqu'à ce qu'il n'y ait plus que le bruit de la pluie qui battait contre les fenêtres et la sensation du bois précieux sous ses doigts.

— Ah, voilà.

Gardant l'index à l'endroit qu'il venait de découvrir, Rook positionna son tournevis juste en dessous et fit pression. Après avoir retrouvé de la même façon les trois autres leviers, il s'accroupit et inspira profondément.

— Allez, ouvre-le, idiot. Tu n'es pas en train de braquer un coffre-fort ou autre chose. Tu cherches juste à sortir de chez toi.

Il dévissa le panneau et entendit un clic. Ensuite, la porte secrète qu'il avait installée derrière le comptoir s'ouvrit. Il vit que ses mains tremblaient un peu – et ne chercha pas à le nier. Quand il sortit les sachets qu'il avait entreposés sur d'étroites étagères dans l'épaisseur du meuble, il agita les doigts avant d'empoigner le tissu imperméabilisé. Il déposa ses ballots sur le comptoir et attendit quelques secondes avant de les ouvrir, se préparant à la poussée d'adrénaline qui, il le savait, le ferait vibrer à la vue de ses anciens outils.

Il n'aurait pas dû attendre. Ou peut-être aurait-il dû patienter davantage, parce que quand il ressentit le choc prévu, c'était presque aussi bon qu'un orgasme avec Dante.

Chaque voleur avait un kit différent et personnalisé, car adapté à sa technique. Certains préféraient un casse rapide et un butin pris à l'aveuglette, mais Rook avait vite appris que c'était du travail bâclé. S'il avait agi de la sorte, autant appeler les flics lui-même. Au contraire, il avait choisi la délicatesse et utilisé des gadgets électroniques, des accessoires dont il connaissait le fonctionnement mieux que les rouages de son cerveau. Malheureusement, aucun d'eux ne pouvait l'aider actuellement. Rook sélectionna un long tube en diagonale, souleva le couvercle et déroula le bâton télescopique qu'il avait fait monter bien des années plus tôt.

— Ah, *avec toi*, je pense que ça va marcher.

C'était un outil qu'il n'avait utilisé qu'une seule fois ou deux. Un outil très laid, avec des cisailles, un tube et des câbles connectés au bout le plus large, mais c'était efficace quand Rook avait besoin d'un truc un peu flexible pour passer dans l'entrebâillement d'une porte blindée pour couper la chaîne de sécurité. Un miroir compact au bout d'une longue tige lui donnerait également une idée de ce qu'il devait faire et le rouleau de ruban adhésif qu'il venait de récupérer dans le tiroir fourre-tout lui serait également utile.

Son matériel cliqueta tandis qu'il s'approchait de la porte. Dès qu'il le fit passer par la minuscule fente qu'il réussit à créer en appuyant contre le panneau, il resserra les câbles pour leur donner la tension nécessaire, décidé à couper ce que Dante avait utilisé pour bloquer la porte. Il glissa d'abord le miroir et l'orienta à l'angle voulu, puis il utilisa son ruban adhésif pour le maintenir en place.

— Franchement ? Des liens zip ?

Il secoua la tête et fit passer son outil à travers la fente. Estimant la longueur nécessaire, il décida que le tube articulé l'atteindrait de justesse. Une fois de plus, il se demanda si c'était intelligent de sa part d'avoir gardé la porte blindée quand il s'était installé dans le loft.

— En plus, c'était un putain de studio de danse ! Pourquoi ce foutu prof avait-elle besoin d'une porte pareille ? Elle avait peur de quoi ? D'être attaquée par les ballerines zombies ?

D'une torsion d'épaule, il mit son outil en contact avec les liens zip, puis tira sur les câbles pour que le tube retrouve sa forme rigide, ce qui actionna la fermeture des cisailles. Leurs bords coupants tranchèrent facilement le plastique épais et la porte s'ouvrit, glissant docilement sur ses rails.

— Génial, ce salopard m'a coupé le courant de l'ascenseur. Il l'a bloqué en bas. Je vais devoir prendre l'escalier.

Rook réfléchit. La cage d'escalier était mal éclairée. Une fois au rez-de-chaussée, il devrait retrouver son chemin à travers un dédale des couloirs. Comme il n'avait pas de ligne fixe dans son loft, il n'avait pas d'autre option. Il descendit rapidement, décidé à utiliser le téléphone de la boutique pour demander à l'un des gorilles d'Archie de venir le chercher.

Tout à coup, il sourit, frappé par une nouvelle idée.

— Mais non, pas du tout. Je vais appeler Manny. Oui, je vais téléphoner à son oncle. Voilà qui donnera une leçon à ce petit comique.

Il n'aurait même pas besoin d'en rajouter. Il lui suffirait de parler des menottes, de raconter comment Dante l'avait baisé avant de le planter, ça suffirait pour lui attirer la sympathie d'une ex-drag-queen au cœur tendre. Pieds nus, Rook traversa silencieusement son arrière-boutique en révisant ce qu'il allait dire, cherchant le ton juste pour avoir le plus d'impact possible sur Manny.

Il y avait de la lumière dans la boutique. D'après ce qu'il voyait depuis l'étroit couloir, il semblait qu'un des grands plafonniers du magasin était allumé. Mécontent, Rook changea de direction, comprenant trop tard qu'il aurait dû mettre des souliers avant d'approcher de ses vitrines – ou plutôt des tessons qui en restaient. Il se planta quelque chose d'argenté dans le gros orteil et dut s'arrêter pour tenter de l'enlever. Déséquilibré, il sautilla sur un pied et se raccrocha à l'une des rares vitrines qui restaient intactes après tout ce que sa boutique avait subi au cours des derniers jours. Il venait juste d'arracher l'écharde métallique quand il entendit des pas lourds dans son magasin.

— Dante, j'espère que c'est toi, grommela Rook. Si tu t'amuses à faire un remake de film d'horreur pour me foutre la trouille, je te jure que je vais m'énerver.

Il reprit son chemin vers le téléphone, en regardant cette fois où il posait les pieds. Quittant enfin le couloir, il dépassa l'ascenseur, puis tourna à l'angle. Il parlait toujours.

— Non, mais, sans blague ? Est-ce que j'ai une tronche de cheerleader ?

Et il tomba alors sur la dernière personne qu'il avait envie de voir : la Betty disparue, la suspecte que Dante tenait tant à retrouver.

Jojo et Janet étaient côte à côte, aussi différentes que le sel et le poivre. Toutes deux avaient un doux visage et portaient des vêtements qui, d'après Manny, évoquaient le rétro du siècle passé, mais Jojo évoquait un paon aux teintes vives tandis que Janet était plus modérée, une déesse de la fertilité à Woodstock, dans toutes les teintes de bruns. De stature plutôt junonesque, elles personnifiaient les Rime & Raison, majestueusement assises derrière le comptoir de leur boutique, en examinant d'un œil curieux les deux inspecteurs qui venaient d'entrer.

— Vous savez, nous ne sommes plus…

Janet s'était exprimée la première, avant de jeter un coup d'œil à sa partenaire, un peu plus jeune qu'elle.

— J'espère que Rook vous a bien précisé que nous ne nous faisons plus de recel, ajouta-t-elle.

— Il l'a mentionné, assura Dante à mi-voix.

— Dante ! Quel nom merveilleux ! s'exclama Jojo.

Elle pencha la tête avec un sourire, ce qui agita ses couettes vert émeraude sur ses oreilles.

— Ma mère était professeur de littérature, expliqua Dante. Elle m'a nommé d'après Alighieri.

Machinalement, il souleva une pyramide de cristal posée sur le comptoir, puis il lut le prix marqué sur l'étiquette et son cœur rata un battement. Il la remit en place avec soin.

— Jojo est aussi un surnom curieux pour une femme. Je fais de la boxe dans un gymnase qui a le même nom.

— Mon nom me plaît. J'ai l'intention d'acheter un poisson rouge ou un autre animal de compagnie, je l'appellerai MoJo. Je préférerais un singe, mais c'est un animal qui demande beaucoup d'attention.

Elle arrangea quelques plumes d'oie présentées dans une tasse au logo de la boutique. Une armure ancienne, apparemment complète, se dressait fièrement à côté de ce qui ressemblait à une tronçonneuse manuelle, avec des dents de requin au bord de sa lame menaçante. Plusieurs posters s'alignaient sur le mur, d'anciennes affiches annonçant des représentations de magie ou de cirque. Un peu plus loin, dans une vitrine, était présentée une multitude de papillons, tous épinglés sur un panneau d'écorce que leurs ailes multicolores dissimulaient presque complètement.

La boutique semblait organisée au hasard, sans ordre ou thème particulier. Dante se demanda si les clients de JoJa ne finissaient pas par errer des heures durant dans ce labyrinthe d'objets bizarres, complètement perdus, sauf s'ils avaient eu la prévoyance de marquer leur chemin par des petits cailloux.

Fasciné, il s'arrêta pour fixer un casque métallique hérissé de fils et de broches.

— Qu'est-ce que c'est ?

Comme tous les articles de la boutique, l'objet, présenté sur la tête en plastique noir d'un élégant mannequin, semblait unique en son genre. L'espace peu encombré comportait plusieurs niches et alcôves, chacune d'elles spécifiquement éclairée pour mettre en valeur un des objets en vente.

Jojo quitta son siège pour les rejoindre.

— C'est un appareil à friser, répondit-elle. En principe, mais ce modèle aurait électrocuté deux de ses propriétaires avant d'être déclaré trop dangereux à utiliser.

— Bon sang, mais vous vendez quoi au juste ici ? demanda Hank.

Il s'arrêta devant une étroite vitrine placée devant l'entrée, remplie de fioles en verre soigneusement scellées par des bouchons de liège et des bandes métalliques, disposées à diverses hauteurs pour exposer ce qui flottait à l'intérieur.

— Ce sont… des *globes oculaires*… ? s'exclama l'inspecteur hébété. Putain, je n'y crois pas !

Janet émergea à son tour de derrière le comptoir et s'approcha de la vitrine.

— Certains le sont, c'est exact. Les plus petits sont censés avoir été prélevés sur un dodo, mais nous avons quelques doutes quant à leur provenance. Le verre est trop finement travaillé pour correspondre à la période indiquée. Il est vrai qu'il y avait d'excellents vitriers dans les années 30. Et celui-là vient d'un bébé requin bicéphale. Ceux de la dernière étagère sont en vérité des méduses teintées et immergées dans un mélange de glycérine. Un homme merveilleux de Venice Beach nous les fournit. Il tient secret le mélange qu'il utilise pour les maintenir en place, mais cela se vend vraiment bien. Juste avant Noël, nous ne parvenons pas à garder notre stock.

— Et pour répondre à votre question, inspecteur, intervint Jojo, nous vendons de l'original et du macabre. N'avez-vous pas remarqué notre pancarte publicitaire à l'extérieur ? *Ce qu'il y a de plus délicieux dans la mort et l'épouvante.*

— Et les gens achètent vraiment… des trucs pareils ? s'étonna Dante. Qui diable a besoin d'un… appareil victorien à masser les testicules ? Avec des crampons mobiles pour stimuler le flux sanguin, franchement ?

Il étudiait un objet avec des pinces en argent dentées et venait de lire le panonceau posé devant sur un coussin de velours bleu. Jojo se pencha, ses lunettes rondes renvoyant des reflets pourpres sous la lumière.

Hank leva aussitôt la main au-dessus de la tête.

— Pas moi. Je n'en ai pas besoin. Tout va bien.

Janet se mit à rire et ajusta le collier de perles dont elle se servait pour garder ses lunettes autour de son cou.

— Personne ne l'utilise, voyons ! Bien sûr, en principe, il est toujours opérationnel, mais l'essentiel des objets que nous proposons sont d'usage décoratif. Nous avons par exemple un prototype de chaise électrique, mais c'est d'un exemplaire de démonstration et les câbles ne sont pas fournis. C'est uniquement une curiosité.

— Un gosse pourrait avoir l'idée de l'utiliser pour faire griller les Barbie de sa sœur, marmonna Hank.

Il s'éloigna de la vitrine, revint vers le comptoir et posa dessus le paquet qu'il tenait toujours.

— Bien, désolé de couper court à cette visite intéressante du grenier de la famille Addams, mesdames, mais nous avons une affaire à régler.

Janet l'avait suivi, elle s'appuya contre l'antique caisse enregistreuse au bout du comptoir.

— Bien sûr, acquiesça-t-elle. Voyons voir ce que vous nous avez apporté.

— Rook a toujours des merveilles, renchérit Jojo. De temps à autre, quand il pense avoir trouvé un objet susceptible de nous intéresser, il nous le propose en priorité.

Son rire argenté était aussi musical que la clochette accrochée à la porte de la boutique.

— C'est lui qui vous a fourni les bébés requins morts ? grogna Hank, qui adressa à Dante un regard intense. Il est toujours intéressant de savoir avec qui on se met au lit.

Dante repoussa le commentaire d'un geste.

— L'important est de terminer cette enquête, déclara-t-il. Laissons d'abord ces dames jeter un œil à ce qu'il nous a donné. J'étais occupé à… ailleurs quand il est descendu chercher ça, je ne sais même pas de quoi il s'agit.

Il coupa la ficelle et arracha le papier kraft. L'objet était emballé dans du carton épais dont les coins étaient protégés par des pinces métalliques. Il les ouvrit, souleva le premier carton, puis recula, laissant les deux collectionneuses voir ce qui se trouvait à l'intérieur.

— Ooooh, une affiche d'Houdini dessinée par Argyle ! murmura Jojo. Janet, regarde un peu !

Sa voix à la fois craintive et admirative était celle d'une petite fille qui voyait une rockstar pour la première fois.

— Il nous faut des gants ! déclara Janet avec autorité.

Des gants blancs apparurent soudain sur le comptoir. Dante patienta pendant que les deux femmes les enfilaient et inspectaient l'affiche avec soin. Puis Janet lui jeta un regard suspicieux par-dessus le bord de ses lunettes, épinglant Dante d'un air de défi féroce.

— Rook a accepté de nous donner ça ?

— Quelqu'un essaie de le tuer. D'après lui, vous pourriez nous donner des indications pour mettre la main sur notre suspecte. Considérez qu'il s'agit de sa part d'un merci anticipé.

Dante leur fit un bref rapport de la situation, puis il sortit les divers clichés anthropométriques que Hank et lui avaient rassemblés sur Madge.

— Connaissez-vous cette femme ? demanda-t-il. L'auriez-vous vue récemment ? Sauriez-vous où nous pourrions la trouver ?

Il savait qu'interroger ces femmes était risqué. Elles pouvaient être des amies de Marge et ne pas se soucier de Rook, même si ce dernier se portait garant d'elles. Dante avait déjà vu les gens se retourner les uns contre les autres pour des motifs futiles. Hank et lui allaient devoir prendre pour argent comptant tout ce que leur diraient Jojo et Janet, en espérant retrouver la piste de Madge. Tout était trop basé sur la confiance. Et Dante n'avait aucune preuve solide, uniquement les promesses de Rook et son intuition.

— Ah, c'est Madge… Comment s'appelle-t-elle déjà ? Je n'arrive pas à m'en rappeler.

Janet ôta ses lunettes et en mâchonna distraitement l'une des branches.

— Elle travaillait pour Deb autrefois, reprit-elle songeuse. Dans ce réseau où toutes les filles se ressemblaient. Elle a tout abandonné. Je parle de Deb.

— Il y a déjà longtemps, intervint Jojo. Ça fait au moins deux ans, non ? Marge a voulu reprendre le réseau Betty avec Jane. Mais elle change si souvent de partenaires. Elle ne les garde jamais longtemps, vous savez. C'est une femme plutôt pénible.

Janet émit un petit bruit de langue réprobateur.

— Comme la plupart des Betty, ma chère. Comment être agréable quand on passe sa vie à tromper et à escroquer les gens ? Rook m'a raconté que deux autres Betty ont été découvertes en morceaux dans un container à ordures.

Hank sortit des photos du visage des cadavres retrouvés derrière Potter's Field.

— Nous soupçonnons également Madge d'être complice du meurtre de Dani Anderson, notre première victime. Nous pensons que les deux autres travaillaient plus ou moins avec elle. Avant qu'elle les tue aussi.

— En tout cas, c'est notre dernière hypothèse en date, précisa Dante. Connaissez-vous d'autres femmes du réseau Betty ? Madge les a peut-être contactées.

Jojo lui donna plusieurs noms. Dante n'en reconnut aucun, mais il les nota tous dans son carnet, corrigeant l'un d'entre eux quand son interlocutrice lui en donna l'orthographe exacte.

Janet remballait l'affiche dans son carton.

— Vous dites que Marge essaie de tuer Rook ? murmura-t-elle. Cela me semble un peu bizarre, quand même. Surtout que…

Dante se pencha sur le comptoir.

— Surtout que quoi ?

— Eh bien, que sa mère travaille pour Rook, répondit Jojo. Et cela fait déjà un bail.

— J'ai la liste de tous les employés de Rook, ils sont à temps partiel et aucun d'eux n'a accès à….

Dante et Hank échangèrent un regard intense. Ils avaient été consciencieux, récoltant autant d'informations que possible sur toutes les personnes de l'entourage de Rook. Une seule semblait avoir un passé très flou, mais Dante avait mis ça sur la vie douteuse qu'elle avait menée autrefois – comme Rook d'ailleurs.

— Oh, merde ! Non ! Non… merde ! Elle a toujours été là, depuis le début et je n'ai rien vu.

— Je suis complètement paumé, grommela Hank. De qui parlez-vous ?

Jojo lui tapota doucement la main, comme pour le consoler.

— De Charlène Canada. C'est la mère de cette Madge dont j'ai oublié le nom.

XXI

— PUTAIN ! CRACHA Rook, en se jetant par terre.

Il s'était fait repérer. Aucun doute là-dessus. Dès que Madge – du moins, il pensait qu'il s'agissait d'elle – avait brandi l'arme qu'elle tenait dans la main, il avait retrouvé ses anciens instincts. Survivre à n'importe quel prix. Faisant courir sa main le long du rebord déchiqueté de sa vitrine, il récupéra une poignée de débris qu'il jeta devant lui. Dans la lumière dure du plafonnier de la boutique, les fragments de verre et de métal prirent des jolis reflets multicolores avant de frapper Madge au visage, provoquant douleur et entailles diverses.

Rook ne s'attarda pas pour vérifier s'il l'avait blessée. Tournant les talons, il s'enfuit en direction de la porte arrière qui donnait au coin de son immeuble. Il avait du mal à se déplacer. Ses pieds glissaient sur le verre dont le sol était couvert et son gros orteil saignait toujours. Les hurlements de Madge le poussèrent à courir plus vite, il entendit ses jurons salés malgré les halètements que la panique provoquait chez lui. Un coup de feu retentit et un morceau du pilier en parpaing qu'il venait de dépasser explosa dans une grêle de poussière et de fragments de ciment.

La disposition de ses arrière-salles et vitrines, censée être astucieuse, s'était plus ou moins transformée en labyrinthe mortel. Rook ne pouvait même pas se guider en plaçant la main gauche sur les murs, car il ne ferait qu'aggraver sa situation. Il existait bien des passages ouverts entre les couloirs, que Rook avait prévus pour faciliter le déplacement de ses marchandises particulièrement encombrantes, mais ceux-ci étaient actuellement bloqués par les caisses et les cartons des objets récupérés dans la boutique pour permettre aux travaux de restauration de commencer.

— Foutus déménageurs ! grommela Rook. Pour une fois, je n'aurais pas eu besoin qu'ils fassent du zèle ! Pourquoi ne m'ont-ils pas laissé un passage accessible ?

Coincé dans un cul-de-sac, il dut revenir sur ses pas. Dommage qu'en arrivant tout à l'heure, avec Dante, tous deux soient directement montés à son loft, sinon il aurait repéré ce désastre plus tôt.

L'arrière-salle était dans un état lamentable et il n'arrivait pas à trouver un passage pour atteindre la porte du fond. Il lui fallait également se protéger les pieds. Même si sa respiration haletante ne suffisait pas à attirer l'attention de Madge, les empreintes sanglantes qu'il laissait derrière lui étaient une ligne rouge aussi clairement marquée que dans les vieux dessins animés *Family Circus*.

Il regrettait les bruits habituels de sa boutique, les doux '*bip-bip*' et les vrombissements de ses jouets et autres objets de collection, essentiellement parce qu'ils auraient dissimulé sa présence. Il n'y avait que le bourdonnement discret de la climatisation de certaines vitrines, murmure à peine audible qui lui tenait compagnie pendant qu'il cherchait de quoi se chausser.

La plupart des marchandises qu'il gardait dans la réserve étaient celles qu'il envisageait de placer un jour ou l'autre dans les vitrines de Potter's Field pour attirer l'attention des badauds et touristes. Sauf qu'à l'heure actuelle, Rook ne s'intéressait pas au flashy, il lui fallait du pratique. Il trouva des mocassins pailletés d'or portés pendant le tournage d'un vieux film de Flash Gordon, mais ils étaient bien trop petits pour ses orteils – comme si les clochettes accrochées aux lacets n'étaient pas une catastrophe suffisante.

Les autres chaussures étaient encore pires – et essentiellement féminines. Rook regretta soudain d'avoir refusé les bottes à talons compensés qu'un quidam avait tenté de lui vendre comme ayant fait partie de la garde-robe d'une rockstar dans un navet des années 1970.

— D'accord, alors je fais quoi ?

Gardant l'oreille tendue pour surveiller les mouvements de Madge, il sortit discrètement une boîte d'une des étagères du bas. Il commençait à avoir vraiment très mal aux pieds et son cœur tambourinait. Pourtant, il respira profondément.

— Tu te calmes, Stevens. Dis-toi que tu es au boulot. Comme avant. Rien de plus. Concentre-toi.

Puis il changea de ton et ajouta :

— Oh, putain ! Charlène, que Dieu te bénisse pour ton fétichisme des marques !

Il venait de trouver des Converses en cuir noir dans une boîte marquée 'chaussures de films robot'. La taille était un peu trop grande pour lui, mais du coup, ses pieds s'y trouvaient au large. Il serra solidement les lacets, dont il entoura l'excédent autour de ses chevilles. Il fit un pas pour vérifier qu'il pouvait marcher et s'enfonça dans les épaisses semelles, soulagé de ne plus ressentir aucune douleur.

— Maintenant, tu te barres, marmonna-t-il. Et bon Dieu, arrête de parler tout seul !

C'était un tic débile, qu'il avait pris depuis son premier coup. Les propriétaires de la maison qu'il tentait de cambrioler étaient rentrés chez eux à l'improviste et Rook avait découvert que tenir un monologue constant l'aidait à oublier sa terreur alors qu'il était accroché au balcon, à douze mètres de haut. Il s'était senti moins seul en se parlant à voix haute.

Mais aujourd'hui, cette habitude risquait de causer sa perte.

Une ombre bougea dans la lueur bleutée de l'arrière-boutique. Rook se figea et réfléchit. S'il réussissait à faire le tour par l'avant et à revenir à l'angle adéquat, il n'avait plus qu'à filer tout droit pour tomber sur la porte de derrière. La cage d'escalier, à sa gauche, était plus proche et, une fois enfermé dans son loft, sa position serait inattaquable grâce à la porte blindée et aux serrures sophistiquées. D'un autre côté, il serait piégé là-haut, incapable de sortir ou de contacter les secours.

— Ils risquent aussi de foutre le feu pour me faire sortir. Je vais assassiner Dante ! Il n'avait pas à me prendre mon téléphone et mon portable.

Rook s'accroupit en voyant une autre ombre rejoindre la première. Il entendit des voix étouffées, mais leurs paroles se perdirent dans le bourdonnement d'un compresseur à proximité.

— Merde, je pourrais ouvrir une putain de fenêtre et alerter quelqu'un sur le trottoir... si j'arrive jusque-là. Allons-y.

Il n'avait pas grand-chose pour lui servir d'arme. Tout ce qui était lourd et substantiel avait été mis en caisse et emporté à son entrepôt, à des kilomètres de là. Ce qu'il trouva de mieux fut une crosse de hockey qu'il avait acquise après l'annulation d'un spectacle de magie. Malheureusement, sa longueur la rendait trop difficile à manœuvrer dans un espace restreint. Il ne fit que trois pas dans le couloir avant de voir s'ouvrir la porte de la cage d'escalier – d'où quelqu'un s'apprêtait à sortir. Rook avait deux options : retourner dans l'arrière-boutique ou passer à l'attaque. Il saisit le premier objet contondant qui lui tomba sous la main, une petite batte achetée lors de la liquidation d'un stade de base-ball.

— Bordel. Tire et fous le camp !

Il se préparait déjà à sprinter. Puis son univers explosa dans un capharnaüm de folie et de bruit.

Il entendit des cris derrière lui alors que les ombres récemment surprises devenaient des personnes. Les beuglements de Madge qui lui hurlait de s'arrêter se mêlaient à une voix rauque, masculine. Des coups de feu accompagnèrent sa suite. Rook grimaça en entendant des bruits de verre brisé et d'autres jurons. Brandissant la batte au-dessus de sa tête, il se jeta sur la personne qui venait de sortir de l'escalier, dans l'espoir de la prendre au dépourvu. Il réalisa vite avoir failli commettre une terrible erreur en voyant une queue de cheval blonde, puis il croisa l'expression surprise et horrifiée de Charlène et baissa son arme improvisée. Pivotant sur ses talons, il tenta de ne pas la percuter, mais ses Converses trop grandes et ses pieds mouillés le firent trébucher. Il s'écrasa contre les briques du mur de son couloir. Une onde de douleur lui remonta le long du bras quand la surface crénelée s'incrusta, à travers le mince tissu de son tee-shirt, dans sa plaie récemment recousue. Il sentit ses points de suture lâcher, se déchirer. Il lâcha sa batte, les doigts étant trop engourdis pour en tenir plus longtemps la poignée.

— Merde, Char. Va-t'en, remonte vite dans mon appart' !

Un autre coup de feu retentit. Cette fois, la balle toucha le mur près de sa tête.

— Putain… va-t'en ! insista-t-il.

Le visage de Charlène se modifia sous ses yeux, son expression cruelle exprimant une certaine pitié.

— Bon Dieu, Rook. Qu'est-ce que tu peux être con !

— D'APRÈS LE central, il y a un carambolage sur la sortie Sunset de la 101. Ils ne savent pas si on pourra passer, hurla Hank. Tu as mis les sirènes ?

— Les sirènes et les gyrophares. Les deux, cria Dante. Tu ne peux pas venir avec moi. Je refuse de te faire courir un risque pareil.

— Montoya, va te faire…

— Je suis sérieux, Camden. Tu n'entends rien et je ne veux pas te voir dans la ligne de feu si la situation dérape.

Il zigzaguait dans la circulation, repoussant les voitures de son chemin à grands gestes et coups de klaxon, toutes sirènes hurlantes, gyrophares allumés.

— Quand je pense à ce que j'ai fait ! explosa Dante. *Canicas*, pourquoi j'ai emporté son putain de téléphone ? Qu'est-ce qui m'a pris ?

— Attention au bus ! Le bus, Dante ! Oh, bordel !

Hank s'accrocha au tableau de bord et s'appuya contre la portière quand Dante dérapa vers le trottoir pour éviter un autobus qui venait de leur couper la route. Les roues crissèrent, la berline heurta le ciment, rebondit et dérapa sur l'asphalte, en direction de la voie de gauche, faisant de l'aquaplanage sur une flaque peu profonde provenant d'un drain bouché.

— Seigneur, tu vas nous tuer ! souffla Hank, blême.

— Accroche-toi !

Après avoir averti son partenaire, Dante donna un coup de volant et la voiture banalisée prit un carrefour en catastrophe. Elle fut contrainte de ralentir en passant devant un feu rouge, qu'elle brûla avec la sirène pour prévenir les voitures en sens inverse.

— Nous y sommes presque, cracha Dante. Je veux… Il faut que tu m'appelles des renforts, Hank.

— Nous allons passer pour des cons s'il est toujours coincé chez lui !

Hank grommelait presque aussi bruyamment qu'il hurlait. Malgré sa conduite dangereuse, Dante lui jeta un regard sévère.

— Merde, reprit son partenaire, je disais seulement que tout allait peut-être bien. Mais si tu rentres là-dedans tout seul et si l'assassin y est déjà, le capitaine t'arrachera les couilles, Montoya.

— C'est moi qui ai téléphoné à Charlène pour la prévenir que Rook était enfermé. *Bordel !*

Il avait les entrailles qui gargouillaient tellement, la peur lui serrait la gorge.

— D'accord, conduis, Montoya, je me charge du reste. Je préviens le central.

Sur ce, Hank se pencha et sortit le matériel de communication de la voiture.

— Alors, qu'est-ce qui se passe à présent ? Je continue à parler tout seul, ou bien je suis censé me faire tabasser pour un renseignement que je n'ai pas ?

Rook s'appuya contre le mur, la main crispée sur son épaule blessée.

— Putain, Charlène, je ne sais même pas ce que tu cherches, insista-t-il.

Il n'arrivait pas à se remettre de sa trahison. Il avait l'impression d'avoir perdu une partie de son âme. Il aurait dû savoir… il aurait dû se méfier en la trouvant chez lui, à fouiller dans sa garde-robe à la recherche d'une foutue tenue pour une foutue soirée. Mais non, pas du tout, il avait gobé un des plus vieux trucs du livre des manipulations : la blonde idiote.

La porte de service était pratiquement dans son dos, mais elle aurait aussi bien pu se trouver à un kilomètre de là. Rook n'avait plus qu'un seul atout dans son jeu : son bagout. Par contre, il ne fallait absolument pas qu'il laisse le malabar obtus positionné derrière Madge lui mettre la main dessus. Apparemment, il n'y avait pas de brillant tireur dans le lot – ils étaient seulement capables d'atteindre la berline d'un vieil homme arrêtée à un carrefour. Bien sûr, s'il filait dans le couloir, il ferait une cible assez facile, à moins qu'il réussisse à mettre un obstacle entre eux et lui, ce qui n'était pas gagné.

Rook était dans une merde noire. Il le savait.

Il calcula depuis combien de temps il connaissait Charlène et la fréquentait de près, tout en reculant d'un pas pour s'écarter de l'escalier qui montait à son loft.

— Alors, c'était moi ton projet à long terme ? Et tu mijotes ce coup depuis… combien de temps, des années ? Dis-moi, est-ce que tu posais pour tout le monde à la dinde sans cervelle, Char ? Ou bien juste avec moi ? Parce que je dois reconnaître que, à mes yeux, tu avais le QI d'une huître.

Il était près d'elle, mais il n'avait aucune chance de l'écarter pour refermer sur lui la porte de la cage d'escalier – dont le manque de serrure n'arrangeait pas ses affaires. Il ne pourrait pas verrouiller le panneau pour grimper jusqu'à son appartement et s'y barricader.

Son seul espoir restait l'issue de derrière.

Il recula d'un autre pas. Comme dans un ballet bien orchestré, Charlène fit un pas en avant, dans sa direction. Madge et son ombre à la mine patibulaire s'approchèrent latéralement, le bloquant davantage. Rook étudia la brute pour tenter d'évaluer sa vitesse de réaction. Parfois, les balourds étaient trompeurs. Il avait jadis vu un Samoan danseur du feu traverser l'arène en moins de dix secondes en entendant hurler une des filles de piste. Bien sûr, se souvint-il, l'enragé avait aussi failli arracher le bras du gars qui emmerdait sa copine, donc il lui fallait penser aux désagréables répercussions qui l'attendaient s'il ratait son évasion.

Il se méfiait de Madge à cause de l'arme qu'elle ne cessait d'agiter ; ses doigts tremblaient sur la gâchette alors qu'elle jetait à Charlène de fréquents coups d'œil. Il y avait quelque chose entre ces deux femmes. Tout à coup, Charlène secoua la tête et son visage passa dans l'ombre. Rook se rendit alors compte leur ressemblance.

— Putain, vous êtes sœurs ? demanda-t-il d'un ton délibérément désinvolte.

Vu leur âge respectif, elles étaient plutôt mère et fille, ou tante et nièce. Mais si Charlène avait feint la sottise, Rook savait qu'une femme, aussi fanée soit-elle, sublime toujours sa vanité et son ego.

Elle mordit l'hameçon et lissa son front du bout des doigts.

— Non, c'est ma fille.

— J'aurais dû le repérer, riposta Rook, mais je n'ai jamais vraiment regardé Madge. Par contre, c'est quoi ce nom… Franchement ? *Madge ?* Tu l'as inventé juste pour tes escroqueries avec Pigeon ?

Charlène agita le doigt dans sa direction.

— Mon petit chou, il va falloir que nous discutions, toi et moi. Je veux savoir où tu as caché ton magot avant de raccrocher.

— Bébé, je n'ai rien gardé. J'ai dépensé tout ce que je possédais dans cet immeuble.

Il simula une grimace et serra son bras plus fort encore. Il n'eut pas réellement à se forcer. Il avait bel et bien arraché ses points de suture. Sa blessure saignait et, même en faisant pression, Rook n'arrivait pas à garder son fluide vital à l'intérieur, là où était sa place.

— Non, non, non. Je sais que tu mens, cracha Charlène. Je te connais. Et Dani te connaissait, elle aussi.

L'image de la pin-up qu'elle avait si soigneusement cultivée se fissurait, devenant une caricature de femme fatale au lieu de la blonde glamour dont Rook avait l'habitude. Sur ses lèvres, le rouge violent ressemblait à du sang – comme celui qui dégoulinait sur son bras – et, alors qu'elle avançait vers lui, le cliquètement de ses talons hauts sur le ciment était aussi bruyant que des coups de feu.

— Dani était complètement dingue, Char, lui rappela Rook. Elle délirait. Je te rappelle que cette cinglée pensait que j'avais trouvé quarante lingots d'or dans la dernière maison que nous avions faite ensemble. Tu as une idée du poids d'un lingot ? *Douze kilos quatre !* Et j'en aurais mis quarante dans mon sac à dos pour tranquillement descendre le long du mur d'enceinte ?

Charlène rejeta sa remarque d'un haussement d'épaules.

— Je ne te parle pas de lingots, mais de bijoux. Des pierres. Dani a gardé la trace de chacune d'entre elles. Elle avait même préparé un faux diamant pour le donner à ce flic, mais ce connard n'en a pas voulu – il préférait quelque chose de plus marquant. Or le caillou n'est jamais arrivé sur le marché. Un diamant énorme ! Elle savait que tu l'avais gardé.

— Et pourquoi a-t-elle apporté ce faux diamant chez moi ?

Il secoua la tête et recula encore. Cette fois, manifestement, c'était un faux pas, car la montagne chauve qui se trouvait derrière Madge se décala et se rapprocha de lui. Rook leva le bras et agita la main, envoyant délibérément d'autres gouttes sanglantes sur le sol.

— Écoutez, annonça-t-il, vous pouvez encore vous en sortir tous les trois. Personne ne sait que vous êtes là…

Ce fut Madge qui intervint :

— Si, ton flic est au courant. Il a téléphoné à maman, tu t'en souviens ?

Elle se tourna vers sa mère pour dire :

— Si tu veux mon avis, nous devrions le tuer et tout fouiller une dernière fois. Ensuite, tu diras que tu l'as trouvé en arrivant. Le flic l'a déjà baisé, non ? Il ne sera pas pressé de revenir.

— Bon Dieu, ta vie sexuelle doit être passionnante, Madge, ricana Rook, si les gars ne pensent qu'à prendre la porte après t'avoir sautée.

Elle releva son arme. Sa main était ferme et le canon pointait Rook en pleine poitrine. Avec le même air supérieur que sa mère, Madge aboya :

— Continue à parler, connard. Je crève d'envie de te fourrer ce canon dans le cul et de vider le chargeur. Je tiens à te tuer depuis le début de ce merdier, mais maman ne voulait pas.

— Ma question est simple, Rook, intervint Charlène. Je sais que tu as des millions de dollars en bijoux cachés ici, quelque part. Je veux savoir où.

— Même si c'était vrai, pourquoi te le dirais-je ? Je sais très bien que tu enverrais Gojira les chercher avant de foutre le camp… mais je serais dans quel état ?

Il commença à trembler. Il avait de plus en plus froid. Il vit le mur bouger devant ses yeux, aussi s'en écarta-t-il pour ne pas s'y cogner la tête.

— Je ne suis pas aussi con que ta fille en a l'air, Char, ajouta-t-il. Même si j'avais caché quelque chose, te le révéler ne me rapporterait qu'une balle dans la nuque. Madge paraît beaucoup y tenir.

Madge ricana.

— Ce n'est pas dans ta nuque que je tirerai, mais dans ta bouche. Juste pour le plaisir de me dire que j'aurai enfin réussi à ce que tu fermes ta grande gueule.

— Morris est là pour t'aider à retrouver la mémoire, mon chou.

Charlène rit en voyant la grimace que Rook ne put réprimer.

— Tu vois, reprit-elle, j'ai passé des mois à fouiller la boutique et ton appartement. J'ai trouvé toutes tes cachettes, mais elles sont vides. Tu es un sacré sournois, gamin. Tu l'as toujours été. Un sale petit con visqueux qui n'aime personne, qui ne fait confiance à personne. Bon sang, même ta mère ne pouvait pas te blairer. Madge n'est peut-être pas aussi intelligente que toi, mais elle au moins a une mère qui tient à elle. Ce qui n'est pas ton cas.

— Charmant ! Dire que je t'ai gentiment donné mes cartes de crédit !

Le sol devant lui était sans doute couvert de gouttes de sang, mais Rook n'osa pas baisser les yeux pour vérifier, même s'il espérait avoir suffisamment mouillé l'espace entre l'escalier et la porte arrière. Il s'appuya contre le mur, ayant besoin de son soutien. Pour une fois, d'avoir tergiversé pour peindre le ciment qui s'effritait dans cette zone allait lui servir, même s'il avait failli s'y tuer bon nombre de fois en dérapant après un peu de pluie.

— Tes cartes ont servi à payer Morris, ricana Charlène. Quel effet ça te fait d'apprendre que c'est grâce à toi que ton grand-père a été tué ?

À nouveau, Madge agita son pistolet.

— Nous perdons du temps. Morris, attrape-le. Cette fois, tu ne peux pas le rater. Ce n'est qu'un fouinard maigrichon avec un gros pif.

— Je n'ai pas un gros pif !

C'était maintenant ou jamais. Le corps massif de Morris occupait bien trop du couloir étroit, mais Rook n'avait pas besoin de beaucoup d'espace. Il parcourut quelques mètres, ou du moins, il le crut. Puis la situation bascula, et tout passa au ralenti – ou en accéléré. Rook ne savait plus très bien. Il sentit des mains brutales dans ses cheveux, puis la douleur d'être rattrapé et projeté contre un mur explosa en son et lumière. Il eut vraiment l'impression d'entendre des pétards près de sa joue et qu'un courant d'air glacé pénétrait dans la moelle de ses os, anesthésiant l'ensemble de son corps. Il perdait trop de sang, ou trop rapidement. De toute façon, il perdait aussi conscience.

Et il lui fallait atteindre la porte.

Un rai de lumière apparut au bout du couloir. Ébloui, Rook cligna des yeux. Morris se tordit et hurla à son oreille. Puis le sol se déroba sous lui. Écrasé par le poids du corps inerte de la brute, Rook s'écroula. Il sentit l'humidité et le froid – un froid létal qui courait sur sa peau. Sa tête heurta violemment le sol et Rook perdit pied. Il coula, impuissant, se noyant dans un océan d'étoiles pâlissantes.

Sous un coup de pied de Dante, la porte s'ouvrit facilement et s'écrasa contre le mur. L'inspecteur avança avec prudence, le canon de son arme braqué au sol, le dos contre la paroi. Il vit l'éclat d'un coup de feu au bout du couloir et Rook tomber à terre, avec une montagne humaine s'écrasant sur lui. L'odeur âcre de la poudre et du sang empuantissait l'espace restreint. Au bout, Charlène et Madge se silhouettaient, éclairées par derrière par une vive lumière émanant de la boutique.

— Je suis avec toi, Montoya, hurla Hank.

Dante faillit se retourner pour ordonner à son partenaire de l'attendre dans la voiture, mais au même moment, Madge tira sur eux.

— Police ! Lâchez votre arme !

Il releva son arme et visa la plus petite des deux femmes. Madge tourna la tête vers sa mère, le visage crispé dans une grimace en colère.

— Dernier avertissement, Madge, insista Dante. Posez votre arme avant que…

Ce fut Charlène qui reprit la fusillade. Arrachant l'automatique des mains de sa fille, elle pressa la détente. Dante se jeta par terre, espérant que Hank s'était également mis à couvert. Il roula sur lui-même et braqua son Glock, prêt à faire feu, mais Charlène avait disparu.

—Hank, vérifie si Rook va bien. Et couvre-le. Et si celle-ci t'emmerde, tu lui tires dessus !

Dante dut faire un effort pour passer devant son amant sans s'arrêter, ses jambes devenant de plus en plus lourdes à chaque pas qui l'éloignait du corps ensanglanté. Il eut le temps de voir sa poitrine se soulever sous le mince tissu du tee-shirt mouillé. Quant à Madge, elle se recroquevilla, les mains sur la tête, au moment où il l'atteignit. Derrière lui, Hank poussa quelques jurons féroces.

Devant l'escalier, le sol glissait. Dante dérapa et dut se retenir contre le mur pour garder l'équilibre, laissant quelques traces de sang sur la brique.

— *Cuervo* s'en sortira, grommela-t-il pour se rassurer. Il a sans doute rouvert sa blessure. Je crois qu'il saigne du bras, mais pas beaucoup. Juste un peu.

Il contourna un pilier encore dans la pénombre, la pièce avant du magasin était juste devant lui. Il n'avait pas réellement prêté attention aux arrière-salles que Rook avait aménagées pour entreposer ses marchandises. À présent, il regrettait de ne pas avoir mémorisé le plan général des lieux quand il en avait eu l'opportunité. Charlène avait l'avantage sur lui, puisqu'elle y travaillait depuis des mois en fouillant chaque centimètre carré à la recherche de ce qui était, d'après Jojo et Janet, une simple rumeur. Il serait bizarre que Rook ait gardé les plus beaux joyaux de sa carrière de voleur pour les dissimuler dans un bâtiment où n'importe qui pouvait tomber dessus.

— Si ce que vous voulez était vraiment ici, Charlène, vous ne pensez pas que vous l'auriez déjà trouvé ? cria Dante. Depuis combien de temps cherchez-vous ? Des mois ? Un an ? Deux ? Combien de gens votre fille et vous avez-vous tués pour un mythe ?

Il heurta du genou une pile de caisses et se mordit la lèvre pour retenir un juron, tout en écoutant si Charlène allait lui répondre.

— Vous ne le connaissez pas, connard ! Croyez-vous vraiment le décrypter parce que vous l'avez baisé ? Savez-vous au moins à combien de gars il a offert son cul ? Merde, ce petit fumier n'avait pas encore quinze ans que la plupart des forains lui étaient déjà plusieurs fois passés dessus et jamais aucun d'entre eux n'a été capable de dire s'il leur mentait ou pas.

La voix de Charlène résonnait quelque part dans la boutique. Un cliquètement suivit son hurlement, du métal sur quelque chose de solide. Dante tenta de se rappeler si la porte d'entrée avait été bloquée de l'extérieur ou simplement verrouillée. Rien ne lui vint, car il était obsédé par le sang qui marquait le flanc de Rook et son pâle visage presque dissimulé sous ses cheveux bruns emmêlés.

Il repoussa la fureur que les paroles de Charlène avaient fait naître en lui.

— Je ne vais pas lui tirer dessus, marmonna-t-il. *Dios en el cielo*, s'il vous plaît, aidez-moi à ne pas la tuer.

Quelque chose se fracassa, assez fort pour que Dante devienne franchement nerveux. Il entendit aussi les sirènes, un son rassurant qui lui parvenait par la porte du fond restée ouverte. Il envoya une rapide prière au ciel pour qu'il y ait au moins une ambulance parmi les renforts.

Ensuite, il quitta l'abri du pilier et pénétra dans le magasin.

Charlène s'y trouvait, elle l'attendait. Elle avait une posture bancale, ayant perdu un des hauts talons de ses incroyables chaussures, mais ses mains étaient fermes, prêtes à tirer. Si le canon de son arme oscillait, c'était uniquement parce que son emprise était trop serrée, trop impatiente.

— Si vous tirez sur un flic, Charlène, vous n'aurez plus aucune chance, l'avertit Dante. Il y a déjà eu beaucoup de morts dans cette histoire. Tenez-vous réellement à en ajouter ?

Il replongea à l'abri du pilier. Il ne restait qu'un miroir intact sur une vitrine, près de l'entrée, mais avec le plafonnier allumé, il pouvait surveiller le reflet de Charlène.

Il la vit hésiter, puis baisser son arme.

— Il aurait dû être le seul à mourir... soupira-t-elle. Avec Dani. J'avais à peine tué cette garce quand les flics sont arrivés.

Elle perdit l'équilibre. Dante envisagea d'approcher, mais elle se redressa très vite.

— Et après, reprit-elle, furieuse, voilà que Jane – *cette salope* ! – va parler de nous aux flics ! Elle a cafté sur Madge et prévenu la police avant que ce salopard de Rook trouve la fin qu'il méritait.

— Vous aviez déjà prévu de tuer Dani, n'est-ce pas ? Et les autres Betty ?

Dante repéra plusieurs disjoncteurs dans un coffret électrique, sur le mur adjacent, chacun avec une étiquette indiquant sa position. Plonger le magasin dans l'obscurité lui donnerait sans doute l'opportunité de désarmer Charlène, mais il ne voulait pas courir le risque qu'elle lui tire dessus au moment où il quittait son abri. Surveillant toujours son reflet dans le miroir, il cria :

— D'ailleurs, pourquoi teniez-vous tant à tuer Rook ? Après tout ce qu'il a fait pour vous ?

— Ce qu'il a fait pour moi ? Non, mais, sans blague ! C'est du pipeau ! ricana Charlène. Personne ne fait rien pour personne, c'est chacun pour soi. Et les deux Betty, bon Dieu, quelle foutaise ! Madge ne savait même pas que je les avais tués. Ils voulaient plus que leur part, merde, quoi ! C'est moi qui ai passé des heures à fouiller cette boutique pourrie et à trimbaler de la merde pour ce connard. Alors, j'en ai eu ras le bol. J'ai décidé qu'il n'y aurait plus que Madge et moi.

— Ce qui ne me dit pas pourquoi vous vouliez assassiner Rook.

Dante entendit des bottes approcher derrière lui, dans le couloir, des voix qui chuchotaient, des frottements de cuir sur le ciment. Jetant un coup d'œil derrière son épaule, il aperçut un agent du SWAT[44] émerger de

---

44 Acronyme de *Special Weapons And Tactics*, les unités de police d'élite aux États-Unis.

l'arrière-salle, dans son équipement complet, un fusil d'assaut à la main. Dante écarta un pan de sa veste pour exhiber son badge, puis d'un signe de tête, désigna la boutique où Charlène continuait à fulminer.

— Si nous avions laissé Rook s'en tirer après un coup pareil, il aurait été sur notre dos comme une vraie sangsue. Quand il a une idée dans la tête, il ne lâche jamais prise ! cria-t-elle. Et maintenant que tout est foutu, je compte bien vous dégommer avant de partir.

Sur ce, elle lui tira dessus. Dante sortit de sa cachette et fit feu, lui aussi. Au même moment, l'équipe du SWAT le rejoignait. Charlène était touchée, mais elle continuait à tirer. Le premier agent lui envoya une rafale. Le corps secoué de soubresauts, Charlène tomba à la renverse. Ce furent les trois plus longues secondes de la vie de Dante, ce mitraillage apparemment sans fin et les cris de la mourante qui tentait de vider son chargeur sur ceux qui la tuaient. Dante sentit quelque chose de chaud heurter sa veste et lui vider les poumons, suivi d'un choc douloureux. Pourtant, il resta debout, il voulait s'assurer que Charlène ne présentait plus de danger.

Elle s'immobilisa enfin, vieille poupée cassée, bras et jambes écartées autour d'elle. Il avança, l'arme brandie, mais les prunelles bleues se voilaient déjà. Le sang coulait du torse perforé et commençait à former une flaque sous le corps agité des spasmes de l'agonie. Puis elle poussa son dernier souffle et ne bougea plus.

Dante recula pour ne pas piétiner le sang qui s'écoulait du corps de Charlène.

Il tressaillit quand une main tomba sur son épaule. Il se retourna vivement, manquant flanquer son poing dans la mâchoire de Hank. Le souffle court, il reprit ses esprits et regarda l'équipe du SWAT occuper la boutique.

— Marrant, non ? coassa bruyamment Hank.

— Quoi ?

Son partenaire fit claquer sa langue entre ses dents.

— C'est à peu près l'endroit où nous avons trouvé Dani, dans le même état. Qui sème le vent récolte la tempête.

XXII

UNE SEMAINE plus tard, après de nouveaux points de suture et un bref séjour à l'hôpital, Rook ouvrait la porte de son entrepôt à West Hollywood, puis poussait son cousin à l'intérieur. Alex était l'un des rares membres de la famille Martin qu'il supportait – en plus de leur grand-père. Un peu à contrecœur, Alex avait accepté sa demande d'un service particulier assorti de deux conditions : pas de question et ne jamais en parler, ni maintenant ni plus tard.

Comme lui, son cousin avait un long corps mince et des traits qui rappelaient ceux d'Archibald, mais la ressemblance s'arrêtait là. Nerd aux cheveux blonds et aux yeux pétillants, Alex avait été élevé dans une famille aisée par des parents aimants, il était tout ce que Rook n'était pas... et plus encore.

C'était un garçon vraiment gentil récemment tombé amoureux d'un flic – juste après qu'un cadavre atterrisse, via le toit, dans son magasin de bandes dessinées.

— Il n'y a rien ici que tu puisses...

Alex s'interrompit, puis sa voix devint le murmure respectueux que Rook pensait réservé aux antiques cathédrales.

— Oh. Mon. Dieu. Rook...

Le large entrepôt contenait ses plus beaux objets – la *crème de la crème*[45]. La température était maintenue au plus bas pour mieux préserver les pièces délicates, des vitrines éclairées s'alignaient au milieu et tout autour de la grande salle. Il y avait aussi de fins tiroirs où Rook rangeait les documents vintage et les anciennes affiches. La plupart des vitrines ne contenaient qu'un ou deux articles, qui en général provenaient de films célèbres ou d'émissions de télévision, mais quelques-unes, par exemple celle où il conduisit Alex, étaient dédiées aux livres.

— Voici ce que j'ai prévu pour toi, cher cousin, expliqua-t-il en l'ouvrant. C'est une édition originale d'*Alice au Pays des Merveilles*, la

---

45 En français dans le texte (NdT)

couverture a toutes ses dorures et la page de garde est signée par Appleton et annotée par le dessinateur Tenniel.

Il se tourna vers son cousin et ajouta :

— Alex, dis quelque chose. Tu es tout bleu.

Alex remonta ses lunettes sur son nez.

— Seigneur ! chuchota-t-il. Je me vendrais pour un truc pareil !

— Oui, mais je ne peux accepter. Tu es mon cousin germain, je pense que les lois californiennes nous interdisent le sexe.

Il croisa le regard intense d'Alex et y répondit par un sourire narquois.

— Écoute, reprit-il, c'était un compliment. Avant toi, je n'ai jamais eu de cousin et tous les autres, ces moutons, je ne voudrais pas y toucher même avec des pincettes. Mais toi… tu m'intéresserais, ça, c'est sûr.

Les lunettes d'Alex brillaient, illuminées par les reflets de la couverture rouge et or.

— Que veux-tu pour ce livre ? Aucun service ne peut valoir autant.

Rook ouvrit la vitrine, sortit le livre et l'enveloppa dans un chiffon en microfibre. Il tendit à Alex le paquet emmitouflé.

— Mais si, j'ai besoin de ton aide. Et de ton silence. Il faut être deux pour ce que j'ai en tête et tu es le seul en qui j'ai confiance.

— Et ton… Et Dante ? Tu n'as pas confiance en lui ?

— C'est *pour lui* que je fais ça. Mais je ne pouvais pas lui demander un coup de main, ça aurait… tout foutu en l'air. Ça *nous* aurait brisés. Tu ne vas pas me croire, mais j'essaie de bien agir. Pour une fois.

— J'ai comme un doute. Si c'est vrai, pourquoi me soudoies-tu pour t'aider ?

— Ce n'est pas ton aide que j'achète, corrigea Rook, juste ton silence. Tu es d'accord ?

Alex soupira, puis reposa le livre dans la vitrine toujours ouverte.

— Oh, bon Dieu, oui ! Que veux-tu que je fasse ?

La caisse en bois se trouvait à l'endroit où Rook l'avait laissée, contre le mur au fond de l'entrepôt, dissimulée au milieu des autres empilées là. Repoussant un carton plus petit, Rook passa derrière la caisse et la poussa, la faisant glisser sur le sol. Surpris, Alex intervint et écarta Rook encore amoindri par ses blessures, se chargeant lui-même de manipuler la lourde caisse.

— Aurais-tu oublié que tu as été récemment blessé ? le réprimanda-t-il. Dégage de là.

— Mets-la un peu plus loin. Je vais chercher un pied-de-biche et un marteau dans ma boîte à outils.

En s'éloignant, Rook grommela entre ses dents :

— Tu es aussi chiant qu'Archie !

— J'ai entendu !

Alex continuait à pousser en ahanant.

— Tant mieux !

Quelques secondes plus tard, Rook revenait avec les outils.

— Bon, on se calme, Bruce Banner[46]. Je veux seulement ouvrir ce foutu truc, pas l'expulser à l'autre bout du pays.

Alex haletait, l'épaule toujours pressée contre la caisse qui lui arrivait à la taille.

— C'est vrai ? Ça va ? Tu n'as pas besoin que j'aille plus loin ?

— Non, ça va. Sors de…

Rook s'accrocha au pied-de-biche que son cousin cherchait à lui récupérer des mains.

— Mec ! protesta-t-il. Je peux le faire !

Mais Alex fut le plus fort. Peu après, il calait le pied-de-biche sous le couvercle de la caisse et forçait dessus.

— Tu es blessé à l'épaule. Tu t'en souviens ? De plus, je préfère être armé quand les zombies jailliront de là-dedans pour m'attaquer.

Rook ne put retenir son sourire.

— Cousin, tu es complètement siphonné. C'est sans doute pour ça que je te préfère aux autres.

— Pas du tout, tu m'adores parce que je suis le seul à être aimable avec toi. Enfin, avec mes parents.

Alex arracha un morceau de bois avant d'ajouter :

— Recule au cas où ce truc explose. Je ne veux pas avoir à expliquer comment je t'aurai cassé le nez.

— Contente-toi d'ouvrir le couvercle. Il y a des crochets pour les parois latérales.

Quand Alex eut terminé de manier son outil, Rook saisit le bord du panneau de bois et le souleva. Il se pencha à l'intérieur et défit les crochets métalliques qui retenaient les côtés. Il s'écarta ensuite et regarda la caisse se désagréger avec fracas.

---

46 Identité officielle de Hulk, personnage de fiction appartenant à l'univers de Marvel Comics.

Il attendit quelques secondes que la poussière retombe.

Nichée dans des copeaux de bois se trouvait un coffre oblong en bois doré qui brillait là où l'atteignaient les reflets de la lumière. L'objet semblait émaner d'un film d'Indiana Jones. Il était surmonté de deux anges ailés, placés l'un devant l'autre, et gravé de symboles archaïques compliqués. Sur ses quatre pieds ouvragés de type fleuron, il était presque aussi haut et large que la caisse originelle qui l'avait emballé. Deux barres dorées, destinées à le porter à épaule d'hommes après avoir été glissées dans les anneaux scellés sous son couvercle, gisaient sur le sol.

— Rook ! souffla Alex, émerveillé. C'est… C'est vraiment… l'arche d'alliance ?

— L'une d'elles en tout cas. Elle a été légèrement modifiée, admit Rook.

Il sortit de sa poche une clé à molette Allen.

— Maintenant, passons aux choses sérieuses, ajouta-t-il.

Il lui fut assez facile de retrouver les verrous qu'il avait cachés sous le couvercle de l'arche, mais chaque fois qu'il tournait sa clé, un peu de son ancienne vie mourait en lui. Il lui fallut près de cinq minutes pour débloquer le mécanisme et ouvrir les goupilles.

Quand ce fut terminé, Rook se redressa et poussa un profond soupir en ressentant une douleur lancinante dans le bras.

— Il faut maintenant soulever le couvercle, annonça-t-il à son cousin. Fais bien attention à tes doigts. Ce sera plus lourd qu'il n'y paraît. Il y a quelque chose à l'intérieur. Je veux le récupérer avant de tout remettre en place. D'accord ?

Le processus fut assez lent. Quand Rook avait prévu cette cachette, il savait qu'il n'aurait à l'ouvrir que dans des circonstances extrêmes. Aussi, délibérément, s'était-il arrangé pour que l'opération nécessite deux personnes, il lui faudrait donc demander de l'aide – et à l'époque, il n'imaginait pas que ce soit possible. Pourtant, il était là ce soir, à ahaner et à grogner tandis qu'Alex devenait inventif dans ses jurons et promettait de lui arracher les testicules dès qu'il en aurait l'occasion.

Le couvercle s'écarta enfin, libérant l'intérieur de l'arche, et ils le déposèrent avec soin sur le sol. Alex se redressa le premier pour jeter un coup d'œil. Rook entendit pousser un cri de surprise alarmée. Son cousin était accroché des deux mains au rebord de l'arche, les yeux écarquillés.

— Putain, Rook. Ce sont… des diamants ? Et… Nom de Dieu ! C'est plein de… bijoux. Pour combien en as-tu là-dedans ? Que vas-tu en faire ?

— Je vais tout remettre aux flics. Anonymement, bien sûr, ils ne sauront pas que ça vient de moi, mais je vais tout rendre. J'ai apporté des gants et j'ai aussi un sac en velours, neuf. Surtout ne touche à rien !

Il sortit de la poche de son jean des gants en latex en ajoutant :

— Si tu ne touches à rien, tu n'es pas complice. Je suis seul en cause.

— Ah, ce sont des bijoux volés, alors ? Et c'est toi qui les as piqués ? Tu es fou ou quoi ?

S'écartant soudain de l'arche, Alex en essuya fébrilement le bord avec sa chemise. Il remarqua le sourire narquois de Rook et esquissa un sourire penaud.

— Je suis ridicule, c'est ça ?

— Ouais, un peu.

Rook sortit le sac de velours qu'il gardait sous les joyaux et se mit à le remplir de pierres précieuses.

— Je n'en ai pas pour longtemps, précisa-t-il. Tu peux m'attendre dans la voiture si tu veux. N'oublie pas de récupérer ton livre.

— Non, je reste, je vais t'aider à remettre le couvercle, répondit Alex. Dis-moi, pourquoi fais-tu ça ? Pourquoi *maintenant* ?

Rook cligna furieusement des paupières, refusant de laisser paraître ses émotions.

— Pour Dante. Il a besoin de… d'un homme meilleur. Quelqu'un de mieux que celui que je suis… Que j'étais. C'est le seul moyen que j'ai trouvé. Il ne me restait que ça de mon ancienne vie, donc je m'en débarrasse.

— Il compte tellement pour toi ? demanda gentiment son cousin.

Alex était le seul membre de la famille Martin qui savait ce que c'était de vivre avec un flic. Son compagnon, James, était inspecteur à la Criminelle. Il participait parfois aux réunions familiales, surveillant la foule d'un œil sévère, toujours prêt à flinguer le premier inconscient qui se montrerait ouvertement désagréable envers Alex.

— Dante ? Ouais. Tu vois, avec lui, je me sens… en sécurité, Alex. Et avant que je le connaisse, ça ne m'était jamais arrivé, reconnut Rook à mi-voix. Donc, toutes ces conneries ne signifient plus rien pour moi. C'est terminé. Je ne veux que… lui.

LES RÉPARATIONS Potter's Field avançaient vite et bien, décida Dante, quand il arriva au magasin avec ce qu'il venait d'acheter au restaurant cantonais de la rue. Il contourna un gros tas de poutres, évita un ouvrier qui clouait un panneau sur le mur de la cage d'ascenseur et avança jusqu'à la pièce principale, sur l'avant.

Ce fut là qu'il trouva Rook et Manny occupés à discuter, tous les deux penchés sur ce qui ressemblait à des plans pour ressusciter le magasin.

Rook paraissait fatigué, mais il avait perdu la pâleur blafarde des premiers jours, juste après la mort de Charlène. Il n'avait pas encore retrouvé toute sa liberté de mouvement et protégeait encore le bras ayant nécessité de nouveaux points de suture aux urgences. Mais, *bon sang*, qu'il était beau !

Dante avait dû utiliser tous ses atouts de manipulation émotionnelle pour convaincre Rook de passer la nuit à l'hôpital. Manifestement, si son amant se fichait d'avoir perdu du sang et subi un traumatisme crânien, il ne supportait pas l'idée qu'Archie s'inquiète à son sujet. D'ailleurs, aussi bien Rook que son grand-père étaient rassurés de se savoir ensemble au même étage de l'hôpital. Par contre, les autres membres de la famille ne partageaient pas ce bel état d'esprit.

Dante apprit vite que mieux valait ignorer la polémique des Martin et leur fermer au nez la porte de la chambre d'hôpital des deux blessés, puisqu'Archie avait réclamé que son lit soit roulé près de celui de Rook pour lui rendre visite. Apparemment, dans la famille de Rook, une porte close vous simplifiait la vie.

Il s'approcha des deux hommes, pas trop sûr d'apprécier de les voir comploter ensemble.

— Salut, déclara-t-il avec prudence.

D'un ton aussi désinvolte que possible, il ajouta :

— Manny, qu'est-ce que tu fais là ?

Son oncle, rayonnant, frappa Rook sur l'épaule avant de répondre.

— Je suis le nouveau gérant de Potter's Field ! Et nous discutions justement des rénovations. Je suis d'accord avec Rook qui a décidé d'ouvrir une nouvelle entrée, dans l'immeuble, pour accéder directement par-là à l'ascenseur du loft. Mieux vaut cloisonner l'espace de travail et l'espace personnel.

— Je pourrai toujours pénétrer dans la boutique de cet ascenseur, ajouta Rook. Il y aura une porte qui fera communiquer cette partie de l'immeuble avec l'avant, mais je serai le seul à en avoir la clé. Manny propose d'ajouter des fenêtres à l'arrière, mais je préfère ne pas percer l'immeuble pour l'instant.

Dante se tourna vers son oncle.

— Tu… tu as déjà un boulot, Manny, lui rappela-t-il. Tu fais… euh, des trucs dans le cottage derrière la maison. Cheveux. Maquillage. Ce genre de chose. Et je ne veux pas te vexer, mais qu'est-ce que tu connais au cinéma ?

Manny pressa son doigt sur la poitrine de son neveu.

— Dante, mon garçon, je t'adore, mais combien de drag-queens tiennent, comme moi, à se maquiller et à se coiffer tous les jours ? Quant au cinéma, j'ai passé *des années* sur scène.

— Il en connaît bien plus que moi sur les comédies musicales, confirma Rook, penché sur le comptoir. C'est génial, j'aurai plus le temps pour chercher des objets intéressants. C'est ce qui m'intéresse, je ne supporte pas la clientèle.

— Moi, j'ai le sens du contact. Alors, Dante, tais-toi. Je vais à présent parcourir les dossiers de candidatures. Nous aurons engagé tout le personnel nécessaire lors de la réouverture.

Manny récupéra sur le comptoir une pile de papiers, puis ajouta, avec un sourire :

— Si je comprends bien, tu ne rentres pas à la maison ce soir, *mijo*.

Dante agita les sacs qu'il tenait à la main.

— C'est ta nuit *lotería*, pas vrai, *tío* ? Je pense que Rook et moi pouvons nous en passer. Ça ne me gêne pas du tout de ne pas avoir à supporter le bruit, les hurlements et les chansons d'ivrognes.

Manny se haussa sur la pointe des pieds pour embrasser Rook sur la joue.

— Je vais devoir acquérir un chien pour me tenir compagnie. Je le vois à peine… et toi pareil. Vous devriez tous les deux venir plus souvent à la maison.

— Et si nous te trouvions plutôt un compagnon ? proposa Rook. Un mec hyper chouette ?

Il grimaça à peine quand Manny le frappa sur son bras blessé. Dante secoua la tête, conscient que son oncle ne l'avait pas fait exprès, et se pencha pour accepter son baiser.

— Voilà une idée qui me plaît, déclara Manny, flatté. À plus tard, tous les deux.

Il s'éloigna vers la porte de derrière, en prenant le temps de mater l'arrière-train d'un des ouvriers.

Dante posa ses sacs sur le comptoir poussiéreux.

— Alors, tu as *vraiment* engagé mon oncle ?

— Oui, bien sûr, j'ai confiance en lui. Surtout après…

Son visage se figea.

— Putain ! souffla-t-il au bout de quelques secondes. C'est encore douloureux, tu sais. Charlène ! *Quelle salope !*

— Ouais, je sais, chéri.

Il ne mentait pas, il savait, du moins, il compatissait. Rook et lui avaient passé des heures à discuter de Charlène et de Vince, tous deux ayant été déçus et trahis par un ami supposé, ils en avaient gros sur le cœur. Dante trouvait toujours difficile d'admettre que son ex-partenaire ne cessait de tomber encore et encore du piédestal où il l'avait placé, mais Rook ressentait une douleur plus profonde encore. Charlène avait représenté sa première étape vers une nouvelle vie, alors qu'elle dissimulait tout ce qu'il avait rejeté de son passé.

— Tout ira bien, ajouta Rook avec un petit sourire. Au moins, Manny ne passera pas son temps à fouiller le magasin pour chercher Dieu seul sait quoi.

Sa tentative d'humour était faible, mais c'était un progrès par rapport à la semaine écoulée.

— Au fait, j'ai déjà décidé qu'en cas de rupture, c'est moi qui garderai ton oncle.

— Charmant ! susurra Dante. En parlant de Dieu seul sait quoi, aurais-tu entendu parler d'un sac de bijoux volés qui a été déposé aujourd'hui au principal poste de police de la ville ?

L'expression de Rook mêlait curiosité et innocence.

— Quoi ? Non, bien sûr que non. Pourquoi cette question ?

— Parce que l'un des diamants est la réplique exacte du faux que Dani avait dans sa poche la nuit de sa mort. Un caillou énorme. Très repérable parce qu'il a une taille bizarre, aussi les spécialistes du labo l'ont-ils reconnu dès qu'ils ont ouvert le paquet.

Dante se pencha vers Rook, les mains de chaque côté de ses hanches, le piégeant contre le comptoir.

— Étrange, pas vrai ? insista-t-il. Qu'un voleur ait tenu à le rendre après toutes ces années ? Il a sans doute voulu devenir clean à 100 %…

— Ouais, étrange, répondit Rook, sans changer de visage. Dis-moi, il y a un truc qui m'inquiète. Chaque fois que toi et moi sommes ensemble dans ma boutique, on nous tire dessus. Que dirais-tu de monter chez moi ? Nous pourrions baiser avant de manger ces plats chinois refroidis en regardant un film ? Mais pas forcément dans cet ordre.

— Tu vas me tuer, *cuervo* !

Avec un éclat de rire, Dante s'empara de sa bouche pour un baiser profond. Quand il releva la tête, il murmura :

— Tu peux me faire confiance, souffla-t-il. Tu peux me dire tout ce que tu veux. Tu le sais, j'espère ?

— Parfois, le silence est d'or, Montoya. Ce n'est pas facile de changer... Les mauvaises habitudes ont la vie dure, à ce qu'on dit, ou une connerie du genre.

Rook mordit violemment Dante à la lèvre – et le libéra en l'entendant glapir.

— Écoute, je te fais confiance, ajouta-t-il. Presque. Oui. Tu es trop... je ne veux pas te perdre. Et je sais que c'est idiot, ou plutôt que tu penses que c'est idiot, mais je ne suis pas d'accord. Alors, allons-y pas à pas. Laisse-moi du temps... d'accord ?

Il y avait dans sa voix une sorte de terreur, ses yeux lumineux s'étaient ternis. Toute une vie de doute et d'incertitude s'attardait à la surface de sa peau pâle, son âme ayant trop souffert de l'abandon et du désespoir. Dante réclamait beaucoup de l'ancien voleur. Avec cet énorme mensonge qui s'attardait entre eux, il voyait bien que Rook luttait contre son envie naturelle de fuir, parce que c'était toujours sa première et instinctive réaction

Mais pas cette fois. Il resta en place, dans le creux des cuisses de Dante, la bouche encore tiède de leur baiser.

— C'est comme tu veux, *cuervo*.

Dante l'attira dans ses bras, jusqu'à ce qu'ils soient pressés l'un contre l'autre, leurs corps déjà excités par ce contact.

— C'est comme tu veux, répéta-t-il.

RHYS FORD reconnaît partager sa maison avec trois chats à fourrure noire et un matou rouquin originaire des cairns. Elle se condamne également à entretenir une Pontiac Firebird 1979, un ordinateur portable Toshiba et une cafetière rouge surmenée.

Vous pouvez la contacter :
Sur son blog : www.rhysford.com
Sur Facebook : www.facebook.com/rhys.ford.author
Ou sur Twitter : @Rhys_Ford

Egalement par Dreamspinner Press

Les contes de Toronto

FAUX-SEMBLANTS

KC Burn

www.dreamspinnerpress.com